SOB O SOL DA TOSCANA

Em casa na Itália

Frances Mayes

SOB O SOL DA TOSCANA

Em casa na Itália

Tradução de Waldéa Barcellos

Rocco L&PM POCKET

Coleção **L&PM** POCKET, vol. 716

Título original: Under the Tuscan Sun – at Home in Italy
Publicado pela Editora Rocco em formato 14 x 21cm em 1999

Este livro foi publicado mediante acordo de parceria entre a Editora Rocco e a L&PM Editores exclusivo para a Coleção L&PM Pocket
Primeira edição na Coleção **L&PM** POCKET: agosto de 2008
Esta reimpressão: maio de 2010

Tradução: Waldéa Barcellos
Capa: Marco Cena
Revisão: Marianne Scholze e Larissa Rosso

CIP-Brasil. Catalogação-na-Fonte
Sindicato Nacional dos Editores de Livros, RJ

M421s Mayes, Frances, 1941-
Sob o sol da Toscana / Frances Mayes; tradução Waldéa Barcellos. – Porto Alegre, RS: L&PM ; Rio de Janeiro: Rocco, 2010.
304p. – (L&PM POCKET ; v. 716)

Tradução de: *Under the Tuscan Sun – at Home in Italy*
ISBN 978-85-254-1785-5

1. Mayes, Frances, 1941-. 2. Culinária italiana. 3. Toscana (Itália) – Descrições e viagens. 4. Toscana (Itália) - Usos e costumes. I. Título. II. Série.

08-2593. CDD: 914.55
CDU: 914.55

Editora Rocco Ltda
Av. Pres. Wilson, 231 / 8º andar – 20030-021
Rio de Janeiro – RJ – Brasil / Fone: 21.3525.2000 – Fax: 21.3525.2001
email: rocco@rocco.com.br
www.rocco.com.br

L&PM Editores
Rua Comendador Coruja, 314, loja 9 – Floresta – 90220-180
Porto Alegre – RS – Brasil / Fone: 51.3225.5777 – Fax: 51.3221.5380
Pedidos & Depto. comercial: vendas@lpm.com.br
Fale conosco: info@lpm.com.br
www.lpm.com.br

Impresso no Brasil
Outono de 2010

Agradecimentos

Muito obrigada a meu agente, Peter Ginsberg, da Curtis Brown, Ltd., e a Jay Schaefer, minha editora na Chronicle Books. Minha gratidão especial a Kate Chynoweth, também da Chronicle Books. Jane Piorko, de *The New York Times*, Elaine Greene, de *House Beautiful*, e Rosellen Brown, editora convidada de *Ploughshares*, publicaram versões iniciais de partes deste livro: *mille grazie*. Parentes e amigos que merecem no mínimo uma garrafa de Chianti e um punhado de papoulas da Toscana: Todd Alden, Paul Bertolli, Anselmo Bettarelli, Josephine Carson, Ben Hernandez, Charlotte Painter, Donatella di Palme, Rupert Palmer, Lyndall Passerini, Tom Sterling, Alain Vidal, Marcia e Dick Wertime e toda a família Willcoxon. Minha homenagem à memória de Clare Sterling pelo dom da eloqüência e seu conhecimento. A Ed Kleinschmidt e Ashley King, minha gratidão imensa.

para Ann Cornelisen

Sumário

Prefácio

– O QUE VOCÊS ESTÃO PLANTANDO AQUI? – O estofador sobe pelo caminho até a casa carregando uma poltrona pesada, mas seus olhos atilados estão voltados para a terra.

– Oliveiras e parreiras – respondo.

– Oliveiras e parreiras, é claro. Mas o que mais?

– Ervas aromáticas, flores. Na primavera, não ficamos aqui tempo suficiente para plantar muito mais do que isso.

Ele pousa a poltrona na grama úmida e passa os olhos pelas oliveiras bem podadas nos terraços onde agora estamos descobrindo e recuperando o antigo vinhedo.

– Plantem batatas – aconselha. – Elas se cuidam sozinhas. – E aponta para o terceiro terraço. – Ali, em pleno sol, é o lugar certo para as batatas, batatas vermelhas, batatas amarelas, batatas para *gnocchi di patate.*

E assim, no início do nosso quinto verão aqui, já podemos colher as batatas para o jantar. Elas saem da terra com facilidade; é como encontrar ovos de Páscoa. Fico surpresa com sua limpeza. Basta uma enxaguada, e eis que brilham.

A forma pela qual acabamos colhendo batatas é a forma pela qual quase tudo foi acontecendo, à medida que fomos renovando esta casa e esta terra abandonada na Toscana ao longo dos quatro últimos anos. Observamos Francesco Falco, que passou a maior parte dos seus setenta e cinco anos cuidando de uvas, enterrar a gavinha de uma videira velha para que dela brote uma nova planta. Nós o imitamos. As uvas estão exuberantes. Como estrangeiros que aportaram aqui por sorte, estamos dispostos a experimentar qualquer coisa. Nós mesmos nos encarregamos de grande parte da reforma; um feito propiciado por nossa total ignorância, diria meu avô.

Em 1990, nosso primeiro verão por aqui, comprei um caderno em branco, de tamanho exagerado, com a capa feita de papel florentino e a lombada de couro azul. Na primeira página, escrevi ITÁLIA. O caderno sugeria a redação de poesia imortal, mas comecei com listas de flores silvestres, listas de projetos, palavras novas, esboços de cerâmica de Pompéia. Descrevi aposentos, árvores, cantos de pássaros. Acrescentei conselhos para plantio: "Plantar girassóis quando a lua cruzar Libra", embora eu mesma não fizesse a menor idéia de quando isso poderia ser. Escrevi sobre pessoas que conhecíamos e sobre a comida que preparávamos. O caderno passou a ser uma crônica dos nossos quatro primeiros anos. Hoje ele está recheado de cardápios, cartões-postais de quadros, o desenho da planta de uma abadia, poemas em italiano e diagramas do jardim. Como é um caderno muito grosso, ainda tenho espaço nele para mais alguns verões. Agora, o caderno azul se transformou em *Sob o sol da Toscana*, uma conseqüência natural dos meus primeiros prazeres na região. Recuperar a casa e depois reformá-la; transformar um matagal impenetrável para que voltasse à sua função correta de plantação de oliveiras e parreiras; investigar camadas e mais camadas da Toscana e da Úmbria; aprender uma culinária estrangeira e descobrir os diversos elos entre comida e cultura: essas alegrias intensas compõem o prazer mais profundo de aprender a viver um outro tipo de vida. Enterrar a gavinha da videira de modo a que dela nasça uma nova planta é algo que reconheço facilmente como uma metáfora da forma pela qual temos que mudar de quando em quando se quisermos estar sempre progredindo em nosso pensamento.

Durante esses primeiros dias de junho, temos de eliminar o capim rebelde dos terraços para estarmos protegidos de queimadas, quando chegar o calor de julho e a terra secar. Do lado de fora da minha janela, três homens com roçadeiras parecem abelhas gigantes. Domenico deverá chegar amanhã para arar os terraços, devolvendo o capim cortado ao solo. Seu trator acompanha as curvas sinuosas criadas por bois há muito tempo. Ciclos. Embora as roçadeiras e o arado encurtem o trabalho, tenho a impressão de me inserir no antigo ritual do verão. A Itália tem milhares de anos de profundidade, e na camada superior estou eu, parada num pequeno torrão de terra, deslumbrada com os lírios silvestres cor de laranja que salpicam a encosta do morro. Enquanto eu os admiro, um velho pára na estrada e pergunta se moro aqui. Diz que conhece bem o local. Faz uma pausa, percorre com o olhar o muro de pedras e então, em voz baixa, me diz que seu irmão foi morto a tiros aqui. Aos dezessete anos, sob suspeita de ser guerrilheiro. Ele não pára de balançar a cabeça, e eu sei que a cena que contempla não é meu jardim de rosas, minha cerca viva de sálvia e alfazema. Ele já ultrapassou o ponto onde estou. "*Bella casa, signora.*" Ontem descobri uma moita de centáureas azuis em volta de uma oliveira onde seu irmão deve ter caído. De onde vieram? De uma semente deixada por um tordo? Será que no ano que vem elas irão se espalhar por cima da beirada do terraço? Os lugares antigos sobrevivem em ondas senoidais de tempo e espaço que se curvam em algum movimento logarítmico que estou começando a dominar.

Abro o livro azul. Escrever sobre este lugar, nossas descobertas, passeios e vida diária é um prazer. Um poeta chinês observou há muitos séculos que recriar algo com palavras equivale a viver duas vezes. No fundo, a procura da mudança está provavelmente relacionada ao desejo de ampliar o lugar psíquico em que se vive. *Sob o sol da Toscana* é o mapa de um lugar desses. Meu leitor, espero, é como um amigo que vem visitar, aprender a amontoar a farinha na grossa bancada de mármore e a incorporar os ovos; um amigo que acorda aos quatro gritos do cuco na tília e desce os caminhos dos terraços cantando para as uvas; que apanha potes de ameixas, me leva de carro a cidadezinhas no alto dos morros, com torres redondas e gerânios pendentes, alguém que quer ver as azeitonas no primeiro dia em que podem ser chamadas de azeitonas. Um convidado de férias está em busca do prazer. Será que você consegue sentir a brisa que passa veloz em torno daquelas estátuas quentes de mármore? Poderíamos nos sentar como velhos camponeses junto à lareira, tostando fatias de pão com azeite, tomando um Chianti jovem. Depois de salas repletas de pendentes renascentistas e estradinhas empoeiradas desde Umbertide, preparo pequenas enguias fritas com alho e sálvia. À sombra da figueira, onde dois gatos se enrodilharam, não sentimos calor. Já contei: a pomba arrulha sessenta vezes por minuto. A muralha etrusca acima da casa é do século VIII a.C. Podemos conversar. Temos todo o tempo do mundo.

Cortona, 1995

Bramare: (arcaico)

ANSIAR POR ALGUMA COISA

Estou prestes a comprar uma casa num país estrangeiro. Uma casa com o lindo nome de Bramasole. Ela é alta, quadrada e da cor do abricó, com venezianas verdes desbotadas, um telhado antigo e uma sacada de ferro no segundo andar, onde talvez outrora senhoras se sentassem com seus leques para assistir a algum espetáculo. Aqui embaixo, porém, proliferam espinheiros, roseiras emaranhadas e mato crescido até a altura dos joelhos. A sacada dá para o sudeste, com a vista de um vale profundo e mais além os Apeninos da Toscana. Quando chove ou conforme as alterações da luz, a fachada da casa passa a ser dourada, marrom-avermelhada, ocre; uma pintura anterior em cor escarlate transparece em manchas rosadas, como uma caixa de lápis-cera deixada a derreter ao sol. Nos lugares em que o reboco caiu, pedras desiguais revelam como foi o exterior da casa um dia. A casa fica acima de uma *strada bianca*, branca de cascalho, num trecho de encosta terraceada coberta de fruteiras e oliveiras. Bramasole: de *bramare*, ansiar por, e *sole*, sol: algo que anseia pelo sol, como de fato eu anseio.

São fortes as opiniões da família contrárias a essa decisão. Minha mãe disse "Ridículo" com a característica e vigorosa acentuação na segunda sílaba, "RiDÍculo"; e minhas irmãs, embora empolgadas, receiam que eu esteja voltando aos dezoito anos, pronta para fugir com um marinheiro no carro da família. Eu mesma tenho cá minhas dúvidas. As cadeiras retas na ante-sala do *notaio* não ajudam em nada. Através do meu vestido de fino linho branco, a crina me espeta cada vez que me mexo, o que faço com freqüência devido aos quarenta graus da sala de espera. Dou uma espiada para ver o que Ed está escrevendo no verso de um recibo: parmesão, salame, café, pão. Como é possível? Finalmente, a *signora* abre a porta, e seu italiano torrencial jorra sobre nós.

O *notaio* não tem nada a ver com um tabelião. É a autoridade judicial que realiza transações imobiliárias na Itália. A nossa, a *signora* Mantucci, é uma siciliana pequena e feroz, com óculos grossos, escuros, que aumentam seus olhos verdes. Ela fala mais rápido do que qualquer ser humano que eu já tenha ouvido. Lê em voz alta longas leis. Eu achava que toda a língua italiana era melíflua. Ela faz com que o som seja como rochas descendo com estrondo por uma calha. Ed olha para ela com enlevo. Sei que está encantado com o som da sua voz. O proprietário, Dr. Carta, de repente acha que pediu muito pouco. Ele *só pode* ter pedido, já que nós concordamos em comprar. Nós achamos o preço exorbitante. *Sabemos* que o preço é exorbitante. A siciliana não pára. Ela não admitirá ser interrompida por ninguém a não ser pelo Giuseppe do bar do térreo, que de repente abre as portas escuras, com a bandeja erguida, e aparenta surpresa ao ver seus fregueses *Americani* sentados ali quase vesgos de tão confusos. Ele traz à *signora* seu expresso do meio da manhã, que ela entorna de um gole, praticamente sem parar de falar. O proprietário quer alegar que a casa custa um preço, mas na realidade vale muito mais.

– É assim que se faz – insiste ele. – Ninguém faz a bobagem de declarar o valor real. – Ele propõe que apresentemos um cheque no escritório do *notaio* e depois lhe passemos dez cheques menores literalmente por baixo da mesa.

Anselmo Martini, nosso corretor, dá de ombros.

Ian, o corretor inglês que contratamos para ajudar como intérprete, também dá de ombros.

– Vocês, americanos! – conclui o Dr. Carta. – Vocês levam tudo tão a sério. E, *per favore*, datem os cheques com intervalos de uma semana para não chamar a atenção do banco para valores altos.

Seria esse o mesmo banco que eu conheço, cujo caixa de olhos escuros conduz com languidez uma transação de quinze em quinze minutos, entre telefonemas e cigarros? A *signora* pára de repente, enfia os documentos numa pasta e se ergue. Devemos voltar quando o dinheiro estiver à disposição e a papelada estiver pronta.

*

Uma janela no nosso quarto de hotel dá para uma vista panorâmica dos telhados antigos de Cortona, até a vastidão sombria do Val di Chiana. Um vento quente e violento, o *scirocco*, deixa pessoas normais ligeiramente loucas. Em mim, ele parece refletir meu estado de espírito. Não consigo dormir. Nos Estados Unidos comprei e vendi algumas casas antes, entulhando o carro com o aparelho de louça Spode da minha mãe, o gato e o fícus para dirigir os oito ou oito mil quilômetros até a próxima porta na qual uma nova chave se encaixaria. É *preciso* agitar-se um pouco quando o telhado que cobre sua cabeça está em jogo, já que vender equivale a abandonar um conjunto de lembranças, e comprar equivale a escolher onde o futuro irá acontecer. E o lugar, que naturalmente nunca é neutro, exercerá sua influência em tudo isso. Não bastasse isso, contingências e complicações jurídicas precisam sempre ser resolvidas. Aqui, porém, absolutamente tudo parece conspirar para me manter com o olhar fixo nas trevas.

A Itália sempre foi um norte magnético para minha psique. Suas casas estiveram na minha mente durante os quatro verões em que alugamos sedes de fazenda por toda a Toscana. No primeiro lugar que Ed e eu alugamos com amigos, logo na primeira noite começamos a fazer cálculos para ver se as reservas reunidas de nós quatro dariam para comprar a casa de pedra em ruínas que víamos do terraço. Ed apaixonou-se imediatamente pela vida rural e costumava perambular pelas terras dos vizinhos observando o trabalho em andamento. A família Antolini plantava fumo, uma lavoura linda embora detestada. Nós ouvíamos os lavradores gritarem "*Vipera!*" para avisar os companheiros da presença de alguma cobra venenosa. Ao anoitecer, uma névoa de um azul violáceo subia das folhas escuras. Do posto privilegiado do nosso terraço, a fazenda bem-organizada parecia um lugar sereno. Nossos amigos nunca voltaram, mas durante as três férias seguintes, a busca meticulosa de uma casa de verão passou a ser uma compulsão. Quer um dia encontrássemos a casa, quer não, estávamos nos deparando com lugares em que se fabricava o puro azeite de oliva, descobrindo encantadoras igrejas de aldeia em estilo românico, perambulando pelas estradinhas dos vinhedos e parando para provar o Brunello mais suave e o Vino Nobile mais negro. Procurar uma casa proporciona um grande senso de objetividade. Nós visitávamos as feiras semanais tendo em mente não apenas a compra de pêssegos para um piquenique;

examinávamos cuidadosamente a qualidade e a variedade de todos os produtos, prevendo mentalmente jantares de aniversário, novas férias e cafés-da-manhã, para hóspedes de fim de semana. Passávamos horas sentados em *piazze* ou bebericando limonadas em bares das localidades, colhendo em segredo uma noção da atmosfera local. Deixei de molho muitas bolhas de calcanhar em bidês de hotéis; esfreguei grandes quantidades de loção nos meus pés, que haviam percorrido quilômetros de ruas pedregosas. Carregávamos o peso de histórias, guias, livros sobre a flora e romances em nossas idas e vindas quando ficávamos em casas alugadas e hotéis. Sempre perguntávamos às pessoas do lugar onde elas gostavam de comer e nos dirigíamos a restaurantes que nossos numerosos guias turísticos nunca mencionavam. Nós dois temos uma curiosidade insaciável a respeito de cada castelo em ruínas pontiagudas nas encostas dos montes. Minha idéia do paraíso ainda é a de passear de automóvel pelas estradas de cascalho da Úmbria e da Toscana, muito feliz por estar perdida.

Cortona foi a primeira cidade em que ficamos, e voltamos lá seguidamente nos verões em que alugamos casas perto de Volterra, Florença, Montisi, Rignano, Vicchio, Quercegrossa, todas aquelas casas fascinantes e peculiares. Uma tinha uma cozinha na qual não passavam duas pessoas, mas havia uma faixa de vista do Arno. Outra cozinha não tinha água quente nem facas, mas a casa havia sido construída dentro de muralhas medievais, com a vista para vinhedos. Uma dispunha de diversos aparelhos de louça para quarenta pessoas, inúmeros copos e talheres, mas a geladeira se enchia de gelo e todo dia antes das quatro a porta se abria sozinha revelando um novo iglu. Quando estava úmido, eu poderia levar um choque forte se tocasse qualquer objeto na cozinha. Diz a lenda que na propriedade Cimabue descobriu o jovem Giotto desenhando um carneiro na terra. Uma casa tinha camas com buracos ameaçadores de costas incautas, bem no meio. Morcegos desciam pela chaminé e faziam vôos rasantes sobre nós, enquanto bichos nas vigas deixavam cair uma chuvinha regular de serragem sobre os travesseiros. A lareira era tão grande que nós podíamos sentar dentro dela enquanto grelhávamos nossas costeletas de vitela e nossos pimentões.

Percorremos centenas de quilômetros na poeira para examinar casas que acabavam se revelando na planície aluvial do Tibre ou dar vista para minas de corte aberto. O corretor de Siena prometeu, otimista, que a vista voltaria a ser linda dentro de vinte anos. O reflorestamento de áreas devastadas era obrigatório. Uma belíssima aldeia medieval tinha preços astronômicos. O camponês de dentes serrilhados que conhecemos num bar tentou nos vender seu lar de infância, um galinheiro de pedra, sem janelas, anexo a outra casa, com cães que rosnavam e investiam contra nós forçando suas correntes. Nós nos apaixonamos por uma fazenda na periferia de Montisi. A *contessa*, sua proprietária, nos enrolou por alguns dias e depois decidiu que precisava de um sinal de Deus antes de poder vendê-la. Tivemos de ir embora antes da chegada do sinal.

Quando volto a pensar em todos esses lugares, eles me parecem ridiculamente estrangeiros, da mesma forma que Cortona. Ed não concorda. Ele fica na *piazza* todas as tardes, olhando o jovem casal tentar empurrar o carrinho do seu novo filhinho pela rua abaixo. De poucos em poucos passos, eles são detidos. Todos cercam o carrinho. Debruçam-se sobre o rosto do bebê, fazendo barulhinhos, elogiando a criança. "Na minha próxima encarnação", diz-me Ed, "quero ser um bebê italiano." Ed mergulha na vida da *piazza*: o homem atraente e lustroso arregaçando a manga para mostrar os músculos quando apóia languidamente o queixo na mão; a pureza de uma flauta tocando Vivaldi que sai de uma janela de sobrado; o colorido leque de flores em contraste com a parede de pedra da floricultura; um homem totalmente desprovido de pescoço descarregando cordeiros do seu caminhão. Ele os leva nos ombros como sacos de farinha, e os olhos dos cordeiros ficam esbugalhados. De quando em quando, Ed ergue o olhar para o grande relógio que há tanto tempo marca as horas nesta *piazza*. Afinal, vai dar uma caminhada, tentando decorar as pedras da rua.

Do outro lado do pátio do hotel, um árabe em visita entoa suas orações na direção do sol nascente, no momento exato em que eu afinal consigo adormecer. Ele dá a impressão de estar fazendo um gargarejo com água e sal. Por horas a fio, repete sem parar as mudanças de voz dentro de um pequeno registro. Tenho vontade de me debruçar na janela e gritar: "Cala a boca!" De vez em quando, sou forçada a rir. Olho lá para fora e o vejo fazer um cumprimento de cabeça para a janela, com um doce sorriso no rosto. Ele me traz tantas lembranças de leiloeiros de fumo que eu ouvia em armazéns quentíssimos no sul, quando criança. Estou a doze mil quilômetros de casa, jogando a poupança de uma vida inteira num capricho. Será que é um capricho? É muito parecido com uma paixão, o que no fundo nunca decorre de um impulso repentino, como crêem alguns, mas vem de uma fonte profunda. Ou será que não?

*

Sempre que deixamos os aposentos altos e frescos do hotel e saímos para o sol causticante, damos uma volta na cidadezinha e gostamos cada vez mais dela. As mesas ao ar livre no Bar Sport dão para a Piazza Signorelli. Alguns lavradores vendem suas mercadorias na escadaria do teatro do século XIX todos os dias de manhã. Enquanto tomamos nosso expresso, nós os vemos segurar no alto balanças portáteis enferrujadas para pesar os tomates. O resto da *piazza* é ocupado por *palazzi* renascentistas ou medievais em perfeito estado de conservação. Seria muito fácil que alguém aparecesse a qualquer instante e começasse a cantar uma ópera. Todos os dias visitamos cada portão medieval com seu arco de pedras, nas muralhas etruscas; exploramos as ruas de pedra, da largura de um Fiat, enfileiradas com casas da Renascença ou mais antigas, e os *vicoli*, ainda mais estreitos, misteriosos caminhos para pedestres, com freqüência reduzidos a escadarias íngremes. Ainda podem-se ver as "portas dos mortos", seladas com tijolos, do século XIV. Diz-se que essas passagens secretas, ao lado da entrada principal, eram destinadas à retirada das vítimas da peste – traria azar fazê-las sair pela porta principal. Percebo que, nas portas normais, as pessoas costumam deixar a chave na fechadura.

Os guias turísticos descrevem Cortona como "sombria" e "austera". Estão equivocados. A posição no alto do morro, as muralhas e os prédios sólidos e retos de pedra conferem uma qualidade nitidamente vertical à arquitetura. Caminhando pela *piazza*, sinto que as sombras angulosas e abruptas têm uma pureza euclidiana. Tenho vontade de andar ereta – a postura empertigada parece contaminar os moradores. Eles andam devagar, com um *porte*, é esta a palavra que tenho vontade de usar, muito elegante. Não paro de comentar: "Ela não é linda?" "Ele não é maravilhoso?" "Olhe aquele rosto, puro Rafael." Antes do final da tarde, já estamos novamente sentados com nossos expressos, dessa vez olhando para a outra *piazza*. Uma mulher de seus sessenta anos com a filha e a neta adolescente passam por nós, caminhando de braços dados, com o sol no rosto vibrante. Não sabemos por que a luz tem uma qualidade tão luminosa. Talvez as lavouras de girassol irradiem ouro dos campos das cercanias. As três mulheres parecem tranqüilas, seguras, impressionantemente satisfeitas. Deveria haver uma moeda de ouro com seus rostos.

Enquanto isso, à medida que bebericamos, o dólar está despencando. Todos os dias de manhã, nós nos levantamos da *piazza* para passar por todos os bancos e verificar as taxas de câmbio vigentes. Quando se está querendo trocar cheques de viagem para uma última passada pelo mercado de couro, a taxa não tem tanta importância, mas aqui se trata de uma casa com um terreno de dois hectares; e cada lira faz diferença. Uma pequena queda nesses multiplicadores provoca um vazio correspondente no estômago. A cada queda de cem liras, calculamos o quanto a casa vai ficar mais cara. Numa atitude ilógica, calculo quantos pares de sapatos a mais o valor poderia comprar. Antes, os sapatos eram minha principal compra na Itália, um pecado secreto. Às vezes, eu voltava para casa com nove pares novos: de couro de cobra vermelho, de salto baixo; botas de camurça azul-marinho; e diversos pares de *escarpins* pretos com saltos de diversas alturas.

Como seria de se esperar, os bancos variam no valor da comissão que recolhem ao receber uma grande transferência do estrangeiro. Queremos uma trégua. Parece que vão ficar com um bom valor de juros, já que a compensação de um cheque na Itália pode levar semanas.

Afinal, aprendemos uma lição de como as coisas funcionam. O Dr. Carta, ansioso por fechar o negócio, liga para seu banco – o banco que seu pai e seu sogro usam – em Arezzo, a meia hora de distância. E depois nos telefona.

– Vão lá – diz ele. – Não vão lhes cobrar nenhuma comissão pelo recebimento do dinheiro e vão aplicar a taxa de câmbio do dia em que a soma chegar.

Sua experiência não me surpreende, embora ele tenha parecido extraordinariamente desinteressado pelo dinheiro durante todo o período das negociações. Simplesmente deu seu preço altíssimo e não arredou pé dali. No ano anterior, havia comprado a propriedade das cinco irmãs idosas de uma família de proprietários de terras na Perúgia, com a intenção de transformá-la em casa de verão para a família. Ele e a esposa, no entanto, herdaram um imóvel no litoral e preferiram ficar com ele. Seria esse mesmo o caso, ou não seria que ele havia comprado uma pechincha das senhoras de noventa anos e agora estava fazendo uma fortuna, possivelmente comprando imóveis no litoral com nosso dinheiro? Não que eu tivesse algo contra ele. É um homem inteligente.

O Dr. Carta, talvez temendo que desistamos, liga e marca um encontro conosco na casa. Ele chega ruidoso no seu Alfa 164, Armani dos pés à cabeça.

– Tem mais uma coisa – diz ele, como se estivesse continuando uma conversa. – Se vocês me acompanharem, eu lhes mostro. – Algumas centenas de metros adiante na estrada, ele nos leva a subir por um caminho de pedras que atravessa um giestal amarelo e perfumado. Estranho, o caminho de pedra continua morro acima, fazendo uma curva ao longo de um declive. Logo chegamos a uma vista de duzentos graus do vale, com a estrada orlada de ciprestes abaixo de nós e uma paisagem harmoniosa salpicada de olivais e parreirais bem cuidados. Ao longe, um borrão azul, que é o lago Trasimeno; à direita vê-se a silhueta de telhados vermelhos de Cortona recortada com nitidez contra o céu. O Dr. Carta volta-se para nós, triunfante. Aqui as pedras chatas do calçamento se alargam. – Os romanos, esta estrada foi construída pelos romanos. Ela vai direto até Cortona. – O sol é escaldante. O Dr. Carta não pára de falar na grande igreja no alto do morro. Ele indica onde o resto da estrada pode ter passado, atravessando direto as terras de Bramasole.

De volta à casa, ele abre uma torneira externa e molha o rosto.

– Vocês vão ter a melhor das águas, na realidade sua própria *acqua minerale* em abundância, excelente para o fígado. *Eccellente!* – Ele consegue parecer ao mesmo tempo entusiasmado e um pouco entediado, simpático e ligeiramente superior. Receio que tenhamos sido francos demais ao falar sobre o dinheiro. Ou talvez ele tenha considerado incrivelmente ingênuas nossas expectativas de americanos cumpridores da lei no que diz respeito à transação. Ele deixa a torneira aberta, aparando a água com a mão e de algum modo conseguindo se debruçar para tomar um gole sem tirar do lugar o bem-talhado paletó de linho jogado sobre seus ombros. – Água suficiente para uma piscina – insiste ele – que ficaria perfeita naquele local de onde se vê o lago, com a vista direta para o lugar onde Aníbal derrotou os romanos.

Ficamos deslumbrados com os restos de uma estrada romana sobre o morro coberto de flores do campo. Seguiremos pela estrada de pedra até a cidade para tomar um café todas as tardes. Ele nos mostra a velha cisterna. A água é preciosa na Toscana, e era recolhida gota a gota. Quando iluminamos a abertura com uma lanterna, percebemos que a cisterna subterrânea tem um portal em arco, obviamente algum tipo de passagem. No alto do morro, na fortaleza dos Médici, vimos o mesmo arco na cisterna de lá, e o encarregado nos disse que uma estrada subterrânea secreta desce o morro até o vale, seguindo então até o lago Trasimeno. Os italianos não dão grande importância a essas construções do passado. O fato de ser permitido que as pessoas possuam esse tipo de patrimônio antigo me parece inacreditável.

*

Quando vi Bramasole pela primeira vez, senti a vontade imediata de pendurar minhas roupas de verão num *armadio* e arrumar meus livros abaixo de uma daquelas janelas que dão para o vale. Havíamos passado quatro dias com o Signor Martini, que tinha um escritoriozinho escuro na Via Sacco e Vanzetti, lá na parte baixa da cidade. Acima da mesa de trabalho, sua fotografia como soldado. De Mussolini, imaginei. Ele prestava atenção ao que dizíamos como se falássemos italiano com perfeição. Quando acabamos de descrever o que achávamos que queríamos, ele se levantou, pôs seu Borsolino, e disse uma palavra "*Andiamo*", vamos. Apesar de ter feito recentemente uma operação no pé, ele nos conduziu por estradas inexistentes e afastou emaranhados de espinhos para nos mostrar propriedades que só ele conhecia. Algumas eram casas de fazenda com o teto afundado no chão, a quilômetros da cidade e custando os olhos da cara. Uma tinha uma torre construída pelos cruzados, mas a *contessa* sua proprietária chorou e dobrou o preço na hora quando percebeu que estávamos realmente interessados. Outra era anexa a outras casas rurais nas quais as galinhas eram realmente domésticas: entravam e saíam de uma casa para a outra. O pátio estava cheio de implementos enferrujados e de porcos. Algumas pareciam abafadas, ou eram muito próximas à estrada. Uma teria exigido a construção de um caminho: estava escondida por trás de um matagal de amoras-pretas, e só pudemos espiar por uma janela porque uma cobra negra enrodilhada se recusou a se afastar da soleira da porta.

Presenteamos com flores o Signor Martini, agradecemos e nos despedimos. Ele aparentou uma tristeza genuína ao nos ver ir embora.

Na manhã do dia seguinte, nos encontramos por acaso com ele na *piazza* depois do café.

– Acabo de falar com um médico de Arezzo. Ele talvez esteja interessado em vender uma casa. *Una bella villa* – acrescentou, enfático. Dava para caminhar da casa até Cortona.

– Quanto custa? – perguntamos, apesar de sabermos àquela altura que ele se encolhia sempre que lhe faziam essa pergunta diretamente.

– Vamos só dar uma olhada – foi o que respondeu. Saindo de Cortona, ele pegou a estrada que sobe sinuosa até o outro lado do morro. Entrou então na *strada bianca* e depois de uns dois ou três quilômetros subiu por uma entrada longa e íngreme. Vi de relance um nicho e em seguida ergui os olhos para a casa de três andares, com uma bandeira semicircular de ferro trabalhado acima da porta da frente e duas palmeiras altas e exóticas de cada lado. No frescor daquela manhã, a fachada parecia radiante, brilhando com camadas em tons de limão, vermelho e terracota. Nós dois nos calamos quando saltamos do carro. Depois de todas as voltas por estradas desconhecidas, a casa parecia simplesmente ter estado esperando todo aquele tempo.

– É perfeita, vamos ficar com ela – disse de brincadeira, quando íamos passando pelo mato. Exatamente como havia agido nas outras casas, o Signor Martini não recorreu à conversa de vendedor; ele simplesmente olhou conosco. Caminhamos até a casa por uma pérgula enferrujada, inclinada sob o peso de trepadeiras de rosas. A porta dupla da frente rangeu como se tivesse vida quando a empurramos. Das paredes da casa, da grossura do comprimento do meu braço, emanava frescor. O vidro nas janelas tremia. Raspei um pouco da poeira acumulada e vi por baixo dela pisos lisos de tijolos em perfeitas condições. Em cada aposento, Ed abria a janela interna e empurrava, uma após a outra, as venezianas para uma vista maravilhosa de ciprestes, verdes colinas ondulantes, mansões distantes, um vale. Havia até mesmo dois banheiros que funcionavam. Não eram lindos, mas eram *banheiros*, depois de todas aquelas casas que havíamos visto sem pisos, isso para não falar em água encanada. Ninguém morava ali há trinta anos, e o terreno parecia um jardim encantado, coberto por um matagal de amoreiras e trepadeiras. Percebi que o Signor Martini observava o terreno com o olho experiente do homem do campo. A hera subia retorcida pelas árvores e se derramava sobre muros caídos dos terraços.

– *Molto lavoro* – muito trabalho, foi tudo o que disse.

Durante alguns anos de procura, às vezes sem compromisso, às vezes ao ponto da exaustão, eu nunca ouvira uma casa dizer um *sim* tão completo. No entanto, estávamos indo embora no dia seguinte e, quando soubemos o preço, dissemos um triste *não* e voltamos para casa.

Ao longo dos meses seguintes, mencionei Bramasole de vez em quando. Colei uma foto no meu espelho e em imaginação costumava perambular pelo seu terreno ou pelos seus aposentos. A casa é uma metáfora do eu, naturalmente, mas ela é também totalmente real. E uma casa *estrangeira* exagera todas as associações que as casas trazem consigo. Como eu havia terminado um longo casamento que não se esperava que terminasse e estava iniciando um novo relacionamento, essa busca pela casa parecia estar ligada a não importa qual identidade nova eu acabaria forjando para mim. Quando se acalmaram os ânimos depois do divórcio, eu me descobri com uma filha crescida, um emprego de carga horária integral na universidade (depois de anos em que ensinei em regime parcial), uma modesta carteira de investimentos e todo um futuro para inventar. Embora o divórcio fosse mais difícil do que uma morte, eu ainda assim tinha a estranha sensação de estar voltando a mim mesma depois de muitos anos numa família unida. Senti o impulso de examinar minha vida numa outra cultura e ir além do que eu conhecia. Eu queria uma espécie de dimensão *física* que ocupasse o volume mental ocupado pelos anos da minha vida anterior. Ed sentia exatamente a mesma paixão que eu pela Itália e também tinha o privilégio das férias de verão de três meses dos professores universitários. Ali teríamos longos dias para estudar e para nossos projetos de pesquisar e de escrever. Quando está ao volante, Ed *sempre* resolve entrar por alguma estradinha fascinante. A língua, a história, a arte, os lugares na Itália são infinitos. Duas vidas não bastariam. Além disso, ah, o eu estrangeiro. A nova vida poderia se moldar aos contornos da casa, que já está tão à vontade na paisagem, e aos ritmos que a cercam.

Na primavera, liguei para uma mulher da Califórnia que estava abrindo uma firma de incorporação imobiliária na Toscana. Pedi-lhe que desse uma verificada em Bramasole. Talvez, se não tivesse sido vendida, o preço estivesse mais baixo. Uma semana depois, ela ligou de um bar depois de uma reunião com o proprietário.

– É, ainda está à venda; mas com aquela peculiar lógica italiana, o preço aumentou. O dólar – recordou-me ela – caiu. E vai ser preciso fazer muita coisa naquela casa.

Agora voltamos. A essa altura, com uma lógica igualmente peculiar, comprar Bramasole tornou-se uma fixação para mim. Afinal de contas, o único ponto negativo é o gasto. Nós dois adoramos a localização, a cidadezinha, a casa e o terreno. Se só um pequeno aspecto está errado, digo a mim mesma, siga em frente.

Mesmo assim, ela custa um *sacco di soldi.* Vai dar um trabalho enorme recuperar do abandono a casa e as terras. Vazamentos, mofo, terraços de pedra a desmoronar, reboco que se esfarela, um banheiro assustador, outro com uma adorável banheira de metal e um vaso sanitário rachado.

Por que essa perspectiva parece interessante quando considerei a reforma da minha cozinha em San Francisco um golpe profundo no meu equilíbrio? Nos Estados Unidos, não se pode sequer pendurar um quadro sem soltar da parede um punhado de reboco. Quando deixamos correr a água da pia, esquecidos mais uma vez de que os encanamentos não gostam de pétalas de alcachofra, o lodo parece subir desde a baía de San Francisco.

Por outro lado, havia essa casa respeitável perto de uma estrada romana, com uma muralha etrusca (etrusca!) surgindo no alto da encosta do morro, uma fortaleza dos Médici ao alcance do olhar, uma vista do monte Amiata, uma passagem subterrânea, cento e dezessete oliveiras, vinte ameixeiras e uma quantidade ainda indefinida de abricós, amêndoas, maçãs e peras. Perto do poço, algumas figueiras parecem vicejar. Ao lado da escada da frente, há uma grande aveleira. Além disso, a proximidade de uma das cidadezinhas mais estupendas que jamais vi. Não seríamos loucos de não comprar essa linda casa chamada Bramasole?

E se um de nós for atropelado por um caminhão de batatas fritas e não puder mais trabalhar? Desenrolo uma ladainha de doenças que poderíamos contrair. Uma tia morreu do coração aos quarenta e dois anos; minha avó ficou cega; todas as doenças horríveis... E se um terremoto destruir as universidades onde ensinamos? O prédio das Humanas está na lista das estruturas estaduais com maior probabilidade de desmoronar num terremoto de gravidade moderada. E se a bolsa de valores sofrer uma queda?

Salto da cama às três da manhã e entro no chuveiro, deixando meu rosto inteiro debaixo da água fria. Ao voltar, tateando no escuro, tropeço na estrutura de metal da cama. A dor sobe direto até minha coluna.

– Ed, acorda! Acho que quebrei o dedo do pé. Como é que você consegue dormir?

Ele se senta na cama.

– Eu estava sonhando que estava cortando ervas no jardim. Sálvia e erva-cidreira. – Ed nunca mudou sua opinião de que essa é uma idéia brilhante, de que esse é o paraíso na terra. Ele acende a luz da cabeceira. Está sorrindo.

A unha do meu dedo está metade presa, metade solta, com um roxo feio se espalhando por baixo dela. Não consigo suportar a idéia de deixá-la no lugar, nem de arrancá-la.

– Quero ir para casa – digo.

– Você está querendo dizer Bramasole, não é? – pergunta ele, enrolando um band-aid no meu dedo.

*

O monte de dinheiro em questão foi enviado da Califórnia, mas não chegou. Como isso é possível, pergunto ao banco. O dinheiro é mandado por telégrafo. Chega instantaneamente. Mais ombros que se encolhem. Talvez a sede do banco em Florença esteja segurando o valor. Os dias passam. Ligo de um bar para Steve, meu corretor na Califórnia. Grito para suplantar o barulho de uma partida de futebol na televisão.

– Você vai ter de verificar por aí – grita ele, em resposta. – O dinheiro já foi há muito tempo. E você sabia que o governo aí já mudou quarenta e sete vezes desde a Segunda Guerra? Esse dinheiro estava bem investido em papéis isentos de impostos e nos fundos de melhor rendimento. Aqueles seus títulos australianos renderam dezessete por cento. Ah, bem, *la dolce vita*.

Os mosquitos (chamam-se *zanzare*, exatamente como o barulho que fazem) invadem o hotel com o vento do deserto. Rolo nos lençóis até minha pele arder. Levanto-me no meio da noite e me debruço na janela de venezianas, imaginando todos os hóspedes adormecidos, com bolhas nos pés decorrentes das ruas de pedras, os guias turísticos ainda nas mãos. Nós ainda poderíamos desistir. Jogar nossas malas no Fiat alugado e dizer *arrivederci*. Ir para o litoral de Amalfi por um mês e voltar para casa, bronzeados e repousados. Comprar montes de sandálias. Ainda ouço meu avô quando eu tinha vinte anos: “Seja realista. Desça das nuvens.” Ele estava furioso porque eu estava estudando poesia e etimologia latina, algo totalmente inútil. Agora, o que estou pretendendo? Comprar uma casa abandonada num lugar cujo idioma eu mal consigo falar. É provável que ele já tenha destruído sua mortalha de tanto se virar na cova. Não dispomos de uma boa reserva para nos salvar caso alguma coisa misteriosa dê errado.

*

O que é essa paixão por casas? Venho de uma longa linhagem de mulheres que abrem as bolsas e tiram amostras de tecido de estofamento, quadradinhos coloridos de azulejos, sete tons de amostras de tinta amarela e tirinhas de papel de parede florido. Adoramos o conceito de quatro paredes. “Como é a casa dela?”, pergunta minha irmã, e nós duas sabemos que ela quer saber como é a *minha amiga*. Eu pego o folheto dos corretores de imóveis nos armazéns quando vou a algum lugar passar o fim de semana, mesmo que seja perto de casa. Houve um mês de junho em que dois amigos e eu alugamos uma casa em Maiorca; em outro verão, fiquei numa casinha em San Miguel de Allende onde desenvolvi uma séria paixão por pátios com fontes e quartos com buganvílias caindo em cascata da sacada, a austera Sierra Madre. Num verão em Santa Fé, comecei a olhar casas de alvenaria por lá, imaginando que me tornaria uma perfeita moradora do sudoeste, cozinharia com pimenta malagueta, usaria jóias de turquesa na forma de flor de abóbora – uma vida diferente, a chance de existir em outra versão. Ao fim de um mês, fui embora e nunca mais quis voltar.

Adoro as ilhas ao largo da costa da Geórgia, onde passei verões quando era criança. Por que não uma casa cinzenta, descorada, feita de madeira que dá a impressão de ter aparecido na praia, trazida pelo mar? Tapetes de algodão, chá gelado com sabor de pêssego, uma melancia resfriando no córrego, dormir com as ondas batendo e rolando junto à janela. Um lugar que minhas irmãs, meus amigos e suas famílias poderiam visitar tranqüilamente. No entanto, não paro de me lembrar de que, cada vez que voltei a pisar nas minhas próprias pegadas, não me senti renovada. Embora eu seja suscetível à atração pelo conhecido, sou ligeiramente mais suscetível às surpresas. A Itália me parece infinitamente sedutora. Por que não, a esta altura, considerar a abertura da *Divina comédia:* O que se deve fazer para crescer? Melhor recordar meu pai, filho do meu avô mesquinho e prosaico. “O lema da família”, costumava ele dizer, “é ‘Fazer e Desfazer as Malas’.” E também: “Se não puder ir de primeira classe, não vá.”

Acordada na cama, tenho a sensação familiar da chegada da Resposta. Como as respostas no fundo da bola oito usada para dizer a sorte,* que eu adorava quando tinha dez anos, muitas vezes consigo sentir uma idéia ou a solução de um dilema subindo à superfície através de um líquido lamacento, e então é como se eu visse de repente a resposta nítida. Gosto da tensão carregada da espera, uma sensação mental e física das curvas à medida que algo misterioso vem em ziguezague até a superfície da consciência.

E se você *não* sentisse incerteza?, perguntam as letras nítidas. Você está desprovida de dúvidas? Por que não mudar o nome para empolgação? Debruço-me sobre o peitoril largo exatamente quando surge a primeira luz lilás dourada do amanhecer. O árabe ainda está dormindo. A paisagem ondulante parece serena em todas as direções. Casas de fazenda da cor do mel, delicadamente colocadas em depressões no terreno, surgem como grossas formas de pão deixadas a esfriar. Sei que alguma violenta turbulência jurássica criou esses morros, mas eles parecem arredondados como se feitos por uma grande mão. À medida que o sol fica mais forte, a terra revela um espectro suave: o verde de uma nota de dólar que foi lavada, um creme antigo, um céu azul como o olho de um cego. Os pintores renascentistas foram perfeitos. Eu jamais considerei Perugino, Giotto, Signorelli *et al.*, realistas, mas suas paisagens de fundo ainda estão aqui, como descobre a maioria dos turistas, com ciprestes escuros acrescentados para realçar cada composição que o olho descortine. Agora percebo por que a bota vermelha de um anjo vermelho e dourado no museu de Cortona tem aquele brilho; por que o traje azul-cobalto da Madonna tem uma cor tão forte e profunda. Em contraste com essa paisagem e essa luz, tudo adquire um contorno primário. Mesmo uma toalha vermelha a secar num varal lá embaixo parece totalmente saturada da sua própria vermelhidão.

Pense. E se o céu não cair na sua cabeça? E se for maravilhoso? E se a casa estiver reformada dentro de três anos? Já haverá então rótulos impressos à mão para o azeite da casa, finas cortinas de linho cobrindo as venezianas na hora da siesta, potes de geléia de ameixa nas prateleiras, uma longa mesa

* Um brinquedo no formato da bola oito da sinuca, mas de tamanho maior, provido de uma janela no fundo da qual apareciam respostas do tipo "sim" ou "não" a perguntas. (N.T.)

para refeições festivas à sombra das tílias, cestas empilhadas junto à porta para colher tomates, rúcula, funcho, rosas e alecrim. E quem somos nós nessa estranha vida nova?

*

Finalmente, o dinheiro chega; a conta é aberta. No entanto, eles não têm cheques. Esse banco enorme, sede de dezenas de agências no centro do ouro da Itália, não tem cheques para nos dar. "Talvez na semana que vem", explica a Signora Raguzzi. "Por enquanto, nada." Nós protestamos. Dois dias depois, ela liga. "Estou com dez cheques para vocês." Qual é o problema com os cheques? No meu país, recebo caixas deles. A Signora Raguzzi nos faz a entrega. A Signora Raguzzi, com sua saia justa, sua camiseta justa, tem uma boca que está sempre úmida, fazendo biquinho. Sua pele reluz. Ela é espantosamente atraente. Usa um esplêndido colar quadrado de ouro e pulseiras nos dois braços que retinem quando ela carimba o número da nossa conta em cada cheque.

– Que jóias lindas! Adorei suas pulseiras – digo eu.

– É só isso o que se tem aqui: ouro – responde ela, malhumorada. Não agüenta mais as *piazze* e os túmulos de Arezzo. A Califórnia lhe parece um lugar bom. Seu rosto se ilumina cada vez que ela nos vê. "Ah, Califórnia", é o que diz à guisa de cumprimento. O banco começa a parecer surrealista. Estamos nos fundos da agência. Um homem empurra para ali um carrinho cheio de lingotes de ouro: pequenos tijolos de ouro de verdade. Ninguém parece estar cuidando da segurança. Outro homem apanha dois lingotes e os enfia em envelopes usados de papel pardo. Usa roupas simples, como as de um operário. Ele sai para a rua, levando os lingotes para algum lugar. Quanto ao transporte de valores, não é preciso dizer mais nada; mas que disfarce inteligente à paisana. Voltamos para nossos cheques. Não haverá neles nenhuma imagem de barcos, palmeiras ou carruagens; não haverá nome, endereço, número da carteira de motorista ou da identidade. Só esses cheques de um verde-claro que dão a impressão de terem sido impressos na década de 1920. Nossa felicidade é extrema. Estamos perto da cidadania. Temos uma conta bancária.

Estamos, afinal, reunidos no escritório do *notaio* para o acerto final. É rápido. Todo mundo fala ao mesmo tempo, e ninguém presta atenção. Os termos jurídicos barrocos nos deixam atarantados. Uma britadeira lá fora está perfurando meu cérebro. Falam alguma coisa sobre dois bois e dois dias. Ian, que está fazendo a tradução, pára para explicar essa expressão arcaica como uma descrição legal do século XVIII da área de terra. Medida pelo tempo que dois bois levariam para ará-la. Parece que temos uma propriedade com a área de dois dias de aração.

Escrevo cheques, com os dedos se refreando cada vez que escrevo *milione*. Penso em todos aqueles títulos confiáveis, ações de empresas prestadoras de serviços de utilidade pública, ações de companhias sólidas, dos anos em que estive casada, transformados como por mágica numa encosta de morro terraceada e numa grande casa vazia. A casa de vidro na Califórnia, onde morei por uma década, cercada de cítricos chineses, limoeiros, silindras e goiabeiras, com sua piscina brilhante e seu pátio coberto, com móveis de vime e almofadas floridas – tudo isso parece recuar, como se estivesse sendo visto pelo lado contrário de binóculos. Em inglês, a palavra *million* é tão importante que é difícil tratá-la com descaso. Ed examina cuidadosamente os zeros para que eu não escreva, sem querer, *miliardo*, bilhão. Ele paga ao Signor Martini em dinheiro vivo. O Signor Martini nunca mencionou sua comissão. Foi com o proprietário que descobrimos o percentual normal. O Signor Martini aparenta satisfação, como se lhe tivéssemos dado um presente. Para mim, esse é um modo confuso, porém simpático de fazer negócios. Apertos de mão de todos os lados. Será que percebo um ligeiro sorriso de gato na esposa do proprietário? Estamos esperando uma escritura em pergaminho, escrita com caligrafia antiga, mas não, o *notaio* vai entrar de férias e vai tentar pôr as mãos na papelada antes de viajar.

– *Normale* – diz o Signor Martini.

Percebi o tempo todo que a palavra de uma pessoa ainda é aceita como tal. Simplesmente não surgiram contratos intermináveis, com estipulações e previsões para contingências. Saímos para a tarde de um calor brutal com nada a não ser duas pesadas chaves de ferro, mais compridas do que a minha mão: uma para o portão enferrujado, a outra para a porta da frente. Não são parecidas com nenhuma chave de nenhum imóvel que eu já tenha possuído. Não há esperança de haver cópias de reserva.

Giuseppe acena da porta do bar, e nós lhe dizemos que compramos uma casa. Ele quer saber onde fica.

– Bramasole – começa Ed, pronto para dizer onde fica.

– Ah, Bramasole, *una bella villa*! – Quando menino, colheu cerejas lá. Embora ainda seja cedo, ele nos leva para dentro do bar e nos serve uma *grappa.* – Mama! – grita. A mãe e a irmã vêm dos fundos, e todos fazem um brinde a nós. Todos falam ao mesmo tempo, referindo-se a nós como os *stranieri*, estrangeiros. A *grappa* é de derrubar. Tomamos a nossa com a rapidez com que a Signora Mantucci entorna seu expresso e saímos para o sol. O carro está como um forno de pizza. Ficamos ali sentados com as portas abertas, de repente rindo sem parar.

*

Enquanto assinávamos a documentação definitiva, providenciamos duas mulheres para fazer a limpeza e uma cama a ser entregue. Na cidade, compramos uma garrafa de *prosecco* gelado e depois paramos na *delicatessen* para abobrinha em conserva, azeitonas, frango assado e batatas.

Chegamos à casa atordoados pelos acontecimentos e pela *grappa.* Anna e Lucia lavaram as janelas e exorcizaram camadas de poeira, assim como inúmeras teias de aranha. O quarto do segundo andar que dá para um terraço de tijolos está reluzente. Elas fizeram a cama com os lençóis novos azuis e deixaram a porta do terraço aberta para o som dos cucos e dos canários silvestres nas tílias. Colhemos as últimas das rosas cor-de-rosa no terraço da frente e enchemos duas velhas garrafas de Chianti com elas. O quarto com as venezianas fechadas e as paredes caiadas, o piso recém-encerado, a cama imaculada com lençóis novos e rosas perfumadas no peitoril da janela, tudo iluminado por uma lâmpada de quarenta *watts* suspensa do teto, parece uma cela franciscana. Assim que entro, acho que é o quarto mais perfeito do mundo.

Tomamos um banho de chuveiro e trocamos de roupa. Ao crepúsculo tranqüilo, sentamo-nos na mureta de pedra do terraço para fazer um brinde a nós mesmos e à casa com copos do *prosecco*, que parece ser o ar sob forma líquida. Brindamos aos ciprestes ao longo da estrada e ao cavalo branco no campo do vizinho, à mansão ao longe que foi construída para a visita de um papa. Jogamos os caroços de azeitona por cima do muro, esperando que eles brotem do chão no ano que vem. O jantar está delicioso. Quando cai a noite, uma coruja-de-igreja faz um vôo rasante tão perto de nós que ouvimos o farfalhar das asas, e quando pousa na acácia-branca lança um grito estranho que tomamos como um cumprimento. A Ursa Maior paira acima da casa, pronta para se derramar sobre o telhado. As constelações começam a surgir, nítidas como numa carta celeste. Quando afinal fica escuro, vemos que a Via Láctea passa direto sobre a casa. Por viver no ambiente iluminado da cidade, sempre me esqueço das estrelas. E aqui estão elas, o tempo todo, densas e espalhadas, caindo e pulsando. Ficamos olhando para o céu até o pescoço doer. A Via Láctea parece uma peça de renda que se desenrola. Como gosta de sussurrar, Ed chega junto ao meu ouvido.

– Ainda quer ir para casa? – pergunta. – Será que já não estamos em casa?

Uma casa e a terra que dois bois levariam dois dias para arar

Admiro a beleza dos escorpiões. Parecem hieróglifos em nanquim de si mesmos. Também me fascina o fato de eles poderem se orientar pelos astros, embora eu não saiba como chegam a vislumbrar as constelações, a partir dos seus refúgios costumeiros em cantos empoeirados de casas vazias. Todos os dias, de manhã, um deles foge correndo em volta do bidê. Alguns são sugados por engano pelo aspirador de pó novo, apesar de geralmente terem mais sorte: eu os capturo num pote e os levo lá para fora. Encaro com suspeita cada xícara e cada sapato. Quando arejo um travesseiro, um albino aterrissa no meu ombro nu. Desbaratamos exércitos de aranhas quando esvaziamos o armário debaixo da escada da sua coleção de garrafas. Impressionantes, os longos fios que funcionam como pernas e os corpos do tamanho de moscas. Consigo até mesmo ver seus olhos. Além desses habitantes, a herança dos antigos moradores consiste em garrafas de vinho empoeiradas – aos milhares no galpão e nas cocheiras. Nós enchemos os recipientes para reciclagem inúmeras vezes, deixando cair cascatas de vidro das caixas que carregamos e recarregamos. As cocheiras e a *limonaia* (um aposento do tamanho de uma garagem no lado da casa, usado antigamente para armazenar vasos de limoeiros durante o inverno) estão entulhadas de panelas enferrujadas, jornais de 1958, arame, latas de tinta, escombros. Ecossistemas inteiros de aranhas e escorpiões são destruídos, apesar de parecerem regenerados horas mais tarde. Procuro velhas fotos ou colheres antigas, mas não vejo nada de interesse a não ser algumas ferramentas de ferro feitas à mão e um objeto de madeira com a forma de um cisne com um gancho para uma panela suspensa de carvões quentes, que era enfiada por baixo das cobertas no inverno para aquecer os lençóis frios e úmidos. Um instrumento feito com perícia, uma elegante esculturinha, é uma meia-lua do tamanho da mão com um cabo gasto de cor castanha. Qualquer toscano o reconheceria num segundo: uma ferramenta para poda da videira.

Quando vimos a casa pela primeira vez, ela estava cheia de camas de ferro trabalhado com medalhões pintados de Maria e de pastores segurando cordeiros, cômodas atacadas por cupins com tampos de mármore, caminhas de criança, espelhos manchados, berços, caixas e lúgubres quadros religiosos da crucificação com corações sangrando. O proprietário retirou tudo, até os espelhos dos interruptores e as lâmpadas, com exceção de um armário de cozinha da década de 1930 e uma cama vermelha horrível, que não conseguimos calcular como fazer passar pela estreita escada dos fundos do terceiro andar. Acabamos por desmontar a cama, e a jogamos, peça a peça, pela janela. Depois, enfiamos também o colchão pela janela, e meu estômago dá saltos enquanto o observo parecer cair em câmera lenta até o chão.

Os cortonenses, dando seus passeios à tarde, param na estrada e olham para cima para ver toda essa loucura, a mala do carro cheia de garrafas; colchões voando; eu berrando com o escorpião que cai dentro da minha blusa quando estou varrendo as paredes de pedra da cocheira; Ed no meio do mato brandindo um alfanje, como a imagem da morte. Às vezes, eles param e perguntam de lá de baixo quanto pagamos pela casa.

Fico perplexa e encantada com a franqueza. "Talvez mais do que valia", respondo. Uma pessoa lembrou que muito tempo atrás um artista de Nápoles morou ali. Para a maioria, entretanto, ela está vazia até onde vão suas mais remotas lembranças.

Todos os dias carregamos peso e esfregamos. Estamos ficando tão ressecados quanto os montes ao nosso redor. Compramos material de limpeza, fogão e geladeira novos. Com cavaletes e duas tábuas fazemos uma bancada para a cozinha. Apesar de termos de trazer a água quente do banheiro numa bacia plástica, temos uma cozinha surpreendentemente funcional. Como alguém que teve a Williams-Sonoma como loja de brinquedos anos a fio, começo a recuperar uma noção básica de cozinha. Três colheres de pau, duas para a salada, uma para mexer na panela. Uma caçarola, faca de pão, faca de corte, ralador de queijo, panela de macarrão, tabuleiro e cafeteira tipo expresso para fogão. Trouxemos de casa uns talheres velhos de piquenique e compramos alguns pratos e copos. Aquelas primeiras massas saem divinas. Depois do trabalho duro, comemos tudo que esteja à vista e caímos na cama como trabalhadores braçais. Nossa massa preferida é espaguete com um molho fácil preparado com *pancetta*, *bacon* não-defumado, cortada em cubinhos, lourada rapidamente e misturada a creme de leite e rúcula (conhecida por aqui como *ruchetta*), fácil de encontrar na nossa entrada de carros e ao longo dos muros de pedra. Ralamos parmesão por cima e comemos montanhas enormes. Além da melhor salada de todas, esses tomates espantosos, cortados em fatias grossas e servidos com manjericão picado e mozarela, aprendemos a fazer feijão branco da Toscana, com sálvia e azeite de oliva. Debulho e cozinho o feijão de manhã e depois deixo que volte à temperatura ambiente antes de temperá-lo com azeite. Consumimos uma quantidade assustadora de azeitonas pretas.

Três ingredientes é praticamente tudo o que conseguimos encarar na maioria das noites, mas eles parecem suficientes para gerar algo esplêndido. A idéia de cozinhar aqui me inspira. Com ingredientes tão maravilhosos, tudo parece fácil. Um mármore abandonado do tampo de uma cômoda serve como mesa para bater massas quando resolvo fazer minha própria massa para uma torta de ameixas. Enquanto eu a abro com uma das garrafas artesanais de Chianti que recuperei dos escombros, penso com assombro na minha cozinha de San Francisco: o piso preto-e-branco, a parede espelhada entre os armários e o balcão, extensas superfícies de um branco reluzente, o fogão industrial grande o suficiente para levantar vôo do aeroporto de San Francisco, a luz que entra pela clarabóia e, sempre, cozinhar ao som de Vivaldi, Robert Johnson ou Villa-Lobos. Aqui, a aranha cheia de determinação na lareira me faz companhia enquanto tece sua nova teia. O fogão e a geladeira parecem agressivamente novos em comparação com a caiação descascada e à luz da lâmpada suspensa do que dá a impressão de ser um fio desencapado.

No final da tarde, costumo tomar longos banhos na banheira cheia de espuma, tirando teias de aranha do cabelo, sujeira das unhas, colares de poeira do pescoço. Eu não tinha um colar de sujeira desde quando brincava de esconde-esconde em longas noites de verão quando criança. Ed sai do chuveiro renovado, bronzeado na camisa branca de algodão e *shorts* cáqui.

A casa vazia, depois de limpa, parece espaçosa e pura. A maioria dos escorpiões migrou para algum outro lugar. Graças às espessas paredes de pedra, não sentimos calor mesmo nos dias mais quentes. Uma mesa primitiva de fazenda, deixada na *limonaia*, passa a ser nossa mesa de jantar no terraço da frente. Ficamos sentados ali fora conversando até tarde sobre a reforma, saboreando o gorgonzola com uma pêra tirada da árvore e o vinho do lago Trasimeno, a apenas um vale de distância. No fundo, a reforma parece simples. Um aquecedor de água central, com um banheiro novo e os existentes ligados a ele; uma cozinha nova, mas simples, a essência da simplicidade. Quanto tempo vão demorar os documentos de licença da obra? Será que realmente precisamos de aquecimento central aqui? Será que a cozinha deveria ficar onde está? Ou será que não ficaria melhor no lugar atual do estábulo? Dessa forma, a cozinha atual poderia ser a sala de estar, com uma grande lareira. No escuro, vemos os vestígios sombreados de um jardim formal: uma longa cerca viva de buxo com cinco enormes globos de topiaria, agora desgrenhadas, no alto. Deveríamos reconstruir o jardim com esses estranhos resquícios? Deveríamos decepá-las do alto da cerca? Eliminar de uma vez a cerca antiga e plantar algo informal, como alfazema, por exemplo. Fecho meus olhos e procuro ter uma visão do jardim dentro de três anos, mas o mato crescido está indelével demais na minha cabeça. Antes de terminar o jantar, eu poderei estar dormindo em pé, como um cavalo.

A casa deve ter algum alinhamento positivo, de acordo com as teorias chinesas do Feng Shui. Algo está nos proporcionando uma extraordinária sensação de bem-estar. Ed tem a energia de três pessoas. Eu, sujeita a insônia a vida inteira, durmo todas as noites como quem acabou de morrer e tenho sonhos profundamente harmoniosos de estar nadando com a correnteza num rio verde-claro, sentindo-me à vontade para brincar na água. Na primeira noite, sonhei que o nome da casa não era Bramasole, mas Cento Angeli, Cem Anjos, e que eu os descobriria um a um. Será que traz má sorte mudar o nome de uma casa, como mudar o nome de um barco? Como estrangeira temerosa, eu não mudaria. Mas, para mim, a casa agora tem um nome secreto além do seu nome verdadeiro.

*

As garrafas sumiram. A casa está limpa. Os ladrilhos reluzem com uma pátina de cera. Penduramos alguns ganchos atrás das portas, só para tirar nossas roupas das malas. Com engradados de leite e uns pedaços de mármore deixados na cocheira, criamos duas mesinhas-de-cabeceira para combinar com nossas duas cadeiras do centro do jardim.

Estamos nos sentindo preparados para encarar a realidade da reforma. Vamos caminhando até a cidade para tomar café e ligar para Piero Rizzatti, o *geometra.* As traduções "projetista" ou "topógrafo" não explicam realmente o que é um *geometra*, profissional sem equivalente nos Estados Unidos, uma espécie de intermediário entre o proprietário, os construtores e as autoridades de planejamento municipal. Ian nos garantiu que ele é o melhor da região, querendo também dizer que ele tem os melhores contatos e que consegue os documentos para as obras com rapidez.

No dia seguinte, Ian traz de carro o Signor Rizzatti com sua trena e seu bloco. Começamos nosso exame da casa vazia, com olhos imparciais.

O andar térreo consiste em basicamente cinco cômodos enfileirados – a cozinha dos lavradores, a cozinha principal, a sala de estar, a cocheira, mais uma cocheira, com um saguão e escadas depois dos dois primeiros aposentos. A casa é dividida por uma enorme escadaria com degraus de pedra e corrimão de ferro trabalhado. A planta é estranha. A casa foi projetada como uma casa de bonecas, tendo de fundo apenas um aposento, com todos os cômodos do mesmo tamanho. Para mim, isso é parecido com dar o mesmo nome a todos os filhos. Nos dois andares superiores, há dois quartos de cada lado da escada; deve-se passar pelo primeiro quarto para chegar ao outro. Até recentemente, a privacidade não era questão de grande importância para as famílias italianas. Lembro-me de que até mesmo Miguel Ângelo dormia com quatro pessoas na mesma cama que seus pedreiros, quando estava trabalhando em algum projeto. Nos enormes *palazzi* florentinos, precisa-se atravessar um salão imenso para chegar ao seguinte. Os corredores deveriam ser para eles um desperdício de espaço.

O lado ocidental da casa – um cômodo em cada andar – é isolado para os *contadini*, a família de lavradores que cuidava dos terraços de oliveiras e parreiras. Uma estreita escadaria de pedra sobe pelos fundos dessa divisão, e não há nenhuma entrada a partir do corpo principal da casa, a não ser pela porta da frente daquela cozinha. Com a porta deles, as duas que dão para as cocheiras e a grande porta da frente, são quatro portas duplas ao longo da frente da casa. Eu as visualizo com novas bandeiras, todas abertas para o terraço, com alfazema, rosas e vasos de limões entre elas, fragrâncias deliciosas penetrando na casa e um movimento natural de vida ao ar livre e entre quatro paredes. O Signor Rizzatti gira a maçaneta da porta da cozinha dos lavradores, e ela se solta em sua mão.

Nos fundos do apartamento, um banheiro grosseiro com um vaso sanitário cimentado no chão – pouco mais do que uma latrina – está grudado ao terceiro andar da casa. Os lavradores, sem água encanada no andar superior, deviam usar um método de descarga com balde. Os dois banheiros de verdade também foram anexados aos fundos da casa, cada um num patamar de escada. Essa solução pouco estética ainda é comum nas casas de pedra construídas antes da existência da água encanada. Vejo com freqüência essas instalações sanitárias protuberantes, às vezes apoiadas em frágeis vigas de madeira que entram em ângulo nas paredes. O banheiro menor, que suponho ser o primeiro da casa, tem um pé-direito baixo, piso axadrezado de pedra e a banheira encantadora. O banheiro maior deve ter sido acrescentado na década de 1950, não muito antes de a casa ser abandonada. Alguém fez uma experiência enlouquecida com os azulejos: do piso ao teto rosa, azul e branco em desenho de borboletas. O piso é azul, mas não do mesmo azul. O chuveiro simplesmente escorre para o chão, ou seja, a água se espalha pelo banheiro todo. Alguém prendeu o chuveiro tão alto na parede que a água cria uma brisa e a cortina de chuveiro que penduramos no canto se enrola em nossas pernas.

Passamos para o terraço em formato de L que sai do quarto do segundo andar, debruçando-nos no gradil para a vista magnífica do vale numa direção e de fruteiras e oliveiras nas outras. É claro que estamos imaginando futuros cafés-da-manhã aqui, à sombra do abricó em flor e com a encosta do morro coberta de íris, cujos restos ressequidos vemos por toda parte. Posso imaginar minha filha e seu namorado, cobertos de óleo de bronzear, lendo romances em espreguiçadeiras, com uma jarra de chá gelado entre eles. O piso do terraço é exatamente igual ao da casa, só que os ladrilhos aqui foram embelezados pelas intempéries e estão cheios de musgo. Já o Signor Rizzatti encara os ladrilhos de cara amarrada. Quando descemos, ele aponta para o teto da *limonaia*, logo abaixo do terraço, que também está recoberto de musgo e chega a esfarelar em alguns pontos. Infiltrações. Isso parece dispendioso. Os rabiscos no bloco cobrem duas páginas.

Achamos que a planta esquisita combina conosco. Não precisamos mesmo de oito quartos. Cada um dos quatro poderá ter estúdio/sala de estar/vestiário, embora decidamos transformar o cômodo adjacente ao nosso quarto num banheiro. Dois banheiros já parecem suficientes, mas nós adoraríamos o luxo de um banheiro privativo junto ao quarto. Se conseguirmos arrancar o tosco vaso sanitário dos lavradores anexo àquele quarto, teremos um *closet* saindo do banheiro, o único da casa. Com sua trena metálica, o *geometra* indica a sombra de uma porta que une o antigo quarto dos lavradores ao quarto que será nosso. Reabri-la, pensamos, será um serviço rápido.

No térreo, a fileira de aposentos não é tão conveniente. Quando vimos a casa pela primeira vez, eu disse em tom leviano que poderíamos derrubar aquelas paredes e ter dois salões ali embaixo. Agora, nosso *geometra* nos diz que só poderemos abrir as paredes até um metro e oitenta como medida de precaução para terremotos. Ficar aqui me proporcionou uma noção íntima da construção. Percebo como as paredes do primeiro andar são abauladas perto do piso, para acomodar as grandes pedras das fundações. A casa foi construída de um jeito parecido com o dos terraços de pedra, sem argamassa, com as pedras empilhadas e encaixadas. Das profundezas dos portais e dos peitoris, vejo que as paredes vão afinando à medida que vão subindo. Aquelas que têm um metro de espessura no térreo talvez tenham somente a metade disso no terceiro andar. O que mantém essa casa em pé com toda a sua altura? Será que a inserção de algumas modernas vigas de aço naquelas aberturas não faria o serviço de pedras que eu nem conseguiria abraçar?

Quando a enorme cúpula do *duomo* de Florença foi concebida, ninguém conhecia a técnica para construir um hemisfério tão grande. Alguém propôs construí-la sobre um grande monte de terra empilhado na catedral. Haveria dinheiro escondido em toda a pilha e, ao ser concluída a cúpula, os camponeses seriam convidados a cavar para encontrar moedas e a levar embora a terra. Felizmente, Brunelleschi fez os cálculos de engenharia da cúpula. Espero que alguém tenha construído esta casa também com base em princípios sólidos, mas mesmo assim começo a ter minhas dúvidas quanto a quebrar as paredes de fortaleza do térreo.

O *geometra* é cheio de opiniões. Ele acha que a escada dos fundos do apartamento deveria ser eliminada. Nós a adoramos, um caminho secreto de fuga. Ele acha que deveríamos refazer o reboco descascado e esfarelado da fachada, pintá-la de ocre. Nem pensar. Gosto das cores que mudam com a mudança da luz, e o brilho intenso dos dourados quando chove, como se o sol se infiltrasse nas paredes. Ele acha que nossa prioridade deveria ser o telhado.

– Mas não há vazamentos no telhado. Por que mexer com ele, quando há tantas coisas mais prementes?

Nós lhe explicamos que não vamos poder fazer tudo de uma vez. A casa custou uma fortuna. O projeto terá de se estender ao longo do tempo. Grande parte do trabalho nós mesmos faremos. Procuro explicar que nós, americanos, às vezes somos do tipo faz-tudo. Quando digo isso, vejo um lampejo de pânico no rosto de Ed. O "do it yourself" não é traduzível. O *geometra* abana a cabeça como se não houvesse esperança num diálogo em que ele precise explicar pontos tão básicos como esses. Ele se dirige a nós com delicadeza, como se, graças a uma enunciação precisa, nós fôssemos entendê-lo.

– Prestem atenção. O telhado precisa ser consolidado. As telhas serão conservadas, numeradas, colocadas de novo no lugar na mesma ordem, mas vocês terão isolamento. O telhado será reforçado.

A esta altura, é o telhado ou o aquecimento central, não podemos fazer os dois. Debatemos a importância de cada um. Afinal de contas, ficaremos aqui principalmente no verão. Mas não queremos congelar no Natal, quando viermos colher azeitonas. Se um dia formos instalar o aquecimento, ele precisará entrar junto com os sistemas de água e esgoto. O telhado pode ser feito a qualquer hora, ou nunca. Neste exato momento, a água fica numa caixa d'água no quarto dos lavradores. Quando se toma um banho de chuveiro ou quando se dá uma descarga, uma bomba é ligada, e água de poço entra ruidosa na caixa d'água. Aquecedores individuais de água (como que por milagre, eles funcionam) estão instalados acima de cada chuveiro. Vamos precisar de um aquecedor central de água, com uma grande caixa d'água ligada a ele, para que a bomba barulhenta não tenha de funcionar constantemente.

Tomamos a decisão de fazer o aquecimento. O *geometra*, com a certeza de que voltaremos a ter juízo, diz que vai solicitar autorização para obras no telhado também.

Em algum ponto triste da vida da casa, alguém teve a louca idéia de pintar as vigas de castanheiro de todos os quartos com um verniz horroroso cor de vinagre. Essa técnica inimaginável foi outrora popular no sul da Itália. Pintam-se vigas de madeira de verdade com uma mistura viscosa e depois passa-se uma escova para que o acabamento imite madeira! Portanto, o tratamento com jatos de areia é de prioridade máxima. Trabalho desagradável, mas rápido; e nós aplicaremos sozinhos o selante e a cera. Uma vez, refiz o acabamento de um baú de marinheiro e achei ótimo. Vamos precisar consertar portas e janelas. Todos os batentes e venezianas internas estão cobertos com o mesmo acabamento de imitação de madeira. Esse gênio das vigas e janelas talvez seja também responsável pela lareira, que é revestida com uma cerâmica parecida com tijolos. Que mentalidade estranha, a de cobrir algo genuíno com uma imitação de algo verdadeiro. Tudo isso deverá desaparecer, junto com os azulejos azuis que cobrem o peitoril largo e as borboletas do banheiro. Tanto a cozinha principal quanto a dos lavradores exibem pias de cimento horrorosas. A lista do homem já está com três páginas. A cozinha dos lavradores tem um piso de cacos de mármore, feio de doer. Há muitos fios de aparência antiqüíssima, enrolados perto do teto em isoladores brancos de louça. Às vezes, saem faíscas quando acendo a luz.

O *geometra* senta na mureta do terraço, enxugando o rosto com um enorme lenço de linho com monograma. Ele nos olha com ar de pena.

*

Regra nº 1 num projeto de reforma: esteja presente. Estaremos a doze mil quilômetros de distância quando uma parte importante do trabalho estiver sendo feita. Nós nos preparamos para analisar orçamentos para a obra.

Nando Lucignoli, que nos foi enviado pelo Signor Martini, chega no seu Lancia e pára no início da entrada, olhando não para a casa, mas para a vista do vale. Imagino que ele seja um profundo admirador de paisagem, mas logo percebo que está falando ao seu celular, brandindo o cigarro e fazendo gestos no ar. Ele joga o telefone no banco dianteiro.

– *Bella posizione.* – Ele agita novamente seu Gauloise enquanto nos cumprimenta com apertos de mão, quase fazendo uma reverência para mim. Seu pai é pedreiro especializado em cantaria, e o filho se tornou empreiteiro, um empreiteiro de excelente aparência. Como muitos homens italianos, sua colônia ou loção após-barba o envolve com uma ensolarada aura de limão que só é ligeiramente atenuada pela fumaça do cigarro. Antes que ele diga qualquer coisa, tenho certeza de que ele é o empreiteiro para nós. Nós o levamos para ver a casa.

– *Niente, niente* – repete ele, nada. – Vamos fazer passar os canos do aquecimento em canais por trás da casa: uma semana. O banheiro: três dias, *signora.* Um mês, tudo. Vocês terão uma casa perfeita. É só trancar a porta, deixar a chave comigo e, quando voltarem, tudo estará resolvido. – Ele nos garante que pode encontrar tijolos velhos que combinem com o resto da casa para a nova cozinha na cocheira. A fiação? Ele tem um amigo. Os tijolos do terraço? Ele dá de ombros, um pouco de argamassa. Abrir as paredes? Seu pai é especialista nisso. Seus cabelos pretos alisados para trás e querendo voltar aos cachos naturais caem-lhe sobre a testa. Ele lembra o Baco de Caravaggio, só que tem os olhos verde-musgo e a postura ligeiramente torta, provavelmente de se inclinar com a velocidade do Lancia. Ele acha minhas idéias maravilhosas; eu deveria ter sido arquiteta, tenho um gosto excelente. Ficamos sentados na mureta de pedra e tomamos um copo de vinho. Ed entra para fazer um café para si mesmo. Nando desenha diagramas dos encanamentos de água no verso de um envelope. Meu italiano é encantador, diz ele. Ele entende tudo o que tento dizer. Diz que passará para deixar seu orçamento amanhã. Tenho certeza de que o preço será razoável, de que durante o inverno Nando, seu pai e alguns operários de confiança transformarão Bramasole.

– Divirtam-se; podem deixar comigo – diz ele quando os pneus giram em falso na entrada de carros. Enquanto dou um aceno de despedida, percebo que Ed ficou no terraço. Sua atitude é evasiva quanto a Nando. Diz que ele cheirava como uma *profumeria*, que é afetado fumar Gauloises e que ele achava que seria absolutamente impossível instalar um aquecimento central dessa forma.

Ian nos traz Benito Cantoni, homem baixo, de compleição sólida e olhos amarelos, que tem uma estranha semelhança com Mussolini. Está com seus sessenta anos e deve ter sido um homônimo. Lembro-me de que Mussolini na realidade recebeu seu nome em honra ao mexicano Benito Juárez, que lutou contra a opressão francesa. Estranho pensar naquele nome revolucionário percorrendo a vida do ditador para chegar a esse homem tranqüilo cujo rosto largo e inexpressivo e cuja careca brilham como uma castanha polida. Quando ele fala, o que é raro, usa o dialeto local de Val di Chiana. Não consegue entender uma palavra que qualquer um de nós diz, e nós sem dúvida não conseguimos entendê-lo. Até mesmo Ian encontra dificuldade. Benito trabalhou na restauração da capela de Le Celle, um mosteiro próximo, uma boa recomendação. Ficamos ainda mais impressionados quando Ian nos leva de carro para olhar uma casa que ele está restaurando perto de Castiglione del Lago, uma sede de fazenda com uma torre supostamente construída pelos templários. A obra parece meticulosa. Ao contrário de Benito, seus dois pedreiros esboçam largos sorrisos.

De volta a Bramasole, Benito anda pela casa sem fazer sequer uma anotação. Ele irradia calma e segurança. Quando dizemos a Ian que peça um orçamento, Benito hesita. É impossível saber com que problemas ele vai se deparar. Quanto nós queremos gastar? (Que pergunta!) Ele não tem muita certeza sobre os pisos, sobre o que vai encontrar quando arrancar os tijolos do terraço lá de cima. Observa que uma pequena viga precisa ser substituída no terceiro andar.

Orçamentos são novidade para os construtores daqui. Eles estão acostumados a trabalhar por diária, sempre com alguém em casa para saber quanto tempo ficaram por lá. Todo esse planejamento simplesmente não é seu jeito de trabalhar, embora eles às vezes digam "menos de três dias" ou "*quindici giorni*". *Quindici giorni* – quinze dias – nós já aprendemos que é simplesmente um prazo conveniente que indica que o locutor não faz a menor idéia do tempo que vai levar, mas imagina que não vá ser por um tempo indefinido. "*Quindici minuti*", nós havíamos aprendido ao perder um trem, significa alguns minutos, não os quinze propriamente ditos, mesmo quando a expressão for usada por um condutor falando da partida de um trem. Creio que a maioria dos italianos tem uma noção mais longa do tempo do que a que nós temos. Para que tanta pressa? Uma vez erguido, um prédio irá perdurar muito, muito tempo, talvez um milênio. Duas semanas, dois meses, grande coisa!

Remoção de paredes? Ele não aconselha. Faz gestos indicando o desmoronamento da casa ao nosso redor. Seja como for, Benito irá calcular um valor e o passará a Ian dentro de uma semana. Quando vai embora, ele afinal nos dá um sorriso. Seus dentes amarelos e quadrados parecem fortes o suficiente para abrir buracos em tijolos. Ian o recomenda e descarta Nando como "o *playboy* do mundo ocidental". Ed demonstra satisfação.

Nosso *geometra* recomenda o terceiro empreiteiro, Primo Bianchi, que chega num Ape, uma dessas *pick-ups* em miniatura, de três rodas. Também ele é em miniatura, talvez mal chegue a um metro e meio de altura, atarracado e de macacão, com um lenço vermelho no pescoço. Vem chegando e nos cumprimenta com formalidade com uma velha expressão: "*Salve, signori.*" Parece um dos operários de Papai Noel, com óculos de armação dourada, cabelos brancos esvoaçantes, botas de cano alto. "*Permesso?*", pergunta ele antes de passarmos pela porta. Em cada porta, ele pára e repete: "*Permesso?*", como se talvez fôssemos surpreender alguém se despindo ali dentro. Ele segura o boné nas mãos de um jeito que reconheço dos operários do meu pai no sul dos Estados Unidos. Está acostumado a ser o "camponês" que fala com o "*padrone*". Demonstra, porém, uma segurança pessoal, um orgulho que costumo observar em garçons, mecânicos, entregadores, por aqui. Ele experimenta os trincos das janelas e movimenta as portas. Cutuca vigas com a ponta da sua faca para verificar se a madeira está podre, balança tijolos soltos.

Chega a um ponto no piso, ajoelha-se e esfrega dois tijolos que são de uma cor ligeiramente mais clara.

– *Io* – diz ele, radiante, apontando para o peito – *molti anni fa.* – Ele os substituiu há muitos anos. Ele então nos diz que foi ele quem instalou o banheiro principal e que costumava vir todo mês de dezembro para ajudar a carregar os grandes vasos de limões que orlam o terraço para dentro da *limonaia* para o inverno. O proprietário da casa era da idade do pai dele, viúvo naquela época, com cinco filhas que cresceram e se mudaram. Quando o pai morreu, as filhas deixaram a casa vazia. Elas se recusavam a se desfazer dela, mas ninguém cuidou do lugar durante trinta anos. Ah, eu imagino as cinco irmãs da Perúgia nas suas estreitas camas de ferro em cinco quartos, todas acordando ao mesmo tempo e abrindo as venezianas. Não acredito em fantasmas, mas, desde o início, pressenti suas pesadas tranças negras entremeadas de fitas, suas camisolas brancas bordadas com monogramas, a mãe com escovas de prata a enfileirá-las diante do espelho todas as noites para cem escovadas.

No terraço do andar superior, ele abana a cabeça. Os tijolos têm de ser arrancados, para instalação de uma base de papelão alcatroado e isolante. Tivemos a sensação de que ele sabia do que estava falando. Aquecimento central?

– Mantenha a lareira acesa, vista roupas adequadas, *signora*, o custo é apavorante.

As duas paredes? É, poderia ser feito. As decisões são irracionais. Nós dois soubemos que Primo Bianchi era o homem certo para a reforma.

*

Se a arma está na prateleira no primeiro capítulo, haverá um disparo antes do final da história.

O ex-proprietário não havia apenas afirmado a abundância da água; havia chegado ao ponto do lirismo. A água era motivo para grande orgulho. Quando nos fez percorrer os limites da propriedade, ele abriu uma torneira de jardim de jato forte, revirando as mãos na água fria de poço.

– Este foi um ponto de abastecimento de água dos etruscos! Esta água é reconhecida como a mais pura. Todo o sistema de aquedutos dos Médici – disse ele, gesticulando na direção da fortaleza do século XV no alto do morro – passa por esta terra. – Seu inglês era perfeito. Ele sem dúvida tinha conhecimentos sobre a água. Descreveu os cursos d'água das montanhas à nossa volta, toda a abundância que passava pelo nosso lado do monte Sant'Egidio.

Nós naturalmente encomendamos uma inspeção da propriedade antes de comprá-la. Um *geometra* imparcial de Umbertide, a quilômetros de distância por trás dos morros, nos deu avaliações detalhadas. Ele corroborou que havia água em abundância.

Quando estou tomando banho de chuveiro, depois de um mês e meio da aquisição, sinto a água diminuir, formar um filete, gotejar e acabar. Com o sabonete na mão, fico ali parada alguns instantes sem entender e depois concluo que a bomba deve ter sido desligada por acaso ou, o que é mais provável, a energia deve ter acabado. Só que a lâmpada do teto está acesa. Saio e esfrego o corpo com uma toalha para tirar o sabão.

O Signor Martini vem do seu escritório, trazendo um longo fio marcado a cada metro e com um peso na ponta. Tiramos a pedra do poço e ele faz baixar o peso.

– *Poco acqua* – declara ele em voz alta quando o peso bate no fundo. Pouca água. Ele recolhe o peso, com raízes escuras presas, e apenas alguns centímetros do fio estão molhados. O poço tem a miserável profundidade de vinte metros e é provido de uma bomba que deve ter sido uma precursora da Revolução Industrial. Nada mais a dizer sobre os conhecimentos do *geometra* imparcial de Umbertide. Também não ajuda nem um pouco o fato de a Toscana estar no terceiro ano de uma forte seca.

– *Un nuovo pozzo* – grita ele, ainda mais alto. Enquanto isso, diz ele, vamos comprar água de um amigo que a trará num caminhão. Felizmente, ele tem um "amigo" para cada situação.

– Água de lago? – pergunto, imaginando girinos e algas gosmentas do Trasimeno. Ele nos garante que é água pura, até mesmo com flúor. Seu amigo simplesmente bombeará uma quantidade de litros no poço e isso será o suficiente para o resto do verão. No outono, um novo *pozzo*, fundo, com água boa, o bastante para uma piscina.

A piscina se havia tornado um *leitmotiv* enquanto estávamos procurando casas. Como somos da Califórnia, todo mundo que nos mostrava uma casa partia do pressuposto de que naturalmente nós iríamos querer uma piscina como prioridade máxima. Lembro-me de que anos antes, quando estava visitando o Oriente, o pálido filho de uma amiga me perguntou se eu dava aula de maiô. Gostei da sua imaginação. Depois de possuir uma piscina, creio que a melhor forma de aproveitar a água é ter um amigo que tenha uma. Lidar com súbitas alterações da água para o verde-néon não faz parte dos meus planos de férias. Já temos problemas suficientes aqui.

E assim compramos uma pipa d'água, sentindo-nos meio bobos, meio aliviados. Só nos restam duas semanas em Bramasole; pagar ao amigo de Martini é sem dúvida mais barato do que ir para um hotel, e nem de longe tão humilhante. Por que motivo a água simplesmente não se infiltra para o lençol ressecado, eu não sei. Tomamos rápidos banhos de chuveiro, não bebemos nada a não ser água mineral, saímos para comer fora com freqüência e enriquecemos a lavanderia. O dia inteiro ouvimos as batidas ritmadas de equipamentos de perfuração de poços, subindo do vale lá embaixo. Aparentemente, há outros que não dispõem de poços fundos. Eu me pergunto se alguma outra criatura em toda a Itália chegou um dia a derramar uma pipa d'água direto num poço. Não paro de confundir *pozzo*, poço, com *pazzo*, maluco, que é o que nós devemos ser.

Lá pela altura em que começamos a ter uma noção do que a propriedade precisa além de água – e de quem somos por aqui –, já é hora de voltar. Na Califórnia, os alunos estão comprando livros didáticos, consultando os horários das aulas. Nós providenciamos os pedidos de autorização para obras. Os orçamentos são astronômicos – teremos de fazer nós mesmos uma parte maior do trabalho do que eu imaginava. Lembro-me de ter levado um choque quando troquei o espelho de uma tomada elétrica em casa. Ed uma vez rasgou o forro com o pé quando subiu ao sótão para verificar um vazamento no telhado. Chamamos Primo Bianchi e lhe dizemos que gostaríamos que ele se encarregasse do trabalho principal e que entraremos em contato assim que sair a licença. Felizmente, Bramasole fica numa "zona verde" e numa "zona de *belle arti*", onde nada de novo pode ser construído e as casas são protegidas contra alterações que modificariam sua integridade arquitetônica. Como as licenças exigem aprovação tanto local quanto nacional, o processo leva meses, até mesmo um ano. Esperamos que Rizzatti tenha contatos tão bons quanto dizem que tem. Bramasole deverá permanecer vazia mais um inverno. Deixar um poço seco também deixa um gosto desagradável na boca.

Quando vemos o antigo proprietário na *piazza* pouco antes de partirmos, ele é simpático, com seu novo Armani jogado sobre os ombros.

– Como vão as coisas em Bramasole? – pergunta ele.

– Melhor, impossível – respondo. – Adoramos tudo na propriedade.

*

Enquanto ia fechando a casa, contei. Dezessete janelas, cada uma com pesadas venezianas externas, janelas internas complicadas com painéis de madeira que se abrem e sete portas a serem trancadas. Quando fechei as venezianas, cada aposento ficou escuro de repente a não ser pela luz desenhando pentes no piso. As portas têm barras de ferro para prender no lugar, todas à exceção do *portone*, a grande porta da frente, que se fecha com a chave de ferro e que, imagino eu, torna discutível a trabalheira de trancar todas as outras portas e janelas, já que um ladrão determinado conseguiria com facilidade arrombá-la apesar do sólido ruído do trinco girando duas vezes. No entanto, a casa esteve vazia ao longo de trinta invernos. Que diferença fará mais um? Qualquer ladrão que penetrasse na casa escura encontraria uma cama solitária, alguma roupa de cama, um fogão, uma geladeira, panelas e frigideiras.

Estranho, fazer as malas e ir embora, simplesmente deixar a casa ali à luz do início da manhã, uma das minhas horas preferidas, como se absolutamente não tivéssemos estado ali.

Vamos na direção de Nice, atravessando a Toscana até o litoral da Ligúria. Os montes crestados, campos de girassóis cabisbaixos e as saídas da entrada principal com seus nomes mágicos passam velozes: Montevarchi, Florença, Montecatini, Pisa, Lucca, Pietrasanta, Carrara com seu rio leitoso do pó de mármore. As casas são para mim totalmente antropomórficas. São essencialmente *elas mesmas.* Bramasole parecia restituída a si mesma quando saímos: ereta e contida, de frente para o sol.

Não paro de me ouvir cantar enquanto passamos velozes por túneis.

– O que é isso que você está cantando? – Ed ultrapassa carros a 140 quilômetros por hora. Receio que esteja adotando de uma forma bastante natural o sangrento esporte de dirigir à moda italiana.

– Você não brincava de "De marré de si" na primeira série?

– Eu preferia pique-bandeira. As garotas é que gostavam das brincadeiras de cantar.

– Eu sempre adorava o final quando a mãe ficava sozinha. Sabe, é triste ir embora, sabendo que a casa vai ficar ali o inverno inteiro e que nós vamos estar ocupados sem sequer pensar nela.

– Você ficou maluca? Nós vamos pensar todos os dias sobre os lugares em que vamos querer as coisas, sobre o que vamos plantar e sobre quanto vão nos roubar.

Em Menton, entramos num hotel e passamos o final da tarde nadando no Mediterrâneo. A Itália é agora aquele distante braço de terra no crepúsculo enevoado. Em algum lugar, a anos-luz daqui, Bramasole está agora na sombra; o sol da tarde já mergulhou atrás do morro acima de nós. A ainda mais anos-luz daqui, já é manhã na Califórnia. A luz está jorrando na sala de jantar onde Sister, a gata, está aquecendo o pêlo em cima da mesa junto à janela. Caminhamos pelo longo passeio que leva à cidade e consumimos pratos de *soupe au pistou* e peixe grelhado. Cedo no dia seguinte, seguimos até Nice e partimos de avião. Quando aceleramos na pista, vejo de relance uma faixa de palmeiras ondulantes tendo como pano de fundo o céu luminoso. Depois, levantamos vôo e desaparecemos por nove meses.

Irmã água, irmão fogo

Junho. Contam-nos que o inverno foi cruel e a primavera extraordinariamente pródiga de flores. Restam as papoulas, e a fragrância da espinhenta giesta amarela ainda permeia o ar. A casa dá a impressão de ter absorvido ainda mais sol nesses meses em que estive fora. O acabamento que especialistas em pátina estão tentando aperfeiçoar em todos os cantos do mundo, as estações conseguiram realizar de modo admirável. Sob outros aspectos, tudo está na mesma, dando-me a ilusão de que os meses passados longe daqui não foram mais que alguns dias. Há um momento, eu estava capinando ervas daninhas e agora me dedico à mesma atividade, embora pare com freqüência. É que estou atenta à espera do homem das flores.

Um ramo de espirradeira, um punhado de cenouras silvestres e funcho atados com uma haste; um buquê inteiro de rosas-de-cão, pompons de dente-de-leão, ranúnculos e campânulas de alfazema – todos os dias olho para ver o que ele pôs no nicho ao pé da minha entrada de carro. Quando vi as flores pela primeira vez, pensei que o doador fosse mulher. Eu em breve a veria chegar no seu vestido simples estampado de azul-marinho, com uma bolsa de compras pendurada no guidom de uma bicicleta amassada.

É verdade que uma mulher meio encurvada, com um xale vermelho, vem cedo alguns dias pela manhã. Ela beija as pontas dos dedos e depois as leva à Maria de louça. Também vi um rapaz parar o carro, saltar por um instante e partir acelerando. Nenhum desses dois traz flores. Um dia, então, vi um homem descendo pela estrada que vem de Cortona. Seu caminhar era lento e grave. Ouvi o ruído dos seus passos na estrada parar por um instante. Mais tarde, encontrei um ramo novo de ervilhas-de-cheiro roxas no nicho; e os ásteres de ontem jogados na pilha de outros buquês murchos e mortos.

Agora eu o espero. Ele examina que flores silvestres a beira da estrada e os campos oferecem; inclina-se para apanhar as que lhe agradam. Costuma variar sua seleção, trazendo novas flores à medida que brotam. Fico aqui em cima, no alto de um terraço, arrancando a hera de muros de pedra ou podando galhos secos de árvores abandonadas. A profusão de flores faz com que eu pare a todo instante. Não conheço os nomes em inglês, muito menos em italiano. Uma planta com o formato de uma pequena árvore de Natal é toda salpicada de flores brancas. Acho que temos gladíolos silvestres vermelhos. As encostas dos morros são literalmente cobertas de papoulas vermelhas em abundância, com sua cor vibrante atenuada por aglomerados de íris azuis, que agora murcham para um cinza pálido. O capim arranha meus joelhos. Quando paro só para olhar, o peregrino está chegando. Ele se detém na estrada e fixa o olhar em mim. Eu aceno, mas ele não retribui, continuando a me encarar como se eu, uma estrangeira, fosse uma criatura sem consciência de que estão olhando para ela, um animal no zoológico.

O nicho é a primeira coisa que se vê quando se chega à casa. Aberto num muro curvo de pedra, ele é comum nesta região, uma Nossa Senhora de louça num cenário azul, no estilo de Della Robbia, em posição central num vão em arco. Vejo outros nichos em diversos lugares no campo, empoeirados e esquecidos. Por algum motivo, este aqui está em atividade.

É um velho, esse viandante com seu casaco jogado sobre os ombros e seu caminhar lento e contemplativo pela estrada afora. Uma vez passei por ele no parque da cidade e ele me deu um grave "*Buon giorno*", mas só depois de eu falar primeiro. Estava sem boné naquele momento, e eu vi uma faixa de cabelos brancos em volta da sua careca, que brilha como uma lâmpada. Seus olhos são enevoados e remotos, de um azul de pedra. Também o vi na cidade. Ele não é gregário, não toma café com amigos nos bares, não interrompe seu passeio pela rua principal para cumprimentar ninguém. Começo a ter a idéia de que ele talvez seja um anjo, já que está sempre com o casaco cobrindo os ombros, e já que parece invisível a todos menos a mim. Lembro-me do sonho que tive na primeira noite que passei aqui: eu descobriria uma centena de anjos, um a um. Esse anjo, porém, tem um corpo. Ele enxuga a testa com o lenço. Talvez tenha nascido nesta casa ou tenha amado alguém aqui. Ou os ciprestes pontudos que orlam esta estrada, cada um em homenagem a um rapaz daqui morto na Primeira Guerra Mundial (tantos para uma cidadezinha tão pequena), fazem com que se lembre dos amigos. Sua mãe tinha grande beleza e embarcava em carruagens neste lugar; ou o pai era rígido como ele só e o proibiu de voltar a pôr os pés na casa. Ele agradece a Jesus diariamente por salvar sua filha dos riscos dos cirurgiões de Parma. Ou talvez este seja apenas o ponto final da sua caminhada diária, um hábito agradável, um tributo ao Deus do Passeio. Seja o que for, hesito em tirar a poeira da estrada do rosto de Maria, ou em pegar um pano e esfregar até o azul brilhar; hesito até mesmo em perturbar o monte de buquês rígidos empilhados no chão, ainda intacto. Existe uma vida nos lugares antigos, e nós sempre estamos de passagem. Ele me faz sentir que há amplos círculos cercando esta casa. Vou passar anos aprendendo o que posso tocar e o que não, além de como posso tocar. Imagino as cinco irmãs da Perúgia que eram donas deste imóvel da família, deixando fechados os aposentos de pedra a acumular fofas camadas de mofo branco, deixando as trepadeiras sufocarem as árvores, deixando ameixas e peras caírem com baque surdo no chão verão após verão. Elas não se desapegavam. Quando eram meninas aqui, será que acordavam à mesma hora de manhã, abriam as janelas dos cinco quartos e respiravam fundo o mesmo ar fresco e verde? Alguma lembrança desse tipo prendia a casa a elas.

Finalmente, desistiram. E eu, que simplesmente estava ali por acaso, agora tenho mapas do século XVIII que indicam os limites da propriedade. Num ponto triangular abaixo dali, descubro uma escada em balanço que se projeta de um muro de pedra montado com a exatidão de um quebra-cabeça. A integridade escultural de escadas de pedra calcária que se lançam pelo ar revela apenas o método engenhoso de algum lavrador para chegar ao terraço seguinte. Liquens rendados em azul e cinza apagaram ao longo dos anos as evidências das pegadas; mas, quando passo minha mão pelo degrau, sinto uma ligeira reentrância no centro.

A partir deste terraço alto, olho para a casa lá embaixo. Em locais em que o reboco soltou, a pedra chamada de *pietra serena*, quadrada e sólida, está aparecendo. Na frente, as duas palmeiras que se erguem de cada lado da porta principal fazem com que a casa dê a impressão de estar na Costa Rica ou em Tânger. Gosto de palmeiras, seu farfalhar seco ao vento e seu toque de exótico. Acima da porta dupla da frente, com sua bandeira semicircular, vejo a sacada de pedra e ferro trabalhado, apenas do tamanho suficiente para uma pessoa pisar ali fora e admirar os gerânios pendentes e os jasmins que vou plantar.

Deste terraço, não consigo ver nem ouvir o caos dos trabalhadores em atividade ali embaixo. Vejo nossas oliveiras, algumas mirradas ou mortas pela famosa geada de 1985; outras, vicejando, com lampejos de verde e prata. Conto três figueiras com suas folhas de tamanho improvável, imaginando lírios amarelos à sua sombra. Posso ficar aqui, assombrada com os morros acidentados, com a estrada orlada de ciprestes, com os céus cerúleos e grandes nuvens barrocas, por trás das quais tem-se a impressão de que querubins poderiam estar espiando, distantes casas de pedra que o pintor mal chegou a definir, terraços certinhos (será que os nossos um dia terão essa aparência?) de oliveiras e parreiras.

Fico perplexa de termos adquirido um nicho religioso. O que mais me assombra é o fato de eu ter adotado o ritual do homem com as flores. Largo a tesoura de poda no capim. Ele se aproxima devagar, quase escondendo o buquê às costas. Quando está junto ao nicho, eu nunca olho. Mais tarde, desço do terraço e sigo pela entrada de carros para ver o que ele deixou. A giesta amarela e brilhante chamada *ginestra* e papoulas vermelhas? Alfazema e trigo? Sempre toco na lâmina de erva que ele usa para atar as flores.

*

Ed está dois níveis acima, arrancando uma hera vigorosa de uma acácia-branca. A cada estalo ou estalido ameaçador, espero vê-lo tombando pelos terraços. Tento puxar trepadeiras fortes de um muro de pedra. A hera mata. Temos quilômetros e mais quilômetros dessa planta. Ela causa a queda de muros de pedra. Alguns dos troncos têm a grossura do meu tornozelo. Penso na hera que cultivo em jardineiras bonitinhas na prateleira da lareira em San Francisco; imagino que, na minha ausência, ela crescerá, sufocará a mobília, cobrirá as janelas. À medida que vou acompanhando esse muro, meu equilíbrio fica mais precário porque o terraço começa a descer numa inclinação maior. As fragrâncias refrescantes de erva-cidreira esmagada e *nepitella*, uma hortelã silvestre diminuta, sobem do lugar onde piso. Eu me encosto no muro, corto um estolho de hera e então o arranco. Voa terra no meu rosto e algumas pedrinhas se soltam, atingindo meus sapatos. Não chego a perturbar uma cobra comprida que está fazendo a sesta. Sua cabeça está dentro do muro (a que distância?), com a cauda pendurada um meio metro para fora. De que forma ela sairia? Recuando para fora ou penetrando mais e fazendo a curva? Evito três metros de cada lado e começo a recortar de novo. Depois o muro some, e eu quase desapareço também num buraco.

Chamo Ed para que desça.

– Olhe, será que isto é um poço? Mas como é que poderia haver um poço *dentro* do muro? – Ele desce de qualquer jeito até o terraço acima de onde estou e se debruça para olhar. No lugar onde ele está, tanto a hera quanto as amoreiras são extraordinariamente densas.

– Aqui de cima parece haver uma abertura. – Ele liga então a roçadeira, mas, como as amoreiras não param de fazê-la engasgar, recorre ao alfanje de imagem da morte. Lentamente, descobre um escoadouro revestido de pedras. A enorme pedra dos fundos apresenta uma curva para baixo como um escorrega de *playground* e desaparece na terra, abrindo no muro que estou limpando. Olhamos para o terraço acima de Ed – nada. No entanto, dois terraços mais para cima, alinhada com nossa posição, vemos mais uma moita extraordinariamente grande de amoreiras.

Talvez estejamos com a cabeça cheia de poços e de água. Alguns dias antes, quando chegamos para o verão, fomos cumprimentados por caminhões e carros ao longo da estrada e por um monte de terra na entrada de automóveis. O novo poço, perfurado por um amigo do Signor Martini, estava quase pronto. Giuseppe, o bombeiro que estava instalando a bomba, não se sabe como, escorregou com seu venerável *cinquecento* numa parte mais baixa da entrada de automóveis. Ele se apresentou a nós com gentileza e depois se voltou e começou a chutar e xingar o carro. "*Madonna serpente! Porca Madonna!*" A Virgem Maria é uma cobra? Uma porca? Ele acelerou ao máximo mas as três rodas que permaneceram no chão não conseguiram tração suficiente para soltar o eixo da pedra. Ed tentou balançar o carro para deslocá-lo. Giuseppe chutou o carro novamente. Os três perfuradores do poço riram dele e depois ajudaram Ed a erguer literalmente o carrinho de brinquedo do buraco para o plano. Giuseppe tirou a bomba nova do carro e se encaminhou para o poço, ainda resmungando a respeito da Virgem Maria. Ficamos observando enquanto eles baixavam a bomba cem metros. Esse deve ser o poço mais fundo de toda a cristandade. O pessoal havia descoberto água rapidamente, mas o Signor Martini os mandou continuar, já que nós não queríamos nunca mais ficar sem água. Encontramos o Signor Martini na casa, supervisionando o trabalho do assistente de Giuseppe. Sem que tivéssemos pensado nisso, eles haviam transferido o aquecedor de água do banheiro mais antigo para a cozinha, de modo que teremos água quente na nossa cozinha improvisada neste verão. Estou comovida por ele ter mandado limpar a casa e ter plantado cravos e petúnias em volta das palmeiras – um toque de civilização no quintal coberto de mato.

Ele já está bronzeado, e seu pé está bom.

– Como vão os negócios? – pergunto. – Vendendo muitas casas para estrangeiros incautos?

– *Non c'è male* – não vão mal. Ele faz um gesto para que o acompanhemos. No poço antigo, tira um peso do bolso e o joga pela boca do poço. Imediatamente ouvimos o som da água. Ele ri. – *Pieno, tutto pieno.* – Ao longo do inverno, o velho poço se enchera totalmente.

Num livro sobre a história da região, leio que Torreone, a área de Cortona onde se localiza Bramasole, é um divisor de águas. De um lado, a água corre para o Val di Chiana. Do outro, corre para o vale do Tibre. Já estamos intrigados com a cisterna subterrânea perto da entrada de automóveis. Quando acendemos uma lanterna pela abertura redonda, vimos o arco de pedra de altura suficiente para uma pessoa se postar em pé e um reservatório tão fundo que nossa vara mais comprida não consegue medir. Lembro-me de um livro de Nancy Drew que eu apreciava aos nove anos de idade, *O mistério no velho poço*, embora não consiga me lembrar da história. Rotas de fuga do tempo dos Médici parecem mais empolgantes. Olhar para o fundo da cisterna aciona minha primeira lembrança da

Itália histórica: a sra. Bailey, minha professora na sexta série, desenhando os arcos de um aqueduto romano no quadro, com uma explicação de como os romanos antigos eram engenhosos com a água. A Acqua Marcia tinha quase cem quilômetros de extensão. Isso representava dois terços da distância de Fitzgerald na Geórgia até Macon, salientou ela. E alguns dos arcos ainda sobrevivem, desde o ano 140. Lembro-me de tentar compreender o ano 140, enquanto aplicava mentalmente os arcos à estrada que seguia para o norte por Ben Hill County.

A abertura da cisterna aparentemente dá para um túnel. Embora haja apoio para os pés de cada lado do reservatório, nenhum de nós dois tem coragem suficiente para descer os cinco metros úmidos e fazer uma investigação. Ficamos olhando para o escuro, nos perguntando de que tamanho são os escorpiões e as víboras que não estão no nosso campo visual. Acima da cisterna, uma *bocca* se abre na parede de pedra, como se dela fosse escorrer água para dentro da cisterna.

Quando arrancamos as grossas raízes da hera e suas teias dos muros de pedra, percebemos que o escoadouro que estamos descobrindo deve estar ligado à abertura acima da cisterna. Ao longo dos dias seguintes, encontramos quatro escoadouros de pedra que descem o morro de um terraço para o outro e terminam numa grande boca quadrada que segue subterrânea por uns oito metros e então ressurge no terraço mais baixo, acima da cisterna, exatamente como suspeitávamos. O fundo de todos os escoadouros apresenta uma pedra grande e única, curvada para a água escoar. Quando os canais estiverem limpos, a água cairá em cascata na cisterna depois das chuvas. Começo a me perguntar se, com uma pequena bomba de recirculação instalada na cisterna, talvez parte da água não possa cair o tempo todo. Depois da experiência do poço seco, o murmúrio e os borbotões da água caindo seriam realmente música para os ouvidos. Felizmente não caímos num escoadouro desses no ano passado quando andávamos despreocupados pelos terraços, admirando flores do campo e identificando fruteiras.

No muro do terceiro terraço, um cano enferrujado se desfaz quando tentamos cortar umas amoreiras espinhentas. Na base, descobrimos uma pedra plana. Enquanto vamos tirando pazadas de terra e derramando água, a pedra cresce. Alguma coisa gigantesca está enterrada aqui. Aos poucos, descobrimos a pia de pedra toscamente cortada que era usada antigamente na cozinha, antes do "progresso" da instalação da pia de concreto. Receio que esteja quebrada, mas nós a escovamos para tirar a lama, conseguimos removê-la do buraco com auxílio de uma picareta e encontramos intacta a pedra inteira, de um metro e vinte de comprimento, pouco menos de meio metro de largura e vinte centímetros de espessura, com uma cuba rasa escavada e sulcos de drenagem entalhados dos dois lados. O escoamento do canto está entupido de raízes. Vínhamos lamentando muito o fato de nossa casa não dispor desse objeto original e muito característico. Muitas casas antigas têm pias semelhantes funcionando, com o escoamento direto da parede da cozinha para o quintal a partir de uma prateleira de pedra em forma de concha. Gostaria de lavar meus copos nessa pia prototípica. Vamos encostá-la do lado de fora da casa à sombra das árvores, um lugar para colocar gelo e vinho para festas e para lavar as mãos depois da jardinagem. Ela já foi usada para esfregar uma quantidade suficiente de panelas queimadas nos velhos tempos. De agora em diante, terá um lugar de honra, para servir um copo, um lugar para pôr um jarro de rosas na pedra. Ela vai estar voltando a ser de utilidade depois de muitos anos enterrada na terra.

Depois de mais alguns minutos de trabalho, estou a uns três metros e meio da pia de pedra quando aparecem dois ganchos enferrujados por baixo da folhagem. Abaixo deles, vemos mais uma vez um relance de uma laje de pedra. Ed desmancha com a pá um monte de terra. No meio, atinge uma alça em torno da qual está retorcido um pedaço de arame enferrujado. Conseguimos discernir uma abertura circular. Ed precisa enfiar a pá na fenda para levantar à força a tampa de pedra há muito encoberta.

É o final da tarde, logo depois de uma tempestade de verão, quando a luz adquire aquele dourado luminoso que eu gostaria de engarrafar para guardar. Lá vem saindo a tampa, e a luz que cai atinge uma água límpida numa larga fenda natural de pedra branca. Vemos também outra ondulação da pedra, onde a água se torna de um azul-piscina. Deitamos de bruços no chão, revezando-nos para enfiar a cabeça e a lanterna no buraco. Raízes de figueira, em busca de umidade, se arrastam pela parede de pedra. No fundo, vemos uma grande lata deitada e lemos com facilidade as letras verdes ampliadas *Olio d'Oliva*. Não é a mesma coisa que encontrar um torso romano ou uma ânfora com sátiros dançando. Um cano enferrujado está encostado na parte traseira da pedra branca, e nós percebemos que ele volta a surgir pouco abaixo dos dois ganchos. Alguém o isolou com uma rolha de cortiça. Agora parece óbvio que os ganchos no passado prendiam no lugar uma bomba manual e que esta é uma nascente natural, escondida por anos a fio. Há quanto tempo? Mas espere aí. Logo abaixo da cobertura de pedra estão os restos de outra abertura. O que parece ser o encontro de duas camadas de vigas esculpidas em travertino segue em ângulo por um meio metro e depois desaparece na rocha. Se escavássemos a parte superior, será que isso seria uma piscina natural? Li a história de um homem das redondezas que foi ao quintal na véspera de Natal para apanhar alface para o jantar e caiu num túmulo etrusco com sarcófagos trabalhados. Será que esta é simplesmente uma abertura acidental na rocha que fornecia água para a lavoura? Por que as vigas esculpidas? Por que os desenhos foram encobertos com uma pedra mais simples? Ela deve ter sido coberta quando o segundo poço ali perto foi cavado. Agora temos um terceiro poço. Somos a camada mais recente de exploradores em busca de água, com nossa tecnologia – as brocas agudas capazes de perfurar qualquer rocha – muito distantes da tecnologia de quem descobriu pela primeira vez a abertura secreta na terra.

Chamamos o Signor Martini para vir ver essa maravilhosa descoberta. Com as mãos enfiadas nos bolsos, ele nem chega a se debruçar.

– *Boh* – diz ele (*boh* é uma palavra versátil, uma espécie de "Bem", "Ah", "Quem sabe?" ou declaração de indiferença), fazendo um gesto com a mão ali por cima. – *Acqua.* – O Signor Martini considera nosso fascínio por casas abandonadas e coisas semelhantes a poços antigos como mais uma prova de que somos como crianças, cujos caprichos não devem ser contrariados. Nós lhe mostramos a pia de pedra e explicamos que vamos desenterrá-la, limpá-la e pô-la novamente a funcionar. Ele apenas abana a cabeça.

Giuseppe, que veio junto, fica mais empolgado. Ele deveria ter sido ator shakespeariano. Cada frase sua é pontuada por três ou quatro gestos; seu corpo participa por inteiro de cada palavra que profere. Ele praticamente fica de ponta-cabeça quando vai espiar no buraco.

– *Molto acqua*. – Ele aponta nas duas direções. Nós achávamos que o poço só se abria para um lado mas, como está pendurado de cabeça para baixo, Giuseppe consegue ver que o declive natural da rocha se estende também na direção oposta. – OK, *yes*! – Essas são as únicas palavras que conhece em inglês, sempre pronunciadas com os braços bem abertos, abraçando uma idéia. Ele quer instalar mais uma bomba manual para uso no jardim. Nós já tínhamos visto bombas de um verde vivo na loja de ferragens, lá para os lados da região agrícola de Val di Chiana. Compramos uma no dia seguinte, tiramos a rolha do cano e instalamos a bomba direto nos ganchos velhos. Giuseppe nos ensina a escorvar a bomba jogando água dentro dela enquanto acionamos a manivela num ritmo regular. Essa é uma atividade há muito perdida no meu grupo genético, mas o movimento ao mesmo tempo desconjuntado e uniforme parece natural. Depois de alguns engasgos a seco, uma água gelada jorra para dentro do balde. Temos a presença de espírito de não beber água sem mandar examiná-la. Em vez disso, abrimos uma garrafa de vinho no terraço. Giuseppe quer informações sobre Miami e Las Vegas. Nós estamos contemplando o matagal que cobre os morros. Giuseppe acha que é das palmeiras que nós realmente precisamos cuidar. Como é que vamos conseguir um dia podá-las? Elas são mais altas do que qualquer escada. Depois de dois copos, Giuseppe consegue subir bamboleando até o topo da mais alta. Seu sorriso é o maior que eu já vi na vida. A palmeira se inclina e ele começa a descer escorregando veloz, veloz demais, e se esborracha no chão. Ed abre rápido outra garrafa.

*

O que acaba se revelando é que o antigo proprietário tinha razão a respeito da água. Se o projeto hidráulico não chega exatamente a rivalizar com os jardins de Villa d'Este, ele é suficientemente engenhoso para nos manter cavando e explorando por muitos dias. O sofisticado sistema subterrâneo faz com que compreendamos o valor exato que a água tem nesta região. Quando ela corre, é preciso calcular meios para armazená-la; quando é abundante, como agora, devemos respeitá-la. São Francisco de Assis deve ter tido esse conhecimento. No seu poema "O cântico das criaturas" ele escreveu: "Louvado seja, Senhor, pela Irmã Água, que é tão útil, tão humilde, preciosa e casta." Passamos instantaneamente a tomar chuveiradas curtas, a fechar a torneira rápido quando lavamos a louça ou quando escovamos os dentes.

É interessante que este poço mais velho tenha canais de cada lado para desviar o transbordamento de modo que qualquer excesso de água escorra para a cisterna. Enquanto limpamos em volta da cisterna, encontramos duas tinas de pedra para lavar roupa e mais ganchos no muro de pedra logo acima, onde outra bomba devia estar pendurada. Não desperdice uma gota. E ali, a não mais do que um metro e meio de distância do poço natural, o velho poço que secou no verão passado, agora totalmente reabastecido pelas chuvas do inverno. Ed resolve que a bomba manual será para as plantas envasadas; o poço velho, para a grama; e para a casa, nosso belo *pozzo* novo, com cem metros de profundidade, perfurado na pura rocha.

– Água maravilhosa – garante-nos o *pozzoaiolo*, o perfurador de poços, enquanto lhe pagamos uma fortuna. – Dos fundos do inferno, mas fria como o gelo. – Contamos o dinheiro. Ele não quer pagamento em cheque. Por que alguém ia querer usar um cheque a não ser se realmente não dispusesse do dinheiro? – *Acqua, acqua* – diz ele, com um gesto que abrange toda a propriedade. – Água suficiente para uma piscina.

*

Quando compramos a casa, tivemos a vaga percepção de que um muro de pedra perpendicular à frente estava desmoronado em alguns pontos. Ervas daninhas, sumagre e figueiras brotaram ao longo das pedras caídas. Na primeira vez que vimos a casa, a extensão do pátio acima desse muro estava coberta com uns quinze metros de pérgula de roseira orlada de lilases. Quando voltamos para negociar a compra, a pérgula havia sumido, destruída no afã de arrumar o lugar. As rosas e lilases estavam no chão. Quando ergui os olhos dessa tragédia para a casa, vi que as venezianas de um verde desbotado estavam pintadas de um marrom escuro, brilhoso. Espantados, mal percebemos as pilhas de pedras. Mais tarde, fomos nos dar conta de que um muro de quarenta metros de pedras enormes teria de ser reconstruído. A pérgula romântica com suas trepadeiras de rosas ficou no esquecimento.

Durante aquelas poucas semanas que passamos aqui no verão passado depois de comprar a casa, Ed começou a demolir partes do muro adjacentes aos locais desmoronados. Ele achou que construir com pedras parecia uma atividade gratificante: encontrar a pedra exata para enfiar no local, ajustá-la com a marreta, acertar as superfícies das pedras, quebrá-las com precisão para direcionar o corte. O antigo ofício é sedutor; da mesma forma que o bom trabalho duro. Uma alarmante pilha de pedras crescia a cada dia, da mesma forma que seus músculos. Ed começou a ficar um pouco obcecado. Comprou grossas luvas de couro. As pedras grandes iam para uma das linhas; as pequenas, para outra; as chatas, para ainda outra. Como todos os muros de contenção da propriedade, este era de pedra sossa, com uma espessura de mais de um metro: na frente, pedras bem ajustadas e empilhadas, arrumadas como num quebra-cabeça, com as menores por trás. A estrutura tinha uma inclinação para trás, para compensar o peso natural da encosta do morro. Ao contrário das belas cercas de pedra da Nova Inglaterra, que serviam para tirar as pedras dos campos, esses muros são na realidade de natureza estrutural. Somente com contenção de encostas um terreno íngreme como o nosso pode ser um olival ou um vinhedo. Num dos terraços em que as pedras se soltaram, uma grande amendoeira também caiu.

Quando tivemos de ir embora, cerca de dez metros do muro jaziam em pilhas organizadas. Ed estava entusiasmado com o trabalho com pedra, embora se sentisse ligeiramente intimidado com a escavação e a surpreendente profundidade das pedras por trás da fachada do muro. No entanto, em vez de tudo que faltava fazer, só tivemos olhos para as enormes pilhas de pedras que ele havia feito.

Durante o inverno, lemos *Building with Stone* [Construindo com pedra] de Charles McRaven. Começaram a surgir idéias como os níveis de congelamento do terreno, alicerces, isolamento contra umidade. A altura do muro que restava não era a altura exata que o muro reconstruído deveria ter para sustentar o largo terraço que levava até a casa. Além dos quarenta metros de comprimento, o muro precisaria ter cinco metros de altura, com contrafortes por trás. Enquanto líamos a respeito de aterro compactado, força de compressão, equilíbrio e todos os movimentos que a terra faz quando congela, começamos a pensar que estávamos nos encarregando da construção da Grande Muralha da China.

Estávamos absolutamente certos. Acabamos de receber diversos *muratori*, pedreiros competentes, que vieram aqui para examinar as ruínas. É um serviço monstruoso. A reforma do interior parece ínfima em comparação com esse projeto. Mesmo assim, Ed se visualiza como aprendiz de um homem vigoroso de boné, um artista da pedra. *Santa Madonna, molto lavoro*, muito trabalho, cada *muratore* exclama por sua vez. *Molto. Troppo*, é demais. Descobrimos que Cortona adotou recentemente um novo código para muros como este por estarmos numa zona sujeita a terremotos. Será necessário concreto armado. Não estamos preparados para misturar concreto. Temos mais de um hectare de matagal de amoras e sumagre com que lidar, árvores que precisam de poda. Isso para não mencionar a casa. Os orçamentos para o muro são astronômicos. São poucos os que sequer se dispõem a pegar o serviço.

E é assim que na Toscana nós construímos a Grande Muralha da Polônia.

O Signor Martini manda uns dois amigos seus. Aviso que estamos interessados em começar a obra imediatamente e que queremos um preço para *fratelli*, irmãos, não para *stranieri*, estrangeiros. Estamos nos recuperando do poço novo e ainda aguardamos os documentos para poder começar o trabalho principal na casa. O primeiro amigo diz sessenta dias de trabalho. Pelo preço poderíamos comprar um pequeno vapor e sair em cruzeiro pela Grécia. O segundo, Alfiero, dá um orçamento surpreendentemente razoável, além de ter a idéia magnífica de fazer correr outro muro ao longo da fileira de tílias num terraço adjacente. Quando não se fala bem o idioma, faltam-nos muitas das pistas para avaliar as pessoas. Nós dois o consideramos pouco sério, mas Martini diz que ele é bravo. Queremos a obra concluída enquanto estamos aqui e assinamos um contrato. Nosso *geometra* não o conhece e nos adverte para a possibilidade de que, se ele está disponível, talvez seja porque não é bom. Para nós, esse tipo de raciocínio é de difícil compreensão.

A programação determina que a obra comece na segunda seguinte. Segunda, terça e quarta passam. Então chega um caminhão de areia. Finalmente, no final da semana, Alfiero aparece com um rapaz de quatorze anos e, para surpresa nossa, três poloneses enormes. Eles se põem a trabalhar e, espantosamente, antes do pôr-do-sol a longa muralha está demolida. Ficamos observando o dia inteiro. Os poloneses erguem pedras de cinqüenta quilos como se fossem melancias. Alfiero não fala uma palavra de polonês, e os operários, cerca de cinco palavras em italiano. Felizmente, o idioma do trabalho braçal é de fácil demonstração. "*Via, via*", Alfiero indica as pedras, e o pessoal as ataca. No dia seguinte, cavam a terra. Alfiero sai, para visitar outras obras, imagino. O rapaz, Alessandro, apenas faz uma cara emburrada. Alfiero é seu padrasto e está obviamente tentando ensinar o garoto a trabalhar. O garoto parece um pequeno príncipe Médici, petulante e entediado enquanto fica por ali, desanimado, chutando pedras com o bico do tênis. Os poloneses o ignoram. Das sete às doze, eles não param. Ao meio-dia, vão embora no seu Fiat polonês, voltando às três, para mais cinco horas de trabalho ininterrupto.

Os italianos, que já fizeram trabalho temporário muitas vezes e em muitos países, estão perturbados com o fenômeno que acontece no seu próprio país. Durante este segundo verão em Bramasole, os jornais vão da tolerância à indignação com os albaneses que são literalmente lançados à praia no litoral do sul da Itália. Como moramos em San Francisco, cidade à qual chegam imigrantes diariamente, não conseguimos nos emocionar com o problema dos italianos. Os americanos dos centros urbanos já perceberam que as migrações estão em alta; que todo o tecido demográfico está sendo refeito em grande escala no final do século XX. A Europa está enfrentando dificuldades maiores para lidar com esse fato. Nós temos nossos próprios pobres, eles nos dizem incrédulos. É, respondemos, nós também. A Itália é espantosamente homogênea; é difícil ver um rosto negro ou asiático na Toscana. Recentemente, os europeus orientais, descobrindo que o mercado de trabalho na Alemanha estava finalmente lotado de gente igual a eles, começaram a chegar a esta próspera região do norte da Itália. Agora compreendíamos o orçamento de Alfiero para o trabalho. Em vez de pagar o preço normal italiano de vinte e cinco a trinta mil liras por hora, ele pode pagar nove mil. Ele nos garante que os trabalhadores estão legalizados e cobertos por seguro. Os poloneses ficam satisfeitos com o valor da hora. No seu país, antes do fechamento da fábrica, eles mal chegavam a ganhar isso num dia inteiro.

Ed cresceu numa comunidade católica de americanos de origem polonesa em Minnesota. Seus pais eram filhos de imigrantes poloneses e cresceram falando polonês em fazendas na divisa do Wisconsin com Minnesota. É claro que Ed não sabe polonês. Seus pais queriam que os filhos fossem americanos perfeitos. As três palavras que ele tentou usar com os poloneses não foram entendidas. No entanto, esses homens com quem ele não consegue se comunicar parecem velhos conhecidos. Ed está acostumado a sobrenomes como Orzechowski, Cichosz e Borzyskowski. Passando pelo pátio, nós os cumprimentamos com um movimento da cabeça e com um sorriso. A forma através da qual finalmente fazemos contato com eles é a poesia. Uma tarde, encontro por acaso um poema de Czeslaw Milosz, exilado há muito tempo nos Estados Unidos mas essencialmente um poeta polonês. Eu sabia que ele havia feito um triunfal retorno à Polônia alguns anos antes. Quando Stanislao passou pelo terraço da frente com seu carrinho de mão, eu perguntei: "Czeslaw Milosz?" Seu rosto se iluminou, e ele gritou para os dois colegas. Depois disso, por uns dois dias, quando eu passava por um ou outro deles, ele diria "Czeslaw Milosz", como se fosse uma saudação; e eu responderia: "*Sì*, Czeslaw Milosz." Eu até sabia a pronúncia correta do nome porque a havia praticado quando precisei apresentar o poeta numa palestra. Antes da ocasião, eu me referia a ele intimamente como "Coleslaw" [salada de repolho], e me causava ansiedade pensar que eu me postaria diante da platéia e o apresentaria daquela forma.

Alfiero passa a ser um problema. Ele pousa como uma borboleta numa obra após a outra, começando alguma coisa, fazendo um serviço desleixado e levantando vôo. Em alguns dias, ele simplesmente não dá as caras. Quando um questionamento civilizado não funciona, eu recorro ao antigo hábito sulista de ter um ataque, o que, descubro, ainda sei fazer de modo impressionante. Por algum tempo, Alfiero se endireita e presta atenção. Depois, como a criança mimada que é, se dispersa. Alfiero tem seu charme. Ele se lança em descrições jocosas de corridas de rãs, velozes Moto Guzzis e grandes quantidades de vinho. Batendo na barriga, ele fala no dialeto local, e nenhum de nós dois entende grande coisa do que diz. Quando chega a hora de eu ter um ataque, chamo Martini, que entende muito bem. Ele abaixa a cabeça, divertindo-se em segredo, Alfiero parece envergonhado, os poloneses não permitem que nenhuma expressão lhes transpareça no rosto e Ed fica mortificado. Digo que estou *malcontenta*. Uso gestos abrangentes, sacudo a cabeça, bato o pé e aponto. Ele usou carreiras de pedrinhas minúsculas por baixo de carreiras de pedras grandes; há linhas verticais na construção; ele deixou de fazer um alicerce para todo um setor; o concreto é mais areia do que outra coisa. Martini começa a gritar, e Alfiero lhe responde também aos gritos, já que não ousa gritar comigo. Ouço a imprecação "*Porca Madonna*" mais uma vez, algo muito sério a se dizer; e "*Porca miseria*", uma das minhas pragas preferidas de todos os tempos. Depois de uma briga dessas, espero ver caras amarradas, mas não. No dia seguinte, ele chega risonho, tudo esquecido.

– *Buttare! Via!* – Desmanche, tire daqui. O Signor Martini começa a dar chutes no trabalho de Alfiero. – Onde foi que sua mãe o fez estudar? Onde foi que você aprendeu a fazer concreto como castelos de areia? – Depois, os dois se viram e começam a gritar com os poloneses. De vez em quando, Martini vai apressado para dentro de casa e liga para a mãe de Alfiero, sua velha amiga; nós o ouvimos gritando com ela, para depois se acalmar, falando em tons tranqüilizadores.

Eles devem pensar lá com seus botões que somos brilhantes por sabermos tanto a respeito da construção de muros. O que nem o Signor Martini nem Alfiero percebem é que os poloneses nos informam quando alguma coisa não está certa.

– *Signora* – diz Krzysztof (nós o chamamos de Cristóforo, como ele mesmo quer), acenando para que eu me aproxime. – *Italia cemento.* – Ele esfarela entre os dedos o cimento seco demais. – *Polonia cemento.* – Ele chuta uma parte dura como pedra do muro de contenção. Isso se tornou uma questão nacionalista. – Alfiero. *Poco cemento.* – Ele leva os dedos aos lábios. Eu lhe agradeço. Alfiero está usando muito pouco cimento na mistura. Não conte. Eles começam a revirar os olhos como um sinal; ou, depois que Alfiero vai embora, o que geralmente ocorre cedo, começam a nos mostrar problemas. Tudo que Alfiero toca parece ruim, mas nós temos um contrato, eles trabalham para ele, e não temos como nos livrar dele. No entanto, sem Alfiero, nós não teríamos conhecido os poloneses.

Perto do alto do muro, eles descobrem um toco alinhado com o chão. Alfiero sustenta que *non importa*. Vemos que Riccardo rapidamente faz que não com a cabeça, e Ed diz com autoridade que o toco terá de ser arrancado. Alfiero concorda, mas quer derramar *gasolio* para matar o toco. Indicamos o puríssimo poço novo que não fica a seis metros de distância. Os poloneses começam a cavar e duas horas depois ainda estão cavando. Por baixo do toco exposto, uma gigantesca raiz de três pernas se enroscou numa pedra do tamanho de um pneu de automóvel. Centenas de raízes insidiosas saem dali em todas as direções. Eis o motivo pelo qual grande parte do muro caiu, para começo de conversa. Quando finalmente a arrancam do chão, eles insistem em nivelar as pernas e o alto, com a pedra ainda enroscada. Carregam tudo num carrinho de mão e levam para a sombra formada pelas tílias, onde ela ficará, a mesa mais feia da Toscana.

Eles cantam enquanto erguem pedras, e suas vozes começam a soar como o trabalho do mundo deveria soar. Às vezes, Cristóforo canta em falsete, uma canção estranhamente emotiva, especialmente por vir do seu corpo grande e moreno. Eles nunca matam um minuto de trabalho, muito embora seu patrão não esteja lá a maior parte do tempo. Nos dias em que estão sem material porque Alfiero se esqueceu de encomendar, ele sem mais nem menos manda que não trabalhem. Nós então os contratamos para ajudar a capinar os terraços. Finalmente, pedimos que lixem todas as venezianas internas. Parece que eles sabem fazer de tudo e que trabalham com o dobro da rapidez de qualquer pessoa que eu já tenha visto. No final do dia, tiram a roupa de trabalho, lavam-se com a mangueira, vestem roupas limpas, e então tomamos uma cerveja.

Don Fabbio, um padre da região, deixa que morem num quarto dos fundos da igreja. Por cerca de cinco dólares cada, ele serve três refeições por dia aos três. Eles trabalham seis dias por semana – o padre não permite que trabalhem aos domingos – e trocam todas as liras que ganham por dólares, que poupam para levar de volta para suas mulheres e filhos. Riccardo está com vinte e sete anos; Cristóforo, trinta; e Stanislao, quarenta. Durante as semanas em que trabalharam para nós, nosso italiano foi deteriorando. Stanislao já trabalhou na Espanha; e assim nossa comunicação começa a ser uma mistura medonha de quatro línguas. Aprendemos palavras em polonês: *jutro*, amanhã; *stopa*, pé; *brudny*, sujo; *jezioro*, lago. Além disso, algo que nos parecia *grubbia*, que era o nome que davam à barriga em declive do Signor Martini. Eles aprenderam "lindo" e "idiota" em inglês, bem como uma boa quantidade de palavras em italiano, em sua maioria infinitivos.

Apesar de Alfiero, o muro é forte e lindo. Um lance de escada em curva, com superfícies planas dos dois lados para vasos de flores, liga os dois primeiros terraços. O poço e a cisterna têm muretas de pedra ao redor. Visto de baixo, o muro parece imenso. É difícil nos acostumarmos a ele, já que nos agradava também seu aspecto arruinado. Como os outros muros, logo ele terá plantinhas crescendo nas fendas. Como a pedra é velha, ele já parece natural na paisagem, embora um pouco alto. Agora virá o prazer de planejar o passeio que sairá da entrada de automóveis e circundará o poço para chegar à escada de pedra; as flores e ervas aromáticas para a borda, e as sombras e florações de pequenas árvores ao longo do muro. Plantamos primeiro um hibisco branco, que nos brinda florindo quase imediatamente.

Num domingo de manhã, os poloneses chegam depois da igreja, usando calças e camisas passadas. Nós só os havíamos visto de *shorts*. Eles compraram sandálias idênticas no supermercado da localidade. Ed e eu estamos cortando ervas quando eles aparecem. Estamos sujos, de *shorts*, suados:

papéis invertidos. Stanislao tem uma máquina fotográfica da União Soviética que parece ser da década de 1930. Tomamos Coca-Cola, e eles tiram várias fotografias. Sempre que lhes servimos Coca, eles dizem "Ah, a América!" Antes de se trocarem para trabalhar, eles nos levam até o muro e removem um pouco de terra de alguns palmos do alicerce. Em letras grandes, está escrito POLÔNIA no concreto.

*

A escada interna de Bramasole sobe três andares com um gradil artesanal de ferro forjado, cujas curvas simétricas conferem um pouco de ritmo à subida. A bandeira em semicírculo da porta da frente, o gradil do terraço do quarto, apenas ligeiramente enferrujado, e o gradil da sacada acima da porta da frente, todos empregaram algum ferreiro durante um longo inverno. O portão no início da entrada de automóveis foi um dia um portal majestoso mas, como a maioria das coisas por aqui, foi deixado sem manutenção por muito tempo. A parte inferior está abaulada no lugar em que turistas perdidos bateram quando faziam a manobra para voltar depois de perceber que não estavam no caminho certo para a fortaleza dos Médici. O trinco já enferrujou há muito tempo, e as dobradiças cederam no alto, fazendo com que o portão se arraste.

Giuseppe trouxe um amigo, um mestre do ferro, para ver se há condições de recuperar nosso portão da frente. Giuseppe acha que não. Nós precisamos de algo que combine mais com a *bella villa*. O homem que vai saindo aos poucos do *cinquecento* de Giuseppe poderia estar saindo de um portal do tempo, da Idade Média. Ele é alto e magro como Abraham Lincoln; usa macacão preto e seu cabelo extraordinariamente negro não tem brilho. É difícil descrever sua estranheza. De algum modo, ele dá a impressão de ser feito de alguma outra coisa. Usa poucas palavras, mas sorri com timidez. Gosto dele de imediato. Em silêncio, ele passa os dedos pelo portão inteiro. Tudo o que tem a dizer passa pelas suas mãos. É fácil perceber que ele dedicou a vida a esse ofício por amor. É, confirma ele, o portão pode ser consertado. A questão é a demora. Giuseppe fica decepcionado. Imagina algo majestoso. Esboça com os braços formas no ar, um arco no alto com setas. Algo novo, mais trabalhado, com luzes e um dispositivo eletrônico para que possamos ouvir uma campainha lá na casa e apenas apertar um botão para que o portão se abra. Ele nos trouxe esse artista, e nós queremos um *conserto*?

Vamos à oficina para ver as possibilidades. A caminho, Giuseppe pára de qualquer jeito no acostamento, e nós saltamos para ver outros portões feitos por esse mestre. Alguns com desenhos semelhantes a espadas; alguns com complexos círculos entrelaçados e feixes de trigo. Um é encimado pelas iniciais do proprietário; um, estranhamente, por uma coroa. Gostamos dos portões com curvas no alto, argolas e espirais, muito mais do que dos portões mais intimidantes terminados com setas, que parecem resquícios do tempo em que os guelfos e os gibelinos se saqueavam e se incendiavam uns aos outros. Todos foram obviamente feitos para durar para sempre. Ele esfrega cada um, não dizendo nada, deixando a qualidade do trabalho falar por si mesma. Começo a imaginar um pequeno sol estilizado no centro do nosso, com raios torcidos.

Ferro battuto, ferro batido, é um ofício antigo na Toscana. Cada pequena cidade tem trincos complicados em portões medievais, lanternas floreadas, mastros para estandartes, portões para jardins, até mesmo fantasiosos animais e serpentes de ferro com o formato de argolas para amarrar cavalos ao muro. Como outras tradições artesanais, essa é uma que está desaparecendo rapidamente, e é fácil ver por que motivo. A principal característica do ferreiro é a cor. A oficina parece carbonizada; a fuligem cobre o artesão; os equipamentos são antiquados; e as forjas parecem ter mudado muito pouco desde o tempo em que Hefesto acendia o fogão de Afrodite. Mesmo o ar parece ter um fino véu de fuligem. Todos os vizinhos têm portões feitos por ele. Deve ser gratificante ver sua obra por perto, desse jeito. A própria casa do artesão tem uma sacada com desenhos quadrados, sem dúvida uma incursão no *moderne*, amenizada por cestas suspensas para flores. A oficina fica de frente para a casa, e entre elas há galinhas, umas dez gaiolas de coelhos, uma horta e uma ameixeira com uma escada de madeira feita à mão encostada nos galhos carregados. Depois do jantar, ele deve subir alguns degraus e colher a sobremesa. Minha impressão de que ele fez uma viagem no tempo se fortalece.

Onde é que está Afrodite, afinal? Sem dúvida em algum lugar perto dessa forja.

– O tempo. O tempo é a única preocupação – diz ele. – Sou *solo*. Tenho um filho, mas...

Não consigo imaginar, no final do século XX, alguém escolhendo essa forja escura com o trânsito passando veloz lá fora, essa coleção de arcos para tonéis de vinho, suportes de lareiras, cercas e portões. Espero, no entanto, que seu filho, ou alguma pessoa, abrace a profissão. Ele nos traz uma barra que termina com uma cabeça quadrada de lobo. Simplesmente me mostra a peça, sem dar uma palavra. Lembro-me dos suportes de archotes em Siena e Gubbio. Pedimos um orçamento para consertar o *cancello*, além de um orçamento para um novo portão, bastante simples, mas com uma forma linear semelhante à do gradil da escada na casa, talvez com um sol no alto para combinar com o nome da propriedade. Dessa vez, pelo menos, não começamos perguntando quando estará pronto o serviço, o único ponto sobre o qual aprendemos que devemos insistir, para enfrentar a invejável percepção latina da infinitude do tempo.

Será que realmente precisamos de um portão artesanal? Não paramos de dizer a nós mesmos, vamos ser simples, esta não é nossa casa de verdade. No entanto, seja como for, sei que vamos querer um portão que ele faça, mesmo que demore meses. Antes que saiamos, ele já nos esqueceu. Apanha pedaços de ferro, segurando-os com as duas mãos para sentir o peso ou o equilíbrio. Perambula entre as bigornas e as fornalhas. O portão estará em boas mãos. Já consigo imaginar seu ruído ao se fechar atrás de mim.

*

O poço e o muro dão uma impressão de realizações significativas. A casa, porém, ainda não foi tocada. Enquanto as obras principais não estiverem terminadas, não há muito o que fazer. De nada adianta pintar se as paredes terão de ser abertas para os canos do aquecimento. Os poloneses já limparam as janelas e começaram a esfregar a caiação em preparação para a pintura. Ed e eu trabalhamos nos terraços ou saímos a passeio escolhendo azulejos para o banheiro, acessórios, ferragens, tinta. Também procuramos tijolos finos e antigos para o piso da nova cozinha. Um dia, compramos duas poltronas numa loja de móveis dali mesmo. Quando são entregues, percebemos que são deselegantes e que o tecido escuro com sua estampa tipo *cashmere* é bem esquisito, mas as consideramos luxuosamente confortáveis depois de semanas em que sentamos eretos nas cadeiras do jardim. Em noites de chuva, nós as arrumamos uma de frente para a outra com um caixote coberto por uma toalha no meio, nossa mesa de jantar com uma vela, um pote de geléia com flores do campo e um banquete de macarrão com berinjela, tomates e manjericão. Em noites frescas, acendemos um fogo de gravetos por alguns minutos, só para tirar a umidade do cômodo.

Ao contrário do último verão, este mês de julho é chuvoso. Tempestades impressionantes caem com freqüência. Durante o dia, fico empolgada graças à minha infância no sul, onde eles realmente sabem fazer um espetáculo de som e luz. San Francisco raramente tem tempestades elétricas, e eu sinto falta delas. "Esse calor tem de acabar", minha mãe costumava dizer; e acabava mesmo, com relâmpagos e trovões assustadores seguidos de relâmpagos difusos, quando o céu inteiro se ilumina com um milhão de quilowatts. Muitas vezes, as tempestades parecem chegar à noite. Estou sentada na cama, desenhando plantas de cozinha e banheiro em papel milimetrado; Ed está lendo alguma coisa que nunca esperei vê-lo ler. Em vez de poetas romanos, hoje é *Plastering Skills* [Técnicas de acabamento de paredes]. Ao lado está *The Home Water Supply* [A canalização de água da casa]. A chuva começa a tintilar nas palmeiras. Vou até a janela e me debruço, só para recuar rapidamente. Relâmpagos fustigam o chão – recortados como desenhos de raios –, quatro, cinco, seis ao mesmo tempo, cercando a casa. Nuvens altas encobrem os morros, e os roncos abafados de repente mudam de tom e começam a explodir tão perto que tenho a impressão de que é minha espinha que estala e se parte. A casa treme; isso está ficando sério. As luzes se apagam. Trancamos as janelas por dentro e, ainda assim, o vento faz a chuva entrar por fendas que não sabíamos que existiam. Ventos assustadores sopram e sugam o ar pela chaminé. Uma noite tempestuosa. A chuva açoita a casa, e as duas palmeiras tolas não param de ceder à força do vento. Sinto o cheiro de ozônio. Tenho certeza de que a casa foi atingida. Essa tempestade escolheu nossa casa e se recusa a seguir adiante. Somos o centro e podemos ser levados morro abaixo até o lago Trasimeno.

– O que você prefere? – pergunto. – Um deslizamento ou ser atingido direto por um raio?

Nós nos enfiamos nas cobertas como crianças de dez anos, gritando "Pára!" e "Não!" a cada vez que o céu se ilumina. Os trovões penetram nas paredes e reorganizam a arrumação das pedras.

Quando a tempestade principal começa a se mover para o norte, o céu negro é deixado limpo para as estrelas. Ed abre a janela, e a brisa traz para dentro o perfume de galhos caídos e acículas espalhadas pelo chão. A eletricidade ainda está por toda parte. Enquanto ficamos sentados, encostados em travesseiros, esperando que nossos corações se desacelerem, ouvimos um ruído na janela. Uma pequena coruja pousou no peitoril. Sua cabeça gira para um lado e para o outro. Talvez seu poleiro tenha sido derrubado pelo vento, ou ela esteja desorientada pela tempestade. Quando a lua aparece por trás das nuvens, vemos a coruja olhando fixamente para nós aqui dentro. Não nos mexemos. Eu rezo. Por favor, não entre no quarto. Tenho um medo mortal de aves, uma fobia que permaneceu da minha infância; e no entanto estou como que fascinada pela pequena coruja. As corujas sempre parecem ser mais do que são mesmo. Na América, totêmicas, ou pelo menos simbólicas; e aqui também mitológicas. Penso na coruja de Minerva. Mas na realidade esta é só uma pequena criatura que pertence a este morro. Vimos alguns dos seus "parentes" maiores diversas vezes à noite. Nenhum de nós dois fala. Como a ave fica, nós acabamos adormecendo e acordamos pela manhã para ver que ela foi embora. Na janela, só a luz das quinze para as seis – um dourado listrado atravessando em ângulo o vale, impregnando por um breve período o ar antes que o sol ilumine os montes e suba para o dia límpido, perfeito.

O POMAR ABANDONADO

A HORA DA MELANCIA – UM INTERVALO favorito na parte da tarde. Há quem diga que o sabor da melancia é o melhor do mundo, e eu devo admitir que as melancias da Toscana são comparáveis àquelas Sugar Babies que colhíamos quentes nos campos do sul da Geórgia, quando eu era criança. Nunca dominei a arte da pancadinha. Quer a melancia esteja madura, quer não, o ruído me parece o mesmo. Cada uma que eu corto, entretanto, está no seu apogeu: uma textura crocante, uma doçura audaciosa. Quando convidamos os trabalhadores a compartilhar conosco uma melancia, percebo que eles comem a parte branca. Quando terminam, a casca é uma tira verde e flácida. Sentada na mureta de pedra, com o sol no rosto, uma boa fatia de melancia – estou de volta aos sete anos, totalmente absorta na tarefa de lançar as sementes entre os dedos e em tirar círculos gotejantes dessa meia-lua de fruta.

De repente, noto que os cinco pinheiros que beiram a entrada de automóveis estão cheios de atividade. Parece que os esquilos estão abrindo fechos de Velcro, ou dando mordidas em *panini*, aqueles pãezinhos italianos duros. Um homem salta do carro, apanha rápido três pinhas e sai em disparada. Chega, então, o Signor Martini. Espero que ele me traga notícia de alguém que possa arar os terraços. Ele apanha uma pinha do chão e a sacode batendo no muro. Saem alguns frutos pretos. Ele quebra um deles com uma pedra e mostra para mim um oval coberto por uma casca.

– *Pinolo* – anuncia ele. Aponta, então, para os frutos escuros espalhados por toda a entrada de automóveis. – *Torta della nonna* – declara, para a eventualidade de eu não ter compreendido a importância. Melhor ainda, penso eu, um *pesto* a fazer com todo o prolífico manjericão que resultou de eu ter fincado seis plantas na terra. Adoro pinhões em saladas. Pinhões! E eu estava pisando neles.

É claro que eu sabia que os *pinoli* vêm dos pinheiros. Cheguei mesmo a inspecionar as árvores do meu quintal nos

Estados Unidos para ver se, em algum lugar escondido da copa, eu encontraria pinhões. Nunca pensei nas árvores que margeiam a entrada de automóveis como produtoras. Até agora, elas eram simplesmente árvores que não exigem atenção imediata. São aqueles pinheiros pitorescos, às vezes deformados pelos ventos litorâneos, que orlam muitos balneários no Mediterrâneo, do tipo entre os quais Dante perambulou em Ravena quando esteve exilado por lá.

Estes ao longo da entrada de automóveis são altos e etéreos. Imaginem que esse simples *pino domestico* (vejo no meu livro de botânica) produz essas nozes amanteigadas, tão deliciosas quando tostadas. Uma *nonna* dessas que fazem todas essas tortas pesadas juncadas de *pinoli* deve ter morado aqui. Ela devia fazer um ravióli delicioso com recheio de *noccioli*, avelãs, moídas; além de docinhos e outras *torte*, também, porque ainda temos vinte amendoeiras e uma frondosa aveleira carregada com sua produção de avelãs. O *noccioli* aparece com uma gola de tufos engomados, de um verde-amarelado, em volta do fruto, como se cada um estivesse pronto para ser usado numa lapela. As amêndoas vêm envoltas num macio veludo verde. Até mesmo a árvore que caiu do terraço e que deve estar morrendo produziu uma colheita abundante.

Talvez o Signor Martini devesse estar de volta ao seu escritório, preparado para mostrar casas sem telhado ou água a mais clientes estrangeiros, mas ele se junta a mim para apanhar *pinoli*. Como a maioria dos italianos que conheci, ele parece ter tempo para dar de graça. Adoro essa sua qualidade de se envolver com o instante. A cobertura fuliginosa logo deixa nossas mãos pretas.

– Como é que o senhor conhece tantas coisas? O senhor nasceu no campo? – pergunto. – Será que hoje é o dia em que as pinhas caem? – Em outra ocasião, ele me disse que as avelãs estão maduras no dia 22 de agosto, dia de São Felisberto, um santo estrangeiro.

O Signor Martini me conta que cresceu em Teverina, mais adiante na estrada a partir da *località* de Bramasole, e morou por lá até a guerra. Eu adoraria saber se ele se tornou guerrilheiro ou se foi fiel a Mussolini até o final, mas apenas pergunto se a guerra chegou perto de Cortona. Ele indica a fortaleza dos Médici, num ponto acima da casa.

– Os alemães ocuparam a fortaleza para usá-la como centro de comunicação por rádio. Alguns dos oficiais aquartelados em sedes de fazendas voltaram depois da guerra para comprar as propriedades. – Ele dá uma risada. – Nunca entendi por que os camponeses não eram solícitos. – Já temos cerca de vinte pinhas empilhadas junto ao muro.

Não pergunto se a casa foi ocupada pelos nazistas.

– E os guerrilheiros da resistência?

– Por toda parte – diz ele, fazendo um gesto abrangente. – Até mesmo meninos de treze anos, mortos quando colhiam morangos ou cuidavam de ovelhas. A tiros. Minas em todos os cantos. – Ele não continua. De repente, diz que sua mãe morreu aos noventa e três anos de idade há alguns anos. – Nunca mais *torta della nonna*. – Está com um humor estranho hoje.

Depois que esmago diversos *pinoli* com uma pedra, ele me mostra como acertar o golpe para que a casca solte a semente inteira. Digo-lhe que meu pai morreu e que minha mãe está internada desde que sofreu um derrame grave. Ele diz que agora está só. Não ouso perguntar por mulher, filhos. Já o conheço há dois verões, e essa é a primeira informação pessoal que trocamos. Juntamos as pinhas num saco de papel; e, quando ele vai embora, diz "*Ciao*". Não importa o que eu tenha aprendido em aulas de italiano, entre os adultos na Toscana *ciao* não é usado com descaso. *Arrivederla* ou, o mais familiar, *arrivederci* são as despedidas costumeiras. Uma pequena mudança ocorreu.

Depois de meia hora golpeando pinhões, tenho cerca de quatro colheres de sopa. Minhas mãos estão negras e grudentas. Não é de surpreender que os saquinhos de celofane de pouco mais de 50 gramas custem tão caro nos Estados Unidos. Pretendo fazer uma *torta della nonna* daquelas encontradas por toda parte, que às vezes parecem ser o alfa e o ômega das sobremesas italianas. A variedade das sobremesas francesas e americanas simplesmente não desperta interesse na culinária local. Estou convencida de que é preciso ter crescido comendo a maioria dos doces italianos para apreciá-los. Geralmente, seus bolos e docinhos são pesados demais para meu paladar. *Torta della nonna*, tortas de frutas, talvez um *tiramisu* (sobremesa que detesto) – e é só, a não ser em restaurantes caríssimos. A maioria das confeitarias e muitos bares servem essa torta da vovó. Embora possam ser simpáticas, às vezes dão a impressão de ter *intonoco*, reboco, como um dos ingredientes. Não surpreende que os italianos peçam frutas como sobremesa. Mesmo o *gelato*, que costumava ser divino em toda a Itália, não é mais confiável. Embora muitos anunciem que o *gelato* é caseiro, eles deixam de informar que às vezes foi feito com envelopes de pó para sorvete. Quando se encontra o verdadeiro gelato de pêssego ou morango, o sabor é inesquecível. Felizmente, frutas imersas em tigelas de água gelada parecem perfeitas ao final de um jantar de verão, especialmente com o *pecorino* local, o gorgonzola, ou com uma fatia de parmesão.

Traduzindo gramas em xícaras da melhor forma possível, copio uma receita de um livro de culinária. Existem centenas de versões da *torta della nonna*. Gosto da que leva fubá na massa e uma fina camada de recheio no meio. Não me importo com a hora a mais gasta a abrir à força os pinhões que em casa eu teria tirado direto do *freezer*. Primeiro, faço um creme espesso com duas gemas, 1/3 de xícara de farinha, 2 xícaras de leite e 1/2 xícara de açúcar. É recheio demais para o que eu quero. Por isso, sirvo duas porções em tigelinhas para comer depois. Enquanto o creme esfria, faço a massa: uma e meia xícara de fubá, uma e meia de farinha de trigo, 1/3 de xícara de açúcar, uma e meia colher de chá de fermento em pó, 120 gramas de manteiga cortada em pedacinhos dentro dos ingredientes secos, um ovo inteiro mais uma gema, incorporados. Divido a massa ao meio e espalho uma parte numa forma de torta, cubro com o creme, depois abro a outra metade da massa e cubro o creme, beliscando as extremidades da massa para uni-las. Salpico um punhado de pinhões tostados por cima e asso a 180° por vinte e cinco minutos. Logo a cozinha se enche de um aroma promissor. Quando está com cheiro de pronto, ponho uma torta dourada no peitoril da janela da cozinha e disco o número do Signor Martini.

– Minha *torta della nonna* está pronta – digo-lhe.

Quando ele chega, faço um bule de expresso e depois lhe sirvo um bom pedaço. Com a primeira garfada, seus olhos adquirem uma expressão sonhadora.

– *Perfetto* – é seu veredicto.

*

Além das nozes, a *nonna* original planejava um Éden ainda maior aqui. O que resta: três qualidades de ameixas (as gordas da variedade Santa Rosa são chamadas por aqui de *coscia di monaca*, coxa de freira), figos, maçãs, abricós, uma cerejeira (meio morta) e diversos tipos de peras. As que estão madurando agora são pequenas, de um verde passando para ferrugem, com uma doçura acentuada. Suas macieiras nodosas – eu adoraria saber a que variedade pertencem – podem não ser recuperáveis, mas estão produzindo frutos mirrados que parecem as fotografias de "antes" em anúncios para inseticidas. Muitas das árvores devem ser espontâneas. São novas demais para terem estado vivas quando havia moradores aqui, e com freqüência estão em lugares estranhos. Como quatro ameixeiras estão diretamente abaixo de uma fileira de dez num terraço, está óbvio que brotaram de frutos caídos.

Tenho certeza de que ela colhia o funcho silvestre, secava as flores amarelas e jogava feixes ainda verdes no fogo quando grelhava carne. Nós descobrimos parreiras enterradas na giesta ao longo da beira dos terraços. Algumas mais agressivas ainda lançam longos emaranhados de caules. Cachos minúsculos estão se formando. Ao longo dos terraços, como um estranho cemitério, as antigas pedras das parreiras ainda estão no lugar. São pedras da altura do joelho de uma pessoa, com o formato de pedras tumulares e um buraco para uma haste de ferro. A haste se estende além da borda do terraço, proporcionando, assim, mais espaço para o cultivador. Ed estica arame de uma haste a outra e ergue as parreiras para tutorá-las ao longo do arame. Ficamos pasmos ao perceber que a propriedade inteira foi no passado um vinhedo.

Na enorme enoteca de Siena, um salão de degustação patrocinado pelo governo, onde vinhos de toda a Itália são exibidos e servidos, o garçom nos informou que a maioria dos vinhedos italianos tem menos de um hectare, mais ou menos o tamanho da nossa propriedade. Muitos pequenos plantadores se associam a cooperativas locais para produzir vários tipos de vinho, incluindo-se aí o *vino da tavola*, vinho de mesa. Enquanto capinamos em volta das parreiras, começamos naturalmente a pensar num Bramasole Gamay ou Chianti do ano 2000. As parreiras descobertas explicam as pilhas de garrafas que herdamos. Elas podem produzir o tinto novo servido em jarros em todos os restaurantes locais. Ou talvez o Grechetto, um vinho branco da cor de limão, de sabor forte, desta região. Ah, esta terra estava esperando por nós. Ou nós, por ela.

O ingrediente essencial e fundamental da *nonna* era sem dúvida o azeite de oliva. Seu fogão a lenha era ativado com os ramos podados; ela molhava o pão num prato de azeite para tostá-lo; temperava suas sopas e seus molhos para massas com o delicioso azeite verde. Sacos de pano cheios de azeitonas eram suspensos na chaminé para defumar durante o inverno. Até mesmo o sabão que usava era feito da junção do óleo com as cinzas da lareira. Seu marido ou empregado passava semanas cuidando dos terraços de oliveiras. A antiga sabedoria popular recomendava podar de tal modo que um pássaro pudesse voar entre os galhos principais sem roçar as asas nas folhas. Ele teria de saber exatamente quando colher. As árvores não poderiam estar molhadas, ou as azeitonas mofariam antes de chegar ao moinho. Para preparar as azeitonas para comer, todo o amargo do glucosídio precisa ser neutralizado pela cura com sal ou por imersão em lixívia ou salmoura. Além dos aspectos práticos, uma quantidade de superstições duradouras determina o melhor momento para colheita ou plantio. A lua tem dias propícios e nefastos. Virgílio, há muito tempo, observou as crenças dos lavradores: escolha o décimo sétimo dia após a lua cheia para plantar; evite o quinto. Ele também recomenda os cortes com alfanje à noite, quando o orvalho amolece os caules. Receio que Ed despencaria de um terraço se fosse tentar esse feito.

Das nossas oliveiras, algumas são paradigmas: antigas, retorcidas, nodosas. Muitas são grupos de brotos novos que surgiram em círculo em torno de troncos danificados. Nesta benévola meia-lua de encosta, é difícil imaginar que a temperatura tenha descido a - 6º , como aconteceu em 1985, mas lacunas entre as árvores revelam enormes tocos mortos. As oliveiras terão de ser ressuscitadas desse longo período de negligência. Cada árvore precisa ser desimpedida da invasão do sumagre, da giesta e de ervas, para depois ser podada e adubada. Os terraços precisam ser arados e limpos. Esse é um trabalho importante, mas terá de esperar. Como as oliveiras são quase imortais, mais um ano não fará diferença.

"Um ramo de oliveira ele traz, sinal de paz", escreveu Milton no *Paraíso perdido*. A pomba que voltou voando à arca com o ramo no bico fez uma boa escolha. A oliveira sem dúvida transmite uma sensação de paz. Deve ser, simplesmente, sua forma de se situar no tempo. Essas árvores estão aqui e continuarão. Elas já estavam aqui. Se nós estivermos, se uma outra pessoa ou se ninguém estiver aqui, a cada manhã elas estarão girando suas folhas e crescendo lentamente na direção do sol.

Há alguns anos no verão, um amigo e eu excursionamos a pé por Maiorca, acima de Soller. Atravessamos em escalada quilômetros de olivais enormes, dramáticos, em largos terraços. Lá no alto, deparamos com cabanas de pedra onde os encarregados de cuidar dos olivais se abrigavam. Embora nos perdêssemos e encontrássemos um touro bravo num prado, nos sentimos invadidos por uma paz imensa o dia inteiro, caminhando entre aquelas árvores que pareciam ter mil anos de idade e que provavelmente tinham. Caminhar por essa minha pequena área aqui me dá a mesma sensação. Por mais que não seja natural, o terraceamento dá uma impressão natural. Alguns dos métodos mais antigos de escrita, chamados *boustrophedon*, vão da direita para a esquerda e depois da esquerda para a direita. Se tivéssemos sido ensinados dessa maneira, talvez a leitura fosse mais eficaz. A etimologia da palavra revela raízes gregas que significam "virar como um boi arando". A escrita é como terraços ascendentes: o espaço de curva necessário para um boi com seu arado de repente salta um nível, e estamos indo na outra direção.

*

As cinco árvores *tiglio*, as tílias do Velho Mundo, não produzem frutas. Elas fornecem sombra ao longo do largo terraço ao lado da casa, quando o sol não nos permite usar o terraço da frente. Almoçamos à sombra das tílias quase todos os dias. Suas flores são como brincos perolados suspensos das folhas; e quando abrem, aparentemente todas no mesmo dia, o perfume envolve a encosta inteira. No auge da floração, nós nos sentamos no pátio superior, logo ao lado das árvores, procurando identificar a fragrância. Para mim, o cheiro é o do balcão de perfumaria de uma loja barata; para Ed, é parecido com o do óleo que seu tio Syl usava para deixar o cabelo para trás. Seja o que for, ele atrai todas as abelhas das redondezas. Mesmo à noite, quando levamos nosso café para tomar no pátio, as abelhas estão trabalhando nas flores. Seu zumbido coletivo dá a impressão da chegada de um enorme enxame. É ao mesmo tempo tranqüilizador e alarmante. De início, Ed ficava no portal por ser alérgico à picada da abelha, mas elas não estão interessadas em nós. Têm a missão de encher suas bolsas de mel, de sujar de pólen as pernas.

Alérgico ou não, Ed anseia por colméias. Ele tenta despertar meu interesse pela apicultura. Considera o fato de eu nunca ter sido picada por uma abelha um sinal de que elas não me picarão. Menciono que uma vez fui picada por todo um ninho de vespas, mas de certa forma isso não faz diferença. Ele imagina uma fileira de colmeias no final das tílias.

– Você vai ficar fascinada quando examinar a colmeia – diz ele. – Quando faz calor, dezenas de operárias postadas à porta batem as asas para refrescar a rainha.

Percebi que ele vem colecionando grande quantidade das variedades locais de mel. É freqüente encontrar uma panela de água quente no fogão com um pote de mel duro e opaco em processo de amolecimento. O mel de acácias é pálido e tem um toque de limão; o mel escuro do castanheiro é tão espesso que segura uma colher na posição vertical. Ed tem um pote de mel de *timo*, tomilho; e, naturalmente, de *tiglio*. O mais rústico é o *macchia*, dos arbustos cheios de sal do litoral da Toscana.

– A vida da abelha rainha é totalmente superestimada. Tudo o que ela faz é pôr ovos e mais ovos. Ela só faz *um único* vôo nupcial. Esse vôo a cumula com fertilidade suficiente para ficar encerrada na colmeia para sempre. As operárias (fêmeas sem desenvolvimento sexual) têm a melhor vida. Dispõem de campos de flores nos quais podem se esbaldar. Imagine poder girar e girar dentro de uma rosa. – Dá para eu ver que ele está enlevado com a idéia. Eu mesma estou começando a me interessar.

– E o que elas comem dentro da colmeia o inverno inteiro?

– Alimento de abelha.

– Alimento de abelha? Você está brincando?

– É uma mistura de pólen com mel. E a operária ainda produz com seu estômago cera dourada para os alvéolos. Aqueles hexágonos perfeitos!

Procuro imaginar o tamanho do aparelho digestivo de uma abelha operária, quantas vezes ela precisa voar da colmeia até a tília para conseguir fazer uma colher de sopa de mel. Mil vezes? Um pote deve representar milhões de vôos de abelhas transportando sua pesada carga de doçura, com as pernas viscosas de pólen. Em *Geórgicas*, que é uma espécie de almanaque agrícola antiqüíssimo, Virgílio escreve que as abelhas transportam pedrinhas minúsculas para servir de lastro quando passam voando por ventos turbulentos de leste. Ele tem amplos conhecimentos a respeito de abelhas, mas não é totalmente confiável: achava que as abelhas se geravam espontaneamente da carcaça em decomposição de uma vaca. Eu gosto da imagem de uma abelha agarrando uma pedrinha minúscula, como um jogador de futebol americano a segurar a bola junto ao peito enquanto vai abrindo caminho pelo campo.

– É, imagino quatro colmeias pintadas de verde. Gosto dos equipamentos do apicultor, aquele véu de aparência medieval, erguer os favos escuros... Nós poderíamos fazer nossas próprias velas com a cera. – Agora a idéia me atraiu. Mas Ed se levanta e se debruça na fragrância estonteante. A praticidade o abandonou. – As vespas são anárquicas, enquanto as abelhas...

– Talvez devêssemos esperar até a casa estar pronta – digo, recolhendo as xícaras de café.

*

As figueiras indicavam água. Nos terraços, elas crescem perto dos escoadouros de pedra que nós descobrimos. O poço natural tem uma teia de raízes que desce até ele da figueira que fica logo acima. Tenho sentimentos conflitantes com relação aos figos. A qualidade da sua polpa me parece assustadora. Em italiano, *il fico*, o figo, na gíria se transforma em *la fica*, a vulva. Talvez em decorrência do famoso êxodo do Éden, com a folha da figueira, ele dê a impressão de ser o mais antigo dos frutos. O que é também estranhíssimo é que a flor do figo fique no interior do fruto. Abrir um deles significa examinar um ciclo de vida complexo, primitivo, infinitamente sofisticado. A polinização do figo se realiza através de uma interação com uma variedade especial de vespa com cerca de três milímetros de comprimento. A fêmea penetra na flor em desenvolvimento no interior do figo. Uma vez ali dentro, ela mergulha com seu ovopositor, um nariz em forma de agulha curva, no ovário da flor, depositando seus próprios ovos. Se seu ovopositor não conseguir alcançar o ovário (algumas das flores têm pistilos longos), a vespa ainda assim fertiliza a flor do figo com o pólen que recolheu nas suas viagens. Seja como for, metade desse sistema simbiótico estará sendo atendido: as larvas da vespa se desenvolverão se ela conseguir depositar seus ovos, ou a flor polinizada do figo produzirá sementes. Se existir mesmo a reencarnação, por favor, que eu não volte como vespa do figo. Se a fêmea não conseguir encontrar um ninho adequado para os ovos, geralmente ela morre de exaustão no interior do figo. Se conseguir, as vespinhas nascerão dentro do figo, e todos os machos nascerão sem asas. Sua única e breve função é o sexo. Eles se levantam, fertilizam as fêmeas e então as ajudam a sair do fruto. Em seguida, morrem. As fêmeas saem voando, levando da farra esperma suficiente para fertilizar todos os seus ovos. Será que é apetitoso saber que, por mais delicioso que seja o sabor do figo, cada um deles é um pequeno cemitério de vespas machos desprovidas de asas? Ou quem sabe a sensualidade da fruta não venha de algum sabor no qual elas se dissolvem após vidas curtas e doces?

*

As mulheres da minha família sempre fizeram picles comuns, geléias de muscadínea, picles de casca de melancia, pêssegos em calda e doces pastosos de ameixa. Sinto uma atração pela chaleira de escaldar, com um tabuleiro de framboesas amolecendo rapidamente e soltando suco no balcão, pelas tigelas de pêssegos em calda cheirando a cravo, prestes a serem derramados num banho de vinagre adstringente, pelos pepinos do tamanho de um dedo anular. Na Califórnia, chorei por vedações de borracha que ficaram gomosas, por geléias que não davam ponto, por um caldeirão de goiabas que resultou em doze potes de geléia cinzenta em vez da cor límpida e exótica de topázio que eu estava esperando. Não tenho o gene que minha mãe tinha para pôr de reserva aqui fileiras de potes cor de carmim e de esmeralda de frutas em conserva e de picles diminutos chamados *sottaceto* (feitos no vinagre). Quando olho para o produto de uma tarde suarenta, só consigo pensar: "E o botulismo?"

Essa proprietária há tanto tempo perdida que plantou fruteiras num terraço para que elas pendessem com doçura sobre um caminho gramado, ela (disso tenho certeza) dispunha de uma prateleira embaixo da escada para suas conservas e não se preocupava nem um pouco ao abrir suas ameixas perfumadas numa manhã de janeiro. Aqui, penso eu, dominarei a arte que minha mãe me deveria ter transmitido com a mesma facilidade com que me passou seu gosto por porcelana pintada à mão e sapatos caros.

Da feira de sábado, carrego uma caixa de pêssegos de primeira morro abaixo até o carro. Eles são tão lindos que tudo o que no fundo quero fazer é arrumá-los numa cesta e ficar olhando suas cores deliciosas. No único livro de culinária que tenho aqui até agora, encontro a receita de Elizabeth David para geléia de pêssego. Não poderia ser mais fácil: os pêssegos partidos ao meio são cozidos simplesmente com um pouco de açúcar e água, resfriados, e levados a cozinhar novamente no dia seguinte, até a geléia mostrar o ponto quando uma colherada é posta num pires. Elizabeth David ressalta: "esse método resulta numa conserva bastante extravagante, mas deliciosa. Infelizmente, ela tem a tendência a formar uma película de mofo em pouco tempo, mas isso não afeta o resto da geléia, parte da qual já guardei por mais de um ano, mesmo numa casa úmida." Fico um pouco amolada com essa história de mofo, e a autora não entra em detalhes quanto à esterilização dos potes, além de nunca mencionar a atenção que se deve prestar ao ruído produzido pela vedação que eu ouvia quando os picles de tomate verde da minha mãe estavam esfriando. Lembro-me de que minha mãe dava pancadinhas nas tampas para se certificar de que elas haviam sido sugadas para baixo. A impressão que se tem é a de que Elizabeth David simplesmente enche os potes e deixa para lá, para depois raspar o mofo impunemente antes de passar a geléia na torrada. Mesmo assim, ela diz: "bastante extravagante, mas deliciosa." E, se Elizabeth David diz isso, eu acredito. Como tenho todos esses pêssegos, resolvo fazer uns três a quatro quilos e simplesmente comer o resto. Vamos usar a conserva ainda no verão antes que qualquer mofo repugnante possa se formar nesta casa úmida. Vou dar alguns potes a novos amigos, que se perguntarão por que eu não estou pintando as janelas em vez de ficar mexendo caldeirões de frutas.

Mergulho os pêssegos em água fervente por um instante, observando a intensificação do seu tom rosado, depois eu os tiro de dentro d'água e arranco a casca com a mesma facilidade de quem tira uma combinação de seda. Essa receita é simples, não leva sequer umas gotinhas de suco de limão, uma pitada de noz-moscada ralada ou um cravo ou dois. Eu me lembro de que minha mãe acrescentava o núcleo de um caroço de pêssego, uma noz secreta com perfume de amêndoa. Logo a cozinha se enche de uma doçura que atrai moscas. No dia seguinte, fervo os potes só por segurança, enquanto as frutas voltam a cozinhar, e depois encho cada um. Tenho cinco lindos potes de geléia, com muito sabor de pêssego, mas não doce demais.

O *forno* em Cortona assa um pão crocante no forno a lenha, uma torrada perfeita. O café-da-manhã é um dos meus momentos preferidos porque as manhãs são tão frescas, sem nenhuma alusão ao calor que está por vir. Levanto-me cedo e levo meu café com torrada para o terraço por uma hora, com um livro e com as fileiras de ciprestes de um verde quase preto em contraste com o céu suave; e morros pregueados com terraços de oliveiras, imutáveis desde o tempo em que as estações eram descritas com ilustrações em saltérios medievais. Às vezes, o vale lá embaixo é como uma bacia repleta de névoa. Já vejo figos duros e verdes em duas árvores; e há peras numa árvore logo abaixo de onde estou. Uma bela colheita chegando. Esqueço-me do livro. Torta de peras, *chutney* de pêra, sorvete de pêra, figos verdes (será que as vespas já estariam dentro dos figos verdes?), com carne de porco, frituras de figo, torta de figo e *nocciolo*. Que o verão dure cem anos.

O ZUMBIDO DO SOL

A CASA, A APENAS DOIS QUILÔMETROS da cidade, dá a impressão de ser uma propriedade enfurnada no campo. Não dá para ver vizinho algum, embora ouçamos o homem que mora pouco acima de nós chamando *vieni qua*, venha cá, para seu cachorro. O sol do verão bate forte como uma convicção religiosa. Sei dizer as horas pelo lugar em que o sol atinge a casa, como se ela fosse um mostrador gigantesco. Às cinco e meia, os primeiros raios beijam a porta do pátio, arrancando-nos da cama e nos proporcionando o prazer do amanhecer. Às nove, uma faixa de luz entra no meu escritório, de uma janela lateral, a minha preferida na casa inteira por emoldurar a vista dos ciprestes, dos pomares no vale e mais adiante os Apeninos. Quero fazer uma aquarela dessa paisagem, mas minhas aquarelas são horrendas, dignas apenas de serem guardadas na prateleira de um armário. Às dez, o sol já está alto diante da frente da casa e fica ali até as quatro, quando um trecho de sombra que atravessa o gramado assinala que o sol está indo na direção do outro lado da montanha. Se caminharmos até o lugarejo por esse lado no final da tarde, veremos um pôr-do-sol grandioso e prolongado acima do Val di Chiana, que se retardará até finalmente se dissolver, deixando uma luz suficiente rajada de dourado e açafrão para iluminar o caminho de volta à casa até as nove e meia, quando a escuridão anil se instala.

Nas noites sem luar, tudo fica negro como breu. Ed voltou a Minnesota para as bodas de ouro dos pais. Um postigo bate. Não fosse por isso, o silêncio reverbera tão forte que tenho a impressão de ouvir meu próprio sangue circulando. Espero ficar acordada, imaginando um invasor drogado, armado com uma Uzi subindo sorrateiro pela escada no escuro. Em vez disso, na cama larga com lençóis floridos, espalho meus livros, cartões e papéis à minha volta e me entrego ao raro prazer de escrever cartas para amigos. Um segundo prazer remonta diretamente aos meus tempos de escola: devoro um prato de *brownies* e bebo uma Coca enquanto copio no meu caderno parágrafos e versos que me agradam. Se ao menos Sister, minha gata preta de pêlos longos, estivesse aqui. Ela é realmente uma boa companheira para a solidão. Faz calor demais para ela dormir encostada nos meus pés, como gosta de fazer. Teria de ficar numa almofada ao pé da cama. Durmo como um recém-nascido e pela manhã tomo café no pátio, caminho até a cidade para comprar mantimentos, trabalho na terra, entro para beber água, e são só dez da manhã. Horas passam sem que sinta a necessidade de falar.

Depois de alguns dias, minha vida já encontrou seu próprio ritmo. Acordo para ler por uma hora às três da manhã. Faço pequenos lanches – um tomate maduro comido como se fosse uma maçã às onze, e três substituindo o almoço à uma. Às seis, já estou de pé, mas na hora da sesta, o período mais quente do dia, sinto-me pronta para duas horas na cama. Repousar soa mais pesado do que dormir; mas, ao zumbido de um pequeno ventilador, acabo repousando. Afinal, tenho tempo para levar uma colcha lá para fora à noite e deitar de costas com a lanterna e a carta celeste. Com a Ursa Maior facilmente determinada bem acima da casa, finalmente localizo Pólux dos Gêmeos e Prócion do Cão Menor. Eu me esqueço das estrelas, e cá estão elas, tão vivas o tempo todo, pulsantes e cadentes.

Uma francesa e seu marido inglês vêm subindo a pé pela entrada de automóveis e se apresentam como vizinhos. Ouviram falar que uns americanos compraram a casa e estão curiosos por conhecer gente louca o suficiente para se envolver com a tortura de reformas. Eles me convidam para almoçar no dia seguinte. Como os dois são escritores e estão reformando sua pequena sede de fazenda, entramos numa camaradagem instantânea. Será que deveriam fazer a escada aqui ou ali? O que fazer com esse quarto minúsculo? Será que não ficaria escuro demais um quarto no que foi um estábulo no andar térreo? A *comune* não permite que se abra o vão das janelas, mesmo em casas quase sem arejamento. A aparência externa deve ser mantida intacta em propriedades históricas. Eles me convidam para jantar na noite seguinte e me apresentam a outros dois escritores estrangeiros: um francês e um americano de origem asiática. Quando Ed está de volta, depois de uma semana, já estamos convidados para a casa desses escritores.

A mesa está posta à sombra de uma parreira. Saladas frias, vinho gelado, frutas, um enorme suflê de queijo aquecido de algum modo na boca do fogão. O calor tremeluz em volta das oliveiras ao longe. No pátio de pedra está fresco. Somos apresentados aos outros convidados: romancistas, jornalistas, tradutores, um escritor de não-ficção – todos exilados mais antigos que se instalaram nesses montes e reformaram propriedades. Viver totalmente em outro país é algo que me fascina. Sinto curiosidade por saber como a viagem a passeio ou a trabalho até a Itália se tornou uma decisão de toda a vida para cada um deles; e pergunto a Fenella, a jornalista internacional que está à minha direita, como foi isso.

– Você não pode imaginar o que era Roma na década de 1950. Era algo mágico. Eu simplesmente me apaixonei, como a gente se apaixona por uma pessoa, e resolvi descobrir um jeito de morar lá. Não foi fácil. Eu era correspondente freelance para a Reuters. Olhe os filmes antigos e vai ver que praticamente não havia automóveis na época. Isso não foi muito depois do final da guerra, e a Itália estava devastada, mas a *vida*! Além do mais, tudo era incrivelmente barato. É claro que não tínhamos muito dinheiro, mas morávamos em apartamentos imensos em *palazzi* majestosos por quase nada. Sempre que eu retornava aos Estados Unidos, ficava simplesmente ansiosa para voltar. Não era uma rejeição, ou talvez fosse. Seja como for, eu nunca mais quis ir para nenhum outro lugar.

– Nós temos a mesma sensação – digo eu, e logo percebo que não é bem assim. Eu de fato me entrego totalmente à "magia" do lugar, mas sei que a atração que ele exerce sobre mim está em parte no equilíbrio que ele devolve à minha vida nos Estados Unidos. Não estou a ponto de deixar de morar lá, mesmo que pudesse fazê-lo. Procuro corrigir o que acabei de dizer. – Meu trabalho nos Estados Unidos é árduo, mas eu o adoro. Ele me motiva. E San Francisco não é minha verdadeira terra natal, mas é um lugar lindo, uma felicidade poder morar lá, apesar do terremoto e tudo o mais. Passar algum tempo aqui me permite uma fuga da loucura, da violência e de aspectos decididamente surrealistas dos Estados Unidos, bem como da minha vida ocupadíssima. Três semanas depois da chegada, percebo que baixei a guarda que me é tão instintiva, por morar numa cidade americana, e que eu nem sabia que tinha. – Ela olha para mim com ar compreensivo. A essa altura, a violência nos Estados Unidos é difícil para quem quer que seja compreender. – Meus batimentos cardíacos positivamente se desaceleram – continuo. – Mesmo assim, sinto que lá consigo desenvolver melhor meu pensamento. E minha cultura, meu lado espontâneo, meu passado. – Não tenho certeza de ter conseguido me explicar. Ela me faz um brinde.

– *Esatto*, minha filha tem a mesma sensação. Vocês não chegaram a tempo de conhecer Roma naquela época. Agora é um horror. Mas naquela época, era irresistível. – Percebo de repente que eles estão num duplo exílio, dos Estados Unidos e de Roma.

Max entra na conversa. Ele precisou ir a Roma na semana passada, e o trânsito estava apavorante. Depois, os ciganos o abordaram como se ele fosse um turista, pressionando-o com a mesa de cartas para distraí-lo enquanto tentavam bater sua carteira.

– Há muito tempo, aprendi a lançar mau-olhado neles – conta ele a mim e a Ted. – Com isso, eles fogem.

Todos concordam que a Itália não é mais o que foi. E o que ainda é? Minha vida inteira de adulta, ouvi falar como o Vale do Silício costumava ser coberto de pomares, como Atlanta era requintada, como a indústria do livro era gerida por cavalheiros, como as casas custavam o que hoje custa um carro. Tudo é verdade, mas o que se pode fazer a não ser viver agora? Nossos amigos que acabaram de comprar uma casa em Roma estão loucos pela cidade. Nós a adoramos. Talvez o convívio com o trânsito de Bay Bridge e com os preços de San Francisco nos deixe preparados para qualquer coisa.

Uma das convidadas é uma escritora que admiro há muito tempo. Ela se mudou para cá há cerca de vinte anos, depois de morar muito tempo no louco sul da Itália no pós-guerra e mais tarde em Roma. Eu sabia que ela morava aqui e até mesmo tinha o número do seu telefone, dado por uma conhecida nossa da Geórgia, onde ela agora passa uma parte do ano. Telefonemas para desconhecidos sempre foram difíceis para mim, e eu me sinto um pouco intimidada pela mulher que escreveu numa prosa luminosa e austera a respeito das vidas sombrias, estridentes, complexas das mulheres na região devastada de Basilicata.

Elizabeth está do outro lado da mesa, um pouco adiante de mim. Vejo que cobre o copo com a mão quando Max começa a servir o vinho.

– Você sabe que eu nunca bebo vinho no almoço. – Ah, a austeridade. Ela está usando uma blusa azul de algodão, com algum tipo de medalhão de aparência vagamente religiosa no pescoço. Tem olhos azuis com uma expressão impassível, a pele clara e uma voz que me parece ter um quê do meu próprio sotaque.

Debruço-me um pouco e ouso perguntar.

– Será que ouvi algum traço de sotaque sulista?

– Espero que não – responde ela, em tom áspero (terei visto uma sugestão de sorriso?), e se volta rapidamente para o famoso tradutor ao seu lado. Baixo os olhos para minha salada.

Quando Richard serve seu *gelato* de limão preparado com requeijão cremoso, todos já estão mais relaxados. Algumas garrafas de vinho vazias estão numa mesa auxiliar. O sol intenso agora fica preso nos galhos de uma castanheira. Ed e eu participamos da conversa quando conseguimos, mas esse é um grupo animado de velhos amigos com anos de experiências em comum. Fenella fala de suas viagens de pesquisa à Bulgária e à Rússia. Seu marido, Peter, conta a história de quando trouxe um papagaio cinza no bolso do paletó ao voltar de um trabalho na África. Cynthia fala da briga em família em torno dos cadernos de anotações de sua mãe famosa. Max faz com que todos riam da sua sorte incrível ao se sentar do lado de um produtor de cinema num vôo até Nova York, de se lançar a descrever seu roteiro a esse ouvinte cativo, que finalmente disse que lhe mandasse o roteiro. Agora o produtor está vindo fazer uma visita e já comprou os direitos. Elizabeth parece confusa.

– Eu esperava que você ligasse – diz ela, quando termina a festa. – Tentei conseguir seu telefone, mas não está na lista. Irby [uma amiga de minha irmã] me disse que você comprou uma casa aqui. Na realidade, conheci sua irmã num jantar em Roma, na Geórgia, quer dizer. – Uso como desculpa os problemas com a casa e depois, num impulso, a convido para jantar no domingo. Num impulso, porque não temos mobília, louça, toalhas. Só a cozinha improvisada com algumas panelas e pratos.

*

Escolho uma toalha de linho na feira para cobrir a mesa desengonçada que foi deixada na casa, arrumo flores do campo num jarro e o coloco dentro de um vaso de plantas, planejo o jantar com cuidado, mas com simplicidade: raviólis com manteiga e sálvia, pãezinhos de *prosciutto* e frango dourado, legumes frescos e frutas. Quando Elizabeth chega, Ed está transportando a mesa para o terraço. O tampo inteiro e uma perna se soltam – ou bem quebramos o gelo ou começamos com um desastre. Ela nos ajuda a montar a mesa de novo, e Ed martela mais uns pregos. Coberta e arrumada, fica bem bonita. Visitamos a casa grande e vazia e começamos a falar de canos de escoamento, poços, chaminés, caiação. Ela fez uma reforma completa numa bela *casa colonica* quando se mudou para cá. Quando uma parede foi derrubada no primeiro dia, encontrou uma porca furiosa deixada pelos camponeses. Logo fica claro que ela sabe *tudo* a respeito da Itália. Ed e eu começamos o que iria acabar se tornando a maratona das dez mil perguntas. Onde é que se manda examinar a água? Qual é o comprimento de uma milha romana? Quem é o melhor açougueiro? É possível comprar telhas velhas? É recomendável fazer o pedido de residência? Elizabeth é uma observadora atenta da Itália desde 1954 e tem um conhecimento espantoso da história, do idioma, da política, bem como dos telefones de bombeiros competentes e do nome de uma mulher que prepara os *gnocchi* mais leves ao norte de Roma. Um longo jantar ao luar, na esperança de que a mesa não desabe. De repente, temos uma amiga.

Todos os dias de manhã, Elizabeth vai à cidade, compra um jornal e toma seu expresso no mesmo café. Acordo cedo também e adoro ver a cidade despertando. Caminho com meu livro de verbos em italiano, decorando as conjugações enquanto ando. Às vezes, levo um livro de poesia porque a caminhada combina com a poesia. Posso ler alguns versos, saboreá-los ou analisá-los, ler mais alguns, às vezes apenas repetir algumas palavras do poema. Esse passeio meditativo parece liberar as palavras. O ritmo dos meus passos acompanha a cadência do poeta. Ed considera isso uma excentricidade, acha que vou ficar conhecida como a americana esquisita. Por isso, quando chego aos portões da cidade, guardo meu livro e me concentro em observar Maria Rita arrumando os legumes, o comerciante que varre a rua com uma daquelas vassouras de bruxa, feita de gravetos, o barbeiro acendendo seu primeiro cigarro, recostado na poltrona com um gato dormindo no colo. É freqüente encontrar Elizabeth. Sem planejamento algum, começamos a nos encontrar uma manhã ou duas por semana.

*

Também na cidade Ed e eu estamos começando a nos sentir mais à vontade. Procuramos comprar tudo diretamente nas lojas daqui: ferragens, transformadores elétricos, solução para limpeza de lentes de contato, velas para espantar mosquitos, filme fotográfico. Não prestigiamos o supermercado mais barato em Camúcia. Vamos da padaria para a quitanda, dali para o açougue, carregando tudo nas nossas bolsas de compras de lona azul. Maria Rita começa a ir aos fundos da loja para trazer as alfaces recém-colhidas, as melhores frutas. "Ora, paguem amanhã", diz ela quando só temos notas de valor alto. No correio, nossas cartas são adornadas com diversos selos pela funcionária e depois carimbadas individualmente, com vingança, *bam, bam*. "*Buon giorno, signori.*" No mercadinho apinhado de gente, conto trinta e sete tipos de massa seca e, no balcão, as frescas, *gnocchi, pici*, espaguete em longos fios, *fettucine* e duas qualidades de raviólis. A esta altura, eles sabem que tipo de pão queremos, que queremos *bufala*, mozarela de leite de búfala, não a *normale*, a comum de leite de vaca.

Compramos mais uma cama para a iminente visita da minha filha. Camas de molas não existem por aqui. A estrutura metálica da cama sustenta um estrado de madeira no qual se apóia o colchão. Penso nas ripas da minha cama de pés torneados, de quando eu era criança; em como o colchão afundava, com as molas e tudo, quando eu pulava em cima. Esta aqui, no entanto, é segura; uma cama firme e confortável. Uma moça muito nova com cachos negros desalinhados e olhos também negros vende roupa de cama antiga na feira aos sábados. Para a cama de Ashley, descubro um lençol de linho pesado com crochê na barra e grandes fronhas quadradas de renda e bordado. Sem dúvida, essas peças acompanharam uma noiva no casamento. O estado é tão bom que eu me pergunto se ela um dia chegou a tirá-las do baú do enxoval. Estão marcadas de poeira nas dobras, e eu as ponho de molho em água morna com espuma na banheira, para depois pendurá-las a secar ao sol do meio-dia, um forte alvejante natural que lhes devolve a cor branca.

Elizabeth resolveu vender a casa e alugar a antiga moradia do padre anexa a uma igreja do século XIII, chamada Santa Maria del Bagno. Embora só vá se mudar no inverno, ela começa a separar seus pertences. Talvez lembrando-se daquele primeiro jantar, ela oferece uma mesa de jardim de ferro e quatro cadeiras com arabescos. Anos atrás, quando trabalhou num programa de televisão sobre o escritor Alberto Moravia, ele exigiu um lugar para repousar entre as tomadas. Naquela época, ela comprou esse conjunto. Aplico na "mesa de Moravia" uma nova camada de tinta daquele verde enegrecido que se vê nos bancos dos parques em Paris. Também somos agraciados com algumas estantes e um par de bolsas de compras cheias de livros. Os eremitas do século XIV que viveram nesta montanha talvez ainda aprovassem nossos aposentos brancos até o momento: camas, livros, estantes, algumas cadeiras, uma mesa primitiva. Grandes cestos de salgueiro abrigam nossas roupas.

No terceiro sábado de cada mês, uma pequena feira de antigüidades se realiza numa *piazza* na cidadela próxima, Castiglione del Lago. Encontramos uma enorme fotografia em sépia de um grupo de padeiros, bem como um par de cabides de castanheiro. Na maior parte do tempo, só olhamos, espantados com os preços absurdos cobrados por mobília de segunda mão em mau estado. A caminho de casa, damos com um acidente: alguém num Fiat minúsculo tentou ultrapassar numa curva, um direito inato dos italianos, e bateu de frente com um Alfa Romeo novo. O Fiat capotado ainda tem uma das rodas girando, e dois passageiros estão sendo retirados do carro esmagado. Ouve-se o som estridente de uma sirene de ambulância. O Alfa acidentado está parado, com as portas abertas, nenhum passageiro no banco da frente. À medida que vamos nos aproximando lentamente, vejo um rapaz de seus dezoito anos morto, no banco traseiro. Ele ainda está sentado ereto com seu cinto de segurança, mas está nitidamente morto. O trânsito pára, e nós ficamos a meio metro do seu olhar azul e distante, do fio de sangue a lhe escorrer do canto da boca. Com muito cuidado, Ed dirige até nossa casa. No dia seguinte, quando voltamos a Castiglione del Lago para nadar no lago, perguntamos ao garçom do bar se o rapaz morto no acidente era de lá.

– Não, não, ele era de Terontola. – Terontola fica à enorme distância de oito quilômetros dali.

*

Estamos esperando os documentos para breve. Enquanto isso, o projeto principal que esperamos terminar antes de voltar para casa no final de agosto é o tratamento das vigas com jato de areia. Cada aposento tem duas ou três vigas maiores e vinte e cinco ou trinta menores. Um trabalho e tanto.

Ferragosto, o dia 15 de agosto, não é apenas um feriado da Virgem Maria; é um sinal para que o trabalho pare de vez em toda a Itália antes e depois desse dia. Nós subestimamos o efeito total desse feriado. Quando começamos a procurar um *sabbiatrice*, operador de jato de areia, depois que o muro estava pronto, só encontramos um que se dispusesse a aceitar o trabalho em agosto. Ele deveria chegar no dia 1º; o serviço duraria três dias. No dia 2, começamos a ligar para ele e não paramos mais de ligar desde então. Uma mulher que nos parece muito velha grita em resposta que ele está em *vacanze al mare*, está lá no litoral, caminhando pela areia das praias em vez de estar passando o jato de areia nas nossas vigas viscosas. Aguardamos, na esperança de que ele apareça.

Embora não possamos fazer nenhuma pintura enquanto o aquecimento central não estiver instalado, começamos a lixar as paredes em preparação. Aos sábados e em dias avulsos nos quais não estejam trabalhando em outros lugares, os poloneses vêm nos ajudar. A caiação frágil pega na nossa roupa se roçarmos nela. À medida que vão limpando as paredes com esponjas e panos úmidos, os poloneses descobrem as pinturas anteriores, com grande predominância de um azul puro que deve ter tido como inspiração os mantos azuis de Maria. Os pintores da Renascença só conseguiam obter aquela cor rara a partir de lápis-lazúli moído, transportado de pedreiras do que hoje é o Afeganistão. Vemos com esforço uma moldura de acanto já há muito apagada, ao longo da parte superior das paredes. O quarto da *contadina* era antigamente pintado em listas azuis e brancas de trinta centímetros de largura. Dois quartos do andar superior eram amarelos, como o *giallorino* que os pintores da Renascença preferiam, feito de vidro amarelo queimado, chumbo vermelho e areia das margens do Arno.

Do terceiro andar, ouço Cristóforo chamando Ed e depois me chamando. Sua voz parece insistente, empolgada. Ele e Riccardo falam ao mesmo tempo em polonês e apontam para o meio da parede da sala de jantar. Nós vemos um arco; ele esfrega o pano molhado em volta, e aparecem esbatidos em azul, depois uma sede de fazenda, pinceladas levíssimas quase verdes do que pode ser uma árvore. Eles descobriram um afresco! Apanhamos baldes e esponjas e começamos a limpar as paredes com delicadeza. A cada passada, mais revelações: duas pessoas à beira d'água, água, morros ao longe. O mesmo azul que está nas paredes foi usado para o lago, um azul mais claro para o céu e um coral suave para as nuvens. As casas de cor bege são da mesma cor das que vemos ao nosso redor. Vibrantes quando molhadas, as cores desbotam ao secar. Um fio elétrico, enterrado em algum ponto da parede, prejudica uma pintura clássica de ruínas, emoldurada em pátina, num painel acima da porta. Passamos a tarde inteira esfregando. A água escorre pelos nossos braços e empoça no chão. Meus braços dão a impressão de tiras de borracha sem força. A cena do lago prossegue na parede adjacente e é vagamente familiar, como as aldeias e a paisagem em torno do lago Trasimeno. O estilo primitivo não revela nenhum novo Giotto, mas é encantador. Alguém não teve a mesma impressão e mandou caiar tudo. Felizmente, não usaram nada mais forte. Nós vamos poder conviver com esse quadro delicado como ambiente dos nossos jantares dentro de casa.

*

Um século pode não ser suficiente para reformar esta casa e recuperar a terra. No andar superior, esfrego as janelas com vinagre, fazendo brilhar as curvas verdes dos montes junto ao céu. Detecto Ed no terceiro terraço, brandindo uma longa espada giratória. Ele está usando *shorts* de um vermelho vivo como o de um estandarte; botas pretas para proteção contra os espinhos da acácia-branca, e uma viseira transparente para proteger os olhos de pedrinhas lançadas. Poderia ser um anjo poderoso, vindo fazer uma anunciação tardia, mas é apenas o mortal mais recente de uma longa linhagem que trabalhou para impedir que esta terra voltasse a ser a encosta íngreme que foi um dia, talvez muito antes dos etruscos, quando a Toscana era uma floresta fechada.

O feio ruído da roçadeira abafa os relinchos dos dois cavalos brancos do outro lado da estrada e das aves multiculturais que nos acordam todas as manhãs. No entanto, as ervas secas precisam ser cortadas para a eventualidade de um incêndio; e, por isso, ele trabalha ao sol escaldante, sem camisa. A cada dia, sua pele fica mais morena. Já aprendemos a gravidade da encosta, as nascentes que fazem a terra escorrer e a compressão dos muros de pedra, que precisam ser comportas e precisam resistir com força maior do que a do solo querendo descer. Ed se inclina e lança galhinhos de oliveira numa pilha que está formando para acender a lareira em noites frescas. Que trabalheira que esta casa dá! A oliveira fornece muito calor. As cinzas são então devolvidas às árvores como adubo. À semelhança do porco, a oliveira é útil sob todos os aspectos.

O vidro antigo está abaulado em alguns lugares – estranho que o vidro, que parece tão sólido, mantenha uma lenta liquidez –, transformando a acentuada claridade da paisagem num impressionismo aguado. Geralmente, quando estou polindo objetos de prata, passando roupa, usando o aspirador de pó, tenho grande consciência de estar "perdendo tempo". Eu deveria estar fazendo algo mais importante: cartas, preparando aulas, textos acadêmicos, escrevendo. Meu trabalho na universidade é exaustivo. O serviço doméstico passa a ser um transtorno. Minhas plantas lá em casa sabem que se banqueteiam ou passam fome. Por que então estou cantarolando enquanto lavo janelas, um dos dez trabalhos mais medonhos? Agora estou planejando um grande jardim. Minha lista chega a incluir a costura! Pelo menos, uma cortina de cambraia de linho para cobrir o vidro da porta do banheiro. Esta casa, cada tijolo e cada trinco, me será tão conhecida quanto meu próprio corpo ou o do amado.

Reforma. Gosto da palavra. A casa, a terra, talvez nós mesmos. Mas reformar para ser o quê? Nossas vidas são plenas. É nossa disposição para todo esse trabalho que me espanta. Será que é somente o fato de que, uma vez imersos no projeto, o que tudo isso significa não nos ocorre? Ou será que o entusiasmo e a fé rejeitam questionamentos? Talvez a roda imensa tenha uma vaga para nossos ombros e nós simplesmente estejamos participando do esforço de fazê-la girar? Mas eu sei que existe uma raiz tão vigorosa quanto aquela raiz gigantesca enroscada na pedra.

Lembro-me de sonhar com *A poética do espaço*, de Bachelard, que não trouxe comigo, só tenho algumas frases transcritas num caderno. Ele escreveu a respeito da casa como "ferramenta de análise" da alma humana. Quando nos lembramos de cômodos de casas em que moramos, aprendemos a permanecer (bela palavra) dentro de nós mesmos. Senti uma proximidade com sua noção de casa. Bachelard escreveu sobre o estranho zumbido do sol quando se entra num aposento em que se está sozinho. Principalmente, eu me lembro de reconhecer sua idéia de que a casa protege o sonhador; de que as casas que são importantes para nós são as que nos permitem sonhar em paz. Hóspedes que ficaram aqui por uma noite ou duas, todos descem na primeira manhã prontos para contar seus sonhos. Com freqüência, os sonhos são remotos, ligados ao pai ou à mãe. "Eu estava num carro e meu pai dirigia, só que eu estava com a minha idade atual, e meu pai morreu quando eu tinha doze anos. Ele acelerava muito..." Nossos hóspedes dormem muito, exatamente como nós, a cada vez que chegamos. Este é o único lugar do mundo em que consegui tirar um cochilo às nove da manhã. Será que isso poderia ser o que Bachelard quis dizer com "repouso derivado de toda experiência onírica profunda"? Depois de cerca de uma semana, pareço ter a energia de uma criança de doze anos. Para mim, *casa*, situada na sua paisagem, sempre foi em primeiro lugar o terreno da imagem. Bachelard me levou a perceber que as casas que vivenciamos profundamente nos levam de volta à *primeira* casa. Na minha cabeça, porém, não é só à primeira casa, mas ao primeiro conceito da identidade. Os sulistas têm um gene, até o momento não detectado nas espirais do DNA, que faz com que acreditem que o lugar é o destino. Onde você está é quem você é. Quanto mais o lugar penetra em você, mais sua identidade fica entrelaçada com ele. Nunca fortuita, a escolha do lugar é a escolha de algo que a pessoa deseja ansiosamente.

Uma lembrança remota: meu quarto é pequeno, com seis janelas, todas abertas numa noite de verão. Estou com três ou quatro anos, acordada depois que todos foram dormir. Eu me debruço no peitoril para olhar as hortênsias azuis, grandes como bolas de praia. O ventilador do sótão atrai para dentro de casa o perfume de *tea olive* e ergue as finas cortinas brancas. Estou brincando com a presilha da tela, que de repente se solta. Lembro-me de sentir na mão o gancho de metal e a argola na qual quase consigo enfiar meu dedo mínimo. Em seguida, já estou subindo no peitoril e saltando da janela. Descubro que estou na escuridão do quintal dos fundos. Começo a correr, sentindo o rápido prazer do que agora sei que é a liberdade. A grama molhada, o brilho das camélias brancas no arbusto escuro, o pinheiro novo bem da minha altura. Vou até meu balanço na nogueira-pecã. Acabo de aprender a dar impulso. Até que altura? Corro em volta da casa, todos os quartos da minha família adormecida; depois paro no meio da rua que não tenho permissão para atravessar. Entro pela porta dos fundos, que nunca ficava trancada, e volto para meu quarto.

Essa pura onda de prazer, um repentino jorro de alegria – a descoberta do choque elétrico do lugar exterior que corresponde ao interior – é isso aí.

Em San Francisco, saio para o minúsculo deque repleto de flores nos fundos do meu apartamento e olho para o chão três andares abaixo: um terraço de dimensões urbanas cercado de canteiros de flores bonitas e pouco exigentes, com irrigação por gotejamento, cuidadas por um jardineiro. Ele não me atrai. Sou grata pelo fato de o jasmim das cercas altas ter subido até meu terceiro andar e florir com abundância em volta do gradil da escada. À noite, depois do trabalho, posso sair ali para regar meus vasos, procurar estrelas e encontrar as trepadeiras descuidadas a liberar seu denso perfume. Essas flores (jasmim, madressilva, gardênia) falam do sul, o lar metabólico, para minha psique. Trata-se porém de uma ligação fragmentada. Meus pés estão três andares acima da terra. Quando saio de casa, é o concreto que isola meus pés do chão. As pessoas que compraram apartamentos no primeiro andar e no segundo são amigas. Fazemos reuniões para debater quando consertar a escada ou quando refazer uma pintura. Eu olho para dentro das copas das árvores ou por cima delas, árvores maravilhosas. Os fundos da minha casa dão para jardins muito reservados, dos quais não se vê o menor sinal nas frentes geminadas das casas vitorianas da vizinhança. O centro do quarteirão é verde. Se todos nós derrubássemos as cercas, poderíamos perambular num relvado florido. Como gosto muito do meu apartamento, não sabia do que sentia falta.

Será que realmente existiu uma *nonna*, um espírito reinante que equilibrava esta casa? Esta casa de três andares enraizada no solo restaura algumas camadas nas horas em que estou acordada e em que estou dormindo. Ou será que não é a casa? Um vislumbre: a *escolha* é restauradora quando procura alcançar um reconhecimento instintivo da identidade primeira. Como Dante admitiu no início do *Inferno*: o que precisamos fazer para crescer?

Em casa, sonho com outras casas em que morei, nas quais descubro quartos que eu não sabia que existiam. Muitos amigos me disseram que eles também têm esse tipo de sonho. Subo a escada até o sótão da casa do século XVIII em que adorei morar durante três anos em Somers, estado de Nova York, e vejo que há três quartos a mais. Num deles, encontro um vaso de gerânio, que levo para baixo e rego. Imediatamente, no estilo Disney, suas folhas crescem e ele desenvolve uma floração abundante. Em casa após casa (a da minha melhor amiga no segundo grau, o lar da minha infância, a casa em que meu pai passou sua infância), abro uma porta e deparo com mais do que sabia haver. Todas as lâmpadas estão acesas na casa de Nova York. Eu vou passando, observando a vida em cada janela. Nunca sonho com o apartamento acanhado em que morei em Princeton. Também não sonho com o apartamento de que tanto gosto em San Francisco. Mas talvez isso se deva ao fato de ouvir da minha cama, antes de adormecer, sirenes de nevoeiro lá na baía. Essas vozes profundas deslocam os sonhos, chamados de um espírito para outro, dirigidas a alguma voz interior que todos nós temos, mas que não sabemos usar.

Em Vicchio, uma casa que aluguei há alguns verões conferiu realidade ao sonho recorrente. Era uma casa enorme com um zelador que morava numa ala anexa. Um dia, abri o que supunha ser a porta de um armário num quarto que não estava sendo usado e descobri um longo corredor de pedra com aposentos vazios dos dois lados. Pombas brancas entravam e saíam voando. Era o segundo andar da ala do zelador, e eu não havia percebido que não era habitado. Desde então, em muitos momentos em que estou acordada, abro a porta para a claridade pétrea daquele corredor, painéis retangulares de luz do sol sobre o piso, vejo de relance o adejar de asas brancas.

Aqui, sinto restaurado meu prazer fundamental da ligação com o ar livre. As janelas ficam abertas para as borboletas, mutucas, abelhas ou qualquer outra criatura que queira entrar por uma janela e sair pela outra. Fazemos quase todas as refeições do lado de fora. Percebo que me é restituída a noção da minha mãe de preservar as estações e a noção do *tempo*, até mesmo tempo para extrair prazer de limpar uma vidraça até que brilhe. A noção da casa segura para sonhar. Um lado da casa foi construído bem junto ao barranco. Um sinal do vínculo refeito? Aqui, não sonho com casas. Aqui, tenho a liberdade para sonhar com rios.

*

Embora os dias sejam longos, o verão é, por algum motivo, curto. Minha filha, Ashley, chega; e nós passamos dias quentes, loucos, dirigindo de um lado para o outro para ver atrações turísticas. Quando se aproximou da casa pela primeira vez, ela parou na subida e olhou um pouco para cima antes de dizer: "Como é estranho que isso venha a fazer parte de todas as nossas lembranças." Percebi aquele conhecimento que às vezes nós temos com antecipação, quando viajamos ou nos mudamos para uma cidade nova, de que aquele é um lugar que vai mexer com a nossa vida.

Naturalmente, quero que ela adore a casa, mas não preciso convencê-la. Ela começa a falar em passar o Natal aqui. Escolhe seu quarto. "Vocês têm máquina de fazer macarrão?" "Podemos comer melão em todas as refeições?" "Uma piscina ficaria bem naquele segundo terraço." "Onde é que está o horário dos trens para Florença? Estou precisando de sapatos."

No instante em que se formou na faculdade, ela se mandou para Nova York. A vida de artista, vida de empregos esporádicos, os verões longos e quentes, os problemas de saúde: ela está pronta para a piscina de águas geladas direto das montanhas, que fica aos cuidados de um padre nas profundezas dos morros, para passeios até o litoral do mar Tirreno, onde alugaremos espreguiçadeiras e nos bronzearemos o dia inteiro, para caminhadas por lugarejos pedregosos no alto de morros à noite depois do jantar numa *trattoria* estritamente local.

Os dias passam velozes, e logo chega a hora de nós duas voltarmos. Eu preciso trabalhar, mas Ed vai ficar mais dez dias. Talvez o operador de jato de areia apareça.

Festina tarde
(A pressa é inimiga da perfeição)

Ao sair do aeroporto de San Francisco, sinto o choque do ar frio e enevoado, cheirando a sal e emanações de jatos. Um motorista de táxi atravessa a rua para ajudar com a bagagem. Depois de trocarmos algumas amabilidades, caímos em silêncio, e eu fico grata. Estou viajando há vinte e quatro horas. O último trecho, desde JFK, onde Ashley e eu nos despedimos, até San Francisco, parece extraordinário e cruel, especialmente a hora a mais que levamos em decorrência dos ventos dominantes. As casas nos morros são colares de luz, e depois, à direita, a baía quase molha a rodovia. Fico esperando uma certa curva. Depois de passar por ela, de repente a cidade inteira surge, com sua silhueta muito definida em fundo branco. À medida que vamos chegando, eu me preparo para os saltos emocionantes no alto das ladeiras e para relances entre prédios onde sei que aparece um triângulo, uma faixa ou uma amplidão de água azul e revolta.

Ainda gravadas nos meus olhos estão as cidadezinhas de pedra, os campos ceifados e os montes ondulantes cobertos de vinhedos, olivais, girassóis. Esta paisagem parece exótica. Começo a procurar pela chave da casa, que imaginava estar no bolso interno fechado com zíper da minha bolsa. Se eu a tiver perdido, qual é o problema? Dois amigos e um vizinho têm chaves da minha casa. Imagino a resposta das suas secretárias eletrônicas: "Vou estar fora até a sexta..." Passamos por casas vitorianas com janelas e cortinas discretamente fechadas, lâmpadas na entrada iluminando corrimãos de madeira e vasos de topiaria. Ninguém fora de casa, nem mesmo alguém levando o cachorro para passear ou dando uma corrida até o mercadinho para comprar leite. Sinto uma saudade daquelas cidadezinhas cheias de gente que deixa a chave pendurada na porta, da *passeggiata* vespertina, quando todo mundo sai para fazer visitas, fazer compras, tomar um rápido café expresso. Deixei Ed lá porque sua universidade começa depois da minha e o tratamento com jato de areia ainda é um sonho de realização para este verão. O táxi me deixa e vai embora, acelerado. Minha casa parece a mesma; a rosa trepadeira cresceu e tentou se enroscar nas pilastras. Finalmente, encontro a chave, misturada com minhas moedas italianas. Sister vem me cumprimentar com um miado queixoso e uma rápida roçada dos seus flancos nos meus tornozelos. Apanho-a no colo para sentir seu cheiro de terra, de folhagem úmida. Na Itália, costumo acordar achando que ela saltou em cima da cama. Ela sobe na minha bolsa e se enrodilha para um cochilo. Não é preciso dizer mais para expressar que sofreu com minha ausência.

Abajures, tapetes, arcas, acolchoados, quadros, mesas – como isso tudo parece espantosamente confortável e entulhado depois da casa vazia a mais de onze mil quilômetros de distância. Estantes lotadas, os armários da cozinha com portas de vidro, cobertos de travessas, jarros e pratos coloridos. Tudo em grande quantidade. O longo tapete do *hall*, tão macio! Será que eu poderia sair daqui e nunca mais olhar para trás? Lembro-me de que Virginia Woolf morou no interior durante a guerra. Depois de um bombardeio, ela voltou correndo ao seu bairro em Londres e encontrou sua casa em ruínas. Esperava se sentir arrasada mas, em vez disso, sentiu uma estranha euforia. Sem a menor dúvida, isso não aconteceria comigo. Quando a terra tremeu, passei dias abalada por causa da fissura na minha chaminé, de vasos e copos de vinho quebrados. É só que meus pés estão acostumados ao frescor de pisos de *cotto*; meus olhos, a paredes brancas e nuas. Ainda estou *lá*; só em parte aqui.

Há onze recados na secretária. "Você já voltou?" "Preciso da sua assinatura no meu histórico..." "Estou ligando para confirmar a hora marcada..." A faxineira deixou uma lista de outras ligações num bloco, e empilhou a correspondência no escritório. Três pilhas de quarenta centímetros cada, em sua maioria ofertas a serem descartadas, que eu compulsivamente começo a organizar.

Como fiquei fora o tempo que pude, preciso voltar à universidade imediatamente. As aulas começam em quatro dias e, apesar da possibilidade de enviar *fax* da Itália e da boa vontade de uma secretária excelente, eu sou chefe do departamento e preciso estar fisicamente presente. Às nove, já estou lá, usando calça de gabardine e blusa estampada de seda. "Como foi seu verão?", todos perguntamos uns aos outros. O início do ano letivo sempre é empolgante. Todos sentem a animação no ar. Se a livraria não estivesse apinhada de alunos adquirindo livros didáticos, é bem provável que eu fosse até lá comprar um estoque de canetas de escrita fina, um caderno de cinco matérias e alguns blocos. Em vez disso, assino formulários, memos, ligo para umas dez pessoas. Entro direto na correria, ignorando a defasagem dos fusos horários.

Quando paro para comprar mantimentos depois do trabalho, vejo que a loja de produtos naturais acrescentou à sua equipe uma massagista. Eu poderia parar numa pequena cabine e receber sete minutos de massagem relaxante antes de começar a escolher batatas. Fico temporariamente desnorteada com as filas na caixa, com as gôndolas e mais gôndolas de produtos vistosos e com os bolos tentadores na nova confeitaria instalada na frente da loja. Mostarda, maionese, filme plástico, chocolate para fazer bolos – compro tudo que não vi o verão inteiro. A *delicatessen* tem bolinhos de siri, batatas assadas recheadas com cebolinha, salada de milho e tabule. Tanta coisa! Compro "pratos prontos" em quantidade suficiente para dois dias. Vou estar ocupada demais para cozinhar.

São oito da manhã em Bramasole. É provável que Ed esteja roçando em volta de uma oliveira ou andando de um lado para o outro à espera do operador do jato de areia. Quando viro para entrar na garagem, vejo Evit, o morador de rua de um dente só, remexendo no nosso lixo de reciclagem à procura de garrafas e latas. Meu vizinho colou um cartaz de IMAGINE-SE SENDO REBOCADO na porta da garagem.

O último recado na secretária começa com ruído de estática. Depois ouço a voz de Ed. Ele parece irritado.

– Querida, eu esperava encontrar você em casa. Será que *ainda* está no trabalho? O cara do jato de areia estava aqui quando cheguei do aeroporto. – Uma longa pausa. – É difícil descrever. O barulho é ensurdecedor. Ele tem um gerador enorme, e a areia realmente sai em *jatos*, entrando em todas as fendas. Parece uma tempestade no Saara. Ele fez três cômodos ontem. Não dá para acreditar a quantidade de areia que fica no piso. Levei toda a mobília para o pátio lá fora e estou acampado num quarto só, mas a areia está por *toda* a casa. As vigas são *muito bonitas*. São de castanheiro, à exceção de uma que é de olmo. Não sei *como* vou me livrar dessa areia. Estou com areia até nos *ouvidos*, e nem fico no mesmo cômodo em que ele trabalha. Varrer está fora de cogitação. *Queria* que você estivesse aqui. – Ele não costuma falar usando tanta ênfase.

Quando liga novamente, está na *autostrada* perto de Florença, a caminho de Nice e de casa. Parece exausto e eufórico. Os documentos estão prontos! O tratamento com jato de areia terminou. Só que Primo Bianchi não poderá fazer nossa obra porque precisa operar o estômago. Ed esteve mais uma vez com Benito, o sósia de Mussolini, de olhos amarelos, e firmou contrato com ele. O trabalho deve começar imediatamente e terminar no início de novembro, com bastante tempo até o Natal. A limpeza vai devagar. O operador de jato de areia diz que podemos esperar que escorra areia durante uns cinco anos!

Ian, que nos ajudou com a compra, vai supervisionar a obra. Deixamos plantas de onde deveria haver tomadas elétricas, interruptores e radiadores; como deveria ser a disposição das peças no banheiro; como deveria ser a instalação da cozinha, até mesmo a altura da pia e a distância entre a pia e a torneira; onde comprar as ferragens e os azulejos que escolhemos para o banheiro; tudo em que pudemos pensar. Estamos ansiosos por notícias de que o trabalho começou.

Chega o primeiro *fax* no dia 15 de setembro. Benito quebrou a perna no primeiro dia de trabalho, e o início vai ser adiado até ele poder andar.

*

Festina tarde era um conceito da Renascença: a pressa é inimiga da perfeição. Muitas vezes, era representado por uma cobra com a cauda na boca, por um golfinho enroscado numa âncora ou pela figura de uma mulher sentada segurando asas numa das mãos e uma tartaruga na outra: a grande muralha de Bramasole numa; o aquecimento central, a cozinha, o pátio e o banheiro na outra. O segundo *fax*, de 12 de outubro, avisa que "atrasos ocorreram" e que "podem ser esperadas algumas modificações na instalação", mas que ele está confiante e que nós não devemos nos preocupar.

Mandamos de volta um *fax* de incentivo e pedimos que tudo seja bem coberto com plástico fechado com fita adesiva.

Mais um *fax*, logo em seguida, diz que a abertura da parede de quase um metro de espessura entre a cozinha e a sala de jantar começou. Dois dias depois, Ian nos avisa que, quando uma pedra enorme foi arrancada, a casa inteira estalou, e todos os operários saíram correndo com medo de um desmoronamento.

Nós telefonamos. Será que eles reforçaram os aposentos? Será que Benito usou aço? Por que eles não sabiam o que precisava ser feito? Como isso pôde acontecer? Ian disse que as casas de pedra são imprevisíveis e que não se podia esperar que reagissem como as casas americanas reagem; que a porta estava agora instalada e com aparência perfeita, embora eles, por medo, não a tivessem feito tão larga quanto queríamos. Eu oscilava entre a opinião de que os operários eram incompetentes e o temor de que eles pudessem ter sido esmagados por uma casa desestabilizada.

Em meados de novembro, Benito acabou o pátio do andar superior e a abertura da porta infame. Além disso, eles abriram as duas portas de cima que davam para as dependências da *contadina*. Resolvemos cancelar a abertura do outro portal que ligaria a sala de estar à cozinha da *contadina*. A cena de todos os homens de Benito fugindo a correr do recinto não inspira confiança. Os atrasos seguintes que Ian menciona estão relacionados ao banheiro novo e ao aquecimento central. "É quase certo", adverte ele, "que vocês não terão aquecimento quando vierem para o Natal. Na realidade, a casa não estará habitável devido ao fato de os canos do aquecimento precisarem ser instalados no interior da casa, não nos fundos, como nos disseram de início." Benito pede que ele nos diga que seu preço será maior do que o orçado. Itens relacionados no contrato foram terceirizados para eletricistas e bombeiros; e a confusão de contas diferentes para o mesmo trabalho se tornou incompreensível. Não temos meios de saber quem fez o quê. Ian parece tão perdido quanto nós. O dinheiro que mandamos pelo banco demora demais para chegar lá, e Benito fica furioso. O que está claro é que não estamos lá e que a obra na nossa casa está sendo realizada entre outros serviços.

*

Na esperança de algum milagre, vamos passar o Natal na Itália. Elizabeth nos ofereceu sua casa em Cortona, que está parcialmente arrumada para a mudança. Ela também quer nos dar uma grande quantidade de móveis, já que sua nova casa é menor. Quando vamos saindo do aeroporto de Roma, a chuva bate no pára-brisa como uma mangueira com seu jorro máximo. Ao longo de todo o caminho para o norte, encontramos o tempo cada vez mais enevoado. Ao chegar a Camúcia, vamos direto para o bar tomar um chocolate quente antes de seguir para a casa de Elizabeth. Resolvemos desfazer as malas, almoçar e só mais tarde encarar Bramasole.

A casa está um desastre. Canais para os canos de aquecimento foram abertos nas paredes internas de cada aposento da casa. Os operários deixaram pedras e entulho em montes por cima dos pisos, que estão sem nenhuma proteção. O plástico que havíamos pedido foi simplesmente jogado em cima da mobília, de modo que cada livro, poltrona, prato, cama, toalha e recibo na casa está coberto de sujeira. Os cortes fundos e irregulares que vão do piso ao teto nas paredes parecem feridas abertas. Eles estão apenas começando o trabalho no banheiro novo, aplicando uma camada de cimento no chão. O reboco da cozinha nova já está rachando. A pia enorme e comprida já foi instalada e está fantástica. Um trabalhador escreveu um número de telefone com pincel atômico preto no afresco da sala de jantar. Ed apanha imediatamente um trapo e tenta apagá-lo, mas não nos livramos do telefone do bombeiro. Ele atira o trapo no meio do entulho. O pessoal deixou as janelas abertas em toda a casa, e poças foram se acumulando no piso com a chuva dessa manhã. O descuido aparente por toda parte, como por exemplo o telefone estar totalmente soterrado, me deixa tão furiosa que tenho de ir lá fora e respirar fundo o ar gelado. Benito está em outra obra. Um dos seus homens vê que estamos extremamente irritados e procura dizer que em breve tudo estará pronto e bem-feito. Ele está trabalhando na abertura entre a cozinha nova e a adega. É tímido, mas parece interessado.

Uma linda casa, uma bela localização. Tudo vai dar certo. Seus olhos azuis, velhos e turvos nos encaram com tristeza. Benito chega cheio de rompantes. Não houve tempo para a limpeza antes da nossa chegada. Além do mais, a responsabilidade é do bombeiro. Ele mesmo teve o trabalho atrasado porque o bombeiro não veio quando disse que viria. Mas tudo está *perfetto, signori*. Ele vai cuidar do reboco rachado. É que não secou direito por causa das chuvas. Nós mal respondemos. Enquanto ele gesticula, percebo que o operário está olhando para mim. Pelas costas de Benito, ele faz um gesto estranho: indica Benito com a cabeça e puxa uma pálpebra para baixo.

O pátio do andar de cima está perfeito. Colocaram tijolos de um rosa escuro e reinstalaram a grade enferrujada, de tal modo que o pátio está seguro, mas ainda parece velho. Alguma coisa foi bem feita.

Antes das quatro, o entardecer. Antes das cinco, já é noite. Mesmo assim, o comércio abre depois da sesta. Trabalho pela manhã, sesta, volta ao trabalho no escuro por mais algumas horas: o ritmo não se altera dos dias escaldantes do verão para o inverno. Damos uma passada para cumprimentar o Signor Martini. Ficamos animados de vê-lo, sabendo que ele dirá "*Boh*" e "*Anche troppo*", uma de suas respostas versáteis que significa "é, é mesmo demais". No nosso italiano trôpego, explicamos o que está acontecendo. Quando estamos indo embora, eu me lembro do gesto estranho.

– O que é que isso significa? – pergunto, puxando minha pálpebra para baixo.

– *Furbo* – malandro, cuidado – responde ele. – Quem é *furbo*?

– Nosso empreiteiro, parece.

*

Uma casa quentinha. Muito obrigada, Elizabeth. Compramos velas vermelhas, cortamos galhos de pinheiros e os trazemos para dentro de casa para criar alguma aparência de Natal. Não estamos animados para cozinhar, embora todos os ingredientes de inverno praticamente nos atraiam para a cozinha. Adoramos os móveis que Elizabeth nos deu. Além de camas de solteiro, mesinha de centro, duas escrivaninhas e abajures, ganhamos uma antiga *madia*, cujo tampo era usado para amassar o pão e deixá-lo crescer. Abaixo do porta-pão em forma de caixão, ficam armário e gavetas. A pátina suave do castanheiro faz com que eu passe minha mão pela madeira. Na lista que Elizabeth deixou para nós, encontramos seu imenso *armadio*, de tamanho suficiente para guardar toda a roupa de cama da casa, uma mesa de jantar, arcas antigas, um *cassone* (uma arca funda), duas poltronas *bergère*, além de maravilhosos pratos e travessas. De repente, vamos morar numa casa mobiliada. Com todos os nossos cômodos, ainda haverá espaço para aquisição dos nossos próprios tesouros. Em meio aos horrores da reforma, esse grande ato de generosidade é um enorme reforço. Neste exato momento, as peças parecem pertencer à sua casa bem-arrumada. No entanto, antes de ir embora, precisamos transportar tudo para a casa coberta de entulho.

À medida que se aproxima o Natal, o ritmo do trabalho cai e depois pára de vez. Não havíamos previsto que o pessoal fosse ter tantos feriados. O Ano-Novo tem alguns feriados anexos. Nós nunca ouvimos falar de Santo Stefano, que faz jus a um dia de folga. Francesco Falco, que trabalha para Elizabeth há vinte anos, traz o filho, Giorgio, e o genro, com um caminhão. Eles desmontam o *armadio*, carregam tudo para o caminhão à exceção da escrivaninha, que é larga demais para sair do escritório. Elizabeth escreveu todos os seus livros nela, e a impressão que tenho é que não era para a escrivaninha sair da casa. Estou levando caixas de pratos para nosso carro quando olho para cima e vejo que estão baixando uma escrivaninha numa corda pela janela do segundo andar. Todos aplaudem quando ela pousa suavemente no chão.

Na casa, juntamos toda a mobília em dois aposentos que varremos depois de retirar deles pazadas de entulho. Cobrimos tudo com plástico e fechamos as portas.

Não há absolutamente nada que se possa fazer. Benito não atende aos nossos telefonemas. Eu estou com dor de garganta. Não trouxemos nenhum presente. Ed emudeceu. Minha filha, gripada em Nova York, está passando seu primeiro Natal sozinha porque o fiasco da construção estragou seus planos de vir para a Itália. Fico muito tempo olhando um anúncio das Bahamas numa revista, aquela fotografia totalmente previsível de uma meia-lua de praia de areias alvíssimas ao longo da água cristalina, de um azul anil. Alguém em algum lugar vai à deriva num colchão listrado de amarelo, deixando os dedos passarem por uma corrente morna, sonhando ao sol.

Na véspera de Natal, comemos massa com cogumelos silvestres, vitela, um Chianti excelente. Só mais uma pessoa no restaurante, pois o *Natale* é acima de tudo uma festa de família. O homem está usando um terno marrom e tem uma postura bem ereta, apesar de estar sentado. Vejo que ele bebe vinho lentamente com os alimentos, servindo apenas meio copo de cada vez, farejando o vinho como se ele fosse de um ano famoso, em vez de ser o habitual vinho da casa. Ele avança com atenção pelos cinco pratos. Nós já terminamos; são só nove e meia. Vamos voltar para a casa de Elizabeth, acender o fogo na lareira, beber o vinho *moscato* de sobremesa e comer o bolo que comprei hoje à tarde. Enquanto Ed espera pelo café, servem ao nosso companheiro de refeição um prato de queijo e uma tigela de nozes. O restaurante está em silêncio. O freguês quebra uma noz. Corta um pedaço de queijo, saboreia o queijo, come a noz e quebra mais uma. Tenho vontade de baixar a cabeça na toalha da mesa e chorar.

*

De acordo com Ian, a obra terminou satisfatoriamente no final de fevereiro. Pagamos o valor do contrato, mas não a quantia exorbitante que Benito acrescentou. Ele incluiu cobranças como o valor de mil dólares para instalar uma porta no lugar. Teremos de estar lá para determinar exatamente quais foram os serviços suplementares que realizou. Como chegaremos a um valor definitivo é um mistério.

No final de abril, Ed volta para a Itália. Estará de folga no trimestre da primavera. Seus planos incluem limpar o terreno e tratar, tingir e encerar todas as vigas da casa antes da minha chegada, no dia 1º de junho. A partir daí, nós vamos limpar, pintar todos os aposentos e janelas e restaurar os pisos à condição em que estavam antes da reforma de Benito. A cozinha nova só tem a pia, a máquina de lavar louça, o fogão e a geladeira. Em vez de armários, planejamos fazer colunas de tijolos com reboco, com largas prateleiras de tábuas, e mandar cortar mármore para as bancadas. Temos um importante incentivo. No final de junho, minha amiga Susan pretende casar-se em Cortona. Quando lhe perguntei por que queria a cerimônia do casamento na Itália, sua resposta foi enigmática. "Quero me casar numa língua que eu não entenda." Os convidados vão se hospedar na nossa casa, e o casamento será realizado no prédio do século XII da prefeitura.

Ed me diz que está confinado no quarto do segundo andar que se abre para o pátio, seu pequeno porto seguro em meio ao entulho. Ele limpa um banheiro, desembala alguns pratos e panelas e dá início a uma vida doméstica rudimentar. Benito retirou algumas cargas de entulho da casa, mas só foi até a entrada de automóveis, agora transformada em depósito de lixo. No terraço da frente, deixou uma pequena montanha de pedras que foram retiradas do muro. Os tijolos do pátio e do quarto formam mais uma pequena montanha. Mesmo assim, Ed está entusiasmado. Eles não estão mais lá! O banheiro novo, com seu piso de quadrados de trinta centímetros de lado, sua pia com coluna em estilo *belle époque* e sua banheira embutida, dá a impressão de ser amplo e luxuoso, em nítido contraste com o antigo banheiro de descarga com balde. A primavera é espantosamente verde; e milhares de íris e narcisos naturalizados florescem no meio do capim alto por todo o nosso terreno. Ele descobre um córrego sazonal que escorre sobre pedras musguentas, onde dois jabutis tomam banho de sol. As amendoeiras e fruteiras estão de uma beleza tão escandalosa que ele precisa fazer um esforço para não trabalhar ao ar livre.

Procuramos não ligar. Nossa tendência é prolongar as conversas; e depois concluímos que poderíamos ter feito isso ou aquilo na casa com o dinheiro gasto no telefonema. Existe, porém, uma enorme necessidade de contar o que se fez quando se está trabalhando numa casa. Alguém precisa saber que as vigas ficam realmente maravilhosas depois da última camada de cera; que nosso pescoço está nos matando por causa desse trabalho numa altura superior à da cabeça, o dia inteiro; que já estamos no quarto aposento. Ed informa que cada cômodo leva quarenta horas: vigas, forro, paredes. Os pisos vão ficar para o final. Das sete da manhã às sete da noite, sete dias por semana.

Finalmente, finalmente, junho – já posso ir. Com todo o trabalho que Ed descrevia, espero encontrar a casa cintilante ao chegar. Só que, naturalmente, Ed se concentrou em me relatar seus avanços.

Quando eu chego, é difícil focalizar a atenção em tudo que ele fez. É verdade que as vigas estão lindas. Mas os pisos estão cheios de lixo, entulho, a velha caixa d'água. O eletricista não apareceu. Seis cômodos ainda não foram tocados. Toda a mobília está empilhada em três cômodos. Trata-se literalmente de um campo de guerra. Procuro não demonstrar como estou horrorizada.

Estou pronta para repouso e lazer. E infeliz, pois não há alternativa a não ser me lançar nesse tipo de trabalho. Temos por volta de três semanas para aprontar a casa para nossa primeira grande invasão de hóspedes. O casamento! Parece ridícula a idéia de que alguém pudesse se hospedar aqui.

Ed tem 1,85 m. Eu, 1,60 m. Ele fica com o teto; eu, com o piso. A biologia é o destino, mas qual dos dois é melhor? Ele no fundo adora dar o acabamento nas vigas. Pintar o teto de tijolos é menos divertido, mas gratificante. De repente, as vigas grudentas e o teto descascado são transformados em sólidas vigas escuras, em imaculado teto de tijolos brancos. O aposento está definido. A pintura segue rápida com os grandes pincéis feitos de pêlos de javali. Paredes de um branco puríssimo: o branco sobre o gesso é mais branco do que qualquer outro. À medida que cada quarto é terminado, meu serviço consiste em pintar a *battascopa*, uma faixa cinzenta de quinze centímetros de altura ao longo da base das paredes, uma espécie de pseudo-rodapé que é tradicional nas casas velhas desta região. Geralmente, ela é da cor de tijolo, mas nós preferimos o tom mais leve. A palavra significa "bate-vassoura". A tinta mais escura não deixa aparecer as marcas das vassouras e esfregões que é preciso passar constantemente nesses pisos. Quase de cabeça para baixo, meço quinze centímetros em diversos locais, protejo com fita crepe o piso e a parede, pinto rapidamente e depois arranco a fita. É claro que a fita arranca um pouco da tinta branca, que precisa então ser retocada. Doze aposentos, quatro paredes cada, além da escadaria, patamares, entrada. Vamos deixar a adega de pedra como está. Em seguida, passo à limpeza do chão. O primeiro gesto consiste em varrer todo o entulho e terra, para depois passar o aspirador. Com uma solução especial que espalho no piso, dissolvem-se os resíduos de terra, reboco e pingos de tinta. Depois disso, enxáguo o piso com um esfregão molhado três vezes, sendo a segunda vez com uma solução branda de sabão. Trabalho de joelhos. Em seguida, mais esfregão com água e um pouquinho de ácido muriático. Enxaguar e então pintar o chão com óleo de linhaça, deixando que ele seja absorvido e seque. Dois dias depois de seco, passo cera. Mais uma vez de joelhos no chão, no estilo faxineira. Meus joelhos, totalmente desacostumados a esse esforço, se rebelam e eu reprimo gemidos de dor quando me levanto. Último passo: puxar o brilho com um pano macio. Os pisos voltam a aparecer, bonitos, escuros, brilhantes. Cada quarto ressurge no seu lugar, muito parecido com a aparência que tinha quando compramos a casa, só que agora com as vigas do jeito certo e os radiadores instalados.

– *Brutto* – feio, disse eu ao bombeiro quando os vi.

– É – respondeu ele. – Mas são lindos no inverno.

Foi como Ed me disse, das sete às sete, os sete dias da semana. Espalhamos o entulho pela entrada de automóveis abaixo, já que ela foi mesmo corroída por todos os caminhões que passaram. Cavamos a terra para as pedras e os tijolos maiores, e espalhamos grama cortada por cima. Aos poucos, eles vão assentar. Contratamos alguém para levar embora um caminhão de entulho que Benito deixou de transportar. Num passeio, alguns dias depois, vemos uma pilha medonha de entulho jogada de qualquer maneira na beira de uma estrada a menos de um quilômetro da nossa casa. Para nosso horror, detectamos pedaços da nossa parede com a camada de tinta azul-celeste por baixo.

Desde o segundo grau até a pós-graduação, Ed trabalhou como ajudante de mudanças, auxiliar de garçom, marceneiro, transportador de geladeiras. Um amigo o chama de "poeta musculoso". Ele está adorando esse trabalho, embora também se sinta exausto à noite. Já eu nunca fiz trabalho braçal, a não ser breves incursões em acabamento de móveis, poda de plantas, pintura e aplicação de papel de parede. Isto aqui é um nível de esforço físico destinado a desequilibrar meu sistema.

Tudo dói. Afinal, o que é água no joelho? Acho que posso estar com isso. À noite, eu morro. Pela manhã, nós dois temos ondas de energia que devem vir de algum lugar. Voltamos direto ao trabalho. Estamos consumidos. Eu, perplexa: a garra que desenvolvemos. Nunca mais terei a mesma sensação diante de trabalhadores braçais. Eles deveriam receber fortunas.

Quando impermeabilizo os tijolos do pátio com óleo de linhaça, o sol parece especialmente letal. Estou determinada a acabar e só paro o trabalho quando começo a cambalear com o calor e as emanações. De vez em quando, me ergo e respiro fundo o perfume da madressilva que plantamos num vaso enorme, volto o olhar para a paisagem ao longe e enfio o pincel na lata de novo. Quem estivesse pagando muito dinheiro por um novo pátio iria pensar em perguntar se o serviço incluía o acabamento da superfície do piso. Nunca ocorreu a nenhum de nós dois a idéia de que fôssemos precisar tratar o piso da cozinha e do pátio com diversas camadas desse material repugnante.

Depois de fazer a limpeza ao final de cada dia, damos uma volta para avaliar o que falta, como foi nosso progresso. Não teremos filhos juntos, mas concluímos que isso equivale a ter trigêmeos. À medida que terminamos cada aposento, mudamos os móveis para lá. Aos poucos, há quartos prontos, ainda simples, mas com o básico. Trouxe comigo colchas brancas para as camas de solteiro. Tiramos uma manhã para ir a Arezzo comprar alguns abajures de uma loja que ainda transforma em abajur os tradicionais vasos de maiólica da região. Uma sensação fabulosa – as coisas estão tomando jeito, o trabalho está terminado, tudo está limpo, vamos estar aquecidos no inverno – nós conseguimos! Ela sobe à cabeça e nos motiva a prosseguir.

Uma semana antes do casamento, nossos amigos Shera e Kevin chegam da Califórnia. Nós os vemos desembarcar do trem muito longe da plataforma. Kevin está manobrando um negócio enorme que parece um caixão para duas pessoas. A bicicleta! Não paramos de trabalhar enquanto eles vão a Florença, Assis e cumprem o roteiro de Piero della Francesca. À noite fazemos juntos refeições magníficas. Eles nos falam das maravilhas que viram; e nós lhes falamos da torneira nova que queremos instalar na banheira. Eles se apaixonam instantaneamente pela região toda e parecem ter vontade de saber da nossa saga diária de limpeza dos novos tijolos no piso da cozinha. Quando não estão viajando, Kevin sai em longos passeios de bicicleta. Shera, que é pintora, está cativa aqui. Está pintando semicírculos de um azul leitoso no alto das janelas de um dos quartos. Escolhemos uma estrela de um quadro de Giotto, e ela faz um molde vazado para encher as meias cúpulas com estrelas douradas. Algumas estrelas "caem" da abóbada para as paredes brancas. Estamos preparando o quarto nupcial. Numa loja de antigüidades perto de Perúgia, compro duas gravuras coloridas das constelações com imagens e animais mitológicos. Na feira de Cortona, encontro bonitos lençóis de linho e algodão num azul-claro com aplicações em branco. Também estamos nos preparando para nossa primeira festa na casa. Compramos vinte copos de vinho, toalhas de linho, tabuleiros para assar o bolo da noiva, um engradado de vinho.

Não há como deixar tudo pronto para o casamento (ou será que isso vai ser possível um dia?), mas o que conseguimos já é extraordinário. Na véspera da chegada de todos, Kevin desce e pergunta por que o vaso sanitário solta vapor. Seria algo típico dos vasos italianos? Ed traz a escada, sobe até a caixa de descarga instalada no alto da parede e enfia a mão nela. Água quente. Verificamos os outros banheiros. O novo está certo, mas o outro velho também tem água quente. Praticamente não usamos esses banheiros e não deixamos a água correr tempo suficiente para a quente chegar. Por isso, não havíamos percebido que nenhum dos dois banheiros tinha água fria. Assim que convidados começaram a usar os banheiros, tornou-se perceptível esse fato. Shera diz que achou que o chuveiro estava terrivelmente quente, quando a água afinal se aqueceu, mas não quis se queixar. O bombeiro só vai poder vir daqui a alguns dias. Vamos, portanto, ter todo o casamento com banhos rápidos e vasos sanitários fumegantes!

O terraço da frente ainda está sem acabamento, mas nós colocamos vasos de gerânios ao longo do muro para distrair a atenção do piso arrebentado. Temos camas em quatro quartos. Dois primos de Shera, da Inglaterra, e o irmão e a cunhada de Cole estão chegando. Shera e Kevin vão se mudar para um hotel no vilarejo por alguns dias. Outros amigos virão do Vermont.

Durante o dia, somos doze na casa. Muitos braços a ajudar com as bebidas e o almoço. O bolo precisa ser improvisado porque o forno é pequeno. Imaginei três camadas de pão-de-ló com uma cobertura de creme de manteiga com avelãs, a ser servido com *chantilly* e cerejas imersas em vinho açucarado. Não conseguimos encontrar um tabuleiro grande para a camada inferior e afinal compramos um comedouro de cachorro para esse fim. O bolo está lindo, embora um pouco inclinado. Nós o decoramos com flores em toda a volta. Os hóspedes correm para lá e para cá, visitando atrações turísticas e fazendo compras.

Estamos no jantar pré-nupcial aqui, numa noite clara e agradável, todos usando roupas claras de algodão e linho. Tiram-se muitas fotografias de todos de braços dados na escadaria e debruçados na sacada. O primo de Susan abre o champanhe que trouxe da França. Depois de drinques com *bruschette* e azeitonas secas, começamos com uma sopa fria de funcho. Preparei um assado rústico de frango, feijão branco, lingüiça, tomate e cebola. Temos também vagens minúsculas, cestos de pão e uma salada de rúcula, *radicchio* e chicória. Todos contam histórias de casamentos. Mark estava para se casar com uma moça do Colorado que fugiu no dia da cerimônia e se casou com outra pessoa dentro de uma semana. Karen foi dama de honra num casamento num barco, no qual a mãe da noiva, usando *chiffon* azul-cobalto, caiu na água. Quando me casei, aos vinte e dois anos, queria uma cerimônia à meia-noite, com todo mundo usando túnicas e portando velas. O pastor foi absolutamente contrário à idéia; disse que a meia-noite era uma "hora furtiva". Sua concessão máxima foi o horário das nove. Em vez de túnica, usei o vestido de noiva da minha irmã e subi ao altar levando um Keats encadernado em couro. Minha mãe puxou minha saia, e eu me inclinei um pouco para ouvir sua voz sábia. Ela sussurrou que não duraria seis meses. Mas estava enganada.

Aqui deveríamos ter um acordeonista, *à la* Fellini, e talvez um cavalo branco para a noiva montar, mas estamos satisfeitos com a noite fabulosa, e o equipamento de CD inspira um pouco de dança na sala de jantar. A torta de pêssegos brancos com pinhões deveria encerrar este jantar, mas a descrição que Ed faz da *crema* e dos *gelati* de avelãs do lugarejo faz com que todos se dirijam aos automóveis. Ficam perplexos com o fato de uma cidadezinha tão pequena ter tanto movimento às onze da noite. Todos estão na rua, com um café, um sorvete ou talvez um *amaro*, um digestivo para depois do jantar. Bebês em carrinhos estão ainda tão acordados quanto os pais; adolescentes estão sentados na escadaria da prefeitura. Só um gato dorme em cima do carro da polícia.

No dia do casamento, pela manhã, Susan, Shera e eu apanhamos um buquê de alfazema e flores do campo amarelas e cor-de-rosa para Susan levar. Quando estamos todos arrumados em ternos e vestidos de seda, caminhamos até a cidade pela estrada romana. Ed leva nossos sapatos bons numa sacola de compras. Susan trouxe sombrinhas chinesas de papel pintado para todos por causa do sol a pino. Atravessamos a cidade e subimos a escadaria da prefeitura do século XII. O salão é escuro, de pé-direito alto, com tapeçarias, afrescos e cadeiras altas, parecendo de tribunal, um aposento impressionante para se assinar um tratado. A cidade de Cortona mandou rosas vermelhas, e Ed providenciou que o Bar Sport chegue imediatamente depois da cerimônia com *prosecco* gelado. O primo de Susan, Brian, corre por toda parte com sua câmera de vídeo, fazendo tomadas de todos os ângulos. Depois da breve cerimônia, atravessamos a *piazza* até La Logetta, para um banquete toscano que começa com uma seleção de *antipasti* típicos: *crostini*, rodelinhas de pão cobertas com azeitonas, pimentões, cogumelos ou fígado de galinha; *prosciutto* e *melone*; azeitonas fritas recheadas com *pancetta* e migalhas de pão temperadas; além da *finocchiona*, especialidade local, um salame salpicado com sementes de funcho. Em seguida, servem uma seleção de *primi*, entradas para provar, incluindo-se entre elas raviólis com manteiga e sálvia e *gnocchi di patate*, pequenos "bolinhos" de batata servidos aqui com *pesto*. Novos pratos não param de chegar, culminando em travessas de vitela e cordeiro assado, além do famoso bife grelhado do Val di Chiana. Karen percebe o piano de cauda no canto, sob um imenso vaso de flores, e convence Cole, que é pianista, a tocar. Ed está na outra cabeceira da mesa, mas nossos olhares se encontram quando Cole começa Scarlatti. Há três semanas isso era um sonho, uma audácia, uma perspectiva assustadora.

– Tintim! – gritam os primos ingleses.

De volta à casa, estamos todos atordoados com a comida e o calor, e resolvemos deixar o bolo para o final da tarde. Ouço alguém roncando. Na realidade, ouço duas pessoas roncando.

Embora lhe falte aquele toque profissional, o bolo pode ser o melhor que já comi. Darei o crédito à nossa árvore pelas avelãs. Shera e Kevin estão dançando de novo na sala de jantar. Outros vão caminhando até o limite do nosso terreno para ver o panorama do lago e do vale. Não conseguimos decidir se comemos de novo ou deixamos para lá. Afinal, saímos correndo até Camúcia para pizza. Nossas pizzarias preferidas estão fechadas, e acabamos num lugar decididamente inferior, sem aquele ar. A pizza, entretanto, é excelente, e ninguém parece perceber a poeira nas cortinas cinzentas ou o gato que subiu na mesa ao lado para lamber os restos de outro jantar. Na cabeceira da mesa, nosso casal de noivos, de mãos dadas, está preso num círculo encantado de dois.

Susan e Cole partiram para Lucca e de lá de volta à França. Os hóspedes seus parentes já foram embora.

Shera e Kevin vão ficar por aqui mais uns dias. Ed e eu fazemos uma visita ao *marmista* e escolhemos um mármore branco e grosso para as bancadas. No dia seguinte, ele corta as peças e as bisela. Ed e Kevin as carregam na mala do carro. De repente, a cozinha está com a aparência que eu imaginava: piso de lajotas, acessórios brancos, pia comprida, prateleiras de tábua, bancadas de mármore. Costuro uma cortina de tecido azul quadriculado para cobrir a parte de baixo da pia e penduro uma trança de alho e algumas ervas secas nas prateleiras das paredes. Na cidade, encontramos um velho escorredor rústico de pratos e xícaras. O tom castanho-escuro fica maravilhoso em contraste com as paredes brancas. Afinal, um lugar para todas as xícaras e tigelas que estamos comprando com os desenhos da cerâmica local.

Todos se foram. Nós dois comemos o final do bolo do casamento. Ed começa uma de suas inúmeras listas – deveríamos usá-las como papel de parede num quarto – de projetos que ele agora espera executar. A cozinha está irresistível, e estamos entrando na alta estação de legumes e frutas. Quatro de julho: resta grande parte do verão. Minha filha vai chegar. Amigos em viagem irão parar para almoçar ou passar a noite. Estamos prontos.

A MESA COMPRIDA À SOMBRA DAS ÁRVORES

EM CAMÚCIA, A CIDADEZINHA ANIMADA aos pés do morro de Cortona, o dia da feira é a quinta-feira; e eu chego lá cedo, antes que o calor se instale. Os turistas costumam passar direto por Camúcia: ela é só a periferia moderna da cidadela venerável e dominadora no alto do morro. No entanto, esse "moderno" é relativo. Em meio ao comércio de *frutta e verdura*, às lojas de ferragens e sementes, é possível dar por acaso com um par de túmulos etruscos. Perto do açougue há restos de uma mansão, um enorme portão de ferro com arabescos e o pedaço de muralha de um jardim. Camúcia, bombardeada durante a Segunda Guerra Mundial, tem sua quota de castanheiras, portas pitorescas e casas com venezianas.

Nos dias de feira, um par de ruas fica fechado ao trânsito. Os feirantes chegam cedo, descarregando de caminhões e furgões construídos para essa finalidade o que parecem ser lojas inteiras ou gôndolas de supermercado. Uma caminhonete vende o *pecorino* da região, o queijo de leite de ovelha que pode ser macio e quase cremoso ou curado e forte como um celeiro, além de algumas peças de parmesão. O queijo curado é friável e delicioso, uma maravilha para mordiscar enquanto passeio pela feira.

Estou caçando e recolhendo alimentos para um jantar para novos amigos. Meus furgões preferidos pertencem aos mestres da *porchetta*. O porco inteiro, com salsa trançada no rabo, maçã ou cogumelo grande na boca, fica estendido na tábua de corte. Às vezes, a cabeça decapitada fica ao lado, em ângulo, espiando o resto do corpo, que foi recheado com ervas aromáticas, pedaços das próprias orelhas etc. (melhor não querer saber os detalhes), e depois assado num forno a lenha. Pode-se comprar um *panino* (um pãozinho de casca dura) com nada além de fatias de *porchetta* para levar para casa, magra ou com a pele gorda e crocante. Um dos reis dos furgões de *porchetta* é muito parecido com seu produto: olhos pequenos, pele reluzente e antebraços avantajados. Seus dedos são curtos e porcinos, com as unhas roídas. Ele sorri, enaltecendo as virtudes do seu porco, mas, quando se volta para a mulher, rosna. A mulher apresenta um perene meio sorriso tenso. Já comprei dele antes, e sua *porchetta* é deliciosa. Desta vez, porém, compro do homem mais simpático na barraca seguinte. Para Ed, peço mais *sale*, sal, que é como chamam o recheio indefinível. Gosto do sabor, mas me descubro pesquisando para ver se há alguma coisa estranha misturada ali. Embora o porco seja útil e saboroso em todas as suas partes e modos de preparo, a *porchetta* assada em forno lento deve ser seu apogeu. Antes de passar para os legumes, vejo um par de *espadrilles* de um amarelo vivo com fitas para amarrar em volta do tornozelo. Tento equilibrar minhas bolsas de compras enquanto experimento uma. Está perfeita, e custa menos de dez dólares. Eu as enfio na bolsa junto com a *porchetta* e o parmesão.

Echarpes (belas cópias de Chanel e Hermès) e toalhas de mesa de linho flutuam no ar presas a toldos; desinfetantes sanitários, fitas e camisetas estão empilhados em latas ou em mesas dobráveis. Além de comprar comida, a pessoa pode se vestir, plantar um jardim e abastecer a despensa nesta feira. Existem à venda algumas peças de artesanato regional, mas é preciso procurar por elas. As feiras da Toscana não são como as do México, com brinquedos maravilhosos, tecelagem e cerâmica. É um assombro que essas feiras continuem existindo, considerando-se a sofisticação italiana e o padrão de vida da região. Na minha opinião, ainda têm alguma importância as tradições de trabalho no ferro. Eventualmente vejo bons anteparos de lareira e grelhas de fácil manuseio. Meu objeto preferido é um suporte para um *prosciutto* inteiro, uma garra de ferro com alça montada numa tábua para facilitar o corte. Talvez um dia eu precise de tanto *prosciutto* assim e compre um. Uma semana, comprei cestas trançadas à mão, feitas com galhinhos flexíveis e escuros de salgueiro. As grandes, perfeitas para mantimentos; e as pequenas e redondas, para cerejas e pêssegos no auge da maturação. Uma mulher vende roupas antigas de cama e mesa com grossos monogramas. Todas devem ter sido recolhidas em fazendas e mansões. Ela oferece três pilhas de renda amarelada. Talvez parte dela tenha sido feita na ilha próxima, Isola Maggiore, no lago Trasimeno. Lá as mulheres ainda ficam sentadas à porta de casa, fazendo renda à luz da tarde. Encontro duas fronhas enormes e quadradas de linho com quilômetros de renda aplicada e fitas – dez mil liras, o mesmo preço das sandálias. Parece ser o número mágico de hoje. Naturalmente, vou precisar mandar fazer travesseiros especiais. Quando compro alguns panos de prato, percebo umas peles de cabra suspensas num gancho. Imagino que elas fiquem maravilhosas nos pisos de *cotto* da minha casa. As quatro peles que o homem tem são muito pequenas, mas ele me diz para voltar na semana que vem. Ele tenta me convencer de que as peles de ovelha seriam melhores, mas elas não me atraem.

Estou me dirigindo até os hortigranjeiros, mas paro num bar para um café. Na realidade, é uma desculpa para ficar olhando. As pessoas das regiões circunvizinhas vêm não só fazer compras, mas cumprimentar os amigos, fazer negócios. A algazarra em torno da feira de Camúcia é um lindo zumbido de vozes, muitas das quais falando no dialeto de Val di Chiana. Não entendo a maior parte do que dizem, mas consigo distinguir um hábito recorrente. Eles não usam o som *tch* para a letra *c*, mas descambam para um *ch*. Dizem "chento" para a palavra *cento* (cem), em vez da pronúncia normal "tchento". Já ouvi alguém dizer "capuchino" para "cappuccino", embora a abreviatura carinhosa dessa palavra seja "cappuch". O nome da sua cidade é pronunciado "Camuchia", não "Camutchia". É estranho que o *c* costume ser a letra afetada. Na região de Siena, as pessoas substituem o som de *c* por um *h* aspirado – "hasa" e "Hoca-Hola". Não importa qual seja o hábito local com relação ao *c*, todos estão falando. Do lado de fora do bar, grupos de lavradores, talvez uma centena de homens, conversam em círculos. Alguns jogam cartas. Suas mulheres estão no meio da multidão, enchendo as bolsas com morangos minúsculos, pés de manjericão ainda com as raízes, cogumelos secos, talvez um peixe da única barraca que vende frutos do mar Adriático. Ao contrário dos italianos, que tomam sua pequena xícara de expresso de um gole rápido, eu beberico meu café fortíssimo.

Uma amiga declara que a Itália está ficando igual a todos os outros lugares: homogeneizada e americanizada, diz ela, com desdouro. Sinto vontade de arrastá-la até aqui e fazer com que fique parada nessa entrada de bar. Os homens aparentam a vida que levam, talvez todos nós aparentemos. Seus rostos e corpos confirmam o trabalho pesado. Todos são esguios, sem um quilinho de gordura a mais. Parecem curtidos pelo sol, de um bronzeado tão profundo que provavelmente nunca fiquem pálidos no inverno. Suas roupas de trabalho são práticas, grosseiras. Eles não se "arrumam"; apenas se vestem. Portam, também, uma dignidade natural. Sem dúvida, alguns são espertalhões, insensíveis, cruéis, mas parecem totalmente presentes, abertos, vivos. Faltam dentes a alguns, mas eles riem à vontade, sem constrangimento. Observo os olhos de um deles: o da esquerda é branco com veias azuladas como os desenhos ampliados de uma bola de gude. O outro é preto como o miolo de um girassol. Um menino retardado perambula entre eles, sem que cuidem dele e sem que o ignorem. Ele está simplesmente ali, levando sua vida como todos nós.

Na Califórnia, planejo cardápios com antecedência, embora costume improvisar quando faço compras. Aqui, só começo a pensar quando vejo o que está maduro na semana. Meu impulso é comprar em excesso; eu esqueço de que não tenho dez pessoas com fome em casa. De início, fiquei irritada quando constatei que os tomates ou ervilhas já estavam estragados quando eu me decidia a prepará-los alguns dias depois. Aprendi afinal que o que se compra hoje está pronto: colhido ou arrancado hoje de manhã no maior viço. Isso também explica outro enigma. Nunca entendi por que as geladeiras italianas são tão pequenas, até descobrir que eles não guardam os alimentos como nós guardamos. A gigantesca Sub-Zero que tenho em casa parece digna de uma cozinha industrial em comparação com a geladeirinha que tenho agora aqui.

Há duas semanas, pequenas alcachofras roxas com hastes longas estavam à venda. Nós as adoramos, rapidamente cozidas no vapor, recheadas com tomates, alho, pão dormido e salsa, e regadas com azeite e vinagre. Hoje, não há uma sequer. Os *fagiolini*, vagens finas, são irresistíveis. Será que eu deveria fazer duas saladas, porque as vagens também ficariam gostosas com um molho *vinaigrette* com chalotas? Por que não? Compro pêssegos brancos para o café-da-manhã mas, para a sobremesa do jantar de hoje, as cerejas estão perfeitas. Pego um quilo, e depois saio à procura de um descaroçador, de volta à outra parte da feira. Como não conheço a palavra em italiano, fico restrita à linguagem de sinais. É verdade que cereja, *ciliegia*, eu sei, o que já ajuda. Percebi em sobremesas francesas e italianas do meio rural que a cozinheira não se dá ao trabalho de tirar os caroços das cerejas, mas eu gosto delas sem caroço quando são servidas num prato. Estas vou mergulhar em Chianti com um pouquinho de açúcar e limão. Resolvo comprar umas batatinhas amarelas ainda meio cobertas de terra. Basta esfregá-las bem, um fio de azeite e um pouco de alecrim por cima, e elas vão assar no forno.

Eu poderia completar minhas compras para essa refeição ali mesmo. Passo por gaiolas com galinhas-d'angola, patos, frangos, além de coelhos. Como minha filha teve um coelho angorá negro como animal de estimação, não posso encarar com frieza os dois coelhinhos malhados roendo cenouras na bolsa empoeirada da Alitalia; não posso imaginá-los tremendo na mala do meu carro. Pretendo dar uma parada no açougue para comprar vitela para assar. O açougue já é suficientemente desagradável. Admito que não há lógica na minha atitude. Se a pessoa come carne, seria até melhor que reconhecesse sua proveniência. No entanto, as cabeças baixas e as pálpebras fechadas das codornas e dos pombos fazem com que eu pare e fique olhando. Cabeças de galo, pés de galinha (com as unhas amarelas como as da Sra. Ricker, parceira da minha avó no jogo de cartas), o pouco de pêlo deixado no coelho esfolado para mostrar que não se trata de um gato, vacas inteiras suspensas pelas patas com um quadrado de toalha de papel no chão para absorver as últimas gotas de sangue – tudo isso me revolta o estômago. Sem dúvida, eles não vão comer aqueles pintos fofinhos. Quando eu era criança, ficava sentada na escada dos fundos e olhava nossa cozinheira torcer o pescoço de uma galinha e lhe arrancar a cabeça com um movimento brusco. A galinha dava algumas voltas correndo, com o sangue jorrando, antes de cair, em espasmos. Adoro frango assado. Será que algum dia eu conseguiria torcer um pescoço?

Comprei o que podia carregar. A outra parada que vou fazer será na adega da cooperativa à procura de algum vinho da região. Perto do final da linha sinuosa de barracas, uma mulher vende flores do seu jardim. Ela embrulha uma braçada de zínias cor-de-rosa em jornal e eu as arrumo entre as alças da minha bolsa. O sol está violento, e as pessoas começam a fechar para a sesta. Uma mulher que não vendeu muitas das suas toalhas listradas de verde-claro e amarelo parece exausta. Ela expulsa da cadeira dobrável o cachorro que está dormindo e se acomoda ali para descansar um pouco antes de começar a arrumar tudo.

Quando estou saindo da feira, vejo um homem de suéter, apesar do calor. A mala do seu Fiat minúsculo está lotada de uvas pretas que foram aquecidas a manhã inteira pelo sol. Os aromas de mosto, de vinho e de violetas fazem com que eu pare. O homem me oferece uma uva. A doçura quente explode na minha boca. Nunca provei algo tão essencial na minha vida quanto essa uva nesta manhã. Elas chegam a ter cheiro de roxo. O sabor, mais antigo do que os etruscos, profundamente refrescante e agradável, simplesmente me deixa atordoada. Tanta delícia, os bagos enormes, a pilha de uvas empoeiradas caindo em cascata de duas cestas. Peço *un grappolo*, um cacho, querendo que o sabor me acompanhe a manhã inteira.

*

Quando vou abrindo minhas bolsas de pano, a cozinha se enche com os perfumes de legumes e frutas ensolaradas, aquecidas no carro. Todos que chegam em casa, vindo da feira, devem sentir a compulsão de arrumar os tomates, berinjelas (*melanzane* parece ser seu nome verdadeiro, e até mesmo o francês *aubergine* é melhor do que o enfadonho termo inglês *eggplant*), abobrinhas e pimentões enormes numa natureza-morta na cesta mais próxima. Resisto à tentação de arrumar os frutos numa tigela, à exceção daqueles que vamos comer hoje, porque estão maduros neste instante, e tudo que não formos comer agora precisa ir para a geladeira.

O fato de a cozinha estar pronta ainda me deixa pasma. Embora ainda se veja a sombra de um círculo acima da porta de fora, no lugar em que um santo ou uma cruz ficava num nicho quando esse aposento era a capela da casa, não resta absolutamente nenhum sinal dos seus últimos habitantes, bois e galinhas. Quando arrancamos os cochos, encontramos resquícios de arabescos elaborados no reboco esfarelado. Quando o poleiro horroroso foi derrubado, vimos desenhos imitando mármore verde. De quando em quando, durante a reforma, parávamos para perguntar: "Você algum dia pensou que ia raspar décadas de bolor de ácido úrico de animais de uma parede?" e "Você já se deu conta de que vamos cozinhar numa *capela*?"

Agora, por estranho que seja, parece que a cozinha poderia ter sido sempre assim. Como os do restante da casa, o piso é de tijolo encerado; as paredes, de reboco branco; e o teto (ai, o pescoço e as costas de Ed!) tem vigas escuras. Nós evitamos armários. Foi fácil construir as colunas de alvenaria para as prateleiras de tábuas grossas que imaginávamos quando passávamos as noites desenhando em blocos de papel milimetrado. Ed e eu as cortamos e as pintamos de branco. As cestas do mercado contêm utensílios e produtos básicos. As bancadas de mármore branco de Carrara de cinco centímetros de espessura são agradáveis de se ver e sempre frescas ao toque ou às massas de pizza ou de torta que estico sobre elas. Instalamos as mesmas prateleiras rústicas numa outra parede para copos e tigelas de macarrão. Para fixar as mãos-francesas, Ed usou parafusos com buchas na própria pedra, fazendo voar pó de pedra e forçando a broca ao seu guincho mais agudo.

*

A *signora* que morou aqui há um século poderia entrar agora e começar a cozinhar. Ela gostaria da pia de louça, de tamanho suficiente para dar banho num bebê, do escorredor e da torneira curva cromada. Eu a imagino com seu queixo pontudo e olhos negros e brilhantes. O cabelo penteado para o alto e torcido num pente. Ela usa sapatos resistentes de amarrar e um vestido preto com as mangas arregaçadas, pronta para esticar a massa dos raviólis. Sem dúvida ficaria extasiada ao ver os equipamentos: a lavadora de louças, o fogão, a geladeira *frost-free* (ainda novidade na Toscana); mas, fora isso, ela se sentiria perfeitamente à vontade. Na minha próxima vida, quando eu voltar arquiteta, sempre projetarei cozinhas que abram para o quintal. Adoro ir ali fora para cortar as pontas das vagens sentada na mureta de pedra. Ponho panelas de molho lá fora, seco meus panos de prato na parede, jogo o que sobra de água limpa na rúcula, no tomilho e no alecrim bem ao lado da porta.

Como a porta dupla fica aberta o dia inteiro e a noite também no verão, a cozinha é muito iluminada e arejada. Uma vespa – será que é a mesma? – entra todos os dias, voando, e bebe água da torneira só para sair voando em seguida.

A única característica absolutamente americana da cozinha é a iluminação. O custo altíssimo da energia elétrica explica a predominância de lâmpadas de 40 watts em tantas casas da região. Não suporto uma cozinha mal iluminada. Escolhemos dois lustres e um reostato, causando em Lino, o eletricista, extrema consternação. Ele nunca havia instalado um reostato, o que o fascinou. Mas as lâmpadas!

– Uma já chega! Vocês não vão fazer cirurgias aqui dentro – insistiu. Ele precisava nos avisar que nossa conta de luz... faltavam-lhe as palavras, tudo o que conseguiu foi usar o gesto de sacudir as duas mãos frouxas para a frente e balançar a cabeça ao mesmo tempo. Estava claro que nosso destino era a bancarrota.

Na prateleira de tijolos atrás da pia, comecei a acumular travessas e tigelas regionais de maiólica pintada à mão. Pensei em atrair Shera de volta para pintar uns desenhos de uvas, folhas e parreiras no alto das paredes. Mas, por enquanto, a cozinha está *finita*.

*

Dedicamos tanta energia à cozinha porque um gene dominante na minha família é o gene da culinária. Não importa a ocasião, não importa a crise, as mulheres entre as quais cresci conseguiam preparar rapidamente na cozinha desde empadinhas delicadas e frango grelhado até caldeirões fumegantes de ensopado de dois tipos de carne e legumes. No verão, minha mãe e nossa cozinheira, Willie Bell, entravam em maratonas preparando tomates em conserva, picles de pepino, mexendo panelões de muscadíneas para fazer geléias. No início de dezembro, elas já haviam feito bolos com *brandy* e descascado montanhas de pecãs para tostar. Nunca faltaram na nossa cozinha latas de *brownies* e biscoitos. Ou mesmo um prato de biscoitos frios de sobra do jantar. Ainda sinto falta de biscoitos tostados no café-da-manhã. Numa refeição, já estávamos falando da próxima.

Minha filha deu todos os sinais de estar rompendo com o legado de minha mãe e Willie, cujos talentos destinaram a mim e a minhas irmãs estantes cheias de livros de culinária, planos constantes para a próxima festa e – a prova final – até mesmo o destino de cozinhar para comer sozinha. Durante toda a sua infância, a não ser por uma eventual panelada de doce de chocolate parecido com obsidiana, Ashley desdenhou a cozinha. Pouco depois de se formar na universidade, ela começou a cozinhar e de imediato a telefonar para casa pedindo receitas de frango com quarenta dentes de alho, *profiteroles*, risoto, suflê de chocolate, batatas Anna. Sem que fosse sua intenção, ela parecia ter absorvido certos conhecimentos. Agora, quando nos reunimos, nós entramos juntas em paroxismos planejando e cozinhando. Ela me ensinou uma receita maravilhosa de lombo marinado de porco e um bolo de limão com leitelho. Essas ligações familiares me dão uma sensação do irremediável: cozinhar é destino.

Apesar dessa herança inexorável, nos últimos anos venho trabalhando cada vez mais. Na nossa vida normal em San Francisco, cozinhar todos os dias às vezes passa a ser uma tarefa doméstica. Confesso que uma vez ou outra tomo sorvete direto da caixa, com um garfo, encostada na bancada da cozinha. Às vezes, nós dois chegamos em casa tarde demais para descobrir na geladeira apenas aipo, uvas, maçãs murchas e leite. Nenhum problema, já que San Francisco tem restaurantes maravilhosos. Nos finais de semana, procuramos assar dois frangos, fazer *minestrone* ou um alentado molho de macarrão para nos suprir até a terça. Na quarta, uma parada no Gordo's para incríveis pastéis de forno, de carne com creme azedo, pasta condimentada de abacate, molho muito picante e um quilo de gordura. Em acessos de organização, congelo recipientes cheios de sopa, de molho de pimentão com carne, ensopados e caldos.

O lazer de uma casa de veraneio, a disponibilidade de ingredientes frescos e o estilo perfeitamente descontraído de receber me convencem de que esta é a cozinha como deveria ser. Penso com freqüência nas mesas de verão da minha mãe. Ela *produzia* refeições, aparentemente com facilidade. Agora consigo perceber. Talvez não seja simplesmente o fato de eu ser desajeitada. As coisas eram mais fáceis naquela época. Minha mãe tinha pessoas à sua volta, como nós temos aqui. Eu ficava sentada junto à sorveteira enquanto minha irmã girava a manivela. Minha irmã mais velha debulhava ervilhas. Willie era de uma competência perfeita. Minha mãe dirigia o trânsito na cozinha, arrumava a mesa. Costumo usar suas receitas e tenho um pouco do seu traquejo com os convidados, mas, por favor, nada de frango frito. Aqui, disponho daquele ingrediente essencial, o tempo. Os convidados realmente querem descaroçar as cerejas ou dar uma corrida até a cidade para comprar um naco de parmesão. Além disso, cozinhar parece levar menos tempo porque a qualidade dos alimentos é tal que exige apenas o preparo mais simples. A abobrinha tem sabor de verdade. A acelga, refogada com um pouco de alho, é surpreendente. As frutas não vêm com etiquetas; os legumes não são encerados ou irradiados; e o sabor é mesmo diferente.

A quatrocentos e cinqüenta metros de altitude, costuma esfriar à noite. Isso nos convém porque podemos preparar alguns alimentos mais substanciais que não são nada adequados ao calor do sol. Enquanto *prosciutto* com figos, sopa gelada de tomates, alcachofras romanas e massa com casca de limão e aspargos são pratos perfeitos para uma hora da tarde, as noites frescas estimulam o apetite. Servimos espaguete com *ragu* (finalmente descobri que o ingrediente secreto do *ragu* é o fígado de galinha), *minestrone* com bolas de *pesto*, *osso buco*, polenta grelhada, pimentões vermelhos assados recheados com creme de ricota e ervas, cerejas aquecidas em Chianti com pão-de-ló de avelãs.

Quando os tomates estão maduros, não há nada melhor do que sopa fria de tomate com um punhado de manjericão e um acompanhamento de *croûtons* de polenta. *Panzanella*, pequeno pântano, é outra receita preferida de tomates: uma salada de azeite, vinagre, tomates, manjericão, pepino, cebola picada e pão dormido empapado em água e espremido até secar – uma verdadeira invenção decorrente da necessidade. Como é preciso fazer compras todos os dias, a culinária toscana aproveita bem tudo o que sobra. Os pães toscos funcionam perfeitamente para pudins de pão e para as melhores rabanadas que um dia provei. Passamos dias a fio sem comer carne e nem sentimos falta. Depois, uma *faraona* (galinha-d'angola) assada com alecrim ou um lombo de porco recheado com sálvia nos lembram de como podem ser fabulosas as carnes mais simples. Corto tomilho, alecrim e sálvia para encher um cestinho, desejando poder transportar um exemplar de cada planta para San Francisco, onde mantenho uma jardineira plantada com ervas mirradas. Aqui o sol faz com que dobrem de tamanho em poucas semanas. O orégano perto do poço aumenta rapidamente para um círculo com quase um metro de diâmetro. Mesmo a menta e a erva-cidreira que arranquei do morro e mudei de lugar já pegaram. A hortelã viceja. Virgílio diz que os cervos feridos por caçadores procuram-na para seus ferimentos. Na Toscana, onde os caçadores já há muito expulsaram a maior parte da fauna, há uma abundância maior de hortelã do que de cervos. Maria Rita, da *frutta e verdura*, me diz para usar erva-cidreira em saladas e em pratos de legumes, bem como na água do banho. Acho que gostaria de cortar ervas mesmo que não estivesse cozinhando. O cheiro penetrante de ervas recém-colhidas tem tanta influência sobre o prazer do cozinheiro quanto sobre o sabor dos pratos. Depois de capinar o tomilho, não lavo as mãos até a fragrância desaparecer delas. Plantei uma cerca viva de sálvia, mais do que jamais poderia usar, e deixo a maior parte florir para as borboletas. As flores da sálvia, assim como as da alfazema, ficam lindas em buquês de flores do campo. O resto eu seco ou uso frescas, geralmente em feijão branco com sálvia picada e azeite de oliva, um dos pratos preferidos dos toscanos, que são conhecidos como "comedores de feijão".

Sempre que fazemos churrasco, Ed joga longas hastes de alecrim nos carvões e na carne. As folhas crocantes não só dão mais sabor, mordê-las é gostoso também. Quando grelha camarões, Ed os enfia em espetos de alecrim.

Tenho vasos de manjericão junto à porta da cozinha porque ele supostamente espanta moscas. Durante as semanas de construção do muro e de perfuração do poço, vi um operário esmagar folhas na mão e espalhar numa picada de vespa. Ele disse que acabava com a dor. Um canteiro maior está plantado a alguns metros de distância. Quanto mais eu corto, mais ele parece crescer. Uso folhas inteiras em saladas, punhados para o *pesto*, quantidades generosas em refogados de abobrinha e tomate. De todas as ervas, o manjericão contém a essência do verão toscano.

*

A longa duração dos almoços de verão pede uma *tavola* comprida. Agora que a cozinha está pronta, precisamos de uma mesa lá fora, quanto mais longa melhor, porque é inevitável que a abundância da feira semanal me instigue a comprar demais e porque é inevitável que surjam convidados: amigos dos Estados Unidos, amigos de um parente que pensaram em vir nos cumprimentar já que estavam passando por aqui e novos amigos, às vezes acompanhados de amigos *deles*. Acrescentem-se mais um punhado de massa à água fervente, mais um prato à mesa, um copo, descubra-se mais uma cadeira. A mesa e a cozinha estão à disposição.

Estive refletindo sobre minha mesa, seus ideais tanto quanto suas dimensões. Se eu fosse criança, ia querer levantar a toalha e engatinhar por baixo da mesa sem fim, no túnel de luz amarelada onde eu pudesse me agachar e prestar atenção à risadaria, aos tinidos e à conversa dos adultos; ouvir repetidamente "*Salute*" e "*Cin-cin*" passeando pelas cadeiras, examinar joelhos, sapatos de caminhar e saias floridas levantadas para pegar a brisa; a mesa firme sob o peso da comida. Uma mesa dessas deveria aceitar as perambulações de um cachorro de grande porte. Na cabeceira, é preciso espaço para um vaso enorme com todas as flores da estação. A largura deveria ser suficiente para que as travessas passeiem de mão em mão pelo centro, parando onde quiserem, e para que se acumulem ao longo de horas inúmeras garrafas de vinho e jarras de água. É preciso espaço para uma tigela de água gelada na qual serão mergulhadas as uvas e as peras, um pequeno recipiente com tampa para proteger das moscas o gorgonzola (*dolce* em oposição ao tipo *piccante*, que é para cozinhar) e o *caciotta*, um queijo mole da região. Ninguém se importa se os caroços de azeitona são atirados ao longe. O melhor vestuário para uma mesa dessas vai dos linhos claros aos quadriculados azuis e aos axadrezados de verde e rosa, nada de branco puro, que é muito ofuscante. Se a mesa for suficientemente longa, tudo poderá ser servido de uma vez só, e ninguém terá de correr o tempo todo até a cozinha. Nesse caso, a mesa é posta para o prazer básico: refeições prolongadas, à sombra de árvores ao meio-dia. O ar livre confere conforto, descontração e liberdade. Você passa a ser hóspede de si mesmo, que é como o verão deveria ser.

No delicioso entorpecimento que se instala depois que se parte a última pêra, que se recolhem com a última casca de pão as últimas migalhas de gorgonzola e depois que a última gota de vinho cai no copo, se houver essa inclinação, podemos meditar sobre nossa participação no grande inconsciente coletivo. Estamos fazendo o que todas as outras pessoas da Itália estão fazendo, milhões de traseiros sendo moldados pelas cadeiras de milhões de mesas. Acima de cada mesa, ,uma miniatura de enxame de borrachudos está se reunindo. É claro que há exceções. Encarregados de estacionamentos, garçons, cozinheiros – além de milhares de turistas, muitos dos quais cometeram o erro de comer duas fatias de uma enorme pizza calabresa às onze da manhã e agora não têm vontade alguma de comer nada. Em vez da refeição, eles perambulam debaixo de um sol insuportável, espiando através das grades de metal que cobrem as vitrines das lojas, tentando empurrar as portas imponentes de igrejas trancadas, sentados ao lado de fontes enquanto espremem os olhos para tentar ler guias turísticos minúsculos. Desistam! Já fiz tudo isso. E então, mais tarde, é difícil se privar do delicioso sorvete de *melone* às sete, quando o ar ainda está quente e suas sandálias acabaram com seus calcanhares. Os fracos (*mea-culpa*) que sucumbirem possivelmente comerão mais uma fatia, dessa vez de alcachofra, no caminho até o hotel. E às nove, quando a Itália estiver começando a jantar, o estômago estrangeiro nem sequer se manifesta. Isso só irá acontecer muito mais tarde, quando todos os restaurantes estiverem cheios.

O ritmo dos jantares toscanos pode não nos agradar; mas, depois de um longo almoço ao ar livre, um conceito fica claro: o da sesta. A lógica de encerrar as atividades durante três horas no meio do dia faz perfeito sentido. Melhor pegar aquele livro de Piero della Francesca, ir lá para cima e se entregar.

Eu sei que quero uma mesa de madeira. Quando era criança, meu pai oferecia um ajantarado aos seus amigos e a alguns funcionários às sextas-feiras. Nossa cozinheira, Willie Bell, e minha mãe arrumavam uma mesa comprida à sombra de uma nogueira-pecã no quintal e serviam frango frito preparado logo ali na nossa churrasqueira de tijolos, salada de batatas, biscoitos, chá gelado, bolo inglês e garrafas de gim e de Southern Comfort. A refeição que começava ao meio-dia costumava se prolongar pela maior parte da tarde, terminando às vezes com os homens cambaleantes, de braços dados, cantando "Darktown Strutter's Ball" e "I'm a Ramblin' Wreck from Georgia Tech" bem devagar como se fosse um disco empenado pelo sol.

Desde as primeiras semanas que passamos na casa, usamos a mesa de trabalho abandonada, um tosco protótipo da mesa que eu imaginava arrumando à sombra da fileira de cinco *tigli*. Numa barraca da feira, eu comprava toalhas de mesa compridas para impedir que as farpas entrassem nos nossos joelhos. Com guardanapos combinando, um vaso de papoulas, cenouras silvestres e centáureas azuis na mesa, nossos pratos amarelos da COOP, nós nos servíamos, principalmente um ao outro.

Minha idéia de paraíso é um almoço de duas horas com Ed. Acredito que Ed tenha sido italiano em outra vida. Ele começou a gesticular e mexer com as mãos, o que nunca o vi fazer antes. Para um almoço que prepara, Ed junta parmesão, mozarela fresca, um pouco de *pecorino* das montanhas, pimentões vermelhos, alfaces recém-colhidas, o salame com funcho da região, formas de *pane com sale* (o pão que não é estritamente tradicional aqui já que contém sal), *prosciutto*, um esplêndido monte de tomates. De sobremesa, pêssegos, ameixas e, minha preferida, uma melancia da região chamada *minne di monaca*, seios de monja. Ele empilha na tábua de pão nossos queijos, salame, pimentões; e arruma nos pratos a entrada, o clássico *caprese*: fatias de tomate, manjericão, mozarela e uns respingos de azeite.

À sombra das tílias, ficamos protegidos do sol a pino. As cigarras zunem nas árvores, elas são o som essencial, o âmago do verão. Os tomates são tão fortes que nos calamos ao prová-los. Ed abre uma garrafa de *prosecco* numa atitude festiva, e recapitulamos a saga da compra e da reforma da casa.

Estranho que agora omitamos as complicações e o pânico. É que começamos o processo de seleção, o mesmo que garante a continuidade da espécie humana: esquecer o trabalho que dá. Ed começa a fazer planos para um forno de assar pão. Continuamos a devanear sobre outros projetos. Através das árvores floridas, o sol nos banha numa luz filtrada, dourada.

– Isto aqui não é real. Nós só entramos num filme de Fellini – digo. Ed faz que não.

– Fellini só faz documentários. Perdi minha crença no seu talento. Vemos cenas de Fellini por toda parte. Você se lembra daquela motocicleta brilhante que aparece a toda hora em *Amarcord*? Isso acontece o tempo todo. A gente está no fim do mundo em algum vilarejo remoto, sem uma alma à vista, e de repente uma Moto Guzzi gigantesca passa a toda. – Ed descasca um pêssego formando uma longa espiral; e, só porque isso está bom demais, abrimos uma segunda garrafa de *prosecco*, passamos mais uma hora ali sem fazer nada, até ir entrando para descansar e refazermos nossas energias para uma caminhada até a cidade para inspecionar os restaurantes, passear pelos jardins ornamentais que dão vista para o vale e, difícil de imaginar, começar a próxima refeição.

*

Chamamos os carpinteiros tímidos e calados, Marco e Rudolfo. Eles parecem divertir-se com qualquer trabalho que façam aqui. A idéia de uma mesa pintada com tamanho para dez pessoas parece deixá-los desnorteados. Estão acostumados a tingir a madeira de castanho. Nós temos certeza? Eu os vejo trocar um olhar de relance. Mas a pintura terá de ser refeita de dois em dois anos. Nada prático. Nós já fizemos um esboço do que queremos e temos uma amostra da tinta também: amarelo primário.

Eles voltam quatro dias depois com a mesa, emassada e pintada: um prazo de entrega milagroso em qualquer parte do mundo, mas em especial para artesãos ocupados como esses dois. Riem e dizem que a mesa vai brilhar no escuro. Sem dúvida, ela parece vibrar de tanta cor. Os dois a carregam para o local com a vista mais ampla para o vale. Na sombra espessa, o amarelo refulge, atraindo-nos a sair da casa com jarros, tigelas fumegantes, cestos de frutas e queijos frescos envoltos em folhas de parreira.

*

Hoje, o jantar é para um casal italiano, seu bebê e os escritores nossos compatriotas. Essa menininha italiana, aos sete meses de idade, mastiga azeitonas picantes e lança olhares compridos para a comida. Nossos amigos acharam graça das nossas aventuras da reforma, uma graça segura já que suas casas foram reformadas antes do desaparecimento dos operários da construção civil e antes da queda do dólar. Cada um deles tem um conhecimento espantoso a respeito de poços, fossas sépticas, calhas, poda – conhecimento técnico detalhado adquirido ao longo de anos passados debaixo do telhado nada confiável de velhas sedes de fazenda. Ficamos assombrados com sua fluência em italiano, seu infinito conhecimento da complexidade das contas telefônicas. Embora eu imagine conversas sobre as correntes na literatura italiana, sobre ópera e restaurações polêmicas, o que parecemos discutir com maior paixão é a poda da oliveira, caixas de gordura, análise da água do poço e consertos de venezianas.

O cardápio: com os aperitivos, *bruschette* com tomates picados e manjericão, *crostini* com uma pasta de pimentões vermelhos. A entrada, *gnocchi*, não os comuns de batatas, mas *gnocchi* leves de semolina (pequenas porções; é um prato substancial); seguida de vitela assada com alho e batatas, guarnecida com sálvia frita. As vagens pequenas, ainda crocantes, servidas quentes com funcho e azeitonas. Pouco antes da chegada dos convidados, apanho uma cesta enorme de alfaces. No início do verão, espalhei dois envelopes de alfaces variadas como uma bordadura de um canteiro de flores. Numa semana, já haviam brotado; e em três, transposto os limites do canteiro. Agora, estão por toda parte. Parece estranho estar capinando o canteiro e ao mesmo tempo colhendo o jantar. Algumas alfaces parecem diferentes. Espero que não estejamos comendo calêndulas ou malvas recém-brotadas. As cerejas, escaldadas e resfriadas, atraíram abelhas a tarde inteira. Um daqueles beija-flores minúsculos também fez uma veloz incursão pela cozinha adentro, possivelmente atraído pelo aroma da calda forte de vinho tinto.

Quando eles chegarem, será à luz suave e lenta do crepúsculo toscano, que vai descorando depois dos aperitivos, de um azul transparente para um dourado, daí para um azulão e em seguida, depois da entrada, para a noite fechada. A noite surge de repente, como se o sol fosse puxado num único movimento para debaixo do morro. Acendemos velas dentro de lampiões de vidro ao longo do muro de pedra e sobre a mesa. Como música de fundo, um hilariante coro de sapos. *Molte anni fa*, há muitos anos, começam nossos amigos. Suas histórias tecem ao nosso redor uma Itália que só conhecemos através de livros e filmes. *Nos anos sessenta... Na década de 70... Um verdadeiro paraíso*. Foi por isso que eles vieram e ficaram. Ainda adoram o país, mas já não é mais a mesma coisa em comparação com os quatro armários daquela *contessa* maluca. *Como as ruas de Roma viviam apinhadas de gente, e você se lembra do teatro com o teto que se recolhia? Como às vezes chovia*? Depois, a conversa passa para a política. Eles conhecem todo mundo. Ficamos horrorizados com a explosão de uma bomba num carro na Sicília. Será que a Máfia está por aqui? Nossas perguntas são ingênuas. As tendências fascistas em eleições recentes perturbam a todos. Será que a Itália retrocederia? Eu lhes falo do dono de antiquário em Monte San Savino. Vi uma foto de Mussolini acima da porta da sua loja, e ele percebeu que eu estava olhando para ela. Com um grande sorriso, ele me pergunta se eu sei de quem se trata. Sem saber se o retrato é um objeto engraçado ou de veneração, faço a saudação fascista. O homem fica louco, achando que sou partidária. Não me larga mais, comentando como Il Duce era um homem audaz e bravo. Tenho vontade de sair dali com minhas estranhas aquisições – uma grande cruz dourada e a porta de um relicário –, mas agora os preços começam a cair. Ele me convida a voltar, quer que eu conheça sua família. Todos me dizem para aproveitar ao máximo.

Sinto-me imersa aqui; minha “vida real” me parece remota. Estranho que todos estejamos aqui. Nascemos num país e nos instalamos em outro – eles de uma forma muito mais radical do que nós. Eles definiram a vida e o trabalho por *este* país, não por *aquele*. Nós nos sentimos tão à vontade, por mais pálidos e americanos que sejamos. Poderíamos simplesmente ficar aqui, criar raízes. Eu deixaria meu cabelo crescer, ensinaria inglês às crianças do lugarejo, iria comprar pão montada numa Vespa. Imagino Ed num daqueles tratores diminutos projetados para terrenos terraceados. Eu o imagino começando um pequeno vinhedo. Ou poderíamos fazer tisanas de erva-cidreira. Olho para ele, mas está servindo vinho. Quase sinto nossas vozes diferentes – em inglês, francês, italiano – espalhando-se em volta da casa, por todo o vale. O som vai longe nesses montes. (*Stranieri*, estrangeiros, é do que nos chamam; mas o termo parece sinistro, mais semelhante a *strangers*, desconhecidos, palavra estranhamente arrepiante.) Muitas vezes ouvimos as festas de vizinhos invisíveis mais acima. Nós perturbamos uma antiga ordem das coisas nesta encosta, na qual o cobrador de impostos, o chefe de polícia e o dono da banca de jornais (nossos vizinhos mais próximos, embora não consigamos ver nenhum deles) só ouviam italiano até nos instalarmos aqui.

A Ursa Maior, nítida como um desenho de pontos a serem ligados, parece estar prestes a derramar alguma coisa bem em cima da casa. E a Via Láctea, tão bonita em latim, como *via lactia*, estende a cauda salpicada de estrelas do seu vestido de noiva acima das nossas cabeças. Os sapos ficam mudos todos ao mesmo tempo, como se alguém tivesse ordenado que se calassem. Ed traz o *vin santo* e um prato de *biscotti* que fez pela manhã. Agora a noite está imensa e quieta. Sem lua. Falamos e falamos sem parar. Nada nos interrompe a não ser as estrelas cadentes.

Anotações da culinária de verão

Numa primavera, quando eu estava tendo aulas de culinária com Simone Beck em sua casa na Provença, ela disse algumas coisas das quais nunca me esqueci. Outra aluna, fornecedora de refeições industriais e professora de culinária, não parava de perguntar a Simca qual era a técnica para tudo. Usava um caderno e anotava furiosamente cada palavra dita por Simca. As outras quatro de nós estavam principalmente interessadas em comer o que havíamos preparado. Quando ela repetiu a pergunta uma vez mais do que deveria, Simca respondeu com aspereza: "Não existe técnica *nenhuma*. É só assim que se faz. Agora, vamos ficar medindo os ingredientes ou vamos cozinhar?"

Aprendi na Toscana que a simplicidade é liberadora. A filosofia de Simca é totalmente aplicável a esta cozinha, onde não mais se mede, mas se cozinha. Como sabem todos os cozinheiros, os ingredientes do momento são os melhores conselheiros. Grande parte do que preparamos é simples demais para ser chamado de receita: é só o jeito de fazer. Vario o onipresente *prosciutto e melone*, usando figos partidos ao meio. A sopa fria de tomates que faço é constituída apenas de temperos picados, principalmente manjericão, e tomates maduros que acrescento a um caldo claro de galinha e ponho no *freezer* até gelar. Tosto cabeças inteiras de alho num prato de terracota com um pouco de azeite de oliva: é uma delícia espremer os dentes em cima de pão. Uma das melhores massas é o espaguete misturado com rúcula picada, creme de leite e *pancetta* moída, com parmesão ralado por cima. Vagens servidas com azeitonas pretas, funcho cru fatiado, cebolinhas e um *vinaigrette* suave ou suco de limão, essa deve ser uma das melhores coisas que já aconteceram às vagens. A criatividade de Ed não poderia ser mais fácil: ele parte os figos, rega-os com um pouco de mel, passa-os rapidamente por baixo da grelha e salpica creme de leite. Pêssegos fatiados com requeijão cremoso adoçado e uma farofa de biscoitos *amaretti* passaram a ser um recurso infalível. Alguns dos nossos pratos preferidos são um pouco mais complicados, embora nenhum deles nos faça entender que loucura nos levou a querer fazê-los.

Plantar uma tal abundância de temperos me induz a ser pródiga no seu uso. Todas as travessas são guarnecidas com o que sobrou no cesto: um punhado de tomilho florido espalhado sobre os legumes, a carne assada disposta sobre uma camada de sálvia, galhinhos de orégano em volta da massa. As folhas da alfazema, da parreira e da figueira, assim como os leves ramos do funcho, são interessantes para usar como enfeite também. Com algumas flores do campo, ervas aromáticas numa panela de terracota ficam muito bem sobre a mesa.

Seguem-se algumas das nossas receitas rápidas, que deixaram convidados delirantes e nos fizeram voltar em segredo à geladeira na manhã seguinte para provar as sobras. Os italianos não considerariam risoto ou massa um prato principal, mas, para nós, eles costumam ser. Naturalmente, o óleo preferido é o azeite de oliva, a não ser nos casos em que especificamos outro tipo de óleo. Todas as ervas aromáticas nessas receitas são frescas.

**

ANTIPASTI

Pimentões vermelhos (ou cebolas) derretidos com vinagre balsâmico

Os pimentões imensos, lustrosos e espiralados nos tons primários de vermelho, verde e amarelo são meu legume preferido no verão porque dão vida a muitos pratos. Um refogado rápido de uma mistura dos três enriquece qualquer prato. E ainda temos sopa de pimentão vermelho, musse de pimentões amarelos, pimentões verdes recheados à moda antiga...

Tire as sementes e corte em fatias finas quatro pimentões. Cozinhe em fogo baixo num pouco de azeite de oliva e ¼ de xícara de vinagre balsâmico até ficarem bem macios, cerca de uma hora. Mexa de vez em quando. Os pimentões deveriam quase "derreter". Tempere com sal e pimenta. Acrescente azeite e vinagre balsâmico uma vez ou duas se parecerem secos.

Passe pela grelha cerca de 25 fatias de pão regado com azeite de oliva. Esfregue um dente de alho partido ao meio em cada pedaço. Ponha colheradas dos pimentões no pão e sirva quente. Tente o mesmo método com cebolas em fatias finas, acrescentando uma colher de chá de açúcar mascavo ao vinagre balsâmico e deixando as cebolas caramelizarem lentamente. Essas duas versões são acompanhamentos deliciosos para frango assado. Sobras ficam perfeitas em massas ou polenta. Com queijo e/ou berinjela grelhada, podem-se fazer sanduíches muito saborosos com rapidez.

*

Bruschetta *de ervilhas e chalotas*

As ervilhas frescas saltam direto das vagens rijas. Achei que debulhar ervilhas fosse um ato de meditação até ver uma mulher na cidade, sentada em frente à porta de casa, com o gato dormindo entre seus tornozelos. Estava debulhando uma pilha imensa de ervilhas e já havia enchido um tabuleiro de bom tamanho. Ela ergueu os olhos e disse alguma coisa rapidamente em italiano. Eu sorri, só para me dar conta enquanto ia andando de que ela havia dito "Isso não deveria acontecer com um cachorro".

Pique quatro chalotas. Debulhe ervilhas em quantidade suficiente para encher uma xícara. Misture e refogue na manteiga até que as ervilhas estejam cozidas e as chalotas, murchas. Acrescente um pouco de hortelã picada, sal e pimenta. Bata rapidamente no processador de alimentos ou à mão e sirva colheradas em 25 fatias de pão preparadas como na receita anterior.

*

Sorbet *de hortelã e manjericão*

Provei esse *sorbet* incomum mas fascinante na antiga *fattoria*-que-virou-restaurante Locanda dell'Amorosa aqui perto em Sinalunga. No dia seguinte, tentei fazer um igual em casa. No restaurante, ele foi servido depois da massa e dos peixes, antes do prato principal. Num estilo mais informal, ele inicia um jantar numa noite quente de verão.

Faça uma calda de açúcar, fervendo juntas uma xícara de água e uma xícara de açúcar e deixando ferver em fogo brando por cerca de cinco minutos, sem parar de mexer. Esfrie na geladeira. Bata no liquidificador ½ xícara de folhas de hortelã e ½ xícara de folhas de manjericão com uma xícara d'água. Acrescente mais uma xícara d'água, uma colher de sopa de suco de limão, e resfrie. Misture bem a calda de açúcar e a água de ervas e processe numa sorveteira de acordo com as instruções do fabricante. Sirva em copos de martíni ou em qualquer prato de vidro transparente e enfeite com folhas de hortelã. Rendimento: 8 porções.

**

PRIMI PIATTI
Sopa fria de alho

Como no frango com quarenta dentes de alho, a quantidade de alho nesta receita não é nenhum motivo para alarme. O processo do cozimento atenua o ardor mas mantém o sabor.

Descasque duas cabeças de alho. Pique uma cebola pequena. Descasque e corte em cubinhos duas batatas médias. Refogue a cebola em uma colher de sopa de azeite de oliva e, quando a cebola ficar translúcida, acrescente o alho. O alho dever ficar macio, mas sem dourar. Cozinhe em fogo brando. Cozinhe no vapor as batatas em cubinhos e acrescente à cebola e ao alho, com uma xícara de caldo de galinha. Deixe abrir fervura e baixe o fogo rapidamente, para que cozinhe em fogo brando por 2 minutos. Passe no processador de alimentos para fazer um purê, devolva para a panela e acrescente mais quatro xícaras de caldo e uma colher de sopa de tomilho. (Se você não tiver um processador de alimentos, pique muito bem o alho e a cebola antes de cozinhá-los. Depois de cozinhar as batatas, passe-as por um espremedor.) Acrescente ½ xícara de creme de leite, incorporando-o bem. Tempere com sal e pimenta, e resfrie. Antes de servir, acrescente tomilho ou cebolinha picada por cima. Rendimento: 6 porções.

*

Sopa de funcho

Corte em fatias finas 2 bulbos de funcho e 2 maços de cebolinhas de primavera. Refogue rapidamente num pouco de azeite de oliva. Acrescente duas xícaras de caldo de galinha à panela e deixe cozinhar em fogo brando até que o funcho esteja cozido. Mexa com freqüência. Bata até se tornar um purê liso. Incorpore mais duas e ½ xícaras de caldo de galinha. Tempere com sal e pimenta e cubra. Deixe abrir fervura, baixe o fogo e deixe cozinhar por 10 minutos. Incorpore ½ xícara de requeijão cremoso ou creme de leite. Retire do fogo imediatamente. Sirva fria ou quente, guarnecida com sementes torradas de funcho. Rendimento: 6 porções.

*

Pizza com pasta de cebola e lingüiça

A pizza é infinita em sua variedade. A preferida de Ed é a napolitana: alcaparras, anchovas, mozarela. Eu gosto de *fontina*, azeitonas e *prosciutto*. Outra preferida é a de rúcula com espirais de parmesão. Também estamos apaixonados por pizza de batata. Quando cozinhamos ao ar livre, sempre grelhamos grandes quantidades de legumes e lingüiças a mais para saladas e pizza no dia seguinte. Uma excelente combinação vegetariana é berinjela assada com tomates secos, azeitonas, orégano, manjericão e mozarela.

Corte três cebolas em fatias finas e as "derreta" numa frigideira em fogo brando, usando um pouco de azeite de oliva e três colheres de sopa de vinagre balsâmico. As cebolas deviam ficar da cor de caramelo e amolecidas. Tempere com manjerona, sal e pimenta. Grelhe ou refogue duas lingüiças grandes. Aqui usamos a lingüiça de porco da região, temperada com sementes de funcho. Fatie. Rale uma xícara de mozarela ou parmesão.

Massa: Dissolva um pacote de fermento em ¼ de xícara de água morna durante 10 minutos. Misture os seguintes ingredientes: ½ colher de chá de sal, uma colher de chá de açúcar, três colheres de sopa de azeite de oliva, uma xícara de água fria; e derrame num monte de 3 ¼ xícaras de farinha de trigo. Amasse sobre uma superfície plana até que esteja lisa e elástica. Se estiver usando um processador de alimentos, faça-o pulsar até que a massa forme uma bola, depois retire-a do processador e amasse com as mãos. Ponha a massa numa tigela untada e enfarinhada e deixe descansar meia hora. Abra num círculo grande ou dois menores e pincele com azeite. Espalhe sobre a superfície o queijo, as cebolas e a lingüiça e asse a 250º durante 25 minutos. Corte em 8 fatias.

*

Gnocchi *de semolina*

O formato costumeiro dos *gnocchi* muda neste prato delicioso e nutritivo. Ao contrário dos de batata ou dos leves de ricota com espinafre, os *gnocchi* feitos com semolina são do tamanho de biscoitos. Eu costumava comprá-los de uma mulher lá embaixo no vale até descobrir como eram fáceis de fazer.

Numa panela grande, leve seis xícaras de leite a quase abrir fervura. Acrescente três xícaras de semolina despejando num ritmo uniforme e mexendo constantemente. Cozinhe em fogo brando, como cozinharia polenta, continuando a mexer durante 15 minutos. Retire do fogo, acrescente três gemas de ovo, três colheres de sopa de manteiga e ½ xícara de parmesão ralado, batendo bem. Tempere com sal, pimenta e um pouco de noz-moscada. Bata rapidamente, levantando a mistura para deixar o ar entrar. Abra a mistura num círculo de 2,5cm de espessura na bancada ou tábua de corte levemente enfarinhada e deixe esfriar. Corte em círculos do tamanho de biscoitos com a borda de um copo ou um cortador de biscoitos. Leve a um tabuleiro bem untado. Derrame três colheres de sopa de manteiga derretida por cima e salpique com ¼ de xícara de parmesão. Asse, descoberto, a 250º durante 15 minutos. Rendimento: 6 porções.

*

Salada de macarrão com tudo e tomates assados

Quando faço sopa, *ratatouille* ou esta salada, cozinho tudo no vapor separadamente. Isso mantém a distinção de sabores e me permite cozinhar cada legume até seu ponto correto. Nunca vi salada de macarrão num cardápio italiano, mas é uma importação maravilhosa dos Estados Unidos. É fácil de levar em piqueniques num grande recipiente de plástico.

Prepare um *vinaigrette*: ¾ de xícara de azeite de oliva, vinagre de vinho tinto a gosto (cerca de três colheres de sopa), três dentes de alho esmagados, uma colher de sopa de tomilho picado, sal e pimenta. Misture sacudindo num pote.

Legumes frescos: oito cenouras médias, cinco abobrinhas finas, 2 pimentões vermelhos grandes, 2 pimentas-malaguetas, cerca de 250g de vagens e um maço de cebolas pequenas. Corte em pedaços pequenos, à exceção das pimentas, que devem ser bem picadas. Cozinhe cada legume no vapor até que esteja cozido mas firme. Resfrie.

Frango: esfregue 2 peitos inteiros com azeite de oliva e ponha num tabuleiro untado. Tempere com tomilho, sal e pimenta. Asse a 175º por cerca de 30 minutos. Resfrie e corte em tirinhas finas.

Macarrão: *fusilli*, o macarrão curto, espiralado, é o melhor para saladas. Cozinhe dois pacotes de meio quilo e escorra. Incorpore imediatamente duas colheres de sopa de azeite de oliva. Tempere e resfrie.

Misture tudo muito bem num recipiente grande, como, por exemplo, um tabuleiro de assar peru, e deixe na geladeira até uma hora antes de ser servido. Misture novamente e divida entre duas tigelas grandes.

Para os tomates: escolha um para cada pessoa (mais alguns para as sobras). Abra um buraco em forma de cone na parte superior do tomate e retire as sementes com uma colher.

Corte o fundo para ficar reto. Tempere com sal e pimenta. Depois, recheie cada tomate com uma mistura de farinha de rosca, manjericão picado e pinhões tostados. Regue com azeite de oliva. Asse a 175º por cerca de 15 minutos.

Para servir, coloque o tomate no centro do prato, cerque-o com salada de macarrão, guarneça com azeitonas pretas e galhinhos de tomilho e/ou folhas de manjericão. Rendimento: 16-20 belas porções.

**

SECONDI

Risoto com acelga vermelha

O risoto tornou-se para mim uma comida da minha infância. Como as massas, a pizza e a polenta, ele é mais um prato de infinita variedade. No verão, aspargo que mal cozinhou, cenouras minúsculas e um pouco de limão fazem um risoto leve. Gosto em especial de favas que foram refogadas com chalotas picadas numa panela tampada para depois serem incorporadas ao risoto. Outras boas opções: funcho picado, mal cozido, com camarões, cogumelos frescos refogados ou *porcini* secos mergulhados em água morna até incharem; *pancetta* e *radicchio* grelhado. Na Itália, pode-se comprar caldo de *funghi porcini* em cubinhos nos mercados. Eles são excelentes para o risoto quando não há nenhum caldo à disposição. Muitas receitas pedem uma quantidade excessiva de manteiga. Se o caldo for bom, a manteiga não é necessária; e um pouquinho de azeite de oliva basta para iniciar o prato. Se houver sobras de risoto no dia seguinte, aqueça uma colher de sopa de azeite de oliva numa panela não-aderente, espalhe e abaixe o risoto, deixando-o aquecer em fogo médio até que o fundo fique crocante. Vire-o com uma espátula e aqueça o outro lado. Um belo almoço.

Pique uma cebola média e a refogue numa colher de sopa de azeite de oliva por dois minutos. Acrescente duas xícaras de arroz e cozinhe por uns dois minutos. Enquanto isso, em outra panela, aqueça 5½ xícaras de caldo temperado (de galinha, de vitela ou de legumes) e ½ xícara de vinho branco até abrir fervura e baixe o fogo para manter a fervura em fogo brando. Com uma concha, vá passando o caldo com vinho aos poucos para a panela do arroz, mexendo cada concha no arroz até que seja absorvida antes de acrescentar mais. Mantenha tanto o caldo quanto o arroz cozinhando em fogo brando. Misture sem parar até o arroz estar pronto. Ele deveria estar al dente e com bastante caldo. Acrescente ½ xícara de parmesão ralado. Lave muito bem um molho de acelgas, preferivelmente vermelhas. Corte em tiras e refogue rapidamente num pouco de azeite de oliva e alho picado. Acrescente ao risoto. Sirva acompanhado de uma tigelinha de parmesão ralado. Rendimento: 6 porções.

*

Saborosa polenta parmigiana

Esta é mais uma polenta californiana do que uma tradicional italiana. É tanta manteiga e tanto queijo! A polenta clássica é preparada do mesmo modo – sem parar de mexer – com mais duas ou até mesmo três xícaras de água. Despeja-se então a polenta numa tábua de corte, deixando-a descansar até ficar firme. Ela é servida com freqüência com um *ragu* ou com *funghi porcini*. Servi esta versão para italianos, e eles adoraram. Sobras de polenta, seja da simples, seja dessa mais substancial, são sublimes se fritas até ficarem crocantes.

Deixe de molho duas xícaras de fubá em três xícaras de água fria durante 10 minutos. Numa panela de caldo, ferva três xícaras de água e acrescente o fubá.

Deixe abrir fervura novamente, baixe o fogo de imediato e mexa por 15 minutos num fogo brando que seja suficiente para manter bolhas grandes subindo lentamente. Acrescente sal e pimenta, oito colheres de sopa de manteiga e uma xícara de parmesão ralado. Acrescente mais água se a polenta ficar espessa demais. Mexa bem e derrame num tabuleiro grande untado. Leve ao forno a 175° por cerca de 15 minutos. Rendimento: 6 porções.

*

Um molho de porcini

Quando na estação, *porcini* frescos são uma delícia. A melhor forma de prepará-los é simplesmente pincelá-los com azeite de oliva e grelhá-los, um prato que é tão substancial quanto a carne, com a qual eles costumam ser emparelhados na grelha. Fora da estação, os secos têm muitos talentos. Embora pareçam caros, um pouquinho proporciona muito sabor. Espalhe este molho sobre polenta ou sirva como molho de risoto ou de massas.

Amoleça cerca de 50g de *porcini* secos em uma e ½ xícara de água morna. Isso leva cerca de meia hora. Descasque e pique cinco dentes de alho, refogando-os delicadamente em duas colheres de sopa de azeite de oliva. Acrescente uma colher de sopa de tomilho e outra de alecrim muito bem picados, uma xícara de molho de tomate, sal e pimenta. Escorra a água dos cogumelos usando um pano de coar e adicione ao molho de tomate. Corte os cogumelos e os adicione ao molho, deixando-o apurar em fogo brando até que esteja espesso e apetitoso, cerca de 20 minutos. Rendimento: 6 porções para polenta, 4 para massas.

*

Frango com grão-de-bico, alho, tomate e tomilho

Uma daquelas receitas que podem se expandir de modo a servir qualquer número de convidados.

Cozinhe duas xícaras de grãos-de-bico secos em água com dois dentes de alho, sal e pimenta até que estejam macios mas ainda oferecendo resistência aos dentes (cerca de duas horas). Em azeite de oliva quente, doure rapidamente seis peitos de frango que foram sacudidos dentro de um saco com farinha de trigo. Arrume o frango num tabuleiro. Escorra os grãos-de-bico e espalhe por cima do frango. Acrescente um pouco de azeite à mesma panela e refogue uma cebola picada em pedaços grandes e três dentes de alho amassados; adicione 4 tomates maduros, também em pedaços grandes, uma colher de chá de canela e duas colheres de sopa de tomilho. Ferva durante 10 minutos. Espalhe sobre o frango. Tempere com sal, pimenta, galhinhos de tomilho fresco e ½ xícara de azeitonas pretas. Asse, sem cobrir, a 175° por cerca de 30 minutos, dependendo do tamanho dos peitos. Fica bonito num prato de terracota. Rendimento: 6 porções.

*

Frango com limão e manjericão

Prato preferido de última hora, este frango, servido com um acompanhamento de abobrinhas de verão e tomates fatiados, ameniza a noite mais quente.

Numa tigela grande, misture ½ xícara de cebolas pequenas picadas e ½ xícara de folhas de manjericão. Acrescente o suco de um limão, sal e pimenta. Misture e esfregue os temperos em seis pedaços de frango, colocando-os num tabuleiro bem untado. Regue com um pouco de azeite de oliva. Asse, sem cobrir, a 175° por cerca de 30 minutos, dependendo do tamanho do frango. Guarneça com mais folhas de manjericão e fatias de limão. Rendimento: 6 porções.

*

Peito de peru com azeitonas verdes e pretas

O peru é popular aqui, embora a ave inteira seja rara, à exceção da época do Natal. Nesta receita, o peito é fatiado em filés, como *scallopine*. Pode-se também usar peito de frango batido em vez do peito de peru. Se você não descaroçar as azeitonas, avise aos convidados. Costumo usar o resto do peito para um prato nitidamente não-toscano, refogado rápido com pimentões.

Numa frigideira grande, refogue seis filés de peru em azeite de oliva até quase no ponto e passe para uma travessa. Acrescente mais um pouco de azeite à frigideira e refogue uma cebola cortada fininha e dois dentes de alho amassados. Junte uma xícara de vermute, deixe ferver e então reduza rapidamente o fogo para cozinhar em fogo brando. Tampe durante dois ou três minutos. Devolva o peru à frigideira, acrescentando o suco de um limão e uma xícara de azeitonas pretas e verdes misturadas. Cozinhe por cinco minutos ou até que o peru esteja pronto. Tempere com sal e pimenta e incorpore um punhado de salsa picada. Rendimento: 6 porções.

*

Flores de abobrinha fritas

Quando dá certo, é muito, muito gostoso. E quando fica mole, é um desastre. Já fiz dos dois jeitos. O erro estava no óleo, que deve estar muito quente. Amendoim ou girassol são os melhores óleos para essas delicadas flores de verão.

Escolha um buquê de flores frescas, cerca de uma dúzia. Se estiverem ligeiramente caídas, não se importe. Não lave as flores. Se estiverem úmidas, seque com uma toalha. Ponha uma tirinha de mozarela dentro de cada flor; mergulhe na massa. Para preparar a massa, bata dois ovos com ¼ de colher de chá de sal e acrescente uma xícara de água e 1 ¼ xícara de farinha de trigo. Misture bem, desfazendo qualquer caroço com um garfo. Certifique-se de que o óleo esteja quente (175º), mas não fumegando. Frite até que estejam douradas e crocantes. Escorra rapidamente em toalhas de papel e sirva de imediato.

*

Pimentões assados com ricota e manjericão

Pimentões recheados eram meu prato preferido quando eu estava na faculdade. Este recheio de ricota é o oposto perfeito daquela "carne misteriosa" que enfrentávamos em Randolph-Macon. A ricota fresca, feita com leite de ovelha, é uma delícia. As cestas especiais usadas como forma marcam os lados do queijo com um desenho trançado. Costumamos comprá-la em fazendas nos arredores de Pienza, que é terra de ovelhas e também onde teve origem o *pecorino*.

Chamusque três pimentões amarelos grandes na chama do fogão a gás ou numa grelha. Os pimentões devem ficar totalmente pretos, mas não os cozinhe tanto que eles fiquem amolecidos. Deixe esfriar num saco plástico e então puxe a casca queimada. Corte ao meio e retire as sementes e as nervuras. Regue com azeite de oliva. Numa tigela, misture duas xícaras de ricota, ½ xícara de manjericão picado, ½ xícara de cebolinhas bem picadinhas, ½ xícara de salsa italiana, sal e pimenta. Junte dois ovos e bata. Recheie os pimentões e asse a 175º durante 30 minutos. Enfeite com folhas de manjericão. Rendimento: 6 porções.

*

Sálvia frita

Infelizmente a sálvia costuma ser associada àquele pó que vem em potinhos e que nos faz espirrar. A sálvia fresca tem um sabor impactante que acompanha bem a carne.

Lave de 20 a 30 galhinhos de sálvia, seque com toalhas de papel e deixe secar totalmente. Aqueça 5 cm de óleo de girassol ou amendoim até que esteja muito quente mas não fumegando. Molhe os galhinhos na massa (veja a receita de flores de abobrinha fritas) e frite-os no óleo quente (175º) por cerca de dois minutos ou até que as folhas estejam crocantes. Deixe escorrer em toalhas de papel. Uma guarnição fantástica para cordeiro, porco ou qualquer carne.

*

Pesto *de sálvia*

Encontrei um soquete de oliveira na feira mensal de antigüidades em Arezzo e o coloquei em funcionamento com um velho pilão de pedra que obtive de uma amiga que o usava como um cinzeiro exagerado. Esses grandes pilões, explicou-me ela, eram originalmente usados para moer o sal grosso. Até recentemente, o sal, um monopólio controlado pelo governo e sujeito a pesados impostos, era vendido apenas em tabacarias. O uso do sal grosso, mais barato, era muito difundido. Os pilões grandes e velhos são práticos para fazer *pesto*. O soquete e a pedra áspera soltam os óleos das ervas e unem as essências de todos os ingredientes. Extrapolando a partir do *pesto* básico de manjericão, preparei um *pesto* de limão e salsa para peixes, um de rúcula para massas e *crostini* e um de hortelã para camarões. Agora prefiro a textura desses *pestos* aos mais suaves aos quais estava acostumada. O tradicional prato toscano de feijão branco com sálvia e azeite de oliva tem um sabor ainda melhor com um pouco de *pesto* de sálvia. Também gosto desse *pesto* em *bruschetta*. Servido numa tigelinha separada, é um bom acompanhamento para lingüiças grelhadas.

Pique um bom punhado de folhas de sálvia, dois dentes de alho e quatro colheres de sopa de pinhões. Moa no pilão (ou no processador de alimentos), acrescentando aos poucos azeite de oliva para formar uma pasta espessa. Transfira para uma tigela, mexa novamente, acrescente sal e pimenta e um punhado de parmesão ralado. Rendimento: 1 ½ xícara.

*

DOLCI

Gelato *de avelã*

Deliciosíssimo, este *gelato* me faz querer abdicar da minha cidadania e me mudar para cá em caráter permanente. Mesmo pessoas que alegam não gostar de sorvete quase desmaiam com este.

Toste 1 ½ xícara de avelãs em forno moderado durante cinco minutos. Observe atentamente, já que as avelãs queimam com facilidade. Retire do forno, embrulhe num pano de prato e esfregue para tirar a fina película marrom. Pique não muito fino. Bata seis gemas de ovos e vá misturando aos poucos 1 ½ xícara de açúcar, batendo até que esteja bem incorporado. Aqueça meio litro de leite com meio litro de creme de leite até quase abrir fervura. Retire do fogo e acrescente a mistura das gemas com açúcar, batendo bem. Em banho-maria, cozinhe esse mingau devagar até que ele engrosse e cubra uma colher de pau. Leve a esfriar na geladeira. Acrescente duas colheres de sopa de Fra Angelico (licor de avelãs) ou de baunilha e duas xícaras de creme de leite integral, misturando bem. Junte as avelãs e o suco e a casca de um limão. Despeje a mistura numa sorveteira e siga as instruções do fabricante. Rendimento: cerca de 2 litros.

*

Cerejas mergulhadas em vinho tinto

Durante todo o mês de junho, compramos cerejas a quilo e começamos a comê-las no carro a caminho de casa. Quase nada que se possa inventar melhora o sabor da cereja pura. Plantamos três cerejeiras e descobrimos mais três no meio da hera e dos espinheiros. Para produção de frutos são necessárias duas árvores próximas.

Descaroce e tire os cabinhos de meio quilo de cerejas. Derrame sobre elas uma xícara de vinho tinto e a casca de um limão. Leve a ferver em fogo brando por uns 15 minutos, mexendo de vez em quando. Cubra e deixe descansar de duas a três horas. Sirva em tigelinhas com bastante suco e uma colherada de creme *chantilly* ou requeijão cremoso adoçado. Fatias finas de bolo inglês de avelãs ou biscoitinhos também podem ser servidas. Podem-se usar ameixas ou peras em vez de cerejas. Rendimento: 4 porções.

*

Torta dobrada de pêssegos com requeijão cremoso

Aprendi a fazer tortas de massa dobrada num livro de culinária de Paula Wolfert. Abre-se a massa numa forma de biscoitos, amontoa-se no meio o recheio e depois dobram-se as pontas na direção do centro, formando uma torta rústica de aparência espontânea. Aqui os pêssegos, tanto a variedade branca quanto a amarela, são tão deliciosos que comer um deles deveria ser um ato secreto.

Abra sua receita favorita de massa de torta um pouco maior do que o que seria normal para uma forma de torta. Passe para um tabuleiro ou forma de biscoitos não-aderente. Corte em fatias quatro ou cinco pêssegos. Misture uma xícara de requeijão cremoso, ¼ de xícara de açúcar e ¼ de xícara de fatias de amêndoas torradas. Acrescente essa mistura com delicadeza aos pêssegos. Ponha às colheradas no meio da massa e vire as pontas para o centro, apertando-as um pouco para que penetrem no recheio de frutas. Não feche totalmente a torta. Deixe um buraco de uns 10 a 12 centímetros. Asse a 190º por uns vinte minutos. Rendimento: 6 porções.

*

Peras em creme de requeijão cremoso

Esta é uma versão italiana das tortas rústicas de frutas que eu devo ter provado pela primeira vez aos seis meses de idade no sul dos Estados Unidos, onde quase sempre são feitas com pêssegos ou amoras.

Descasque e corte em fatias seis peras médias (ou pêssegos, ou maçãs) e arrume numa forma untada. Salpique com uma colher de chá de açúcar. Bata em creme quatro colheres de sopa de manteiga e ½ xícara de açúcar até que fique fofo. Sempre batendo, adicione um ovo e 2/3 de xícara de requeijão cremoso. Por último, acrescente duas colheres de sopa de farinha de trigo e misture bem. Espalhe sobre as frutas com uma colher. Leve ao forno a 175º sem assar demais, cerca de 20 minutos. Rendimento: 6 porções generosas.

Cortona, nobre cidade

Os italianos sempre moraram na sobreloja. Os *palazzi* de algumas das famílias mais importantes apresentam arcos tapados com tijolos no térreo, com resquícios de balcões de pedra até a altura da cintura, onde alguém costumava servir conserva de peixe de um tonel aos fregueses, ou fatiar o porco recheado, tarefa realizada atualmente em impecáveis caminhonetes de lateral aberta que fazem ponto nas feiras semanais ou às margens das estradas. Corro a mão por essas bancadas de pedra desgastada quando passo por elas. De estranhas janelas no térreo do *palazzo*, era vendido o vinho da casa. O primeiro andar de algumas mansões era ocupado por grandes depósitos. Hoje, meu banco em Cortona é o térreo da famosa casa dos Laparelli, que tem como base pedras etruscas. Nos andares superiores, as janelas abertas para a noite revelam lustres antigos, grandes braçadas de luz. Os moradores costumam se debruçar, dois, às vezes três, em cada janela, vendo mais um dia passar na história dessa *piazza*. As principais ruas de comércio, orladas de grandes mansões, tiveram seus térreos transformados em toda a cidade em lojas de ferragens, louças, alimentos e vestuário. Para muitos prédios, é provável que tenha sempre sido assim.

Nas fachadas, percebo quantas vezes ocupantes anteriores mudaram de idéia. A porta deveria ser aqui; não, aqui; e o arco deveria ser uma janela; e será que não devíamos juntar esse prédio ao seguinte ou acrescentar uma nova fachada contínua que cubra todas as três casas medievais agora que estamos no Renascimento? O mercado de peixes da época medieval é um restaurante. O teatro particular do Renascimento é um espaço para exposições. As pias de pedra para a lavagem de roupas ainda estão esperando que a água corra, que as mulheres cheguem com seus cestos.

Já o relojoeiro, na sua lojinha de 1,20m por 1,80m, sempre esteve aqui, muito embora ele agora possa estar trocando a bateria no relógio Swatch de algum participante de intercâmbio estudantil. Ele costumava soprar o vidro e peneirar a areia branca do mar Tirreno em Populônia para suas ampulhetas. E estudou os relógios de água gota a gota. Nunca o vi em pé. Suas costas devem estar corcundas em decorrência de tantos séculos debruçado sobre as pecinhas. Seu rosto fica perdido por trás das lentes que usa, tão grossas que seus olhos parecem saltados. Quando paro diante da loja, ele está trabalhando à luz que sempre bate com aquele ângulo preciso nos triângulos de ouro e nas rodinhas infinitesimais, com os números das horas que às vezes caem do mostrador branco, o quatro, o cinco e o nove, espalhados em cima da mesa.

Talvez minha própria atividade de ensino seja imortal, e eu simplesmente não perceba, porque o local não dispõe desse pano de fundo do tempo. Na realidade, o prédio onde ensino na universidade está classificado como área de maior risco em caso de terremoto, com recomendação de que seja demolido. Devemos nos mudar para um prédio novo no próximo outono, um prédio provido de estrutura flexível adequada a alicerces que em parte estão em dunas de areia. Construção do período pós-guerra, o atual Prédio das Humanidades já está obsoleto: uma vida útil de cinqüenta anos.

O sapateiro, entretanto, parece perene na sua lojinha em formato de gruta, que se abre ao seu redor o suficiente para dar espaço à sua bancada de trabalho, sua prateleira de ferramentas, os sapatos a serem apanhados e um único freguês que se esprema para entrar nela. Estão lá uma bota vermelha como a de um anjo no Museo Diocesano, mocassins Gucci, um metro de *escarpins* azul-marinho e um sapato de uso diário muito gasto que deve pesar mais do que um recém-nascido. Um pequeno rádio da década de 1930 ainda traz notícias do tempo no resto da península enquanto ele lustra minha sandália consertada e diz que deverá durar anos.

Na loja de *frutta e verdura*, tudo na mesma. Os mesmos pêssegos brancos no final de julho. Os figos que estão perfeitos agora e maduros demais na hora em que chegarem à minha cozinha. Abricós, uma pequena cesta de sóis nascentes, e montes de alface do campo ainda úmidos do orvalho. A menina Laparelli, que se tornou santa e agora jaz indecomposta no seu túmulo venerado, parava aqui para comprar uvas antes de resolver parar de comer com o objetivo de sentir com maior clareza o sofrimento d'Ele. "Colhido hoje na minha horta", era o que ela ouvia, como eu ouço quando Maria Rita exibe o melão para que eu sinta o perfume da fruta e da sua mão limpa que fica tanto em contato com a terra. Quando ela me leva aos fundos da loja para me mostrar como é mais fresco lá, volto aos cortiços medievais que muitos prédios ainda são, por trás das suas fachadas e janelas cheias de câmeras de vídeo, saias de seda e aparelhos Alessi. Estamos abaixo de uma escadaria de pedra, onde ela tem um tanque para lavar os produtos. Descemos, então, mais um degrau, e estamos numa sala estreita de pedra que no final faz uma curva para um canto escuro. *Fresca*, diz ela, abanando-se, e me mostra sua cadeira em meio aos caixotes, onde pode descansar entre um freguês e outro. Não que descanse muito. As pessoas compram aqui para ouvir sua risada cascateante, além da qualidade inquestionável dos seus produtos. Ela abre seis dias e meio na semana e ainda cuida da horta. O marido esteve doente neste ano, e por isso ela também está carregando caixotes todos os dias. Às oito da manhã, já está sorridente, lavando o alpendre, tirando um cisco de uma pirâmide de pimentões vermelhos gigantescos.

Compramos aqui todos os dias. Todos os dias, ela diz "*Guardi, signori*" e exibe uma cenoura malformada que lhe parece obscena, uma suculenta cesta de tomates ou um artístico buquê de rabanetes. Cada cabeça de alho, cada limão e cada melancia na sua loja recebeu generosa atenção. Ela lavou e arrumou. E faz questão de que seus melhores fregueses levem as mercadorias mais selecionadas. Se escolho ameixas (tocar frutas e legumes é absolutamente proibido nas quitandas, e eu às vezes me esqueço disso), ela inspeciona cada uma, mostra algum defeito que percebeu, resmunga, apanha outra. Cada compra é acompanhada de dicas de culinária. Não se faz *minestrone* sem *bietola*; é a acelga que faz o *minestrone*. E acrescente um naco de *parmigiano* para dar mais sabor. Deixe derreter essas cebolas muito tempo em azeite de oliva, com um pouco de vinagre balsâmico; sirva-as em *bruschetta*.

Muitos dos fregueses são turistas, que dão uma parada para comprar uvas ou alguns pêssegos. Um homem compra frutas e faz gestos de lavar as mãos. Ele aponta para as frutas. Ela calcula que ele esteja lhe perguntando onde pode lavar as frutas. Explica que tudo está lavado, que ninguém tocou nelas, mas, naturalmente, ele não compreende. Ela então segura seu braço e o leva pela rua até a fonte pública. E acha divertido. "De onde é esse cara que acha que as frutas não estão limpas?"

Ao longo de todas as ruas, os artesãos abrem suas portas para a luz direta. Quando espio o trabalho ali dentro, penso que as guildas medievais ainda poderiam estar em atividade. Um rapaz trabalha num complicado desenho de frutas e flores em marchetaria numa escrivaninha do século XVII. Ao cortar uma lasca de pereira, ele demonstra tanta concentração quanto um cirurgião ao reimplantar um dedo cortado. Em outra loja perto de Porto Sant'Agostino, Antonio, do olhar escuro e atento, está emoldurando gravuras de botânica. Dou uma entrada para olhar e descubro um espelho lindo e antigo na prateleira. "*Posso*?", pergunto antes de tocar nele. Quando o levanto do lugar, a parte superior da moldura se solta na minha mão, e o espelho frágil prateado cai em estilhaços no chão. Tenho vontade de sumir. Mas a principal preocupação dele está nos meus sete anos de azar. Insisto em pagar pelo espelho, apesar dos seus protestos. Ele se dispõe a fazer um par de espelhinhos com os cacos manchados e vai aproveitar minha moldura com um espelho novo. Quando vou saindo, vejo-o apanhando do chão os pedaços, com cuidado.

O mais fascinante nessa ronda é o lugar em que quadros são restaurados. São fortes as emanações dessa oficina na qual duas mulheres de branco limpam com destreza camadas de tempo das telas e recuperam pontos que foram furados ou danificados. Os pintores do Renascimento usavam pó de mármore, giz e cascas de ovo como base para tintas. Às vezes, aplicavam ouro em folha a um mordente feito de alho. Sua tinta preta vinha de negro-de-fumo, gravetos de oliveira queimados e cascas de nozes. Alguns vermelhos, de secreções de insetos, com freqüência importadas da Ásia. Pedras moídas, frutinhas, caroços de pêssegos e o vidro forneciam outras cores, que eram aplicadas com pincéis feitos de pêlo de javali, de arminho, plumas e penas. A arte espiritual, vindo direto da natureza. Para reproduzir as cores daqueles vestidos cor de amora, daqueles mantos lilases, daquelas túnicas de azurita, modernos processos alquímicos precisam se realizar nessa pequena oficina.

Em estabelecimentos minúsculos na cidade inteira tem lugar a reforma de móveis. Muitos artesãos fazem mesas e arcas com madeira velha. Não há nenhuma trapaça nisso; nenhuma tentativa de fazer com que passem por antigüidades. Eles sabem que a madeira envelhecida não vai rachar, vai aceitar o tingimento e a cera; em suma, vai ter a aparência *certa*, ou seja, velha.

Levamos nossas ferramentas para serem amoladas numa oficina enegrecida onde o *fabbro* pede desculpas por só conseguir tê-las prontas no dia seguinte. Quando apanhamos as dez enxadas, foices, gadanhas etc., suas lâminas brilham. É tentador, mas não passo meu dedo pelo fio.

O alfaiate não usa óculos, e seus pontos poderiam ser feitos por camundongos. Na loja escura, com a máquina de costura junto à janela e os carretéis enfileirados no peitoril, vejo uma bicicleta nova, branca, uma garrafa d'água presa a ela para longos passeios, elegantes alforjes de couro sobre a roda traseira. Quando o vejo mais tarde, porém, ele está apenas no parque da cidade, alimentando três gatos abandonados com comida tirada dos alforjes. Desembrulha as sobras que os gatos estão obviamente esperando. Ele e eu somos os únicos ali na manhã de domingo, quando a maioria das pessoas que moram aqui está fazendo alguma outra coisa. Quando lhe dei calças minhas para fazer a bainha na semana anterior, ele me mostrou um círculo de fotografias presas à parede dos fundos. A jovem esposa, com a boca entreaberta e os cabelos ondulados, repartidos. *Morta*. A mãe, enrugada como uma passa de maçã, também morta. A irmã. Havia uma foto dele também, como jovem soldado do Papa, restaurado à juventude, com cabelos negros, pernas separadas e o peito para fora. Estava com vinte e cinco anos, em Roma, logo após o final da guerra. Agora, passados mais cinqüenta anos, todos se foram. Ele afaga a bicicleta branca. *Nunca pensei que eu fosse ser o último*.

*

Cortona merece quase sete páginas no excelente *Blue Guide: Northern Italy*. O autor conduz meticulosamente o turista ao longo de cada rua, salientando os pontos de interesse. A partir dos portões da cidade, são recomendadas outras excursões pelos campos da vizinhança. Cada altar lateral do *duomo* é descrito de acordo com sua orientação relativa aos pontos cardeais; de tal modo que, se por acaso a pessoa souber onde fica o leste, depois de viajar pelas estradas sinuosas, poderá saber sua localização e se guiar sozinha por todos os cantos. O autor chegou a identificar todos os quadros escurecidos na área do coro. Ao ler esse guia, mais uma vez fico assombrada com toda a arte, a arquitetura, a história em uma única cidadezinha no alto de um morro. Esta é apenas uma de centenas de antigas atalaias contra saqueadores, empoleiradas para os passeios pitorescos de hoje.

Agora que conheço um pouco este lugar, leio com percepção redobrada. O guia me leva à trilha à sombra de acácias ao longo da muralha interior da cidade, e me lembro imediatamente das modestas casas de pedra de um lado, da vista para o Val di Chiana do outro. Vejo, também, o cachorro de três pernas que mora na casa que sempre tem cuecas enormes secando no varal. Vejo as cadeiras de assento de palhinha que todos os moradores desse esplêndido trecho da muralha trazem para fora quando vêm olhar o pôr-do-sol e marcar o ponto com as estrelas. Ontem, num passeio por lá, quase pisei num rato morto ainda mole. No interior de um dos portais que dá direto para a rua estreita, vi de relance uma mulher segurando a cabeça nas mãos, sentada à mesa da cozinha. Se estava chorando ou tirando um cochilo, não sei.

Não importa o que diga um guia turístico, o fato de se ir embora mantendo uma noção do lugar é inteiramente uma questão de faro e de instinto. Há lugares em que estive que se perderam totalmente. Segui religiosamente as indicações do guia de um ponto turístico a outro, fazendo à noite marcas nas margens quando planejava meu roteiro para o dia seguinte. Na minha primeira visita à Itália, fiquei tão empolgada que fiz uma viagem de furacão, numa correria, cobrindo cinco cidades em duas semanas. Ainda me lembro de tudo: a revelação do meu primeiro café expresso sob as arcadas em Bolonha, observando que ele fazia minha garganta arder. Subir em *todas* as torres e deixar os pés de molho no bidê à noite. O restaurante à luz de velas em Florença onde conheci meu primeiro raviόli com manteiga e sálvia. Os docinhos que comprei para levar para o quarto, todos embalados como que para presente. O cheiro escuro do couro na sapataria onde comprei (início de uma predileção para toda a vida) meu primeiro par de sapatos italianos. A descoberta de Allori num canto da Uffizi. O quarto aos pés da escadaria da Piazza di Spagna, onde Keats morreu; e molhar a mão na fonte em forma de barco bem ao lado, imaginando que Keats teria molhado a mão ali. Daquela viagem não guardei nenhum registro. Em viagens posteriores, passei a carregar um diário de viagens por perceber tudo de que me esquecia com o passar do tempo. É claro que a memória brinca com a gente. Lembro-me de muito pouco de três dias passados em Innsbruck – o primeiro arrepio do ar do outono, uma linda mulher ruiva à mesa ao lado num restaurante –, mas ainda sinto o toque de cada pedra em Cuzco. Pouco me resta de Puerto Vallarta, mas a região de Yucatán está viva na lembrança. Adorei as ruínas maias vistas através das ondas de um calor de alucinar, um grande iguana que dormia na varanda do meu quarto com telhado de colmo, a solidão obstinada das pessoas, tempestades loucas que apagavam as luzes, mosquiteiros ondulando em volta da cama e velas que derretiam com uma rapidez espantosa.

Embora uma viagem de fim de semana possa ser só isso, a maioria das viagens tem um aspecto subjacente de busca. Estamos à procura de alguma coisa. Do quê? Diversão, fuga, aventura, mas e depois? "Esta viagem é uma mudança de vida", disse meu sobrinho. Será que ele sabia disso desde a partida? Que vinha à Itália à procura da confirmação de uma mudança que ele sentia crescer no seu íntimo? Suponho que não; ele fez a descoberta enquanto viajava. Outra convidada comparava a água, a arquitetura, a paisagem, o vinho, tudo o que via, com a versão muito melhor encontrada na sua cidade natal. Isso me irritou ao ponto do mau humor. Senti vontade de tapar sua boca com fita crepe, fazer com que ela olhasse para um mosteiro do século XI e dizer "Olhe!". Tive a sensação de que ela voltou para casa sem ter visto nada. Pouco depois, escreveu contando que estava se divorciando (disso não houve palavra enquanto ela esteve por aqui) depois de um casamento de quatorze anos com um homem que concluiu ser *gay*. Quando refleti sobre as atitudes que ela havia tido aqui, compreendi que em desespero estava procurando o consolo para um lar que já não existia mais. Um hóspede no início do verão estava numa daquelas maratonas para cobrir sete países em três semanas. É grande a tentação de zombar desse impulso, mas para mim é extremamente interessante o fato de alguém decidir cobrir tantos quilômetros assim. Em primeiro lugar, é tipicamente americano. Basta *dirigir*, por favor. E longe; e rápido. Existe por trás dessas viagens um forte ímpeto no sentido do "me tirem daqui", mesmo quando está disfarçado sob o pretexto de "dar uma olhada superficial para saber a que lugares vou querer voltar". Não se trata do destino; trata-se da capacidade de estar com o pé na estrada, seguir por trilhas felizes, lá longe onde ninguém sabe, ninguém compreende, nem se importa em saber de todas as coisas enlouquecedoras que andam pesando nos seus ombros, deixando-o aflito como um lagarto com uma pedra em cima do rabo. As pessoas viajam por tantas razões quantas têm para não viajar. "Estou tão feliz por ter ido a Londres", disse-me uma colega na faculdade. "Agora, nunca mais preciso voltar lá." O outro extremo do espectro é minha amiga Charlotte, que atravessou a China na traseira de um caminhão, numa rota alternativa até o Tibete. No poema "Words from a Totem Animal" [Palavras de um animal totêmico], W. S. Merwin chega ao fundo da questão:

> Mande-me para outra vida
> senhor porque esta aqui está se apagando
> acho que ela não vai até o fim.

Uma vez que se *esteja em um* lugar, aquela viagem ao interior profundo da psique começa ou não. Algo deve tornar seu esse lugar, aquele *algo* inefável que nenhum livro consegue captar. Pode ser algo muito simples, como a luz que vi no rosto de três mulheres andando de braços dados quando o sol do final da tarde caía inclinado na Rugapiana. Aquela *luz* parecia brilhar como uma bênção sobre todos. Eu também queria banhar minha pele num sol daqueles.

*

A abordagem ideal para quem quer conhecer esta minha nova cidade natal é a de começar pelos túmulos etruscos lá na planície abaixo da cidade. Há túmulos de 800 a 200 a.C. perto da estação ferroviária em Camúcia e na estrada até Foiano, onde o zelador nunca aprecia a gorjeta. Talvez ele viva de mau humor por passar noites assustadoras. Sua pequena casa rural, com uma área plantada com feijão e galinhas de quintal, convive com essa *tomba* que deve parecer estranhamente primeva ao luar. Um pouco acima no morro, uma placa amarela enferrujada é tudo o que indica o suposto túmulo de Pitágoras. Estaciono o carro e vou seguindo por um córrego até chegar a um caminho curto, margeado por ciprestes, que leva ao túmulo. Há um portão, mas tem-se a impressão de que ninguém se incomoda em fechá-lo. Portanto, lá está ele, pousado na sua plataforma redonda de pedra. Os nichos para os sarcófagos em posição vertical são parecidos com aquele ao pé da minha entrada de automóveis. O teto está parcialmente destruído, mas resta o suficiente de curva para se ver que havia uma abóbada. Estou em pé dentro de uma estrutura que alguém erigiu há pelo menos dois milênios. Uma pedra maciça acima da porta tem o formato perfeito de meia-lua.

Aqueles etruscos misteriosos! Meu conhecimento a seu respeito, até começar a vir para a Itália, estava limitado ao fato de que eles precederam os romanos e de que sua língua era indecifrável. Como construíam com madeira, restou muito pouco. Eu estava quase totalmente enganada. Não é muito o que foi encontrado do seu idioma, mas grande parte já está traduzida, graças à descoberta crucial de algumas tiras de sudário de linho de uma múmia egípcia levadas para Zagreb como raridades e preservadas por lá mais tarde no museu. Não se sabe como o linho etrusco, com texto inscrito em tinta feita de fuligem ou carvão, foi acabar sendo o sudário da menina. Talvez os etruscos tenham migrado para o Egito depois de serem conquistados por Roma por volta do século I a.C., e a menina fosse realmente etrusca. Ou talvez o linho simplesmente fosse um material conveniente, rasgado em tiras por embalsamadores que usavam qualquer coisa que estivesse à mão. A múmia portava textos etruscos em quantidade suficiente para fornecer alguns radicais importantes, embora a língua em sua totalidade ainda não esteja traduzida. É uma pena que o que eles deixaram gravado na pedra sejam apenas informações tumulares e fatos de governo.

Um amigo me disse que no ano passado um *geometra* da região descobriu uma placa de bronze coberta com um texto em etrusco. Ele tropeçou nela na terra de uma casa rural onde estava supervisionando uma reforma, e a levou para casa. A polícia ouviu a história e lhe fez uma visita naquela mesma noite. Supõe-se que ela esteja agora nas mãos de arqueólogos.

Da cultura etrusca local continuam a desenterrar um volume espantoso de itens. Ao lado de um dos túmulos da região foi descoberta em 1990 uma escada de pedra com sete degraus, com os lados guarnecidos de leões deitados, entrelaçados com partes de corpos humanos – provavelmente uma visão de pesadelo do mundo subterrâneo. A vizinha Chiusi, que era, como Cortona, uma das doze cidades originais da Etrúria, só recentemente descobriu os muros da cidade. Cortona assim como Chiusi tem amplas coleções de artefatos etruscos encontrados tanto em escavações arqueológicas quanto por lavradores que desenterram figuras de bronze nos seus sulcos. Em Chiusi, o zelador do museu leva de bom grado as pessoas para ver algumas das dezenas de túmulos encontrados na área. Os romanos consideravam os etruscos belicosos (e os romanos não eram?) e, por isso, eles nos chegam já com essa pecha, mas os túmulos, os enormes cavalos de barro, as figuras de bronze e os objetos domésticos revelam que eles eram majestosos, criativos, cheios de humor. Sem dúvida, devem ter sido fortes. Por toda parte, deixaram ruínas de muralhas e túmulos construídos com pedras formidáveis.

Na região em torno de Cortona, os túmulos que foram encontrados são chamados de *meloni* em decorrência da forma curva dos tetos. Ficar parado debaixo de um deles por alguns instantes é tudo de que precisamos para absorver a sensação de tempo preparatório para Cortona.

Deixando os túmulos, começo a subida, a princípio devagar, e depois numa série de ziguezagues, vendo de relance através do pára-brisa oliveiras plantadas em terraços, a torre com ameias de Il Palazzone, onde Luca Signorelli caiu de um andaime para morrer uns meses depois, uma torre de vigia quebrada e casas rurais de um amarelo acastanhado. Uma paleta delicada: a pedra suave, as oliveiras tremeluzindo entre o verde-musgo e o platinado; até mesmo o céu pode aparecer velado por uma névoa fina do lago das proximidades. Em julho, pequenos trigais ceifados nos limites dos olivais ficam da cor do pêlo de leão. Vislumbro Cortona, nobre de perfil, como Nefertite. Para começar, estou abaixo da enorme igreja renascentista de Santa Maria del Calcinaio, e em seguida, depois de uma curva de 280º, me encontro no mesmo nível dos seus sólidos volumes, para em seguida estar olhando de cima sua cúpula prateada e a forma de cruz latina da igreja inteira. Foram os curtidores de sapatos que construíram essa igreja, depois do freqüente surgimento do rosto da Virgem no muro do curtume. Ela é Santa Maria das Caieiras porque eles usavam cal para curtir o couro, e a igreja foi construída sobre o local da extração do calcário. Estranha a freqüência com que os lugares santos permanecem santos: a igreja está sobre ruínas etruscas, possivelmente um templo ou um cemitério.

Uma rápida olhada para trás – vejo quanto já subi. A amplidão do Val di Chiana abre um leque verde abaixo de mim. Em dias claros, consigo detectar Monte San Savino, Sinalunga e Montepulciano ao longe. Eles poderiam mandar sinais de fumaça: grande festa hoje à noite, não deixem de vir. Logo chego às altas muralhas da cidade e, para topar mais uma vez com os etruscos, subo direto até o último portão, Porta Colonia, onde as pedras etruscas enormes e espantosas sustentam a base, com acréscimos medievais e mais recentes por cima.

Passando em velocidade, adoro as vistas que se captam, portões adentro. Na cidade, vendem-se velhos cartões-postais dessas vistas, e elas são exatamente iguais ao que vemos agora: o portão, a rua estreita em ladeira, os *palazzi* de cada lado. Quando entro na cidade, a sensação imediata é a de estar *dentro* dos portões: uma sensação de segurança caso hordas de gibelinos, guelfos ou quem quer que seja o inimigo atual estejam sendo detectadas ao longe, brandindo suas lanças, ou mesmo se, tão-somente, consegui sobreviver à *autostrada* sem ter meu espelho lateral "beijado" por algum demônio passando num carro com a metade do tamanho do meu.

Se chego de automóvel, entro pela Via Dardano, um nome que vem dos confins do tempo. Dardano, que se acredita ter nascido aqui, foi o lendário fundador de Tróia. Logo à esquerda, passo por uma *trattoria* de quatro mesas que só abre ao meio-dia. Sem cardápio, as opções costumeiras. Adoro seu bife batido bem fino, grelhado e servido sobre rúcula. E adoro olhar as duas mulheres no fogão a lenha na cozinha. Não sei como, mas elas nunca parecem estar com calor.

Sou fascinada pelas perfeitas portas dos mortos nessa rua. Segundo a tradição, considera-se que elas sejam saídas para os mortos da peste, já que seria mau agouro que eles saíssem pelas portas usadas pelos vivos. Se for verdade, o costume deve ter tido origem em superstições muito mais antigas do que o cristianismo, que era a firme preferência religiosa da época. Alguns sugerem que as portas estreitas e elevadas eram usadas em tempo de guerra, quando o *portone*, a porta principal, ficava fechada com barricada. Já me perguntei se elas não seriam simplesmente portas usadas para se saltar direto de uma carruagem ou de um cavalo para dentro de casa com mau tempo – em vez de descer e pisar na rua molhada e provavelmente imunda – ou mesmo, com bom tempo, para proteger uma saia longa de seda. George Dennis, arqueólogo do século XIX, descreveu Cortona como "extremamente miserável". No entanto, o fato de as portas terem o formato bastante parecido com o de um caixão dá algum reforço visual à teoria da porta dos mortos.

O centro é composto de duas *piazze* irregulares, unidas por uma ruela. Nenhum urbanista teria projetado uma cidade desse jeito, mas é bonito. Uma prefeitura do século XIV com uma escadaria de vinte e quatro degraus largos de pedra domina a Piazza della Repubblica. Os degraus servem como arquibancada à noite quando todos saem para tomar *gelato* – um bom lugar para admirar o espetáculo noturno lá embaixo. Daqui, pode-se ver uma *loggia* num nível superior do outro lado da *piazza*, onde costumava ser o mercado de peixes. Agora o espaço é ocupado pelas mesas ao ar livre de um restaurante: mais um ponto para a fruição de mais uma vista panorâmica. A toda a volta, estão prédios harmoniosos, separados por ruas que sobem de três portões. A vida nas ruas viceja, em burburinho. O milagre de não haver carros – como isso restaura a importância humana. Primeiro, eu sinto a escala da arquitetura para depois perceber que os prédios baixos estão perfeitamente adaptados ao corpo. A rua principal, oficialmente denominada Via Nazionale, mas conhecida no local como Rugapiana, a rua plana, é só para pedestres (a não ser por um período especial de entregas pela manhã); e o restante da cidade não é simpático aos motoristas: tudo estreito demais, íngreme demais. Uma rua é ligada a outra em nível mais alto ou mais baixo por uma passagem, um *vicolo*. Mesmo os nomes dos *vicoli* fazem com que eu queira entrar em cada um deles para uma exploração: *Vicolo della Notte*, da noite; *Vicolo dell'Aurora*, da aurora, e *Vicolo della Scala*, uma longa subida de degraus baixos.

Nessas velhas cidades de pedra da Toscana não tenho nenhuma sensação de estar voltando no tempo como tive na Iugoslávia, no México ou no Peru. Os toscanos pertencem ao nosso tempo; eles simplesmente tiveram o bom instinto de fazer o passado acompanhá-los. Se nossa cultura manda queimar as pontes pelas quais passamos, e é isso o que ela manda, a deles manda atravessar para um lado e para o outro. Uma vítima da peste do século XIV, que talvez tivesse sido transportada por uma daquelas portas dos mortos, poderia ainda encontrar sua casa e talvez mesmo encontrá-la intacta. O presente e o passado simplesmente coexistem, quer gostemos disso quer não. As antigas insígnias dos Médici na *piazza* durante algum tempo tiveram a foice e o martelo de cerâmica do Partido Comunista bem ao lado.

Caminho pela pequena rua que leva à Piazza Signorelli, cujo nome homenageia um dos filhos de Cortona. Ligeiramente maior, essa *piazza* fica cheia de gente nos sábados, no dia de feira, o ano inteiro. Ela abriga uma feira de antigüidades todo terceiro domingo nos meses de verão. As mesas ao ar livre de dois bares se espalham pela *piazza*. Sempre percebo o leão florentino de ar bastante frustrado em lenta erosão sobre uma pilastra. Por mais tarde que eu vá até a cidade, há sempre pessoas reunidas ali; um último café antes de soar a meia-noite.

Aqui, também, a *comune* às vezes promove concertos à noite. De qualquer maneira, todos estarão na rua, mas nessas noites a *piazza* se enche de gente de *frazioni*, fazendas e casas de campo próximas. Nesta cidade de dezenas de igrejas católicas, um coro negro de *gospel* dos Estados Unidos está cantando hoje à noite. Naturalmente, esse não é nenhum coro batista espontâneo de alguma igreja do sul, mas um coro extremamente produzido e profissional de Chicago, completo com holofotes vermelhos e azuis bem como fitas cassete para venda a vinte mil liras. Eles cantam a plenos pulmões "Amazing Grace" e "Mary Don't You Weep". A acústica é estranha, e o som se distorce em volta dos prédios dos séculos XI e XII que cercam essa *piazza*, onde se apresentaram com regularidade justas e torneios e onde, em certos dias santos, os bispos seguram em exibição relíquias de santos, sacerdotes balançam braseiros com incenso queimando, e nós passeamos pela cidade sobre pétalas de flores espalhadas por crianças. O técnico de som ajusta os microfones, e o solista começa a atrair a multidão. "Repitam comigo", diz ele, em inglês, e a multidão é receptiva. "Glória a Deus. Obrigado, Jesus." As forças inglesas e americanas liberaram Cortona em 1944. Até esta noite, é provável que nunca tantos estrangeiros tenham se reunido aqui desde aquela época, ou sem dúvida nunca tantos negros. O coro é grande. Os estudantes do programa de arte da University of Georgia em Cortona estão todos aqui para matar um pouco da saudade de casa. Eles, um punhado de turistas e quase todos os cortonenses estão se acotovelando na Piazza Signorelli. "Oh, Happy Day", cantam os cantores negros, puxando uma moça italiana para o palco para cantar com eles. Ela tem uma voz poderosa, facilmente equiparável à de qualquer um deles; e seu corpo parece ser só musica. O que estarão pensando esses cortonenses de antiga estirpe? Será que estão se lembrando da chegada dos tanques, *oh happy, happy day*, com os soldados jogando laranjas para as crianças? Estarão pensando que a missa no *duomo* nunca foi parecida com isso? Ou estarão simplesmente balançando com o tosco Jesus americano, deixando-se levar em seus ombros pela música?

O foco principal da *piazza* é o imponente Palazzo Casali, agora Museu da Academia Etrusca. A peça mais famosa ali dentro é um candelabro de bronze de desenho intricado, do século IV a.C. Ele é extraordinariamente louco. Um recipiente central alimentava com óleo dezesseis lâmpadas ao redor da borda. Entre elas, em alto-relevo, encontram-se animais, um Dionísio provido de chifres, golfinhos, homens nus agachados *in erectus*, sereias aladas. Uma palavra etrusca, *tinscvil*, aparece entre duas das lâmpadas. Segundo *The Search for the Etruscans* [À procura dos etruscos], de James Wellard, *Tin* era o Zeus etrusco, e a inscrição pode ser traduzida como "Glória a Tin". O candelabro foi encontrado numa vala perto de Cortona em 1840. No museu, ele está suspenso com um espelho acima para que se possa ter uma boa visão dele. Uma vez, ouvi uma inglesa dizer, "Bem, acho até que é interessante, mas eu não o compraria num bazar de caridade." Em vitrines envidraçadas, vêem-se cálices, vasos, garrafas, um maravilhoso porco de bronze, um homem de duas cabeças, muitas figuras de bronze do tamanho de soldadinhos de chumbo, dos séculos VI e VII a.C., incluindo-se algumas em *tipo schematico*, um estilo alongado que sugere Giacometti ao observador contemporâneo. Além da coleção etrusca, esse pequeno museu tem um surpreendente acervo de múmias e artefatos egípcios. São tantos os museus que têm excelentes peças egípcias que eu às vezes me pergunto se alguma coisa do Egito antigo chegou a ser perdida. Sempre visito alguns quadros da minha preferência. Um deles, um retrato de Polimnia, pensativa, usando um vestido azul e uma coroa de louros, foi durante muito tempo considerado romano, do século I d.C. Ela é a musa da poesia sacra e parece realmente sentir o peso da responsabilidade. Agora, acredita-se que se trate de uma excelente cópia, datada do século XVII. O museu não alterou a data de maior impacto.

Interessantes timbres de família adornados com animais fantásticos, peras e cisnes em relevo cobrem a lateral do Palazzo Casali. Logo abaixo, a rua curta leva ao Duomo e ao Museo Diocesano, anteriormente Chiesa del Gesù, por onde às vezes dou uma passada. No andar superior, o tesouro é a *Anunciação* de Fra Angelico, com um fabuloso anjo de cabelos cor de laranja-néon. O latim que sai da boca do anjo vai na direção da Virgem; sua resposta volta a ele de cabeça para baixo. Essa é uma das obras importantes de Fra Angelico. Ele trabalhou em Cortona durante dez anos, e esse tríptico e um óculo desbotado acima da porta de San Domenico são tudo o que resta de sua estada por aqui.

Logo à direita do Palazzo Casali está o Teatro Signorelli, o prédio novo da cidade, de 1854, mas construído num estilo quase renascentista com uma arcada perfeita para abrigar os verdureiros do sol ou da chuva. No interior, um teatro de ópera saído direto de um romance de García Márquez: oval, com inúmeras fileiras de camarotes e poltronas forradas de vermelho, com um pequeno palco no qual vi uma vez uma trupe de balé da Rússia dançar batendo com os pés ao longo de duas horas. Ele agora funciona como cinema no inverno. Na metade do filme, as imagens vão ficando lentas. Intervalo. Todos se levantam para tomar café e conversar por uns quinze minutos. Quando se adora conversar, é difícil ficar calado durante duas horas inteiras. No verão, os filmes são exibidos *sotto le stelle*, sob as estrelas, no parque da cidade. Cadeiras de plástico laranja são arrumadas num anfiteatro de pedra, mais ou menos como um *drive-in* sem nenhum carro.

A partir dessas duas *piazze*, as ruas se abrem. Por aqui até as casas medievais, por ali até a fonte do século XIII, por lá até as *piazze* minúsculas, e até os conventos veneráveis e pequenas igrejas. Caminho por todas essas ruas. Nunca deixei de ver alguma coisa nova. Hoje, um *vicolo* chamado Polveroso, poeirento, embora seja impossível dizer por que motivo ele deve ser mais ou menos empoeirado do que os outros.

Mesmo se a pessoa estiver numa forma excelente, irá bufar um pouco num passeio até a parte alta da cidade. No sol causticante logo após o almoço, ainda assim vale a pena. Passo pelo hospital medieval, com sua longa arcada, fazendo uma pequena oração pedindo que nunca tenha de operar o apêndice aqui. Na hora das refeições, mulheres entram apressadas carregando bandejas e pratos cobertos. Se a pessoa está hospitalizada, espera-se simplesmente que a família lhe traga as refeições. Em seguida, vem a igreja perenemente fechada de San Francesco, um projeto austero do irmão Elias, amigo de São Francisco. Ao lado, as ruínas de um antigo claustro acompanham o muro. Subindo, subindo, as ruas são impecavelmente limpas, com casas bem cuidadas. Se houver um metro de terreno, alguém terá plantado tomates em estacas de bambu, um canteirinho de alfaces. Em vasos, a flor preferida da vizinhança, além dos gerânios, é sem dúvida a hortênsia, que cresce até formar arbustos e parece ser sempre cor-de-rosa. É freqüente que as mulheres estejam sentadas ao ar livre, em cadeiras ao longo da rua, debulhando feijão, remendando roupas, conversando com as vizinhas. Uma vez, quando eu ia me aproximando, vi uma velhota, num vestido preto, comprido, com uma echarpe preta, encurvada numa pequena cadeira de vime. Poderia ter sido em 1700. Quando cheguei mais perto, vi que ela estava falando num celular. No nº 33 da Via Berrettini, uma placa anuncia que ali nasceu Pietro Berrettini. Descubro finalmente que se trata de Pietro da Cortona. Um par de *piazze* sombreadas é cercado de casas velhas no estilo de residência de centro de cidade, com bonitos jardinzinhos na frente. Se eu morasse aqui, ia querer *aquela*, com a mesa de mármore sob o caramanchão de videira-virgem, a cortina branca engomada na janela. Uma mulher com um coque complicado sacode uma toalha. Ela está pondo a mesa para o almoço. Seu *ragu* delicioso tem um aroma convidativo, e eu lanço um olhar comprido para sua toalha quadriculada de verde e para a garrafa tampada de vinho artesanal que ela coloca no centro da mesa.

A igreja de San Cristoforo, quase no alto, é a minha preferida na cidade. É antiga, muito antiga, iniciada por volta de 1192 sobre fundações etruscas. Do lado de fora, espio o interior de uma pequena capela com um afresco da Anunciação. O anjo, que acaba de pousar, tem mangas esbranquiçadas de um azul-esverdeado e a túnica ainda enfunada com o vôo. A porta da igreja está sempre aberta. Na realidade, ela sempre está meio aberta, entreaberta, de modo que eu paro e reflito antes de entrar. Basicamente uma planta românica, ali dentro, o balcão do órgão de madeira pintada com arabescos é uma comovente interpretação rural do barroco. Um afresco desbotado, de perspectiva estranhamente desprovida de profundidade, mostra Cristo crucificado. Abaixo de cada chaga, um anjo suspenso segura uma taça para receber o sangue que escorre. São familiares essas igrejas da vizinhança. Gosto das jarras (seis hoje) de flores de jardim cabisbaixas no altar, as pilhas de revistas católicas sob outro afresco da Anunciação. Essa Maria levantou as mãos com a notícia dada pelo anjo. A expressão no seu rosto é a de você-deve-estar-brincando. Os fundos da igreja são escuros. Ouço um ronco forte e regular. Na privacidade do último banco, um homem está tirando um cochilo.

Atrás de San Cristoforo, fica umas das vistas mais deslumbrantes do vale, cortado em diagonal por um pedaço de muralha de fortaleza, espantosamente alta. O que as manteve em pé todos esses séculos? O castelo Médici está empoleirado no alto do morro, e essa parte das suas extensas muralhas desce num ângulo acentuado. Caminho pela estrada até o portão Montanina, a entrada alta da cidade. Etrusco, também. Esse lugar não é antigo? Costumo entrar na cidade por aqui. Minha casa fica do outro lado do morro, e de lá a estrada até esse nível mais alto de Cortona é plana. Gosto de passar pela cidade alta sem ter de subir. Um prazer da minha caminhada é Santa Maria Nuova. Como Santa Maria del Calcinaio, essa igreja está situada num largo terraço abaixo da cidade. Da estrada Montanina, olho para baixo para ver seu formato elegante, o ritmo das suas curvas e sua cúpula graciosa, de um bronze e água-marinha profundamente vidrados ao sol. Embora a Calcinaio seja mais famosa, por ter sido projetada por Francesco di Giorgio Martini, Santa Maria Nuova agrada mais aos meus olhos. Suas linhas compensam uma certa noção de peso. A igreja dá a impressão de ter pousado ali e de poder facilmente alçar vôo, desde que haja o milagre adequado, para procurar outra posição.

Voltando do portão na direção da cidade, caminho até outro tesouro de igreja, San Niccolò. É mais recente, de meados do século XV. Como na igreja de San Cristoforo, as decorações foram feitas por amadores e são encantadoras. A obra de arte séria é uma pintura de Signorelli de dupla face: de um lado, a Descida da Cruz; do outro, a Virgem com o Menino. Destinada a ser levada num estandarte de procissão, a obra agora pode ser virada pelo zelador. Num dia de calor, esse é um bom lugar para descansar. Os olhos se distraem; os pés podem se refrescar no piso de pedra. Na saída, quase escondido, detecto um pequeno Cristo de Gino Severini, outro filho de Cortona. Na qualidade de signatário do manifesto futurista e de adepto do *slogan* “Matem o luar”, Severini, pelo menos na minha cabeça, não se associa facilmente à arte religiosa. Os futuristas não queriam saber do passado; seus interesses eram a velocidade, as máquinas, a indústria. Por toda a cidade, em bares e restaurantes, vi cartazes de quadros de Severini, todos cor, movimento, energia. Então, acima de uma mesa no Bar Sport, percebi que a moderna Virgem amamentando o Menino é dele. A mulher, diferente de qualquer Virgem que eu já tenha visto, tem os seios do tamanho de melões. Geralmente, os seios da Virgem parecem dissociados do corpo. É freqüente que sejam redondos como bolas de tênis. O original de Severini no museu etrusco só deixa de ser lúgubre por ser entediante. Uma sala separada dedicada a Severini está cheia de uma interessante miscelânea da sua obra. Infelizmente nada de grande importância, mas um toque dos estilos pelos quais ele passou: colagem à moda de Braque, com as engrenagens, os canos e velocímetros tão amados pelos futuristas; um retrato de uma mulher num estilo muito parecido com o de Sargent; desenhos de qualidade de escola de artes; e as abstrações cubistas mais conhecidas. Um par de vitrines exibe suas publicações e algumas cartas de Braque e Apollinaire. Nenhuma dessas obras mostra a eloqüência e ambição de que ele era capaz. Naturalmente, todos os futuristas sofreram em decorrência do seu entusiasmo inicial pelo fascismo, tudo posto no mesmo saco. Eles foram também mais afetados pela tendência que nós tivemos, até recentemente, de voltar os olhos para a França em busca de notícias no campo da arte. Muitos quadros assombrosos dos futuristas são desconhecidos. Seja pelo motivo que for, Severini, em idade mais avançada, retornou em seus temas às raízes. Creio que existe um micróbio na corrente sangüínea dos pintores italianos que os infecciona com a compulsão de pintar Jesus e Maria.

Quando saio de San Niccolò, descendo a pé, passo por alguns conventos quase desprovidos de janelas (devem ter amplos pátios internos), um dos quais ainda é um claustro. Se eu tivesse renda que precisasse de conserto, poderia colocá-la numa roda, de onde seria passada a uma freira para o conserto. Dois dos conventos têm capelas, estranhamente modernizadas. Mais adiante morro abaixo, encontro Severini novamente num mosaico em San Marco; se eu subir por essa rua, estarei numa via-sacra projetada por ele. Uma série de mosaicos em nichos de pedra descreve o caminho de Cristo até a Crucificação e depois a Descida da Cruz. No final dessa caminhada (num dia de calor, eu me sinto como se tivesse carregado uma cruz), chego a Santa Margherita, uma grande igreja e convento. No interior, a própria Margarida está encerrada num estojo de vidro. Ela encolheu. Os pés são horripilantes. É grande a probabilidade de que haja uma mulher ajoelhada orando diante dela. Margarida foi um dos santos que jejuavam e que precisavam ser obrigados a tomar pelo menos uma colher de óleo todos os dias. Ela saía pelas ruas falando aos gritos dos seus pecados passados. Hoje, seria neurótica, anoréxica. Naquela época, eles compreendiam seu desejo de sofrer como Cristo. Acredita-se que até mesmo Dante teria vindo vê-la em 1289 para conversar sobre sua "pusilanimidade". Por aqui, Margarida é tão venerada que, quando as mães chamam pelos filhos no parque, seu nome é o que mais se ouve. Uma placa ao lado da porta Bernada (atualmente fechada) proclama que por ali ela entrou na cidade pela primeira vez em 1272.

A rua principal que sai da Piazza della Repubblica leva ao parque. A Rugapiana é cheia de cafés e lojinhas. Os proprietários costumam ficar sentados em cadeiras do lado de fora, ou podem estar tomando um expresso por perto. Da *rosticceria*, chegam à rua aromas tentadores de frango, pato e coelho assando. Eles vendem muito bem a lasanha na hora do almoço e, o dia inteiro, *panzarotti*, que quer dizer pão enrolado (mas perde um pouco na tradução). Ele é enrolado em torno de uma variedade de recheios, tais como cogumelos ou presunto e queijo. Lingüiça com mozarela é um dos melhores. Depois da Piazza Garibaldi, que é circular – quase todas as cidades italianas têm uma –, chega-se à comprovação, se é que não se captou isso antes, de que esta é uma das cidadezinhas mais civilizadas do mundo. Um parque sombreado se estende por um quilômetro ao longo de um terraço. Os cortonenses freqüentam esse parque diariamente. Os parques têm uma qualidade atemporal. As roupas, as flores, o tamanho das árvores mudam. Se não fosse por isso, poderíamos facilmente estar há cem anos. Em volta dos respingos frescos da fonte de ninfas de cabeça para baixo cavalgando golfinhos, pais jovens observam as brincadeiras dos filhos. Os bancos estão cheios de vizinhos conversando. Muitas vezes um pai equilibra uma criança pequena numa bicicleta e fica olhando sua partida desengonçada com uma mescla de medo e empolgação no rosto. É um lugar tranqüilo para se ler o jornal. Aqui um cachorro pode dar um longo passeio noturno. Ao longe à direita, o vale e a ponta em curva do lago Trasimeno.

O parque termina na *strada bianca* margeada de ciprestes em memória dos mortos na Primeira Guerra Mundial. Depois de seguir por essa estrada poeirenta na direção da minha casa por um quilômetro, olho para cima e vejo, no final das muralhas dos Médici, o trecho de muralha etrusca conhecido como Bramasole. Minha casa adotou o nome da muralha. Voltada para o sul como o templo em Marzabotto perto de Bolonha, a muralha pode ter pertencido a um templo solar. Alguns moradores da região nos disseram que o nome deriva dos curtos dias que temos no inverno no lado de cá do morro. Quem sabe a idade que esse nome, indicador do anseio pelo sol, pode ter? Durante o verão inteiro, o sol bate direto na muralha etrusca ao amanhecer. Ele também me acorda. Por trás do prazer e da beleza renovada do nascer do sol, detecto uma reação antiga e primitiva: o dia chegou mais uma vez, nenhum deus sinistro o engoliu durante a noite. Um templo solar parece ser o tipo mais lógico de templo que uma pessoa poderia construir. Talvez o nome realmente remonte a cerca de vinte e seis séculos atrás, à finalidade antiga do local. Dá para eu ver os etruscos entoando orações aos primeiros raios sobre os Apeninos, besuntando-se então com azeite de oliva e se expondo a manhã inteira ao grande e velho sol do Mediterrâneo.

Henry James registra sua passagem por esta estrada em seu *The Art of Travel* [A arte de viajar]. Ele seguiu ao sol escaldante e deu a volta pela parte exterior da muralha. "Ali encontrei tremendos blocos sem cimento; eles brilhavam e cintilavam à luz poderosa, e eu precisei usar um óculo azul para poder pôr na perspectiva correta o vago passado etrusco..." Um óculo azul? Seria o equivalente no século XIX dos nossos óculos escuros? Posso ver Henry olhando para cima a partir da estrada branca, fazendo que sim consigo mesmo, cheio de sabedoria, tirando o pó das polainas e em seguida, sem dúvida, voltando para o hotel para escrever seu número mínimo de páginas por dia. Dou o mesmo passeio e ensaio o mesmo ato misterioso, lançar a luz poderosa do passado antiqüíssimo em meio à luz da manhã.

Riva, Maremma: nas brenhas da Toscana

Finalmente, estamos prontos para deixar Bramasole, ao menos por alguns dias. Os pisos estão encerados e reluzentes. Toda a mobília que Elizabeth nos deu brilha com um polidor de cera de abelhas; e as gavetas estão forradas com papel florentino. A feira nos forneceu colchas brancas antigas para as camas. Tudo funciona. Lubrificamos até mesmo as venezianas num sábado. Desmontamos cada uma, lavamos e depois esfregamos uma camada do onipresente óleo de linhaça que parece ser derramado em tudo. A lata de flores variadas de jardim que esparramei ao longo da muralha polonesa floresce com abandono, pronta para se espalhar a qualquer instante. Nós moramos aqui. Agora podemos começar as incursões nos círculos concêntricos à nossa volta: a Toscana e a Úmbria este ano; talvez o sul da Itália no próximo. Nossas viagens ainda estão até certo ponto voltadas para a casa: estamos prontos para estocar uma adega, começar uma coleção de vinhos associados aos lugares em que os apreciamos com a comida regional. Muitos vinhos italianos são destinados ao consumo imediato; nossa "adega" debaixo da escada será para garrafas especiais. Na adega, ao lado da cozinha, vamos guardar nosso garrafão e as caixas de vinho da casa.

No caminho, planejamos provar o máximo que pudermos da culinária da Maremma, tomar banhos de sol, descobrir outros sítios etruscos. Desde que li *Etruscan Places* [Locais etruscos] de D. H. Lawrence há anos, tive vontade de ver o antigo menino mergulhador, o tocador de flauta de sandálias, as panteras agachadas; provar a misteriosa vivacidade e palpável *joie de vivre* ocultas debaixo da terra durante todos esses séculos. Já há dias planejamos nosso roteiro. Parece uma viagem pelo interior remoto embora, na realidade, menos de duzentos quilômetros separem nossa casa de Tarqüínia, onde hectares e mais hectares de túmulos etruscos ainda estão sendo explorados. O tempo aqui parece estar sempre voltando. A *densidade* de coisas a ver na Toscana faz com que eu perca de vista nossa noção californiana de distância e nosso treinamento para autoestradas, nas quais Ed dirige oitenta quilômetros para ir trabalhar. Uma semana não vai dar. A área chamada de Maremma, charneca, não é mais pantanosa. Há muito tempo foi drenado o último charco. Sua história de malária fatal, no entanto, manteve esse trecho sudoeste da Toscana com uma população relativamente baixa. É a terra dos *butteri*, vaqueiros, a única área litorânea do Tirreno ainda despovoada, local de grandes espaços interrompidos apenas por pequenos casebres de pedra onde pastores costumavam se abrigar.

Logo, chegamos a Montalcino, uma cidadezinha construída para proporcionar amplos panoramas ao longo de uma fileira de morros pontudos. O olho parece parar antes do final da ondulante paisagem verde. Pequenas adegas vendem vinho ao longo da rua. Uma mesa com uma toalha branca e alguns copos de vinho espera junto a cada porta, do lado de dentro, como se estivessem convidando o turista para um drinque simpático com o proprietário e um brinde às grandes vindimas.

O hotel na cidade é realmente modesto, e eu fico alarmada ao ver que os interruptores elétricos no banheiro ficam no chuveiro. Volto o crivo do chuveiro para o canto oposto tanto quanto possível e procuro respingar o mínimo. Não quero morrer frita antes de provar os vinhos locais! A compensação é nossa vista dos telhados e da zona rural. O café da *belle époque* no centro da cidade não parece ter mudado em nada desde 1870: mesas de mármore, banquetas de veludo vermelho, espelhos dourados. A garçonete que passa um pano no bar tem os lábios com o formato do arco de Cupido e usa uma blusa branca engomada, com fitas nas mangas. O que poderia ser mais sensual do que um almoço de *prosciutto* e trufas em *schiacciata*, um pão achatado como *focaccia*, com sal e azeite de oliva, acompanhado de um copo de Brunello? A total simplicidade e dignidade da comida toscana!

Depois da sesta, caminhamos até a *fortezza* do século XIV, agora uma fantástica enoteca. Na antiga parte inferior, que costumava ser o depósito de bestas e flechas, canhões e pólvora, todos os vinhos da região estão disponíveis para prova. Lá fora, o dia está ensolarado. Na *fortezza*, a luz é fraca; as paredes de pedra são frescas e almiscaradas. Vivaldi está tocando enquanto experimentamos um par de bons vinhos brancos de vinhedos de Banfi e Castelgiocondo. Acertadamente, a música passa para Brahms quando provamos os Brunellos escuros de vários vinhedos: Il Poggiolo, Case Basse e o avô de todos os Brunellos, Biondi. Vinhos brilhantes, totalmente evoluídos que me dão a vontade de correr para a cozinha e preparar o tipo de comida substancial que eles merecem. Mal posso esperar para cozinhar para esses vinhos: coelho assado com vinagre balsâmico e alecrim, frango com quarenta dentes de alho, peras cozidas no vinho e servidas com requeijão cremoso. O homem que nos atende insiste para que provemos alguns vinhos de sobremesa. Nós nos apaixonamos por um chamado simplesmente de "B" e por outro Moscadello de Tenuta Il Poggione. O enólogo deve ter sido antes um perfumista. Nenhuma sobremesa necessária com esses vinhos a não ser talvez um pêssego branco, acabado de madurar. Pensando bem, um suflê de limão talvez fosse simplesmente o toque sublime. Ou minha velha sobremesa sulina preferida, *crème brûlée*. Compramos algumas garrafas dos Brunellos exuberantes. Só a lembrança do preço deles nos Estados Unidos nos torna indulgentes. Em Bramasole, temos lugares bons para guardar vinho em dois espaços abaixo da escadaria de pedra. Podemos empurrar os engradados lá para dentro, trancar a porta e começar a tirá-los dali dentro de alguns anos. Como o planejamento a longo prazo não é nosso forte, compramos uns dois engradados menos dispendiosos de Rosso di Montalcino, bebível agora, na realidade já suave e encorpado. Duvido que os vinhos de sobremesa ainda estejam por aqui quando o verão terminar.

No final da tarde, dirigimos os poucos quilômetros que nos separam de Sant'Antimo, um daqueles lugares que dão a impressão de terem sido construídos em solo sagrado. De longe, vê-se a cidadezinha num campo de oliveiras manicuradas, uma abadia românica de travertino claro, num estilo de simplicidade e pureza impressionantes. Não parece italiana. Quando Carlos Magno passou por aqui, seus soldados foram atacados por uma epidemia; e Carlos Magno orou para que ela parasse. Ele prometeu fundar uma abadia se seu pedido fosse concedido, e em 781 construiu uma igreja. Talvez seja a herança cultural que dê à igreja atual, construída em 1118, suas esguias linhas francesas. Chegamos quando estão começando as vésperas. Há somente uma dúzia de pessoas aqui, e três delas são mulheres que se abanam e batem papo bem atrás de nós. Geralmente, o costume de encarar a igreja como uma extensão da sala de estar ou da *piazza* me encanta, mas hoje eu me viro e lanço um olhar furioso porque os cinco frades agostinianos que entraram e apanharam seus livros começaram o canto gregoriano dessa hora. A igreja alta e desprovida de adornos amplifica suas vozes, e o sol tardio e trêmulo deixa o travertino translúcido. A música é penetrante aos meus ouvidos, como certos cantos de pássaros que quase conseguem ferir. Suas vozes parecem rolar e quebrar como ondas, para depois se separar e convergir em melodias cantaroladas em tom grave. O canto solta minha mente, liberando-a da lógica. A mente flutua, nadando através de um grande silêncio. O canto é alegre, básico, um rio a seguir. Penso nos versos de Gary Snyder:

> fiquem juntos
> aprendam as flores
> tornem-se leves

Olho para Ed de relance, e ele está absorto no exame das colunas de luz. Só as mulheres não se comovem. Talvez venham todos os dias. No meio da cerimônia, elas saem ruidosas, as três falando ao mesmo tempo. Se eu morasse aqui, viria todos os dias também, com base na teoria de que, se você não se sentir puro aqui, não se sentirá puro em lugar algum. Fico fascinada pela dedicação desses frades a entoar esse cantochão nas seis horas litúrgicas do dia, começando com *lodi*, orações de louvor, às sete da manhã, e terminando com *compieta*, completas, às nove da noite. Gostaria de voltar para passar um dia inteiro e escutar. Vejo no folheto que aqueles que estiverem em retiro espiritual podem ficar em acomodações para hóspedes e comer num convento das proximidades. Damos uma volta pelo exterior da abadia, admirando as criaturas estilizadas providas de cascos que sustentam o telhado.

Uma noite fresca para seguir por estradas de terra admirando a paisagem, farejando como um cachorro pela janela os cheiros frescos do feno seco. Chegamos a Sant'Angelo in Colle, um restaurante administrado pelos vinhedos de Poggio Antico. Uma ruidosa festa de casamento está em andamento, e todas as garçonetes estão se divertindo. Somos levados a uma sala dos fundos, sozinhos, com o alarido da festa ressoando à nossa volta. Não nos importamos. Uma pia de pedra está cheia de pêssegos maduros, o que perfuma a sala. Pedimos uma espessa sopa de cebolas, pombo assado, batatas com alecrim e – o que mais? – o Brunello da casa.

*

Nas brenhas da Toscana é uma espécie de oximoro. A região como um todo foi desbravada há séculos. Cada vez que cavo no jardim, sou lembrada de quantos estiveram antes de mim nesta terra. Tenho uma boa coleção de fragmentos de pratos, com dezenas de desenhos, tantos que me pergunto se outras mulheres atiram os pratos no jardim. Escorredores de louça, beiras de tampas, delicadas alças de xícaras e pedaços sortidos de pratos foram aos poucos se acumulando sobre um tampo de mesa ao ar livre, junto com as mandíbulas de um javali e de um porco-espinho. A terra foi pisada e repisada. Um rápido olhar ao cultivo em terraços revela como os morros foram remodelados para a conveniência e a sobrevivência dos humanos. Mesmo assim, a região da Maremma permaneceu, até menos de um século atrás, uma baixa planície costeira habitada por vaqueiros, pastores e mosquitos. Sua *mal aria* ficou definitivamente associada a calafrios e febres. As casas rurais são poucas, enquanto o restante da Toscana está salpicado com elas. Aqui o Renascimento teve pouco impacto. Em geral, as cidadezinhas não estão saturadas de monumentais exemplares arquitetônicos, nem adornadas pelos grandes nomes da pintura. O ar insalubre, agora suave e refrescante, provavelmente deu maior segurança aos numerosos túmulos etruscos. Embora muitos tenham sido saqueados de modo irresponsável, uma quantidade surpreendente permanece. Será que os etruscos eram imunes à malária? Todas as evidências indicam que a região era bastante habitada no seu período.

Nossa base seguinte é uma mansão, agora um pequeno hotel, na propriedade dos vinhedos Acquaviva na periferia de

Montemerano. Ed analisou o guia *Gambero Rosso* e localizou essa pequena aldeia com três restaurantes excelentes. Como sua localização é central em relação à maior parte do que queremos ver, decidimos ficar aqui alguns dias em vez de entrar e sair de hotéis. Um caminho margeado de árvores leva a um jardim com as dimensões de um parque, com locais sombreados para a gente se sentar e apreciar os vinhedos ondulantes. Nosso quarto dá direto para o jardim. Abro as venezianas, e a janela se enche de hortênsias azuis. Desfazemos rapidamente as malas e partimos de novo. Podemos relaxar mais tarde.

Pitigliano deve ser a cidadezinha mais estranha da Toscana. Como Orvieto, ela fica no alto de um monte de tufo calcário. No entanto, Pitigliano parece um castelo de pingos de areia molhada, que se ergue junto ao precipício acima de uma ravina profunda. Quem conseguiria olhar para baixo, tentando ver a cidade e a estrada ao mesmo tempo? O tufo não é a rocha mais resistente do mundo, e partes dela às vezes enfraquecem, sofrem erosão ou se descolam. As casas de Pitigliano sobem direto; vivem literalmente à beira do abismo. O tufo abaixo das casas é cheio de grutas – talvez para armazenagem do Bianco di Pitigliano, vinho que deve derivar seu poder adstringente do solo vulcânico. Na cidade, o *barman* nos diz que muitas das grutas são túmulos etruscos. Além do vinho, armazena-se azeite e abrigam-se animais. As cidadezinhas medievais têm uma disposição sombria e tortuosa. Esta cidade dá a impressão de ser ainda mais sombria e tortuosa. Muitos judeus se instalaram aqui no século XV. A cidade ficava fora dos domínios dos Estados Papais, que se dedicavam à perseguição. A área na qual viviam era chamada de gueto. Não sei se existiu aqui um gueto no sentido estrito, como houve um em Veneza, onde os judeus eram forçados a observar um toque de recolher, tinham seu próprio governo e vida cultural. A sinagoga está fechada para reconstrução, mas não parece estar acontecendo nada de importante. Quase tudo parece estar à venda. Nesta vida ou na próxima, algumas das casas da beira vão se descobrir no fundo da ravina. Talvez isso contribua para a sensação melancólica que essa cidade me dá. À saída, compramos algumas garrafas do vinho branco local para nossa crescente coleção. Pergunto quantos judeus viviam aqui durante a Segunda Guerra Mundial. "Não sei, senhora. É que eu sou de Nápoles." Descendo pela estrada sinuosa, leio num guia turístico que a comunidade judaica foi exterminada durante a guerra. Eu nunca teria confiança num guia turístico a respeito de fatos históricos, e espero que ele esteja enganado.

A pequena Sovana, ali por perto, dá a impressão de uma cidade fantasma na Califórnia, a não ser pelo fato de as poucas casas ao longo da rua principal serem muito velhas. Aparentemente há menos pessoas do que túmulos etruscos escavados na encosta do morro. Vemos uma placa e estacionamos. Um caminho nos leva por um trecho de bosque sombrio com um riacho estagnado perfeito para fêmeas de mosquitos anófeles. Logo estamos nos esforçando com dificuldade por trilhas escorregadias, subindo uma encosta íngreme. Começamos a ver os túmulos: túneis abertos morro adentro, corredores de pedra que se aprofundam, provavelmente levando até víboras. As entradas nesse ermo parecem não ter sido perturbadas há séculos. Não há zelador. Nada de venda de bilhetes; nenhum guia à nossa espera. É como se descobríssemos sozinhos esses estranhos sepulcros assombrados. Há trepadeiras suspensas, como nas selvas dos maias em volta de Palenque; e os entalhes desgastados pela erosão no tufo também apresentam aquele aspecto estranhamente oriental que muitos dos entalhes maias apresentam, como se a arte remota fosse a mesma em toda parte. Está muito claro que a arqueologia etrusca é uma boa opção. Áreas intermináveis estão à espera de maiores pesquisas. Subimos horas a fio, encontrando apenas uma grande vaca branca parada no córrego com a água até os joelhos. Quando saímos, estou com arranhões sangrando nas pernas, mas sem uma única picada de mosquito. Tenho a sensação de que esse é um lugar no qual vou pensar em noites de insônia. Mais adiante, vemos outra placa na estrada. Indica as ruínas de um templo, que parece ter sido esculpido na encosta calcária. Caminhamos entre colunas e arcos lúgubres, parcialmente descobertos e com aparência de total abandono. Esses etruscos vão continuar sendo misteriosos. O que eles faziam aqui? Uma série de concertos de verão no estilo arte ao ar livre? Rituais estranhos? Os guias turísticos referem-se ao local como um templo, e talvez bem aqui no centro um sábio praticasse a arte de adivinhar através da leitura do fígado de um carneiro. Um modelo de bronze de um deles foi encontrado perto de Piacenza, com o fígado dividido em dezesseis pedaços. Considera-se que os etruscos dividiam da mesma forma o céu, e que os cortes para seccionar o fígado também determinavam a planta das cidades etruscas. Quem sabe? Talvez os predecessores dos programas pregassem por aqui, ou talvez aqui fosse a feira de frutos do mar. Em lugares como Machu Picchu, Palenque, Mesa Verde, Stonehenge e agora aqui, sempre tenho a consciência esquisita e sinistra de que o tempo nos descasca, de como o passado é realmente irrecuperável, especialmente nesses pontos importantes em que sentimos ter surgido alguma matriz da nossa cultura. Não resistimos ao impulso de lhes atribuir nossas próprias interpretações. É um desejo profundo de filósofos e poetas a busca por teorias de eterno retorno e do tempo passado no tempo presente. Bertrand Russell chegou mais perto da verdade ao dizer que o universo foi criado há apenas cinco minutos. Não temos como recuperar o gesto mais ínfimo de quem quebrou essa rocha, colocar a primeira pedra, o ato de acender o fogo para preparar o almoço, mexer a panela, sentir o cheiro debaixo do braço, o suspiro depois do amor, *niente*. Podemos andar por aqui, os últimos pontinhos na linha do tempo. Tendo consciência de tudo isso, fico perplexa por sentir enorme interesse pela forma de dobrar o mapa, como está o marcador de combustível, se tiramos dinheiro suficiente, como tudo isso tem extrema importância no instante exato em que está desaparecendo.

Já vimos o suficiente por esse dia, mas não conseguimos resistir a um passeio a pé pela antiga Sorano, também localizada sobre um monte calcário periclitante. Parece não haver turistas em toda essa região. Mesmo as estradas são vazias. Sorano tem a mesma aparência que tinha em 1492, quando Colombo descobriu a América. O prédio mais novo deve ter sido construído naquela época. As ruas estreitas têm um quê de sombrio, uma luz cinzenta refletida pela pedra escura, mas as pessoas parecem extraordinariamente simpáticas. Um ceramista nos vê olhando para o interior da sua oficina e insiste para que a visitemos. Quando compramos dois pêssegos, o homem que está enxaguando os caixotes de uva com uma mangueira nos dá um cacho. "*Speciale*!", diz-nos ele. Duas pessoas param para nos ajudar a sair de uma vaga apertada: uma faz gestos de que podemos ir, a outra nos diz para parar.

Estamos exaustos e empoeirados quando estacionamos na nossa vaga perto do jardim Acquaviva. Antes do jantar, tomamos um banho de chuveiro, trocamos de roupa e levamos copos do vinho branco, um Bianco di Pitigliano, lá fora para as poltronas onde nos sentamos para ver o sol se pôr atrás do morro, da mesma forma que dois etruscos poderiam ter feito neste exato lugar.

Montemerano fica a apenas alguns minutos de distância, uma cidadezinha encastelada, pequena e linda.

Ela tem sua obrigatória igreja do século XV com a Virgem obrigatória: esta aqui com uma diferença. Chama-se *Madonna dela Gattaiola*, *Virgem da toca do gato*. A parte inferior da pintura tinha um buraco para permitir que o gato saísse da igreja. Toda a cidade parece estar na rua. Alguns rapazes e homens do lugar estão tocando *jazz* bem no centro. A mulher que toma conta do bar fecha a porta com estrondo. Parece que, para ela, chega. Absolutamente todos olham furiosos quando um homem alto e lindo usando botas de montaria e uma camiseta justa passa por ali. Mas ele está desligado, não percebe nada. Vejo-o conferir sua imagem nas vitrines por onde passa.

Estamos famintos. Assim que chega a hora mágica das sete e meia e o restaurante abre suas portas, nós nos apressamos a entrar. Somos os únicos fregueses na Enoteca dell'Antico Frantoio, um antigo lagar de azeite de oliva, agora remodelado a tal ponto que parece uma cópia de si mesmo. Embora tenha perdido seu toque de autenticidade, o resultado é muito parecido com o de um arejado restaurante no Napa Valley, de modo que nos sentimos perfeitamente à vontade. O cardápio, entretanto, revela as raízes da Maremma. *Acquacotta*, servida em toda a Toscana, é uma especialidade local, a sopa de "água cozida" de legumes com um ovo servido por cima. *Testina di vitela e porcini sott'olio*, cabeça de vitela e cogumelos *porcini* em azeite de oliva. *Pappardelle al ragù di lepre*, um macarrão largo com ragu de lebre. *Cinghiale in umido alle mele*, javali defumado com maçãs. Em *trattorie* na maior parte da Toscana, os cardápios são quase intercambiáveis: as costumeiras massas com ragu, com manteiga e sálvia, com *pesto* ou com tomate e manjericão, as opções normais de carnes assadas ou grelhadas, os *contorni* geralmente consistindo em batatas fritas, espinafre e salada. Ninguém parece interessado em variar os clássicos da culinária. Nessa região menos populosa e menos visitada, a culinária da Toscana está mais próxima das suas origens, do caçador que traz a caça para casa, do lavrador que usa todas as partes do animal, da camponesa que faz sopa com um punhado de legumes e um ovo. Geralmente não se encontram os itens mencionados; nem se vêem *capretto*, cabrito, ou *fegatello di cinghiale*, lingüiça de fígado de javali, nos cardápios. O Frantoio tem também seu lado mais delicado: ravióli com *radicchio rosso* e ricota, e *sformato di carciofi*, um pudim de alcachofra assada. Começamos com *crostini di polenta con pure di funghi porcini e tartufo*, quadradinhos de polenta com um purê de cogumelos e trufas – saborosos e picantes. Ed pede o coelho, assado com tomates, cebolas e alho; e eu tenho a coragem de pedir o cabrito. Está uma delícia. O vinho da região é o Morellino di Scansano, negro como o vinho de Cahors, uma descoberta para nós. O vinho próprio dessa enoteca é o Banti Morellino, forte e perfeito. Agora estou realmente feliz.

Pela manhã, passo por uma das melhores experiências da minha vida. Levantamo-nos às cinco e vamos à cascata quente perto de Satúrnia. A essa hora, não há ninguém por lá, muito embora o gerente do hotel nos tenha avisado das multidões que vêm mais tarde, ao longo do dia. Água de um azul pálido, mas cristalino, cai em cascata sobre a pedra calcária na qual a própria água abriu buracos em muitos lugares, formando assentos perfeitos para o banhista se sentar e deixar a água morna correr por cima da cabeça e à sua volta. Quando ouvi falar dessa cascata pela primeira vez, imaginei que fôssemos sair dela com o cheiro de ovos de Páscoa velhos, mas o enxofre é suave. A corrente tem força suficiente para que você se sinta massageado, mas não é suficiente para carregá-lo dali. É a felicidade suprema. Onde estão as náiades? Não importa o que se suponha que essa água cure, tenho certeza de que cura mesmo. Depois de uma hora, me sinto como se não tivesse ossos no corpo. Estou totalmente relaxada, flácida, muda. Vamos embora exatamente quando dois automóveis chegam.

De volta a Acquaviva, tomamos o café-da-manhã no terraço: suco de laranja feito na hora, pão de nozes, torradas, alguma coisa parecida com bolo inglês, bules de café e de leite morno. É difícil sair dali. Só o fascínio pelos etruscos consegue nos fazer apanhar nosso mapa e partir.

Tarqüínia fica fora da Toscana, alguns quilômetros no interior do Lácio. No caminho, as coisas vão enfeando, adquirindo um aspecto industrializado e apinhado de gente. Sou menos capaz de visualizar os etruscos aqui do que na Maremma verde e sonhadora. O trânsito nos irrita depois de tantas estradas vazias. Logo estamos na movimentada cidade de Tarqüínia, onde enormes quantidades de objetos dos túmulos estão em exibição num *palazzo* do século XV. Espantosos, assombrosos, fantásticos e só eles já valendo a viagem são os dois cavalos alados de terracota do século II ou III a.C. Foram encontrados em 1938 perto da escada que levava a um templo, agora apenas uma base de dois níveis de blocos quadrados de rocha calcária. Os cavalos deviam ter sido ornamentais. Eu me pergunto sobre sua ligação com Pégaso, que deu início ao fluxo do sagrado rio Hipocrene com um golpe do seu casco e sempre esteve associado à poesia e às artes. Esses são cavalos de um vigor fabuloso, com músculos, órgãos genitais, costelas, orelhas empinadas e asas providas de penas. A organização cronológica do museu é útil para detectar quando houve influências áticas, quando eles começaram a usar sarcófagos de pedra, como o desenho mudou. Tudo, desde urnas cinerárias até turíbulos, faz com que se sinta o espírito e a energia criativa por trás desses objetos. Algumas pinturas tumulares foram trazidas para o museu para proteção contra deterioração. O túmulo do Triclínio, com seu músico saltitante e a jovem dançarina envolta no que parece ser uma manta de *chiffon*, comoveria um coração de pedra. Em quase qualquer museu, depois de umas duas horas eu fico dispersa e posso passar com um olhar de relance por algum objeto que teria feito com que eu parasse minutos a fio na hora em que cheguei. Resolvemos, portanto, voltar já que há tanta coisa a apreciar com atenção.

O campo de túmulos poderia ser qualquer campo, com a necrópole lembrando puxados anexos a galpões. As estruturas construídas acima dos túmulos abertos ao público são simplesmente entradas com um lance de escadas para descer. Os túmulos são iluminados. Ficamos decepcionados ao descobrir que somente quatro estão abertos a cada dia. Por quê? Aparentemente ninguém sabe. É um sistema de rodízio, só isso. Agora sabemos que vamos voltar porque o Túmulo da Pesca e da Caça não está em exposição hoje. Vemos o da Flor de Lótus, com decorações num estilo quase *art déco*; depois o das Leoas, famoso pelo homem reclinado exibindo na mão um ovo: símbolo da ressurreição, como na crença cristã, tanto a casca quebrada quanto o túmulo arrombado. Aqui também dançarinas fazem piruetas. Percebo suas sandálias complicadas com tiras cruzadas e enroladas nos tornozelos, exatamente como as que estou usando. Será que os italianos sempre adoraram sapatos? Temos a sorte de ver o túmulo dos Malabaristas, de aspecto bastante egípcio, a não ser pelo que parece ser uma dançarina do ventre do Oriente Médio, prestes a iniciar seu número. Nas duas câmaras do túmulo das Orcas, em meio a cenas muito desbotadas de um banquete, resta um espantoso retrato de uma mulher de perfil com uma coroa de folhas de oliveira.

Depois de um lanche rápido, cobrimos os poucos quilômetros que nos separam de Norchia, que soubemos ser o local de muitas descobertas recentes. Parece que ninguém anda por aqui há décadas. A placa quebrada aponta para o céu. Depois de vagarmos um pouco, um lavrador nos indica a direção certa. No final de uma estrada de terra, estacionamos e seguimos a pé margeando um trigal. A alguns metros do início da trilha, encontramos uma cabeça de bode coberta de moscas. Aqui, de fato, há um sinal: um sinal primitivo de sacrifício. "Isso está ficando mal-assombrado", digo quando nos desviamos para não pisar nela. O terreno passa a ser muito íngreme. Estamos descendo, e eu só consigo pensar na subida de volta. Alguns trechos enferrujados de corrimão indicam que estamos indo na direção certa. O declive se acentua. Estamos escorregando, procurando nos agarrar a trepadeiras. Será que já não chega de visitar túmulos? Quando o caminho fica plano, começamos a ver as aberturas na encosta do morro, bocas escuras, trepadeiras e mato. Arriscamos a entrada em duas delas, abrindo caminho com varas, em meio a teias de aranha impressionantes.

Lá dentro, é escuro como... bem... como um túmulo. Vemos as lajes e as covas onde ficavam os corpos e as urnas. Agora, víboras devem estar enrodilhadas aqui. Seguimos por quase um quilômetro ao longo desse nível. Os túmulos são mais numerosos do que os de Sovana e penetram na encosta em vários níveis. Há uma sensação opressiva de perigo que eu não consigo identificar. Só quero ir embora. Pergunto a Ed se ele está achando o lugar esquisito, e ele responde: "Isso mesmo, vamos embora." A volta é tão horrível quanto eu previa. Ed pára para tirar terra do mocassim, e uma lasca de osso cai do sapato. Atingimos o local onde vimos a cabeça de bode; ela não está mais lá. Quando chegamos de volta ao carro, outro veículo está estacionado perto de nós. Um jovem casal está se beijando, a rolar abraçados com tanta concentração que não nos ouvem. Isso desfaz o astral negativo, e nós nos dirigimos de volta ao hotel, saturados de feitiçaria etrusca.

Ah, o jantar, a hora preferida. Hoje, será o Caino, que esperamos seja o apogeu gastronômico da nossa viagem. Antes de entrar em Montemerano, fazemos um pequeno desvio até Satúrnia, talvez a cidade mais velha da Itália, se Cortona não for. Satúrnia tem de ser a mais velha se, como diz a lenda, Saturno, filho do céu e da terra, a fundou. A cascata morna, também nos diz a lenda, brotou pela primeira vez quando o cavalo de Orlando escavou o chão com a pata. Uma cidadezinha na Via Clodia tem de ser mais velha do que qualquer coisa que eu possa captar. Ensaio dizer "Eu moro na Via Clodia", imaginando uma vida numa rua tão antiga. A cidadezinha é sombreada e cheia de animação, nem um pouco perdida no tempo. Algumas pessoas muito bronzeadas do hotel caríssimo perto da cascata parecem estar procurando alguma coisa para comprar, mas as lojas são simples. Elas se acomodam num café ao ar livre e pedem bebidas coloridas em copos altos.

Caino, uma jóia: duas pequenas salas graciosas com flores sobre as mesas, louça e copos bonitos. Com taças de *spumante*, examinamos o cardápio. Tudo parece bom, e eu tenho dificuldade para me decidir. Eles, também, têm uma combinação de opções sofisticadas e de especialidades rústicas da Maremma, como, por exemplo, a *zuppa di fagioli*, sopa de feijão branco, massa com molho de coelho, *cinghiale all'aspretto di mora*, javali com molho de amoras. Para *antipasti*, somos atraídos pelo *flan di melanzane in salsa tiepida di pomodoro*, flan de berinjela com molho quente de tomate, e pela *mousse di formaggi al cetriolo*, uma musse de queijos e pepino. Nós dois queremos *tagliolini all'uovo con zucchine e fiori di zucca*, massa de ovos com abobrinha e flores de abóbora, para o primeiro prato. Depois, vai ser cordeiro assado para Ed e peito de pato num molho de vinagre de mosto para mim. Aceitamos a sugestão do garçom para o Morellino desta noite, o Le Sentinelle Riserva 1990, de Mantelassi. Alá seja louvado! Que vinho! O jantar é excelente, a cada garfada; e o serviço, atencioso. Todos no pequeno restaurante notaram o jovem casal à mesa no centro, desde o instante em que se sentaram. Parecem gêmeos. Os dois têm aquele cabelo negro, encaracolado, magnífico; e o dela tem flores de jasmim presas nos cachinhos. Os dois têm os olhos de mormaço aos quais minha mãe costumava se referir como "olhos de alcova" e lábios como os das estátuas da Grécia arcaica. Estão usando roupas de butiques de Roma ou Milão: ele, um terno algo amarfanhado de linho bege; e ela, um vestido amarelo decotado de seda enrugada que parece ter sido derretido sobre seu corpo. O garçom está lhes servindo champanhe, uma raridade num restaurante italiano. Todos desviamos os olhos quando os dois fazem um brinde e parecem se dissolver um no olhar do outro. Nossas saladas dão a impressão de terem sido colhidas no campo hoje à tarde, e talvez tenham sido mesmo. A essa altura, estamos entrando em profundo relaxamento e euforia, exatamente o que se espera das férias.

– Você gostaria de ir ao Marrocos? – pergunta Ed sem quê nem para quê.

– E a Grécia? Eu nunca pretendi não ir à Grécia. – Conhecer novos lugares sempre levanta a possibilidade de outros novos lugares. Nossa atenção é novamente atraída pelo lindo casal. Percebo que outros fregueses também olham discretamente. Ele passou da cadeira em frente a ela para a cadeira ao seu lado e segurou sua mão. Vejo-o enfiar a mão no bolso e tirar uma caixinha. Voltamos a nossas saladas. Teremos de nos abster dos *dolci*, mas com o café trazem um prato com docinhos, que conseguimos comer. Este é um dos meus melhores jantares na Itália. Ed propõe que fiquemos mais alguns dias para vir comer aqui todas as noites. A menina reluzente está agora com a mão esticada, admirando uma esmeralda quadrada cercada de diamantes que eu consigo ver daqui. De repente os dois percebem que todos acompanharam seu noivado e sorriem. Espontaneamente, erguemos nossos copos para um brinde, e o garçom, percebendo o momento, se apressa a reabastecê-los. A jovem sacode para trás a longa cabeleira e pequenas flores brancas caem ao chão.

Quando saímos, o vilarejo está escuro e silencioso, mas só até chegarmos ao bar no final da rua, onde a cidade inteira deve estar jogando cartas e tomando um último café.

Pela manhã, vamos até Vulci, outro nome aparentemente antigo, com uma ponte em arco e um castelo transformado em museu. A ponte é etrusca, com remendos e acréscimos romanos e medievais. Por que motivo seu arco é tão alto é impossível saber porque o Fiora, pouco mais do que um córrego vigoroso, passa lá embaixo numa ravina. Mas é assim que ela é. Qualquer que fosse a estrada a que ela servia, já desapareceu. Por isso, a ponte tem um aspecto estranhamente surrealista. A fortaleza encastelada num dos seus lados foi construída muito depois. Um mosteiro cisterciense cercado por um fosso agora funciona como museu, como o de Tarqüínia, cheio de itens espantosos. Pena que o vidro nos separe dos objetos. Eles exercem extrema atração ao tato. Tenho vontade de apanhar cada mãozinha votiva, cada vidro de perfume no formato de uma corça, passar a mão nas monumentais estátuas de pedra, como a do menino no cavalo alado. Eis a verdadeira novidade acerca dos etruscos – sua arte é fortalecedora, resquícios de pessoas que viviam o momento. D. H. Lawrence sem dúvida captou esse aspecto, e quem não captaria, com toda a experiência de vida que tinha? Quando o releio durante a viagem, com freqüência fico pasma com seu lado *antipático*. Os camponeses são obtusos porque não atendem imediatamente aos desejos desse estrangeiro desagradável. Ninguém está ali apenas esperando para levá-lo quilômetros pelo interior do país para ver ruínas. Ninguém tem velas à mão no instante em que ele pede. Que país inconveniente! Os horários dos trens são diferentes dos horários de Victoria Station. A comida não é do seu agrado. Eu o perdôo eventualmente, quando ele desaparece totalmente do texto e só descreve o que vê.

Ruínas da cidade etrusca e depois romana estão espalhadas pelo campo – fundações de pedra e pedaços de piso, alguns com mosaico em preto-e-branco, passagens subterrâneas e vestígios de banhos: uma planta da cidade, na realidade, de modo que se pode andar de um lado para o outro, imaginando as paredes ao redor, as atividades, as vistas da ponte. Mais ao lado, vemos os austeros fragmentos romanos de um prédio de tijolos, paredes, algumas janelas e buracos para vigas que sustentassem um piso. Vulci, uma rica área arqueológica. Infelizmente, os túmulos pintados da região estão fechados hoje. Mais um motivo para voltar.

Ficamos surpresos com os restaurantes, também. A Enoteca Passaparola, na estrada que leva até Montemerano, serve uma comida robusta num ambiente muito informal: guardanapos de papel, cardápio escrito a giz, piso de tábuas. Se restarem vaqueiros na Maremma, acho que eles virão aqui. Pedimos grandes travessas de legumes grelhados e maravilhosas saladas verdes com uma garrafa de Lunaia, um Bianco di Pitigliano feito por La Stellata, mais um fantástico vinho local. O garçom nos fala sobre a Cantina Cooperativa del Morellino di Scansano e traz um copo para que provemos. Descobrimos nosso vinho da casa para o resto do verão. A cerca de US$ 1,70 a garrafa, ele tem um sabor profundo e suave que nos surpreende. Mais direto do que os Morellinos de *reserve* que experimentamos, esse vinho decididamente sobressai. Ainda temos o banco traseiro onde podemos empilhar um par de engradados.

Na mesa ao lado, um artista desenha caricaturas de nós dois. A minha parece a Dora Maar de Picasso. Quando lhe fazemos um brinde e começamos a bater papo, o homem abre uma pasta e começa a nos mostrar catálogos das suas exposições. Logo estamos balançando a cabeça só por gentileza. Ele saca críticas, serve mais vinho. A esposa não parece mortificada, mas resignada. Já foi a restaurantes com ele antes. Os dois estão nas *terme*, aproveitando as águas para o fígado do marido. Posso imaginá-lo encurralando as pessoas lá quando elas estão bebericando suas doses de água mineral. Ele empurra a cadeira para nossa mesa, deixando a mulher sozinha. Sinto o conflito entre o prazer da torta de amoras anunciada no quadro-negro e o prazer de pedir a conta e ir embora. Ed pede a conta, e nós saímos. Mais adiante na cidade, tomamos café e, quando voltamos ao carro, espiamos pela janela e vemos que Signor Picasso não está mais lá. E assim acabamos comendo a torta de amoras. O garçom nos traz um *amaro* de cortesia.

– Eles vêm aqui todas as noites – queixa-se ele. – Estamos contando os dias até ele voltar para Milão com seu fígado.

Saciados com os etruscos, bem alimentados, satisfeitos com o hotel, fazemos as malas e partimos para Talamone, cidade com muralhas altas num penhasco à beira-mar. A água deve ser pura por aqui. É cristalina até onde consigo ir andando e muito fria. No nosso hotel moderno, não há praia, só rochas salientes, com plataformas de concreto sobre a água, onde o hóspede pode se sentar numa cadeira listrada para se bronzear. Escolhemos Talamone por ser adjacente à reserva litorânea da Maremma, o único trecho longo do litoral toscano que não foi maculado pelo desenvolvimento. A maioria das praias de areia não passa de uma série de concessões para cabines de vestiário, chuveiros e lanchonetes. Os italianos parecem gostar dessa forma de freqüentar a praia. Tanta gente com quem conversar! E, geralmente, famílias ou grupos de amigos vêm juntos. Como californiana, não me agrada estar cercada de gente. As praias nas quais cresci na Geórgia e meus anos de adoração dos trechos ermos de areia varrida pelo vento em Point Reyes não me prepararam para as praias do Velho Mundo. Ed e minha filha gostam dos guarda-sóis. Eles me arrastaram a Viareggio, Marina di Pisa, Pietrasanta. Insistem que é só diferente; que é preciso se familiarizar. Eu gosto de me deitar na praia e ouvir as ondas; de caminhar sem ter ninguém no meu campo visual. As praias da Toscana são tão apinhadas quanto as ruas. A reserva da Maremma, entretanto, chega até a ter cavalos selvagens, raposas, javalis e cervos, de acordo com o folheto. Eu adoro o cheiro da *macchia*, os arbustos salgados cujo cheiro os marinheiros dizem sentir quando ainda não estão com a terra à vista. Em geral, não há nada: trilhas com alecrim silvestre e alfazema que atravessam morros de areia, praias desertas. Andamos e nos sentamos na praia a manhã inteira. Tirreno, Tirreno, dizem as ondas, aquele mar antiqüíssimo. Trouxemos sanduíches de mortadela, um naco de parmesão e chá gelado. A não ser por um pequeno grupo de pessoas ao longe na praia, satisfaço meu desejo de estar sozinha na natureza. De que cor é o mar? Cobalto é o que mais se aproxima. Não, ele é lápis-lazúli, exatamente da cor do vestido de Maria em tantos quadros, com uma cintilação prateada entretecida. É bom caminhar depois de dias procurando sítios arqueológicos de carro. Tento ler, mas o sol está ofuscante. Talvez um guarda-sol *fosse* mesmo bom.

Ainda de manhã passamos para a Riva degli Etruschi, costa dos etruscos. Não conseguimos nos livrar deles. Essa praia tem as tais cadeiras de aluguel mas, como fica ao lado da reserva, não é tão cheia de gente. Conseguimos dar uma longa caminhada pela praia, seguida de uma sesta no nosso minúsculo chalé individual. Estamos perto de San Vicenzo, onde Italo Calvino passava o verão. As lojas da cidade vendem balsas, bolas de praia de borracha e baldes de areia. Ao anoitecer, todos saem a passear, comprando cartões-postais e tomando sorvete. Todas as cidades de praia são iguais. Encontramos um restaurante ao ar livre e pedimos *cacciucco*, um grande ensopado de peixe. Diversos tipos de peixe, cortados em filés no carrinho, são empilhados numa grande tigela branca; e sobre eles é derramado um caldo quente. O garçom passa uma pasta cremosa de alho assado em fatias de pão tostado, e nós as pomos a flutuar na sopa, respirando o aroma inebriante. Duas pequenas lagostas ferozes e de olhos arregalados nos encaram das nossas tigelas. O garçom não pára de passar, servindo mais conchas do caldo em quantidade suficiente para manter o pão boiando. Quando traz a salada, ele também faz girar até nós um carrinho de azeites de oliva, em potes, garrafas transparentes, outras coloridas de cerâmica, dezenas de opções para nossa salada. Pedimos que ele escolha por nós, e ele serve bem do alto um fino fio de azeite de um verde pálido num prato de *radicchio* vermelho e verde.

A caminho de Massa Marittima, fazemos um desvio até Populônia, simplesmente porque fica perto e parece antiga demais para se deixar para lá. Cada pequena pausa faz com que eu queira ficar dias por ali. Num bar onde paramos para tomar café, dois pescadores trazem baldes cheios, a pescaria da noite. Infelizmente, ainda faltam horas para o almoço. Uma mulher da cozinha começa a escrever o cardápio num quadro-negro. Seguimos em frente entrando na cidade e estacionamos à sombra de uma fortaleza imensa, os costumeiros castelo e muralha iguais aos que aparecem em velhos livros das horas. Ah, mais um museu etrusco, e eu preciso ver cada objeto. Por enquanto, Ed não quer mais saber de nada que tenha ocorrido há mais de um milênio. Por isso, sai para comprar mel de abelhas que zumbiram em torno de arbustos costeiros. Nós nos encontramos numa loja onde encontro um pé de cerâmica etrusca à venda. Não sei se é autêntico ou falso. Resolvo pensar nisso enquanto damos um passeio a pé; mas, ao voltarmos, a loja está fechada. Quando estamos saindo da cidade, vejo uma placa indicando um sítio etrusco, mas Ed aperta o acelerador. Não agüenta mais ouvir falar de túmulos.

O último pernoite – a cidade cujo nome venho cronicamente pronunciando errado. Descubro que o acento é no "rit" de Marittima. Sempre acentuei o "ti". Será que um dia vou aprender italiano? Ainda são tantos os erros básicos. Outrora junto ao mar, a cidade foi aos poucos sendo cercada por lodo, que acabou se aterrando e deixando Massa Marittima muito longe da costa, mas com uma sensação de posto de vigilância, já que se ergue bem alto acima do capim da planície. Poderíamos estar no Brasil, num remoto posto avançado que atraia os romancistas do realismo fantástico. Na realidade, trata-se de duas cidades, a velha e a mais velha ainda, as duas austeras, com sombras profundas e súbitas aparições do sol. Estamos um pouco cansados. Entramos num hotel e, pela primeira vez, nosso quarto tem televisão. Um filme da Segunda Guerra Mundial, desbotado e falado num italiano estranho, está passando e fisga nossa atenção. Um vilarejo, ocupado pelos alemães, depende da ajuda de um soldado americano escondido nos campos. Eles precisam evacuar a cidade. Empilham tudo em alguns burros e partem. Para onde, eu não sei. Cochilo. Alguém está tentando abrir as janelas em Bramasole. Acordo. Mais um soldado está no galpão de feno. Alguma coisa está queimando. Será que está tudo bem em Bramasole? De repente, percebo que este é nosso único dia em Massa Marittima.

Em duas horas, cobrimos todas as ruas. A Maremma não pára de me lembrar o oeste dos Estados Unidos, suas cidadezinhas remotas, a uns oitenta quilômetros do trajeto da autoestrada, o comerciante olhando pela vitrine, com o grande céu azul refletido no olhar. Naturalmente, a *piazza* e a fabulosa catedral não são nem um pouco parecidas com o oeste americano – as semelhanças estão abaixo da superfície do lugar: uma certa solidão, um olho alerta para o desconhecido.

*

No caminho de volta, paramos em San Galgano, ruínas belíssimas, uma graciosa igreja em estilo gótico francês, que perdeu o piso e o telhado séculos atrás, deixando o esqueleto de janelas abertas ao mato e às nuvens. Aqui seria possível realizar um casamento romântico. Onde ficava a grande roseta, só a imaginação consegue colorir o espaço em tons de escarlate e azul. Onde os monges acendiam velas nos altares laterais, aves fazem ninhos nos cantos. Uma escadaria de pedra não leva a lugar algum. Resta um altar de pedra, tão dissociado das funções cristãs que sacrifícios humanos poderiam ter ocorrido sobre ele. A construção começou a desmoronar quando um abade vendeu o chumbo do telhado para alguma guerra. Agora, é um abrigo para diversos gatos. Uma teve uma ninhada multirracial. Diversos pais devem ter contribuído para a pilha amarela, preta e listrada enrodilhada em volta da grande mãe branca.

Estamos em casa! Carregar o vinho para dentro, abrir com violência as venezianas, correr para regar as plantas tristonhas. Arrumamos o vinho em engradados no triângulo escuro do armário embutido debaixo da escada. O espírito de todas as uvas que vimos amadurecer, agora engarrafado e maturando para aquelas ocasiões que esperamos comemorar. Ed fecha a porta, deixando o vinho entregue à poeira e aos escorpiões por enquanto. Só uma semana fora. Sentimos falta da casa e voltamos compreendendo alguns círculos concêntricos à nossa volta. Qualidades que aqueles de nós com sangue do norte invejam – aquela despreocupação italiana e a capacidade de viver no momento com prazer – agora percebo que derivam direto dos etruscos. Todas as imagens pintadas nos túmulos parecem saturadas de significado, se ao menos tivéssemos a chave para decifrá-las. Fecho meus olhos e vejo os leopardos agachados, a ágil figura da morte, os banquetes intermináveis. Às vezes, ocorrem-me mitos gregos, Perséfone, Actéon e os cães, Pégaso, mas o instinto me diz que as imagens nos túmulos – bem como as imagens gregas – vieram, uma a uma, de tempos mais remotos; e que aquelas mais antigas ainda remontam a outras anteriores. Os arquétipos não param de surgir, e nós descobrimos neles o que podemos, pois eles falam a nossos neurônios e sinapses mais primitivos.

Quando morava em Somers, estado de Nova York, tinha uma grande horta de ervas ao lado da casa do século XVIII com a qual ainda sonho. Com freqüência, eu encontrava vidros marrons e cor de caramelo de remédio. Aqui quando estava plantando uma fileira de santolina, planta cujos ramos costumavam ser espalhados nos pisos das igrejas na Idade Média para abafar os odores humanos, minha colher de jardineiro desenterrou um pequeno cavalo enferrujado, esticado em posição de pleno galope. Coloquei o cavalo na minha escrivaninha como meu totem pessoal. Mais cedo, neste verão, eu estava desenterrando pedras e minha pá fez voar um pequeno objeto. Quando o apanhei, fiquei surpresa de ver que era um cavalo. Será que é etrusco, ou um brinquedo de cem anos atrás? Também este cavalo está galopando.

Há alguns anos, li uma passagem na *Eneida* sobre a decisão de fundar Cartago no lugar em que os andarilhos desenterraram um sinal:

> a cabeça de um cavalo fogoso, pois com esse sinal
> estava revelado que a raça se distinguiria
> na guerra e lhe sobejariam meios de vida
>
> (I, 444)

A guerra no verso não me empolga, mas os "meios de vida", sim. O casco de Orlando abriu a fonte de água morna. Os cavalos alados de Tarqüínia, desenterrados do meio de entulho de terra e pedra, não param de aparecer na minha cabeça. Encosto uma foto de cartão-postal deles junto aos meus dois cavalos. Meios de vida. Os etruscos dispunham deles. Em certas épocas e lugares, nós os encontramos. Podemos correr em pleno galope, e até voar.

A ITALIANIZAÇÃO

O ED ITALIANO É UM FABRICANTE DE LISTAS. Na mesa da sala de jantar, na mesinha-de-cabeceira, no banco do carro, em bolsos de suéteres e camisas, encontro pedaços dobrados de papel e envelopes amarfanhados. Ele faz listas de coisas a comprar, de metas a cumprir, de planos a longo prazo, listas para o jardim e listas de listas. Elas estão numa mistura de inglês e italiano, a palavra que for mais curta. Às vezes ele só sabe a palavra em italiano, quando se trata de uma ferramenta específica. Eu deveria ter guardado as listas feitas durante a reforma para cobrir as paredes do banheiro com elas, como James Joyce fez com as recusas dos editores em publicar sua obra. Nós trocamos nossos hábitos. Nos Estados Unidos, ele raramente faz sequer uma lista de compras. Lá sou eu quem faz listas, de cartas a escrever, de serviços domésticos e especialmente dos meus objetivos para cada semana. Aqui, geralmente não tenho nenhum objetivo.

É difícil mapear esse tipo de mudança na nossa própria reação a um novo lugar, mas as transformações são fáceis de perceber em outras pessoas. Quando começamos a visitar a Itália, Ed bebia chá. Quando universitário, ele tirou um semestre para estudar sozinho em Londres. Morava num apartamento conjugado sem aquecimento central perto do Museu Britânico e se sustentava com xícaras de chá com leite e açúcar enquanto lia Eliot e Conrad. Naturalmente, o café expresso é pandêmico na Itália. O silvo do vapor é ouvido em cada *piazza*. Durante nosso primeiro verão na Toscana, eu me lembro de vê-lo espiar os italianos quando se aproximavam do bar e pediam em voz contida "*un caffè*". Naquela época, raramente se via um café expresso nos Estados Unidos. Quando ele fazia o pedido como os italianos, a princípio os atendentes nos bares perguntavam se queria "*normale*?". Imaginavam sem dúvida que um turista estava se enganando. Nós gostamos de canecas de café marrom, como dizem os italianos com uma ponta de assombro.

– *Sì, sì, normale* – respondia ele, com uma ligeira impaciência na voz. Logo Ed estava fazendo o pedido com autoridade e ninguém mais repetiu a pergunta. Ele via os habitantes do país tomarem o café com um só gole, em vez de bebericando. Percebeu as marcas usadas por bares diferentes: Illy, Lavazza, Sandy, River. Começou a tecer comentários sobre a *crema* por cima. Sempre tomava o seu puro.

– Sua vida deve ser doce – disse-lhe um *barista* – para o senhor tomar o café tão amargo. – Foi então que Ed começou a notar os açucareiros que todos os bares têm; a perceber como, quando o garçom punha sobre o balcão o pires e a colher, o açucareiro era empurrado para perto do freguês e aberto com um floreio. Os italianos se serviam de quantidades incríveis: duas, três colheres bem cheias. Um dia, fiquei chocada de ver Ed, também, derramando o açúcar.

– Fica quase uma sobremesa – explicou.

No segundo ano em que visitamos a Itália, ele voltou para casa no final do verão levando uma La Pavoni, adquirida em Florença, uma reluzente máquina de aço inoxidável com uma águia no alto, equipamento clássico e de operação manual. Passei a me beneficiar de *cappuccino* na cama; nossos convidados, de um expresso após o jantar, servido em xícaras minúsculas que ele comprou na Itália.

Para aqui também ele comprou uma La Pavoni, esta automática. Antes de ir dormir, ele toma sua última xícara do elixir, seja em casa, seja na cidade. Há algum aspecto que ele aprecia nessa história de pedir o café em bares. Às vezes, eles têm máquinas La Faema, cheias de curvas, em estilo *art déco*; às vezes, elegantes Ranchillios. Ed examina a *crema*, gira uma vez a xícara e a engole de uma só vez. Na sua opinião, o café lhe dá forças para ir dormir.

A segunda experiência cultural de grande importância que ele adotou com entusiasmo é a direção. A maioria dos viajantes na Itália tem a sensação de que dirigir em Roma é uma experiência que deve ser acrescentada à nossa *vita*, que viagens diárias na *autostrada* são provas de coragem, e que um passeio de automóvel pelo litoral de Amalfi é uma definição do inferno.

– Esse pessoal realmente sabe dirigir – lembro-me de Ed ter dito enquanto desviava nosso Fiat alugado, praticamente sem potência nenhuma, para a faixa de ultrapassagem, com o pisca-pisca acionado. Um Maserati que vinha se aproximando veloz pelo espelho retrovisor forçou nossa volta para a faixa da direita. Logo, ele estava admirando manobras ousadas. – Você viu aquilo? O cara estava com duas rodas fora do chão! – comentava, assombrado. – Sem dúvida, eles têm sua quota de patetas que só andam na faixa do meio, mas a maioria cumpre as normas.

– Que normas? – perguntei, enquanto alguém num carrinho ínfimo como o nosso passava a mais de cem por hora. Parece que *existem* limites de velocidade, de acordo com o tamanho do motor, mas nunca vi ninguém ser parado por excesso de velocidade em todos os verões que passei na Itália. Perigoso é quem anda a sessenta por hora. Não tenho certeza de qual seja o índice de acidentes. Raramente vejo um, mas imagino que muitos sejam causados por motoristas lentos (turistas, quem sabe?) que provocam os carros atrás deles.

– É só olhar. Se alguém começa uma ultrapassagem perigosa, a pessoa atrás dele não muda de faixa enquanto ele não tiver feito a ultrapassagem. Isso lhe dá a oportunidade de desistir. Ninguém ultrapassa pela direita, nunca. E eles ficam fora da faixa da esquerda o tempo todo a não ser para ultrapassar. Você sabe como nos Estados Unidos o motorista imagina que, se está andando no limite máximo de velocidade, pode ficar na faixa que quiser.

– Está bem, mas olhe só! Eles ultrapassam em curvas o tempo todo. Lá vem uma curva; hora de ultrapassar. Isso eles devem aprender na auto-escola. Aposto que o instrutor tem um acelerador em vez de um freio do seu lado do carro. Se alguém está atrás, você simplesmente sabe que essa pessoa está planejando ultrapassá-lo. É sua obrigação.

– É, mas todos os veículos no sentido contrário sabem disso. Eles se ajustam porque sabem que outros carros vão aparecer ali.

Ed se delicia ao ler o que o prefeito de Nápoles disse a respeito de dirigir por lá. Nápoles é a cidade mais caótica na face da terra para os motoristas. Ed adorou o trânsito: chegou a dirigir pela calçada enquanto os pedestres enchiam a rua. “O verde é verde, *avanti, avanti*”, explicou o prefeito. “O vermelho, apenas uma sugestão.” E o amarelo, alguém lhe perguntou. “O amarelo é para alegrar.”

Na Toscana, as pessoas são mais cumpridoras da lei. Elas podem sair acelerando antes que a luz passe para o verde, mas sem dúvida param nos sinais. Aqui, o desafio são as ruelas medievais com poucos centímetros de sobra de cada lado do carro e a curva súbita que uma bicicleta mal conseguiria fazer. Felizmente, muitas cidadezinhas fecharam seus centros históricos aos automóveis, decisão que beneficiou a todos, pois a escala da vida na *piazza* foi recuperada. Um benefício também para meus nervos, já que as ruas tortuosas atraíam Ed, e nós já fomos forçados a sair de ré de muitas delas quando não permitiam mais a passagem do carro, com todos os moradores parando para olhar enquanto nós atravessávamos sua cidade em marcha a ré.

Ed ficou impressionadíssimo com o fato de a polícia dirigir veículos Alfa Romeo. No primeiro ano, depois que voltamos para os Estados Unidos, ele comprou um GTV prateado de vinte anos, em perfeitas condições, sem dúvida um dos carros mais bonitos já fabricados. Em seis semanas, recebeu três multas por excesso de velocidade. Uma das multas ele questionou. Disse ao juiz que foi alvo de perseguição. A polícia rodoviária implica com carros esportivos, e daquela vez ele não estava acima do limite de velocidade. Numa simples decisão injusta, o juiz lhe disse que vendesse o carro se não gostava do sistema e dobrou o valor da multa na mesma hora.

Durante algum tempo, trocamos de carro. Foi preciso. Ed corria o risco de ter cassada sua carteira de motorista. Eu dirigia a flecha prateada para o trabalho, e nunca recebi uma multa. Ele dirigia meu antigo sedã Mercedes, conhecido pelo apelido insensível de Delta Queen [Rainha do Delta].

– Ele se arrasta – queixou-se Ed.

– É, mas é muito seguro. E você não foi parado.

– Como isso seria possível naquele monstro sem ânimo?

Quando voltamos para a Itália, ele estava de volta ao seu elemento. A maioria de nossos passeios é por estradas sem importância. Aprendemos a não hesitar em seguir por estradas sem pavimentação se o trajeto parecer interessante. Geralmente, elas são bem mantidas ou, no mínimo, trafegáveis. Temos a reputação de ter saído da estrada para conseguir chegar a uma igreja abandonada do século XIII e, como ocorreu nas cidadezinhas, de dar marcha a ré sempre que necessário. Nenhum problema para quem tem água gelada correndo nas veias. Andar de ré ladeira acima numa estradinha sinuosa de apenas uma faixa é uma experiência que proporciona enorme prazer ao motorista maníaco. "Eia!", grita ele, virado, com uma das mãos no encosto do meu banco, a outra no volante. Eu olho para baixo, direto para um lindo vale, muito abaixo de nós. Talvez haja uns doze centímetros entre a roda e a beira do abismo. Damos com um carro que vem descendo. Eles saltam para verificar e também eles começam a voltar de ré. Agora somos um comboio de patetas. Estão num Alfa GTV como o que Ed tem nos Estados Unidos. Quando a estrada alarga, todos saltamos, e os dois têm uma longa conversa sobre o carro, examinando seu tipo especial de espelho, o problema com o pisca-pisca, o valor de mercado, *ad infinitum*. Estendi o mapa da municipalidade no capô quente do Fiat, tentando descobrir um meio de escapar dessa ravina, onde obviamente não se encontra o mosteiro em ruínas.

Um motivo pelo qual Ed gosta tanto da *autostrada* é que ele consegue associar prazeres. De mais ou menos cinqüenta em cinqüenta quilômetros, surgem churrascarias. Às vezes, são pontos para uma parada rápida, com um bar e posto de combustível. Outras formam um arco sobre a rodovia e têm um restaurante e loja, até mesmo um motel. Ed admira a pura eficiência dos bares. Ele toma seu expresso, muitas vezes acompanhado de um rápido *panino* de pão grosso e mortadela. Quero um *cappuccino*, opção pouco ortodoxa na parte da tarde, e ele espera, paciente. Ed nunca iria se demorar num bar. Vapt-vupt. É assim que se faz. E então de volta à estrada, com o expresso aditivado percorrendo todo seu sistema, o velocímetro atingindo a velocidade de cruzeiro. *Paradiso*!

Numa camada menos superficial, eu diria que ele foi transformado pela terra. De início, estávamos pensando que íamos querer de cinco a oito hectares. Um hectare parecia pouco, até começarmos a fazer a limpeza do matagal, até começarmos a manter a propriedade. A *limonaia* está cheia de ferramentas. Nos Estados Unidos, guardamos nossas ferramentas numa reluzente caixa metálica vermelha, do tamanho pequeno. Não esperávamos ter cavadeira, motosserra, facões, roçadeira, toda uma linha de enxadas, ancinhos, um canto só para mourões, inúmeras ferramentas de mão que parecem ser anteriores à Revolução Industrial: foices, tesouras de poda e alfanje. Se é que pensamos, suponho que tenhamos imaginado que limparíamos o terreno, podaríamos as árvores e pronto. Um corte de grama, uma adubação, uma poda eventual. O que nunca soubemos era do tremendo poder de recuperação da natureza. A terra tem uma capacidade implausível de regeneração. Minha experiência com a jardinagem me levava a crer que as plantas precisam ser coagidas a crescer. Não se pode conter o crescimento da hera, da figueira, do sumagre, da acácia, da amoreira-preta. Uma trepadeira que chamamos de "erva daninha" se entrelaça com a planta e a sufoca. É preciso desenterrá-la até sua raiz do tamanho de uma cenoura. O mesmo vale para as urtigas. É espantoso que as urtigas não tenham dominado o mundo. Ao arrancá-las, mesmo com luvas grossas, é quase impossível não ser "picado" por seus sucos. Também o bambu tem seus estolhos que brotam constantemente na entrada de automóveis. Galhos caem. As oliveiras novas precisam ser reestaqueadas depois das tempestades. Os terraços precisam ser arados e depois revirados. É preciso coroar as oliveiras, adubá-las. As uvas ainda precisam de semanas de atenção. Em suma, temos uma pequena fazenda e precisamos de um lavrador. Sem trabalho constante, este lugar em meses voltaria a seu estado anterior. Nós poderíamos nos sentir sobrecarregados com isso tudo ou aproveitar a situação.

– Como vai Johnny Appleseed?* – pergunta uma amiga. Ela também já viu Ed encarapitado num terraço alto, examinando cada planta, tocando as folhas de um cerejeira nova, apanhando pedras do chão. Ele conhece cada azevinho, pedra, toco e carvalho. Talvez tenha sido a limpeza que criou esse vínculo.

Agora ele caminha pelos terraços todos os dias. Acostumou-se a usar shorts, botas e uma camiseta "regata", uma daquelas camisetas recortadas que meu pai costumava usar. Seus bíceps e os músculos peitorais estão salientes como as fotos de "depois" nas capas de velhas revistas em quadrinhos. Seu pai trabalhava a terra até os quarenta anos de idade, quando teve de desistir para vir trabalhar na cidade. Seus antepas-

* Johnny Appleseed é um herói de lendas folclóricas. Seria supostamente responsável por todas as macieiras dos Estados Unidos. (N.T.)

sados devem ter vindo do interior da Polônia. Tenho certeza de que eles o reconheceriam do outro lado de um campo. Embora nunca se lembre de regar as plantas em San Francisco, aqui ele carrega baldes cheios até as fruteiras novas quando enfrentamos alguns dias sem chuva, paparica uma alfazema especial de folhagem perfumada, lê pela noite adentro textos sobre compostagem e poda.

*

Até que ponto vamos nos tornar italianos? Não muito, receio. Somos claros demais. Incapazes de usar os gestos como acompanhamento natural da conversa. Uma vez vi um homem sair do aperto da cabine telefônica para poder movimentar as mãos enquanto falava. Muitas pessoas estacionam no acostamento para falar aos celulares porque simplesmente não conseguem manter uma das mãos no volante e a outra no telefone enquanto conversam. Nós nunca dominaremos a arte de todos falarem ao mesmo tempo.

Da janela, é freqüente que eu veja grupos de três ou quatro passeando pela nossa estrada. Todos falam simultaneamente. Quem está prestando atenção? A conversa pode se resumir a falar por falar. Depois de uma partida de futebol, nós nunca vamos sair pelas ruas buzinando sem parar, nem dirigir uma lambreta em círculos em volta da *piazza*. A política sempre estará fora do alcance da nossa compreensão.

Ferragosto, a princípio, nos desconcertou como feriado até começarmos a entendê-lo como um estado de espírito. Aos poucos, nós mesmos entramos nesse estado. Em termos simples, *ferragosto,* dia 15 de agosto, assinala a ascensão da alma e do corpo físico da Virgem Maria ao paraíso. Por que 15 de agosto? Talvez estivesse fazendo calor demais para ficar na terra mais um dia que fosse. O teto em abóbada da catedral de Parma ilustra sua gloriosa ascensão aos céus, acompanhada de muitos outros. Da perspectiva de baixo, estamos olhando aquelas saias enfunadas enquanto eles flutuam como balões acima da catedral. Trata-se de um triunfo artístico: não se vê a roupa de baixo de ninguém. No entanto, o dia em si é apenas uma marca no mês, pois o significado mais amplo do termo é férias de agosto, um período de intensa dedicação ao *laissez-*

faire. Estamos chegando à conclusão de que a vida rotineira de trabalho fica suspensa durante *todo* o mês de agosto. Muito embora turbas de turistas se abatam sobre a cidade, a melhor *trattoria* pode ter pregado um cartaz de *chiuso per ferie*, fechado para férias, e os proprietários podem ter feito as malas e se mandado para Viareggio. O raciocínio comercial norte-americano não se aplica. Os italianos não juntam necessariamente o dinheiro durante a estação turística para tirar férias em abril ou novembro, quando os turistas somem. Por que não? Porque é agosto. A ocorrência de acidentes sofre uma enorme elevação nas rodovias. As cidades de praia ficam apinhadas. Nós aprendemos a ignorar todos os projetos mais complicados do que fazer geléia. Ou a abandonar até isso. Encho meu chapéu com ameixas e me sento à sombra da árvore, sugando seu sumo e jogando a casca e a semente por cima da muralha. Em toda a Itália, a festa da Assunção exige uma comemoração. Cortona faz uma festa imponente: a *Sagra della bistecca*, uma festa para os grandes bifes da região.

Sagra é uma palavra maravilhosa para se procurar na Toscana. Os alimentos que entram na estação costumam ser motivo de festa. Em todas as cidadezinhas, cartazes anunciam uma *sagra* das cerejas, das castanhas, do vinho, do *vin santo*, dos abricós, das coxas de rã, do javali, do azeite de oliva ou da truta lacustre. No início deste verão, fomos à *sagra della lumaca*, da lesma, na parte alta da cidade. Cerca de oito mesas foram instaladas ao longo da rua e havia música ensurdecedora. Mas, em decorrência da falta de chuvas, as lesmas haviam desaparecido; e foi servido um ensopado de vitela no seu lugar. Na *sagra* num *borgo* da montanha, por um número não ganhei um burro na rifa. Comemos massa com ragu, cordeiro grelhado e ficamos olhando um velho casal respeitável, ele de colarinho engomado e ela de negro até os tornozelos, dançando com elegância ao som do acordeão.

Os preparativos para a festa de dois dias de Cortona começam com alguma antecedência. Funcionários municipais constroem uma enorme grelha no parque, um alicerce de tijolos até a altura dos joelhos, com 1,80m de largura por 6m de comprimento e uns 30cm de altura, com grelhas de ferro dispostas por cima, meio parecido com as churrasqueiras de que me lembro da minha cidade natal. No mesmo local, a grelha é usada mais tarde no ano para a festa da cidade em honra aos *porcini* do outono. (Cortona alega usar a maior frigideira do mundo para os cogumelos. Nunca estive aqui para essa festa, mas posso imaginar o aroma penetrante dos *porcini* permeando o parque inteiro.) Os homens arrumam mesas para quatro, seis, oito, doze, à sombra das árvores e as decoram com lanternas. Barraquinhas para servir são instaladas junto à grelha. Então é a vez de transportar a bilheteria que estava guardada dentro de um galpão, tirar-lhe o pó e a instalar na entrada do parque. Passando por ali, vejo de relance pilhas de carvão no galpão.

O parque, que normalmente é fechado aos automóveis, fica aberto nesses dois dias do ano para atender a todas as pessoas que chegam para a *sagra*. Más notícias para nossa estrada, que faz ligação com o parque. O trânsito é intenso a partir das sete e depois volta a ficar congestionado das onze em diante. Resolvemos caminhar pela estrada romana para evitar nuvens de poeira branca. Nosso vizinho, um dos voluntários do churrasco, acena para nós.

Bifes enormes chiam acima da extensa camada de carvão em brasa. Entramos numa fila comprida e apanhamos nossos *crostini*, nossos pratos, saladas e legumes. Na grelha, nosso vizinho espeta dois bifes monstruosos para nós, e nos dirigimos a uma mesa já quase cheia. Jarras de vinho passam sem parar. A cidade inteira comparece à *sagra* e, estranhamente, parece não haver turista algum por aqui, a não ser por uma longa mesa de ingleses. Nós não conhecemos as pessoas com quem nos sentamos. São de Acquaviva. Dois casais e três crianças. A menina, ainda bebê, rói um osso e parece estar adorando. Os dois garotos, naquele jeito bem-comportado das crianças italianas, se concentram em cortar a carne. Os adultos nos fazem um brinde, e nós brindamos de volta. Quando dizemos que somos americanos, um homem quer saber se eu conheço sua tia e seu tio de Chicago.

Depois do jantar, andamos pela cidade, em meio à multidão. A Rugapiana está abarrotada de gente. Os bares estão cheios. Conseguimos comprar sorvetes de avelã. Um grupo de adolescentes está cantando na escada da prefeitura. Três meninos pequenos soltam fogos de artifício e depois tentam parecer inocentes, ato sem sucesso. Eles se dobram de tanto rir. Espero do lado de fora prestando atenção a eles enquanto Ed entra num bar para uma dose do elixir negro que adora. A caminho de casa, voltamos a passar pelo parque. São quase dez e meia e a grelha ainda está fumegando. Vemos nosso vizinho jantando com sua linda mulher e a filha, além de uma dúzia de amigos.

– Há quanto tempo a cidade faz essa *sagra*? – pergunta Ed.

– Desde sempre, sempre – responde Placido. Os estudiosos acreditam que a primeira comemoração da festa religiosa de Maria foi realizada em Antióquia nos idos de 370 d.C. Isso faz com que há 1624 anos essa festa se repita para ela. Por mais antiga que Cortona seja, talvez o abate da vaca branca e seu consumo em honra de alguma divindade remontem a uma época ainda mais remota.

*

Depois de *ferragosto*, Cortona fica extraordinariamente tranqüila por alguns dias. Todo mundo que queria visitar a cidade já veio. Os comerciantes sentam em frente às lojas lendo o jornal ou olhando distraídos para a rua. Se você fez alguma encomenda, ela não vai ficar pronta antes de setembro.

*

Nosso vizinho, o churrasqueiro-mor, é também coletor de impostos. Nós sabemos seu horário por sua passagem pela nossa casa na sua Vespa de manhã, ao meio-dia, depois da sesta e quando volta para casa à noite. Comecei a idealizar sua vida. É fácil para os estrangeiros idealizar, romantizar, estereotipar e simplificar as pessoas do lugar. O bêbado que vem cambaleando pela estrada depois de descarregar caixotes na feira pela manhã se encaixa facilmente na categoria de personagem do Bêbado do Lugar de acordo com a distribuição de papéis de uma peça. A mulher corcunda com o cabelo preto azulado é conhecida como A Aborteira. O *terrier* branco e vermelho que visita três açougues para implorar pelancas todas as manhãs passa a ser o Cachorro do Lugar. Temos o Artista Louco, o Fascista, a Beldade da Renascença, o Profeta. Naturalmente, uma vez que a pessoa seja realmente conhecida, a caracterização felizmente desaparece. Entretanto, Placido, o vizinho, possui dois cavalos. Ele canta quando passa na sua Vespa. Nós o ouvimos com clareza porque ele desce diante da nossa casa com o motor desligado quando volta do trabalho. Só liga o motor mais abaixo no morro, onde a estrada fica plana. Ele cria pavões, gansos e pombos brancos. No início da meia-idade, usa o cabelo claro comprido, às vezes amarrado com um lenço. A cavalo, ele parece perfeitamente à vontade, um cavaleiro nato. Sua mulher e sua filha são extraordinariamente bonitas. Sua mãe deixa flores no nosso nicho, e sua irmã se refere a Ed como aquele americano bem-apessoado. Tudo isso – mas o que eu idealizo é que Placido parece totalmente feliz. Todos na cidade gostam dele. "Ah, Placi", dizem as pessoas. "Placi é seu vizinho." Quando ele anda pela cidade, saem cumprimentos de todas as portas. Tenho a sensação de que ele poderia ter vivido em qualquer era. É como se fosse independente do tempo lá na sua casa de pedra acima dos terraços de oliveiras, com seus domínios pacíficos. Para reforçar minha intuição, ele apareceu, esse meu vizinho paradigma de Rousseau, à nossa porta com um falcão encapuzado no pulso.

Com minha fobia a aves, resquício de alguma transferência esquecida da infância, a última coisa que quero ver à porta é uma ave de rapina. Placido está com um amigo, e os dois estão começando a ensinar o falcão. Ele pergunta se pode andar pela nossa propriedade para treinar. Procuro não demonstrar a extensão do meu medo.

– *Ho paura* – confesso, pensando em como o italiano é exato: eu *tenho* medo. Foi um erro. Ele avança com a ave irrequieta, convidando-me para pousá-la no meu braço. Sem dúvida, não terei mais medo se vir a magnificência dessa criatura. Ed desce e se interpõe entre nós. Até ele está um pouco alarmado. Minha fobia aos poucos o contaminou. Estamos, porém, felizes com o fato de Placido se sentir suficientemente vizinho dos *stranieri* para vir aqui e caminhamos até a extremidade da propriedade com ele. O amigo leva a ave e pára a uns 15 metros de distância. Placido tira alguma coisa do bolso. O falcão abre as asas, uma envergadura formidável, e bate loucamente com elas, erguendo-se nas presas.

– Uma codorna viva. Logo vou pegar pombos na *piazza* – diz ele, rindo. O amigo abre o interessante capuzinho de couro, e a ave se atira como uma flecha na direção de Placido. Penas começam a voar. O falcão devora com rapidez, transformando o que era uma codorna numa massa sangrenta. O amigo faz um sinal com um apito, e o falcão volta para seu pulso e aceita o capuz. Um desempenho apavorante. Placido diz que há quinhentos falcoeiros na Itália. Ele comprou a ave na Alemanha, o capuzinho no Canadá. É preciso treinar o falcão todos os dias. Ele elogia a ave, agora imóvel no seu pulso.

Esse esporte sem dúvida não prejudica minha impressão de que Placido vive fora do tempo. Eu o vejo no cavalo branco, com o falcão no pulso, e ele está a caminho de alguma justa ou feira medieval. Quando passo por sua casa, vejo a ave no viveiro. O perfil severo me lembra o da sra. Hattaway, minha professora da sétima série. O giro súbito da cabeça da ave me traz de volta a infalível capacidade da professora de perceber quando bilhetinhos estavam sendo lançados de um lado da sala para o outro.

*

Estou fazendo as malas para meu vôo de volta, a partir de Roma, quando uma desconhecida liga para mim dos Estados Unidos.

– Qual é o lado negativo? – pergunta uma voz ao telefone. Ela leu um artigo que escrevi para uma revista sobre a compra e a reforma da casa. – Peço-lhe desculpas por importuná-la, mas não tenho ninguém com quem possa debater esse assunto. Quero fazer *alguma coisa*, mas não sei exatamente o quê. Sou advogada em Baltimore. Minha mãe faleceu e...

Reconheço o impulso. Reconheço o desejo de surpreender a própria vida. "Você deve mudar sua vida", disse o poeta Rilke. Empilho como se fossem lingotes tudo o que aprendi nos meus primeiros anos como residente parcial de outro país. Só a satisfação de sentir que muitas palavras italianas se tornam tão conhecidas quanto as inglesas já seria prazer suficiente: *pompelmo*, *susino*, *fragola*, os novos nomes de tudo. O que eu temia era que, com o final do meu casamento, a vida encolhesse. Uma longa história familiar, imagino, de ancestrais resignadas com as decepções, velhas beldades da região olhando para rosas prensadas nos seus atlas. E, creio eu, para aquelas de nós que atingiram a maioridade com o movimento feminista, sempre existe o medo de que não seja real, não seja de fato permitido que cada uma determine a própria vida. Esse direito pode ser negado a qualquer momento. Já tive a sensação de estar surfando numa grande onda de rebentação e em seguida a onda cai formando um tubo e me puxando para baixo. No entanto, lenta de aprendizado, começo a ter confiança de que os deuses não vão me exigir meu primogênito se eu por acaso gozar a vida. A mulher na outra ponta conseguiu de algum modo, através da universidade, meu telefone na Itália.

– O que é que você está pretendendo fazer? – pergunto a essa perfeita desconhecida.

– Sempre adorei as ilhas no litoral do estado de Washington. Uma propriedade lá está à venda; meus amigos acham que enlouqueci porque é do outro lado do país. Chega-se lá de barca...

– Não existe nenhum ponto negativo – digo, com firmeza. A enxurrada de problemas com Benito, as preocupações financeiras, a dificuldade de comunicação, a água quente no vaso sanitário, as camadas de goma nas vigas, os longos vôos desde a Califórnia. Tudo isso é *nada*, em comparação com o prazer absoluto de possuir esta encosta pequena e extraordinária num canto da Toscana.

Sinto o impulso de convidá-la para uma visita. Seu desejo faz com que ela me seja familiar, de modo que nos tornaríamos amigas de imediato e conversaríamos até tarde da noite. Mas estou indo embora logo. Enquanto estou falando com ela no seu escritório num prédio altíssimo, uma meia-lua surge acima da fortaleza Médici. Lá no alto, vejo o banco que Ed fez para mim à sombra de um carvalho. Uma tábua sobre dois tocos. Gosto de subir em ziguezague pelos terraços e me sentar ali no final da tarde quando a luz dourada começa a se filtrar sobre o vale e as sombras se estendem entre os longos cumes. Nunca fui *hippie*, mas lhe pergunto se ela alguma vez ouviu o velho lema: "Vá atrás da sua felicidade."

– Ouvi – responde ela. – Eu estava em Woodstock há vinte e cinco anos. Mas agora cuido de questões trabalhistas para um conglomerado multinacional... Não sei bem se isso faz sentido.

– Bem, você tem a impressão de que estaria passando para uma liberdade maior? O prazer que tive aqui foi incrível.
– Não menciono o sol. Não digo que, quando estou longe e me imagino aqui, é sempre em pleno sol. Agora eu me sinto *permeável*. O sol da Toscana me aqueceu até a medula. Flannery O'Connor falou de perseguir o prazer "com os dentes cerrados". Às vezes, faço isso nos Estados Unidos, mas aqui o prazer é natural. Os dias vão se acertando uns após os outros, com a mesma facilidade com que o garoto que segura a ruidosa balança de mão equilibra um melão gordo e os discos enferrujados.

Estou esperando notícias para saber se ela ficou com o chalé de tábuas com seu próprio píer de águas profundas.

Vejo sua bicicleta azul encostada num pinheiro, ipoméias subindo pela grade da varanda.

*

Menina corajosa! Placido está andando com a filha até a ponta do terreno. Ela mantém o falcão no alto do pulso. Seus cachos longos dançam com seu andar. Mesmo alguma coisa que temo está retrocedendo para uma zona da memória. Vou sonhar com isso durante o inverno. Talvez o falcão passe voando num pesadelo. Talvez ele somente acompanhe esses vizinhos no final da tarde, quando eles sobem pelo caminho de ciprestes e seguem até o ponto onde soltam a ave, permitindo que ela voe um pouco mais longe a cada vez. São tantas as coisas a levar para casa no final do verão. "A noite" de Cesare Pavese termina assim:

> Às vezes ela volta,
> na calma imóvel do dia, aquela lembrança
> de viver imerso, absorto, na luz deslumbrada.

Azeite verde

– Não colham hoje. Está muito úmido. – Marco observa que estamos apanhando as cestas para azeitonas. – E a lua está errada. Esperem até quarta-feira. – Ele está pondo no lugar as portas, duas originais de castanheiro que ele impregnou com óleo e consertou e outras novas, praticamente indistinguíveis das velhas, que fez durante o outono enquanto estávamos fora. Vão substituir as portas ocas preferidas pelo nosso grande reformador da década de 1950.

Já estamos atrasados para a colheita da azeitona. Todos os lagares fecham antes do Natal, e nós chegamos com apenas uma semana de antecedência. Lá fora, uma garoa cinzenta desbota o verde intenso do capim que se beneficiou das chuvas de novembro. Levo minha mão à janela. Frio. É claro que ele tem razão. Se colhermos hoje, as azeitonas úmidas poderiam mofar se não terminarmos e as levarmos para o lagar. Recolhemos nossos cestos de vime que são amarrados à cintura – tão jeitosos para colher um galho de uma vez –, os sacos azuis onde se carregam as azeitonas, a escada de alumínio, nossas botas de borracha. Ainda atordoados pela diferença de fusos horários, acordamos cedo, graças à chegada de Marco às sete e meia da manhã, quando mal começava a clarear o dia. Ele nos diz para ir combinar a entrega com um lagar. Pode ser que o tempo melhore mais tarde. Nesse caso, o sol secará as azeitonas rapidamente.

– E a lua? – pergunto. Ele só dá de ombros. Sei que agora ele não colheria.

Sentimos vontade de voltar correndo para a cama, já que, desde nossa chegada ontem à noite, não tivemos tempo para superar a viagem de vinte horas, com tempestades atingindo o avião a maior parte do tempo na travessia do Atlântico. Tive o impulso de beijar o chão quando descemos na pista em Fiumicino. Fizemos a loucura de entrar em Roma para umas comprinhas e depois ficou realmente difícil de acreditar na nossa viagem até Cortona num hilariante Twingo alugado, roxo com o interior verde-acinzentado. Entramos na *autostrada* em estado de exaustão com nosso carrinho de parque de diversões. Mesmo assim, a paisagem úmida e vibrante nos encheu de entusiasmo – aquele verde iluminado de dentro e muitas árvores ainda agitando folhas coloridas. Quando fomos embora em agosto, tudo estava crestado e seco. Agora o frescor se reafirma. Já no escuro finalmente chegamos. Na cidade, compramos pão e uma forma de canelone de vitela. O ar parecia elétrico e revigorante. Não sentíamos mais vontade de desmaiar. Laura, a moça que faz a limpeza, havia ligado os radiadores dois dias antes, e as paredes de pedra tiveram tempo para perder seu toque gelado. Ela chegou mesmo a trazer lenha, de modo que, na nossa primeira noite aqui, fizemos um pequeno banquete junto à lareira e depois caminhamos de cômodo em cômodo, verificando, tocando e cumprimentando cada objeto. E em seguida para a cama até Marco nos acordar hoje de manhã.

– Laura disse que vocês chegaram. Achei que iam querer as portas logo.

Sempre, sempre que chegamos, há alguma coisa a ser carregada do ponto A para o ponto B. Ed o ajudou a içar as portas e as segurou no lugar enquanto Marco procurava acertar as dobradiças nos pinos.

O venerável lagar em Sant'Angelo usa os métodos mais puros, nos diz Marco, fazendo a extração a frio das azeitonas de cada produtor individualmente, em vez de exigir que os pequenos produtores se juntem a outros. No entanto, é preciso ter pelo menos um *quintale*, cem quilos. Nossas árvores, ainda não recuperadas de trinta anos de abandono, podem não nos dar tudo isso ainda. Muitas delas não produziram nada.

O estabelecimento tem um forte cheiro oleaginoso, e o piso úmido parece escorregadio, possivelmente sujo de óleo. Os ambientes nos quais se faz a prensagem de uvas e de azeitonas têm o perfume do tempo, da mesma forma que o cheiro fresco de pedra das igrejas. O gotejamento e o escorrimento impregnantes devem passar para os poros dos trabalhadores. O encarregado nos fala de diversos lagares que fazem a extração de pequenos lotes. Nunca soubemos que havia tantos assim. Todas as suas instruções sobre o caminho envolvem virar à direita no pinheiro mais alto, à esquerda depois da lombada ou à direita atrás do longo chiqueiro.

Antes que partamos, ele enaltece as virtudes dos métodos tradicionais e, para provar o que está dizendo, mergulha duas colheres de sopa numa tina de óleo recém-prensado e nos passa as colheres para que experimentemos. Não se pode derramar o azeite no chão. Não há outra saída a não ser engolir. Não posso fazer isso, mas é o que faço. Primeiro, uma provinha, e o azeite é extraordinário, de uma fragrância suave e essencial, repleta de sabor de azeitonas. A colher inteira de uma vez, no entanto, é igual a tomar remédio.

– *Splendido* – eu engulo apressadamente e olho para Ed, que ainda hesita, fingindo apreciar a beleza do verde. – E o que acontece com aquilo? – pergunto, fazendo um gesto para cochos com polpa. Nosso anfitrião vira-se para olhar, e Ed rapidamente derrama seu azeite de volta à tina, provando apenas o que restou na colher.

– *Favoloso* – diz-lhe Ed. E é mesmo. Depois da primeira prensagem a frio, a polpa é transportada para outro lagar onde volta a ser prensada para os azeites comuns e, então, ainda uma última vez para óleos lubrificantes. Os resíduos ressecados, num incrível ciclo de retorno, costumam ser usados para fertilizar as oliveiras.

Quando estamos começando a ir embora, vejo que as portas de San Michele Arcangelo, igreja que sempre admiramos, estão abertas hoje. A soleira está salpicada de arroz. *Arborio*, percebo, o arroz para fazer risoto. Houve um casamento, e alguém deve estar vindo para retirar os ramos de cedro e de pinheiro. A igreja tem quase mil anos. Um bem em frente ao outro, separados pela estrada, a igreja e o lagar atenderam a duas das necessidades básicas; e o trigo e o vinho não estão longe. Os tetos com vigas horizontais e vigas transversais dessas igrejas costumam me fazer pensar em cascos de navios. Nunca mencionei isso antes, mas agora menciono.

– As estruturas das igrejas também fizeram alguém mais pensar em embarcações. "Nave" vem de "*navis*" em latim: navio – explica Ed.

– E então de onde vem "abside"? – pergunto, já que as lindas formas arredondadas me fazem pensar em fornos de pão isolados em quintais de fazenda.

– Creio que essa raiz significa unir coisas, algo prático, sem nenhuma poesia.

Há poesia no ritmo das três naves, das três absides, a clássica planta de basílica em miniatura. As linhas rimam perfeitamente no seu movimento de pedra ao longo de um espaço tão pequeno. O único adorno é o perfume de coníferas. Por mais que eu adore as grandes igrejas providas de afrescos, são essas igrejas simples que me comovem mais. Elas parecem ter a forma e a textura do espírito humano, transfigurado em pedra e em luz.

Ed desvia o carro para o que outrora foi uma estrada romana. Mais tarde, ela conduziu peregrinos no seu caminho até a Terra Santa. San Michele era um lugar para descansar e restaurar as forças. Eu me pergunto se já havia um lagar aqui. Talvez os peregrinos esfregassem os pés cansados com óleo. Nós, entretanto, estamos só procurando um lagar que transforme nossos sacos de azeitonas pretas em garrafas de azeite. Dois deles já fecharam. No terceiro, uma mulher com cerca de seis camadas de suéteres desce a escada e nos diz que chegamos atrasados, as azeitonas já deveriam ter sido colhidas e agora não estamos na lua certa. Nós lhe dizemos que já sabemos. Seu marido já fechou o lagar para essa estação. Ela aponta para a estrada, mais adiante. Entramos numa grande mansão de pedra. Uma placa discreta, Il mulino, nos conduz para os fundos; mas, quando damos a volta, dois trabalhadores estão lavando o equipamento com uma mangueira. Tarde demais. Eles nos indicam o grande lagar perto da cidade.

Passamos zunindo, e eu olho os jardins no inverno. Todos estão empalidecendo, *cardi* de caule comprido, cardos – chamados de *gobbi* no dialeto do lugar – e o *cavolo nero* de um preto esverdeado, um repolho negro que não forma cabeça, mas cresce com folhas verticais. O *radicchio* vermelho e o verde sobressaem em cada jardim. A maioria tem algumas plantas de alcachofra. Até a chegada do inverno, eu nunca soube que havia tantos caquizeiros. Com os frutos cor de laranja envernizada suspensos de galhos nus, as árvores parecem ter sido compostas de rápidas pinceladas, como desenhos japoneses de si mesmas.

No lagar, todos estão tão ocupados que somos ignorados. Damos uma volta observando o processo e não nos sentimos atraídos a trazer nossas preciosas azeitonas para serem prensadas aqui. Tudo tem uma aparência bastante mecanizada. Onde estarão as grandes mós? Na realidade, não conseguimos dizer se eles usam calor, processo que supostamente prejudica o sabor. Vemos um freguês chegar, ver sua produção ser pesada e jogada num grande carrinho de mão. Talvez as azeitonas sejam todas iguais e misturá-las não faça diferença, mas, não sei bem por quê, desta vez, gostaríamos de ter o prazer do azeite da terra na qual trabalhamos. Saímos rapidamente e seguimos até nossa última esperança, um pequeno lagar perto de Castiglion Fiorentino. Do lado de fora da porta, três mós imensas estão encostadas no prédio. Mal entramos e vimos pilhas de tinas de madeira cheias de azeitonas, cada uma com um nome a identificá-la. Sim, eles podem extrair nosso azeite. Devemos voltar amanhã.

À tarde, o tempo esquenta um pouco e fica mais claro. Marco nos dá a autorização para começar a colher. Seja lá a lua que for, começamos a colheita. É rápido. Esvaziamos nossas cestas no cesto de roupas e, quando ele está cheio, transferimos as azeitonas para o saco. Poucas caíram, embora elas cedam facilmente aos nossos dedos. Uma ventania poderia causar muito prejuízo a menos que tivéssemos telas espalhadas sob as árvores. As azeitonas negras e brilhantes são gordas e firmes. Curiosa quanto ao fruto cru, dou uma mordida numa e sinto o gosto de uma barra de pedra-ume. Como foi que alguém chegou a descobrir o meio de curá-las? Sem dúvida, as mesmas pessoas que tiveram a coragem de experimentar ostras. Os moradores da Ligúria costumavam curá-las deixando-as suspensas em bolsas no mar; os habitantes do interior as defumavam na chaminé durante o inverno, algo que eu gostaria de tentar. Enquanto trabalhamos, tiramos nossos casacos, depois os suéteres, pendurando-os nas árvores. A temperatura subiu para 13º; e, embora nossas botas estejam úmidas, o ar está agradável. Ao longe, vemos a faixa azul do lago Trasimeno sob um céu de azul intenso. Às três, já arrancamos até a última azeitona de doze oliveiras. Volto a vestir meu suéter. Os dias são curtos aqui no inverno, e o sol já está se dirigindo para a borda do morro atrás da casa. Antes das quatro, nossos dedos vermelhos já estão rígidos, e nós paramos o trabalho, arrastando o saco e a cesta pelos terraços abaixo até a adega.

Não pela primeira vez na nossa história por aqui, meu corpo sofre pontadas de consciência de si mesmo. Hoje: os ombros! Nada seria melhor do que um longo banho de banheira com massagem. Deixei meu óleo para o corpo aquecendo no radiador com antecedência. No entanto, com apenas vinte dias para ficar aqui, cada minuto faz diferença. Nós nos forçamos a ir à cidade para nos abastecer de alimentos. Minha filha e o namorado Jess chegam dentro de três dias. Estamos planejando algumas refeições importantes. Chegamos na hora exata em que as lojas estão abrindo depois da sesta. Estranho! Já está totalmente escuro quando a cidadezinha volta à vida. Guirlandas de lâmpadas brancas instaladas de um lado a outro das ruas estreitas balançam ao vento. O mercado A & O, onde fazemos as compras, tem uma árvore artificial bastante surrada (a única árvore da cidade) do lado de fora e grandes cestos com alimentos para presente no interior da loja.

Da nossa curta visita de Natal no ano passado, sabemos que o foco da festividade é duplo: comida e o *presepio*. Estamos prontos para nos lançar à primeira; e o segundo nos deixa curiosos. Os bares exibem doces enfeitados e aquela versão italiana mais leve do nosso onipresente bolo de frutas de Natal, o *panettone*, em caixas coloridas. Algumas lojas têm coroas nitidamente feitas em casa. De decoração, é só isso, a não ser pelos presépios em todas as igrejas e em muitas janelas. "*Auguri, auguri*", dizem todos, votos de felicidade. Ninguém está apressado. Parece não haver nada de embrulhar presentes, nada de publicidade em excesso, nada de procuras desesperadas.

A vitrine da *frutta e verdura* está embaçada. Do lado de fora, onde estávamos acostumados a ver as frutas do verão, encontramos cestos de nozes, castanhas e clementinas perfumadas, aquelas tangerinas minúsculas sem sementes. Maria Rita, ali dentro num grande suéter preto, está quebrando amêndoas.

– Ah, *benissimo*! – cumprimenta-nos ela. – *Ben tornato!* – Onde havia tomates suculentos, ela arrumou pilhas de *cardi*, que nunca provei. – Primeiro, ele é fervido, mas antes é preciso tirar todos os fios. – Ela quebra uma haste e puxa filamentos semelhantes aos do aipo. – Põe-se o cardo rápido numa água de limão para ele não ficar preto. Depois, é só ferver. Então ele está pronto para o parmesão, para a manteiga.

– Quanto?

– O suficiente, o suficiente, *signora*. Depois, ao forno. – Logo, ela está me ensinando a fazer *bruschetta* na grelha na lareira e a cobri-la com repolho preto picado refogado com alho e azeite numa frigideira. Compramos laranjas sangüíneas e lentilhas verdes minúsculas de um pote, castanhas, peras de inverno, maçãzinhas avinhadas e brócolis, que antes eu nunca havia visto na Itália. – Lentilhas para o Ano-Novo – diz-nos ela. – Eu sempre ponho um pouco de hortelã. – E arruma nas nossas bolsas todos os ingredientes para a *ribollita*, a sopa de inverno.

No açougue, chegaram novas lingüiças, arrumadas em arcos ao longo da frente do balcão de carne. Um homem, ele próprio com um nariz parecido com uma lingüiça, cutuca Ed e faz uma mímica de rezar o terço, apontando depois para as longas fieiras de lingüiças gordas. Demoramos um instante para fazer a associação, que ele considera muito engraçada. Codornas e algumas aves que dão a impressão de que deveriam estar cantando numa árvore jazem imóveis, ainda com suas penas, no balcão. Na parede, fotos coloridas mostram o nome do açougueiro escrito nos traseiros de diversas vacas brancas enormes, origem do filé do Val di Chiana, que a Toscana exalta. Lá está Bruno com a mão possessiva em torno do pescoço de um animal imenso. Ele faz um sinal para que o acompanhemos. Abre a câmara frigorífica, e nós entramos atrás dele. Uma vaca do tamanho de um elefante está suspensa do teto por ganchos. Bruno dá um tapinha afetuoso num flanco.

– A melhor *bistecca* do mundo. Uma grelha quente, alecrim e um pouco de limão à mesa. – Ele ergue as duas mãos, num gesto que diz "O que mais se pode querer na vida?". De repente, a porta se fecha com violência, e estamos presos ali dentro com esse corpo volumoso envolto em gordura branca.

– Ai, não! – Tenho um vislumbre de nós três apanhados como no jogo infantil de "Estátua". Eu me viro na direção da porta, mas Bruno está rindo. Ele a abre facilmente, e nós saímos apressados. Não quero comprar carne.

*

Pretendíamos cozinhar, mas nos atrasamos muito. Guardamos todas as compras no carro e voltamos andando até Dardano, uma *trattoria* da nossa preferência, para jantar. O filho que servia as mesas desde que chegamos aqui de repente parece um adolescente. A família inteira está sentada a uma mesa na cozinha. Só há mais dois outros fregueses, homens do lugar, debruçados sobre seus pratos de *penne*, cada um comendo como se estivesse sozinho. Pedimos massa com trufas, um jarro de vinho da casa. Depois, damos um passeio pelas ruas muito silenciosas. Alguns garotos jogam futebol na *piazza* vazia. Seus gritos ecoam no ar frio. As mesas que ficavam ao ar livre estão guardadas. As portas dos bares, bem fechadas com todos lá dentro respirando fumaça. Nenhum automóvel. Um cachorro solitário perambulando. Totalmente vazia de estrangeiros, à exceção de nós mesmos, a cidade revela seus silêncios, as longas noites em que os homens jogam cartas até muito depois do toque de sino das nove, as ruas desertas que parecem restauradas às suas origens medievais. Na mureta do *duomo*, olhamos para as luzes do vale lá embaixo. Algumas outras pessoas também se debruçam na mureta. Quando estamos realmente congelando, voltamos a subir a rua e abrimos a porta do bar para uma explosão de barulho. O chocolate, preparado na máquina de café expresso, é espesso como um pudim. Um dia aqui, e já estou me apaixonando pelo inverno.

*

Assim que clareia o dia, já estamos lá fora nos terraços, muito embora as azeitonas estejam molhadas pelo orvalho. Pretendemos terminar hoje, o que não deixaria tempo para que elas mofem. Abaixo de nós, o vale está coberto por uma névoa densa como requeijão cremoso. Estamos acima dela num ar límpido e gélido, totalmente fresco e penetrante de se inalar, como se estivéssemos olhando do alto de um avião: uma sensação etérea. Toda essa encosta de morro está flutuando. Até mesmo o telhado vermelho do nosso vizinho, Placido, desapareceu. O lago confere a esta paisagem parte do seu mistério. Grandes nevoeiros emanam da água e se espalham pelo vale. A névoa forma espirais e sobe. Enquanto colhemos azeitonas, fiapos de nuvens passam por nós. Logo o sol se afirma e começa a desfazer a névoa, mostrando-nos primeiro o cavalo branco na cocheira de Placido, depois o telhado da sua casa e os terraços de oliveira abaixo dela. O lago continua oculto por uma elipse de nuvens peroladas. Chegamos a árvores despidas, e então a uma carregada. Eu me ocupo dos galhos inferiores. Ed encosta uma escada no centro e se estica para alcançar as azeitonas. Para nossa felicidade, Francesco Falco, o encarregado das nossas azeitonas, vem se juntar a nós. Ele é o perfeito colhedor de azeitonas, nas suas calças de lã grosseira, seu boné de *tweed*, com a cesta amarrada à cintura. Começa a trabalhar como o profissional que é, colhendo muito mais do que nós conseguimos. Não chega a ser tão cuidadoso quanto nós. Simplesmente, deixa gravetos e folhas caírem junto, enquanto nós somos meticulosos na remoção de qualquer folha desencaminhada depois de termos lido que elas dão um sabor de tanino ao azeite. De vez em quando, tira o facão do bolso de trás da sua calça (como é que não acaba furando o traseiro?) e extirpa algum broto ladrão que vem subindo. Ele nos diz que precisamos abrigar as azeitonas, que pode estar chegando uma geada. Nós paramos para tomar café, mas Francesco continua a colher. Durante todo o outono, cortou galhos secos para estimular o crescimento de ramos novos. Na primavera, já terá cortado fora tudo a não ser os ramos mais promissores, e terá capinado em volta da árvore. Fazemos perguntas sobre oliveiras em moita, sobre técnicas mais experimentais de poda, das quais ouvimos falar, mas ele não quer saber de nada disso. A forma de cuidar da oliveira é uma segunda natureza; é inquestionável. Aos setenta e cinco anos de idade, ele tem a energia de alguém com a metade da sua idade. A mesma energia, suponho eu, que o fez vir andando de volta à Itália desde a Rússia, no final da Segunda Guerra Mundial. Para nós, ele está tão perfeitamente identificado com os arredores de Cortona que é difícil imaginá-lo como jovem soldado, perdido a milhares de quilômetros de casa quando a terrível guerra terminou. Ele faz piadas sem parar; mas hoje deixou em casa a dentadura, e nós temos muita dificuldade para entendê-lo. Logo passa para os terraços inferiores, área ainda cheia de mato, porque viu da estrada que algumas oliveiras por ali estão frutificando.

Com as azeitonas da parte inferior, chegamos a um *quintale*. Depois da sesta, durante a qual trabalhamos, ouvimos Francesco e Beppe chegando pela estrada num trator que puxa uma carroça de azeitonas. Eles apanharam os sacos do amigo Gino e estão a caminho do lagar. Carregam as azeitonas de Gino no Ape de Beppe, e nos ajudam a carregar nosso carro também. Vamos atrás deles. Está quase escuro, e a temperatura está caindo. Muitos invernos na Califórnia apagaram minhas lembranças do verdadeiro frio. É uma presença forte. Meus dedos dos pés estão dormentes, e o aquecedor do Twingo está emitindo uma triste corrente de ar tépido.

– Está fazendo só 5º negativos – diz Ed, que parece irradiar calor. Suas origens em Minnesota ressurgem sempre que eu me queixo do frio.

– Para mim, está parecendo a câmara frigorífica do Bruno.

*

Nossos sacos são pesados. Depois as azeitonas são derramadas numa tina, lavadas e esmagadas por três mós. Uma vez esmagadas, são levadas a uma máquina que as espalha num pedaço redondo de cânhamo, empilhando cada pedaço sobre o outro. Repete a operação até haver uma pilha de 1,50m de círculos de cânhamo com as azeitonas esmagadas sanduichadas entre eles. Um peso extrai por pressão o azeite, que escorre pelas pontas do cânhamo para dentro de um tanque. O azeite passa então por uma centrífuga para que toda a água seja eliminada. Nosso azeite, derramado num garrafão, é verde e turvo. O dono do lagar nos diz que o rendimento foi bastante alto. Nossas árvores nos deram 18,6 quilos de azeite a partir do nosso *quintale*: cerca de um litro para cada árvore plenamente carregada. Não é de surpreender que o azeite seja caro.

– E o ácido? – pergunto eu. Li que o azeite precisa ter menos de 1% de ácido oléico para poder ser classificado como extravirgem.

– Um por cento! – Ele esmaga o cigarro com o calcanhar. – *Signori! Più basso, basso* – diz ele, mais baixo, mais baixo, ofendido com a idéia de que seu lagar aceitasse azeite inferior. – Esses montes são os melhores na Itália.

Em casa, derramamos um pouco numa tigela e mergulhamos nele pedaços de pão, como as pessoas devem estar fazendo em toda a Toscana. Nosso azeite! Nunca provei nenhum melhor. Há um toque de sabor de agrião, levemente picante mas fresco como o córrego de onde se arranca o agrião. Com esse azeite, farei cada *bruschetta* conhecida e algumas ainda desconhecidas. Talvez chegue mesmo a aprender a chupar laranja com azeite e sal como vi o padre fazer.

Os sedimentos vão assentar no grande recipiente com o tempo, mas nós gostamos do azeite turvo, com sabor da fruta. Enchemos algumas garrafas bonitas que guardei para este momento, e armazenamos o restante na penumbra da adega. Ao longo da bancada de mármore, enfileiramos cinco garrafas com aquelas tampas usadas nos bares para servir bebidas. Descobri que elas são perfeitas para servir azeite lentamente ou em fio. A tampinha se fecha depois que o azeite é servido, de modo a mantê-lo limpo. Neste Natal vamos preparar tudo com nosso azeite. Nossos amigos terão de fazer uma visita e levar garrafas de presente. Temos mais do que podemos usar e ninguém a quem possamos dar, já que todo mundo tem sua própria produção, ou pelo menos a de um primo que o abasteça. Quando nossas árvores renderem mais, poderemos vender nosso azeite à cooperativa local. Já comprei o fantástico azeite da *comune* num jarro de quatro litros e meio, por cerca de vinte dólares. Uma vez carreguei um desses para os Estados Unidos, e valeu a pena o longo vôo com o jarro frio equilibrado entre meus pés.

Nossas ervas ainda vicejam apesar do frio. Colho um punhado de sálvia e de alecrim, corto cebolas e batatas em quatro e as arrumo em volta de um assado de porco para levá-lo ao forno, depois de batizar a forma com um generoso borrifo do nosso primeiro azeite.

Na tarde do dia seguinte, descobrimos uma degustação de azeite de oliva em andamento, a primeira festa para o *olio extravergine del colle Cortonese*, o azeite extravirgem dos morros cortonenses. Lembro-me da colher de sopa no *mulino*, mas desta vez há o pão da padaria do lugar. Azeites de nove produtores estão enfileirados ao longo de uma mesa na *piazza*, com vasos de oliveiras em volta para caracterizar o ambiente.

– Eu não poderia ter imaginado uma coisa dessas. E você? – pergunta-me Ed quando estamos provando o quarto ou quinto azeite. Eu também não. Os azeites, como o nosso, têm um frescor profundo, com um elemento vigoroso no sabor que me dá vontade de estalar os lábios. As nuances de diferença entre os azeites são sutis. Acho que sinto aquele vento quente do verão num deles; a primeira chuva do outono em outro; depois, a história de uma estrada romana, o sol nas folhas. Eles têm um gosto verde e cheio de vida.

Mundo flutuante: um inverno

Existe alguma coisa tão inevitável quanto um trabalho de parto que passa a prevalecer por volta do Natal. Sinto um impulso de ir para a cozinha. Sinto desejo profundo de provar biscoitinhos com o formato de estrelas, picolés de tangerina e bolos caramelados, coisas nas quais nunca penso durante o resto do ano. Mesmo quando prometi a mim mesma me ater à simplicidade, acabo me descobrindo fazendo os arrasadores Negrinhos de Martha Washington que minha mãe fazia todos os anos no frio da varanda dos fundos. É preciso fazê-los no frio porque essas pecaminosas bolinhas de creme, açúcar e *fondant* de noz-pecã são mergulhadas com um palito em chocolate derretido e seguradas no alto para secar antes de serem colocadas na bandeja resfriada coberta de papel-manteiga. É claro que o chocolate derretido endurece o tempo todo, precisando ser levado à cozinha para aquecimento. Minha mãe fazia Negrinhos sem parar porque suas amigas contavam com eles. Nós dizíamos que eles eram fortes demais, mas comíamos até nossos dentes doerem. Ainda tenho a bomboneira de cristal na qual eles passavam sua curta vida.

O outro item indispensável eram pecãs assadas. Nozes tostadas com manteiga e sal. As artérias ficam tensas só de ler isso. Nós as comíamos aos montes. Não consigo passar um Natal sem elas, embora agora eu geralmente dê a maioria a amigos e guarde só uma pequena lata para a casa. Para os convidados, naturalmente.

Neste ano, nada de Negrinhos. Mas nossa colheita de amêndoas precisa ser usada, de modo que amêndoas torradas parecem inevitáveis. Este clima exige a panela vermelha de sopa. Em preparação para a chegada de Ashley e Jess, estou preparando a grande panela de *ribollita*, uma sopa para encerrar um dia de trabalho no campo ou, como me ocorre, para uma chegada de Nova York. *Refervida* é a tradução pouco apetitosa e, naturalmente, como acontece com tantos pratos de camponeses, é uma sopa de entulho: feijão, legumes e nacos de pão.

Os alimentos de inverno fazem com que eu entenda a culinária toscana num nível mais profundo. A cozinha francesa, minha primeira paixão, parece estar a anos-luz de distância: a evolução de uma tradição burguesa em comparação com a evolução de uma tradição camponesa. Um livro de receitas do lugar fala na *cucina povera*, cozinha pobre, como a fonte da agora abundante culinária toscana. *Tortellone in brodo*, uma tradição de Natal aqui, parece uma idéia sofisticada. Três meias-luas de massa recheada fumegando numa tigela de consomê – mas, na realidade, o que é mais frugal do que combinar algumas sobras de *tortellone* com um pouco mais de caldo? Mais do que as massas, o pão é o ingrediente básico do repertório. Sopas de pão, saladas de pão, que parecem ricas e criativas em restaurantes na Califórnia, eram simplesmente o bom uso que a pessoa fazia das sobras, possivelmente quando havia muito pouco na casa além de um pouco de caldo ou de azeite com que trabalhar. O exemplo mais nítido da cozinha pobre deve ser *acquacotta*, água cozida, provavelmente uma prima da sopa de pedra. Ela varia em toda a Toscana, mas sempre envolve a criatividade em torno de uma base de água e pão. Felizmente, plantas comestíveis sempre foram abundantes ao longo das estradas. Um punhado de hortelã, cogumelos, um pouco de pimpinela ou verduras diversas poderiam temperar a água cozida. Se houvesse um ovo à mão, ele seria quebrado dentro da sopa no último instante. O fato de a culinária toscana ter permanecido tão simples é um longo tributo ao talento daquelas camponesas que cozinhavam tão bem que ninguém, nem mesmo agora, sente vontade de se aventurar em novas direções.

*

Ashley e Jess chegam com uma hora de diferença entre si, um milagre de planejamento, já que ela desembarca do trem de Roma em Chiusi e ele em Camúcia vindo de Pisa e Florença depois de ter feito uma parada em Londres. Nós a apanhamos e voltamos dali a quarenta minutos a toda, chegando no exato instante em que ele salta do trem.

As pessoas que nossos filhos trazem para casa são problemáticas. Um veio visitar quando estávamos alugando uma casa no Mugello ao norte de Florença. Estava profundamente interessado em Thomas Wolfe e ficava sentado no banco traseiro do carro imerso em *Look Homeward Angel.* Nós percorremos a Toscana inteira como loucos para lhes mostrar (os dois sendo pintores) a obra de Piero della Francesca, mas ele só virava páginas e suspirava de vez em quando. Uma vez, ergueu os olhos, viu os fardos redondos de feno dourado nos campos e disse “Legal, parecem esculturas de Richard Serra”. Nunca soubemos ao certo se ele chegou a captar alguma outra coisa. Uma moça que Ashley trouxe tinha uma dor de dente horrível a não ser quando se falava em fazer compras. Ela apresentava uma recuperação milagrosa pelo tempo suficiente para comprar tudo que estivesse à vista – tinha um faro excelente para *design* – e depois voltava para o quarto onde esperava que suas refeições lhe fossem levadas numa bandeja. Não havia nenhum problema com seu apetite. Quando voltou para Nova York, precisou se submeter a um extenso tratamento de canal em três dentes, o que prova que suas incursões às lojas *foram* mesmo notáveis triunfos da mente sobre a dor. Outro nunca me pagou sua passagem de ida e volta Nova York – Roma – Nova York, que foi debitada ao meu cartão AmEx porque foi Ashley quem retirou as passagens. É natural que estejamos nos perguntando como será a pessoa que vai passar duas semanas conosco.

Se eu tivesse tido um filho, teria querido que ele fosse como Jess. Nós dois logo ficamos encantados com o humor, a curiosidade intelectual e a simpatia de Jess. Ele chega trazendo uma cesta de piquenique de vime cheia de salmão defumado, queijo Stilton, biscoitos de aveia, diversos tipos de mel e de geléia. Passou os dois últimos dias em Londres comprando presentes maravilhosamente embalados para todos. E o melhor de tudo, nós não parecemos ser Pais com P maiúsculo aos seus olhos, mas amigos em potencial. Além do alívio de perceber que não haverá nenhum esforço nessa visita, sinto-me também enlevada por aquela descontração que sinto quando uma nova pessoa é admitida na minha vida. Minha amiga iraniana sustenta que as atrações entre as pessoas têm como base o cheiro, o que me parece bastante lógico. Gostei da maioria das pessoas mais importantes para mim no exato instante em que as conheci, e soube que queria uma amizade permanente. (As instâncias em que esse vínculo não se provou duradouro ainda causam dor.) Jess conhece a letra de todos os *rocks* possíveis. Ashley está rindo. Nós já estamos cantando no carro. Que sorte!

É meio-dia e está quente demais para *ribollita*. Paramos na cidade para comer sanduíches no bar, e Jess nos fala do casamento ao qual acabou de comparecer na Abadia de Westminster. Ashley fez a viagem mais longa e está com vontade de apagar. Ed e eu vamos dar um passeio e então, como está calor e a força do hábito é irresistível, começamos a trabalhar no jardim. Arranco plantas daninhas dos canteiros de ervas aromáticas; tiro gerânios de vasos, sacudo a terra das raízes e os envolvo em jornal para guardá-los durante o inverno. Ed corta a grama alta e passa o ancinho. Tudo está molhado, macio, vicejante. Até as ervas daninhas estão lindas. Decoro o nicho com ramos de abeto e seus pinhões, ramos de oliveira e uma estrela dourada acima da cabeça de Maria. Ed tenta queimar uma pilha de folhas que não conseguimos queimar no verão passado por causa do tempo seco. Agora elas estão tão úmidas que só fazem fumaça. Quando Ashley e Jess ressurgem, vamos de carro até o horto e compramos uma árvore viva e um grande vaso para ela. Por pequena que seja, domina a sala de estar. Como não temos nada para decorá-la a não ser uma guirlanda de lâmpadas brancas, resolvemos ir até Florença no dia seguinte para comprar alguns enfeites. Eu trouxe dos Estados Unidos algumas velas com formato de estrelas e alguns *farolitos* nitidamente não-toscanos, um costume de Santa Fé que mantive desde que passei o Natal lá certa vez e adorei as velas em saquinhos de papel debruando as casas de adobe. Esses que eu trouxe são saquinhos encerados com recortes de estrelas. Dispomos uma dúzia deles ao longo da muralha da frente, e eles parecem mágicos com as estrelas reluzentes. Enchemos a prateleira acima da lareira com pinhas e galhos de cipreste que Ed cortou hoje à tarde. Como tudo parece fácil, e que prazer resgatar a alegria do Natal. Os pratos de *ribollita* e o fogo aceso agem como narcóticos. Nas grandes poltronas, nós nos enrolamos em cobertores de *mohair,* e ouvimos Elvis no CD, cantando "Blue, blue, blue Christmas".

*

Na feira ao ar livre em Florença, encontramos bolas de *papier-mâché* e sinos com anjos trabalhados em *découpage*. Um furgão um pouco afastado vende pratos de *trippa,* uma preferência especial dos florentinos. Os negócios parecem ir de vento em popa. Se eu ontem achava que estava me apaixonando pelo inverno, hoje tenho certeza. Florença está redimida e esplêndida numa fria manhã de dezembro. Como em todas as cidades, as decorações são delicadas: fieiras de lâmpadas passadas de um lado a outro das ruas estreitas a pequenos intervalos, colares de luz com contas pendentes. Está evidente que as mulheres desta cidade não ouviram falar em crueldade com a fauna. Nunca vi tantos casacos de pele longos e exuberantes. Em vão, procuramos alguma pele falsa. Os homens usam belos sobretudos de lã com cachecóis elegantes. Gilli, um dos meus bares preferidos, está cheio de vozes barulhentas, o tilintar de xícaras e constantes jatos de vapor da máquina de café expresso. No meio da rua, Ed pára e levanta a mão.

– Prestem atenção!

– O que foi? – Todos paramos.

– Nada! Como pudemos deixar de perceber? Nenhuma motocicleta. Deve estar frio demais para elas.

Ashley quer botas para o Natal. Obviamente, estamos no lugar certo. Ela encontra botas pretas e de camurça marrom. Eu vejo uma bolsa preta que realmente aprecio, da qual não tenho necessidade e consigo resistir. Pouco antes de tudo fechar, saímos correndo até San Marco, o sereno mosteiro com afrescos de Fra Angelico nas celas. Jess nunca o visitou, e os doze anjos músicos parecem algo bom de se ver nesta época do ano. A sesta nos alcança, e nós nos acomodamos num almoço prolongado no Antolino's, uma autêntica *trattoria* com um gordo fogão no meio do salão. O cardápio inclui massas com lebre, ragu de javali, pato, polentas e risotos. Os garçons passam apressados levando travessas com grandes assados.

Sobra muito tempo para uma boa caminhada antes que a cidade volte a funcionar. Florença! Os turistas sumiram ou, se estão por aqui, a chuvinha fina deve mantê-los entre quatro paredes. Passamos pelo apartamento que aluguei há cinco anos, quando jurei nunca mais querer saber de Florença. No verão, turistas aos montes entopem a cidade como se fosse um parque temático do Renascimento. Parece que todo mundo está comendo. Naquele ano, uma greve de lixeiros durou mais de uma semana, e eu comecei a pensar na peste bubônica quando passava pelas pilhas de podridão a derramar das latas. Fiquei perplexa naquele longo mês de julho ao ver que os garçons e os comerciantes mantinham sua atitude simpática, considerando-se tudo o que tinham de suportar. Onde quer que eu pisasse, estava atrapalhando alguém. A humanidade me parecia feia: os jovens internacionais com suas camisetas rasgadas e suas mochilas descansando em escadarias, turistas desnorteados, em excursões de ônibus, deixando cair na rua guardanapos de sorvetes e perguntando "Qual é o preço em dólares?". Alemães em *shorts* curtos demais, deixando os filhos aterrorizarem os restaurantes. A mãe e filha inglesas que pediram *lasagne verde* e Coca, e depois reclamaram porque a massa de espinafre estava *verde.* Meu próprio reflexo na vitrine, levando para casa todos os sapatos que comprei, o vestido de verão não me caindo assim tão bem. Péssimo país das maravilhas. Henry James em Florença se referiu ao "detestado companheiro de peregrinação de cada um". E, de fato, e decididamente está na hora de ir embora quando nosso próprio reflexo se encaixa na discussão. É triste que nosso século não tenha somado nenhuma glória a Florença: só turbas e chumbo pairando no ar.

No início da manhã, porém, andávamos até Marino's para brioches quentinhos e íamos comê-los no meio da ponte, olhando a luz de um verde-amarelado prateado sobre o Arno. Na maioria das tardes, íamos nos sentar num café na Piazza Santo Spirito, onde uma sensação de comunidade ainda persiste mesmo no verão. O sol que cai inclinado através das árvores atingia aquela imponente fachada, uma escultura sem adornos, de Brunelleschi, com os garotos jogando bola diante dela. Deve fazer algum tipo de diferença crescer rebatendo a bola na parede da igreja do Santo Spirito. Talvez muitos que venham a Florença no verão consigam encontrar momentos e lugares como este, ocasiões em que a cidade se entrega ao se voltar para si mesma.

Hoje, as ruas de pedra adquirem um brilho com a névoa. Entramos direto na capela Brancacci. Sem filas; na realidade, apenas uma meia dúzia de jovens padres usando longas batinas negras, acompanhando um padre mais velho que aponta para os afrescos de Masaccio e tece comentários sobre eles. Eu não tinha visto Adão e Eva deixando o Paraíso desde que as folhas que cobriam seus órgãos genitais, pintadas durante algum acesso de pudor papal, foram removidas e os afrescos limpos e restaurados. É um choque vê-los extraídos da camada de séculos de fumaça de velas: todos esses rostos nítidos e as vestes desbotadas da cor de açafrão e de rosa forte. Cada rosto, isolado e examinado, revela personalidade. "Eu queria ver o que fazia de cada pessoa o que ela era", disse Gertrude Stein acerca do seu desejo de escrever sobre muitas vidas. Masaccio tinha uma poderosa noção de caráter e narrativa, bem como um olho apurado para colocação do ser humano no espaço. Um neófito está ajoelhado num córrego para ser batizado. Através da água transparente, vemos seus joelhos e pés. São Pedro inclina a bacia, derramando água sobre sua cabeça e costas. Todo o simbolismo da arte anterior é abandonado pelo banho frio sobre o rapaz. Outro prazer é a atenção de Masaccio (bem como de Masolino e de Lippi, cujas contribuições são aparentes) à arquitetura, à luz e à sombra. Esta é Florença como ele a via, ou a idealizava, com o sol se pondo logicamente – não aquela luz difusa dos seus antecessores – sobre esse elenco de personagens que sem dúvida percorriam as ruas desta cidade.

Corremos para pegar o trem das seis e dezenove e o perdemos. Enquanto esperamos, eu menciono a bolsa preta que não comprei, e Ed resolve que ela seria um fantástico presente de Natal, embora nós tenhamos dito que só compraríamos objetos para a casa. Ele e Jess voltam literalmente *correndo* para a loja, que fica a uma boa distância da estação ferroviária. Ashley e eu ficamos aflitas quando faltam cinco minutos para a partida, mas eles já vêm chegando, ofegantes e sorridentes, acenando com a sacola de compras no instante em que o trem é anunciado.

Na antevéspera de Natal, saímos numa expedição de busca na Úmbria. Ed acha que precisa ter para o jantar de Natal um dos seus tintos preferidos, o Sagrantino, impossível de ser encontrado assim tão longe das suas origens. Já eu estou atrás do melhor *panettone*. Liguei para Donatella, amiga italiana que é uma excelente cozinheira, e perguntei se poderíamos fazer um juntas, pensando que o caseiro seria melhor do que os comerciais empilhados em caixas coloridas em todo bar e mercadinho.

– Leva vinte horas crescendo – diz ela. – Ele precisa crescer quatro vezes. – Lembro-me de todas as vezes em que matei o fermento ao fazer um pão simples. Ela me diz que, quando sua mãe era pequena, *panettone* era simplesmente pão simples com um pouco de nozes e frutas secas enfiadas na massa. Mais uma vez, *la cucina povera.* – No fundo, é melhor comprar.

Ela me deu algumas marcas, e eu escolhi uma para a família de Francesco. Quando eu estava prestes a apanhar outro, uma mulher que estava comprando ao mesmo tempo disse que os melhores são feitos em Perúgia. Ela escreveu o nome de uma loja, Ceccarani, num pedaço de papel. Por isso, estamos indo até Perúgia.

A vitrine da Ceccarani é um presépio completo, elaboradamente executado em massa de pão glaceada. A massa de pão deve ser um bom meio de expressão. As figuras têm rostos expressivos, os carneiros parecem ter lã, as folhas das palmeiras estão muito bem detalhadas. A cena da natividade é cercada de cogumelos de marzipã e *panetonni* escavados de um lado. Dentro de cada um, o que poderia haver a não ser um presépio em miniatura? Incrível!

A loja está apinhada de mulheres. Abro caminho até os fundos e escolho um panetone alto como uma cartola.

Mais no interior da Úmbria, chegamos a Spello e andamos por todos os terraços íngremes da cidade. Descendo de Spello, vemos a lua nascente que vai subindo acima dos montes. Não paramos de perdê-la de vista quando fazemos uma curva, para depois encará-la de novo, a lua maior, mais branca, mais fantasmagórica que já vi. Durante todo o caminho até Montefalco, berço do Sagrantino, nós nos desviamos da lua. Duas ou três vezes, nós a vemos nascer de novo atrás de um morro diferente. Jess passou a chamar Ed de "Montefalco" por causa da jaqueta preta de couro e da sua tendência ao excesso de velocidade. Ele começa a criar aventuras para Montefalco à medida que erramos o caminho diversas vezes. Na *piazza,* a loja de vinhos está aberta, mas o proprietário desapareceu. Olhamos lá dentro, olhamos nos arredores, voltamos – não há sinal dele. Damos uma volta pela *piazza.* A loja continua totalmente aberta, mas nada do proprietário. Finalmente, perguntamos no bar, e o atendente aponta para um homem que joga cartas. Compramos nossas quatro garrafas e voltamos para casa, perseguindo a lua pela Úmbria afora.

Na véspera de Natal, Ashley e eu nos dedicamos a cozinhar. Jess, um aprendiz, cumpre tarefas e nos brinda com letras de *rocks.* Ed dedica a manhã a espremer silicone em volta das janelas. Ele dá uma rápida passada na cidade para apanhar o primeiro prato desta noite, *crespelle,* na loja de massas frescas. As *crêpes* delicadas são recheadas com trufas e creme. Nosso cardápio depois da *crespelle:* uma salada quente de *porcini,* pimentões vermelhos assados e alfaces, vitela grelhada, os cardos do lugar com molho branco e avelãs torradas. De sobremesa, um bolo da família que sei de cor e *castagnaccio,* o clássico bolo toscano de farinha de castanhas. Minha vizinha diz para eu não experimentar a receita. Sua avó costumava fazer esse bolo quando eles eram muito pobres.

– Só leva farinha de castanhas, azeite de oliva e água – diz ela, fazendo uma careta. – Minha avó dizia que sempre faziam esse bolo. Davam-lhe sabor com alecrim, pinhões, sementes de funcho e passas, se houvesse.

Eu nunca trabalhei com farinha de castanhas, ingrediente que considerava misterioso até aprender que era comum na *cucina povera.* Essa receita é decididamente esquisita. Como sugere minha vizinha, deve ser um daqueles pratos para iniciados.

– Mas e o açúcar e os ovos? Será que isso pode realmente acabar com o bolo? E quanta água devo usar? A receita só diz para usar o suficiente para poder derramar a massa com facilidade. – A vizinha simplesmente abana a cabeça. Eu estou curiosa. Esse bolo nos mandará de volta às raízes da cozinha toscana. Ashley e Jess não têm tanta certeza se querem ser transportados para tão longe.

Antes da sesta, vamos a pé pela estrada romana até a cidade para pão e alfaces de última hora. Onde estará nosso "anjo"? No inverno, ele não parece vir ao nicho. Fico observando à espera de sua lenta aproximação, com os olhos voltados para a casa, depois sua longa pausa enquanto põe as flores no lugar. Será que ele traria um raminho de frutos de roseira, um cacho murcho de uvas secas, uma cápsula espinhenta aberta para revelar três castanhas marrons? Talvez no inverno ele caminhe por outras bandas, ou permaneça no seu apartamento medieval, alimentando com toras seu fogão a lenha.

Cortona está animada. Todos carregam pelo menos um *panettone* e uma cesta com guloseimas embaladas em papel celofane. Nenhuma loja toca aquela música de Natal enlatada e homogeneizada que eu considero tão deprimente nos Estados Unidos. As pessoas enchem os bares, abastecendo-se com café e chocolate quente porque a *tramontana* cortante começou a soprar de lá do norte, trazendo um ar frígido dos Alpes e dos Apeninos.

Uma tranqüila véspera de Natal, um jantar generoso, a sobremesa junto à lareira. Todos nós detestamos o bolo de castanhas. Achatado e pesadão, é provável que ele tenha o sabor exato de uma sobremesa de Natal durante a última guerra, quando as castanhas podiam ser colhidas na floresta. Nós o trocamos por uma travessa de nozes, peras de inverno e gorgonzola, uma sobremesa dos deuses. Muito antes da missa do Galo, que esperávamos acompanhar numa das pequenas igrejas, já sumimos de cena.

*

– Olhe pela janela – grita Ed lá de baixo. Nevou durante a noite, o suficiente para pulverizar as frondes da palmeira e cobrir os terraços com um branco brilhante.

– Lindo! Aumente o aquecedor. – Meu pés descalços estão como pedras de gelo. Visto um blusão de moletom, calças *jeans,* calço sapatos e corro lá para baixo. As portas da frente estão totalmente abertas, com uma luz gélida entrando. Ed raspa uma bola de neve da mesa ao ar livre. Dou um pulo para o lado, e ela cai no *hall.* Os belos adormecidos ainda não apareceram. Levamos nosso café para o muro, limpamos um lugar para sentar e ficamos olhando o nevoeiro abaixo de nós, movendo-se como um mar opalescente. Um Natal com neve!

Será que é permitido sentir tanta felicidade assim?, eu me pergunto em segredo. Será que os deuses não descerão para confiscar essa saúde, esse excesso de alegria, essas expectativas luminosas? Será que essa é a velha cicatriz, essas ondulações de desejo e medo? Meu pai morreu um dia antes da véspera do Natal, quando eu estava com quatorze anos. O dia do enterro foi chuvoso, tão chuvoso que o caixão flutuou por um momento antes de se assentar na terra. Meu vestido de tule cor-de-rosa para o baile de Natal estava pendurado atrás da porta do meu armário. Ou será que essa inquietação faz parte da enorme depressão coletiva abordada por todos os jornais todos os anos? Muitos Natais na minha vida adulta foram deliciosos, especialmente quando minha filha era criança. Alguns foram lindos. Um foi muito tempestuoso. Seja como for, esse período de alegria traz consigo um impulso primitivo que corre fundo na psique.

Depois do café-da-manhã, acendemos a lareira e abrimos presentes. Trouxemos alguns dos Estados Unidos e aos poucos fomos acumulando a costumeira pilha em volta da árvore. Não era nossa intenção ter tantos presentes, mas o dia em Florença nos inspirou a comprar sabonetes, cadernos, suéteres e uma quantidade surpreendentemente grande de chocolate. Um dos nossos presentes é uma panela de torrar castanhas, que pomos em uso imediatamente. Vamos nos reunir às quatro na casa de Fenella e Peter, e uma das nossas contribuições será de castanhas torradas em vinho tinto. Cortamos uma fenda fina em cada uma, sacudimos as castanhas acima das brasas por menos de dez minutos e depois nos preparamos para estragar as unhas ao descascá-las. Talvez porque estejam frescas, as cascas se soltam com facilidade, revelando a polpa gorda e tostada. Cada um assume uma tarefa, e preparamos voando duas *faraone,* galinhas-d'angola, e uma torta rústica de maçãs feita abrindo-se uma massa redonda sobre um tabuleiro de biscoitos, empilhando-se no centro as frutas com açúcar e manteiga bem como avelãs torradas, e depois virando a massa de modo irregular na direção do centro. Nossa cozinheira, Willie Bell, sentiria orgulho da minha variação sobre seu molho de creme. Aos sucos que se acumularam na forma das *faraone,* acrescento molho branco e castanhas torradas e picadas. Quero castanhas em tudo. Fenella está preparando um assado de porco e polenta. Elizabeth levará salada; e Max está encarregado de mais um legume e da sobremesa. Poderíamos jejuar antes de um banquete desses, mas fazemos um leve almoço de lasanha de cogumelo silvestre. Um passeio natalino é uma longa tradição, pelo menos para mim e para Ashley. Ed e eu ainda não lhes contamos aonde vamos.

Seguimos até o fim de uma estrada perto da nossa casa e descemos do carro. Nós descobrimos esse passeio por puro acaso, um dia, quando estávamos andando pela estrada e percebemos um caminho no final dela. Continuamos andando e fizemos uma descoberta fantástica. Foi um dos melhores passeios da minha vida, e resolvemos que voltaríamos no dia de Natal. A água corre onde nunca a vi no verão. Correntes súbitas jorram de fendas, passando por cima da estrada. Chegamos a uma queda d'água e a diversas correntes caudalosas. Logo estamos numa floresta de castanheiros e pinheiros, com árvores antigas, imensas. Vemos alguns trechos de neve no bosque e mais neve bem no alto ao longe. O ar, muito úmido, tem o cheiro de acículas de pinheiro molhadas. Chegamos a algumas pedras de calçamento dispostas em fileira.

– Olhem, um caminho – diz Ashley. – O que será? Vai alargar mais adiante. – Aqui, no meio do nada, estamos numa estrada romana em condições incrivelmente boas por longos trechos. Nunca chegamos ao final, mas Beppe, que a conhece desde a infância, nos disse que ela segue até o cume do Monte Sant'Egidio, a vinte quilômetros de distância. Em vez de fazer curvas sinuosas para se desviar dos obstáculos, as estradas romanas têm a tendência de ir direto ao topo. As bigas eram leves, e o princípio da menor distância entre dois pontos parece ter norteado seus topógrafos. Li que alguns leitos de estradas se aprofundam até quatro metros. Estamos alertas para detectar algum marco de distância, mas eles desapareceram. Cortona está abaixo de nós; e, abaixo da cidade, o vale e o horizonte parecem polidos e reluzentes. Vemos ao longe montanhas que nunca vimos; e as cidadelas de Sinalunga, Montepulciano e Monte San Savino sobressaem nítidas como três embarcações navegando, tendo como pano de fundo o céu. Desata-se o último nó da minha inquietação. Começo a cantar: "Eu vi três navios que vinham velejando no dia de Natal, na manhã do dia de Natal." Uma raposa vermelha salta no meio do caminho à nossa frente. Ela abana o rabo peludo de um lado para o outro, olha por um instante para nós e sai voando pelo mato adentro.

*

A estrada que leva à nobre sede de fazenda de Fenella e Peter já é bastante difícil no verão. Agora, nós estamos nos agarrando a panelas e bandejas, procurando não despejá-las no colo uns dos outros. O eixo do pobre Twingo!

Atravessamos alguns córregos improvisados e por pouco não ficamos encalhados numa erosão que quase formou uma trincheira na estrada. Quando chegamos, todos estão reunidos junto à lareira gigantesca, concentrados no vinho tinto. Esta é uma das casas mais magníficas, no dialeto local. A sala de estar, que antes foi um silo, tem um pé-direito que abrange dois andares com fileiras de vigas escuras. O salão imenso está coberto com antigüidades, tapetes e tesouros colecionados ao longo de toda uma vida. O espaço, entretanto, é amplo demais para ser aquecido e, por isso, nos acomodamos em grandes sofás na antiga cozinha, com sua lareira grande o suficiente para que as primeiras cozinheiras pusessem suas cadeiras dentro dela para cuidar das panelas. No andar inferior, a mesa de dez metros de comprimento está arrumada com ramos de pinheiro e velas vermelhas. Fantasmas de Natais passados juntam-se a nós nas histórias que todos têm de outros anos. Fenella derrama a polenta quente numa tábua de corte. Ed trincha as *faraone* enquanto Peter fatia o assado suculento. Nós enchemos os pratos. Fenella viajou até Montepulciano para se abastecer do seu *vino nobile* preferido, que passa pela mesa toda.

– Aos amigos ausentes – diz Fenella, fazendo um brinde.

– À polenta – retruca Ed.

Nosso pequeno bando de exilados está alegrinho, alegrinho.

A caminho de casa, paramos na cidade para um café. Esperamos que as ruas estejam desertas às nove horas da noite do dia 25 de dezembro, mas *todo mundo* está na rua: desde o bebê até a vovó, bem como todos os que se encontram na faixa do meio. Caminhando e conversando, sempre conversando.

– Bem, Jess, você é imparcial – digo eu. – É novo por aqui, por isso precisa me dizer se estou sofrendo alguma ilusão ou se esta não é a cidadezinha mais divina do planeta.

– Eu diria que sim – responde ele, sem pensar. – É mesmo. Super *primo* legal.

A atividade da *passegiata* consiste em perambular de uma igreja para outra, observando as cenas do nascimento de Cristo. A lembrança do nascimento está por toda parte; ainda é o foco principal do Natal por aqui. Suponho que eu seja pagã, mas penso em como é maravilhosa a *metáfora* do nascimento no final do ano, no final escuro e morto do ano. Um choro do menino na palha úmida, e a morte é negada. Em todos os presépios, o menino tem uma nuvem de luz em volta da cabeça. O sol está cruzando o equador celeste, trazendo de volta os dias que eu amo. Um passo a mais, e estamos num movimento na direção da luz. Esse impulso agitado típico dessa época do ano – talvez ele seja o desejo de voltar a descobrir a luz que nos pertence. Li em algum lugar que o corpo contém minerais na exata proporção em que a terra os contém. Os percentuais de zinco e potássio na terra são os mesmos que apresentamos nos nossos corpos. Será que o corpo humano poderia ter um desejo inato de imitar o movimento da terra no sentido de renascer?

Todas as igrejas de Cortona exibem seus *presepi*. Alguns são sofisticadas reproduções de quadros em figuras de cera e de madeira, com arquitetura e trajes elaborados; alguns são de terracota. Uma manjedoura é de palitos de picolé. Na mostra dos *presepi* dos alunos da escola de nível médio, ficamos comovidos com as versões menos enfeitadas das crianças. A maioria é tradicional, com cachorrinhos, árvores de gravetos e laguinhos de espelhos de mão; mas um deles nos surpreende. Paolo Alunni, talvez com dez anos de idade, é um verdadeiro herdeiro dos futuristas e do seu amor pelo que é mecânico e por sua energia. Seu presépio – estrebaria, pessoas e animais – é inteiramente construído de chaves. As chaves dos animais ficam na posição horizontal, e está claro quais são ovelhas, quais são vacas. Os humanos estão em pé à exceção da genial chavinha de diário que é o Menino Jesus. Ele fez o telhado da estrebaria com uma dobradiça. Estranho e eficaz – uma surpreendente obra de arte em meio a tantos projetos veementes.

Todos os dias de manhã, eu olho pela janela para o vale coberto de névoa, com nuances rosadas ao amanhecer nos dias claros, de um cinza turvo quando nuvens altas chegam do norte. Estes são dias sem grandes acontecimentos, de passeios e livros, de excursões a Anghiari, Siena, Assis e Lucignano, nas proximidades, cujos muros descrevem uma graciosa elipse em torno da cidade. À noite, fazemos grelhados na lareira: *bruschetta* com *pecorino* derretido e nozes, fatias de *pecorino* fresco com *prosciutto* e lingüiças. *Scamorza*, mais típico da região do Abruzzo, mas com crescente popularidade na Toscana, é um queijo de casca dura com o formato de um oito. Ele derrete até quase a textura de *fondue* e nós o passamos no pão. Aprendo a usar a lareira para aquecer os pratos e manter os alimentos quentes, exatamente como minha *nonna* imaginada deve ter feito. Nossa massa preferida passa a ser *pici con funghi* e *salsiccie*, massa da grossura de um lápis com cogumelos silvestres e lingüiças grelhadas. Uma caminhada de uns dez quilômetros pela estrada aberta para impedir que incêndios se alastrem anula os efeitos de uma noite de grelhados.

Na véspera de Ano-Novo, estou voltando da cidade para casa com o carro cheio de mantimentos. Vamos preparar as tradicionais lentilhas (pequenas formas de moedas são o símbolo da prosperidade) e *zampone*, lingüiça feita com o formato de um pé de porco. Quando vou subindo pela estrada, passo pela cúpula de Santa Maria Nuova, abaixo do nível em que estou. A névoa envolve totalmente a igreja, e a cúpula flutua acima das nuvens. Cinco arco-íris que se cruzam mergulham em arco em volta da cúpula. Quase saio da estrada sem querer. Na curva, paro e saio do carro, desejando que alguém estivesse aqui comigo. É assombroso. Se estivéssemos na Idade Média, eu afirmaria ter visto um milagre. Outro carro pára, e um homem num elegante traje de caça salta. É bem provável que seja um dos assassinos de pássaros canoros, mas ele também parece perplexo. Nós dois só ficamos ali olhando. Quando as nuvens mudam de posição, os arco-íris desaparecem um a um, mas a cúpula ainda flutua, pronta para qualquer sinal que possa estar prestes a acontecer. Aceno para o caçador.

– *Auguri* – grita ele.

*

Antes que Ashley e Jess voltem para Nova York, onde o rigor do inverno ainda espera para se mostrar por inteiro, e antes que nós voltemos para San Francisco, onde narcisos brancos como papel já estarão florindo no Golden Gate Park, plantamos a árvore de Natal. Imagino que o chão esteja duro, mas ele não está. Argiloso e fértil, ele cede à pá. Enquanto Jess cava a terra, o crânio branco de um porco-espinho aparece com suas mandíbulas perfeitamente articuladas e dentes ainda presos por um fio de ligamento. *Memento mori,* um pensamento valioso no instante em que um ano se desdobra no novo. A árvore vigorosa parece imediatamente feliz no terraço inferior. À medida que for crescendo, ela avultará sobre a estrada lá embaixo. Do andar superior da casa, veremos seu ponteiro cada vez mais alto a cada ano. Se nesses seus primeiros anos as chuvas forem abundantes, dentro de cinqüenta anos, ela será a gigante da encosta. Ashley, que já será velha nessa época, pode se lembrar de tê-la plantado. Como ela resplandece de beleza, não consigo imaginá-la velha. Ela virá com amigos ou com a família, e todos ficarão assombrados. Ou então desconhecidos que sejam proprietários da casa poderão aproveitar seu galhos mais baixos para lenha. Sem dúvida, Bramasole ainda estará aqui, com as oliveiras que plantamos, viçosas, nos terraços.

Anotações da culinária de inverno

Cibo, comida, palavra básica. Estou arrumando uma bolsa de *cibo* para levar comigo para a Califórnia. Não sei exatamente quando minha bolsa de mão se transformou numa bolsa de compras disfarçada. Além de azeite de oliva (cada um de nós está levando dois litros), estou levando tubos daquelas pastas que são maravilhosas para tira-gostos rápidos: de trufa branca, alcaparra, azeitona e de alho. Elas são muito baratas aqui e fáceis de transportar. Levo caixas de cubinhos de caldo de *funghi porcini,* que não encontro nos Estados Unidos, e cerca de meio quilo de *porcini* seco. As caixas coloridas e as embalagens laminadas dos chocolates Perugina são bons presentes. Gostaria de levar uma forma de parmesão, mas minha bolsa não é assim tão espaçosa. Desta vez, estou forçando a inclusão de um vinagre com sabor de trufas e de um bom *aceto balsamico.* Percebo que Ed já acrescentou à bolsa uma garrafa de *grappa* além de um pote de mel de castanheiro.

À pergunta "Você está trazendo algum alimento?" no formulário da alfândega, devo responder que sim. Desde que os produtos estejam lacrados, parece que ninguém se importa. Um amigo que trazia lingüiças especiais da sua cidade natal de Ferrara enfiadas nos bolsos da capa de chuva foi farejado pelos *beagles* do aeroporto e perdeu seus tesouros.

O único artigo de cozinha que costumo trazer comigo para a Itália é filme plástico. O tipo italiano sempre começa errado, deixando uma faixa de cinco centímetros para eu desemaranhar. Desta vez, porém, eu trouxe um pacote de pecãs da Geórgia e uma lata de melado, já que a torta de pecã é um ingrediente necessário do Natal. Todos os outros ingredientes do Natal na Toscana parecem novos. Um dos prazeres da culinária consiste em, de vez em quando, aprender tudo de novo.

A culinária de inverno por aqui faz lembrar o caçador chegando à porta de casa com os bolsos cheios de aves, o lavrador recolhendo a produção de azeitonas e começando o trabalho do tempo frio de limpar e preparar as árvores, de podar as parreiras para a primavera. A comida toscana desta época do ano exige apetites respeitáveis. Para nós, longas caminhadas servem para nos preparar para os pratos pesados que pedimos nas *trattorie:* massa com ragu de javali, lebre, cogumelos fritos e polenta. Os aromas deliciosos que emanam da nossa cozinha são diferentes no inverno. As leves fragrâncias estivais do manjericão, da erva-cidreira e dos tomates são substituídas pelos aromas do suculento assado de porco untado com mel, de galinhas-d'angola assando sob uma camada de *pancetta,* e da *ribollita,* a sopa mais substancial que existe. Suaves e naturais, as finas raspas de trufas da Úmbria sobre um prato de massa instigam os sentidos. No café-da-manhã, estão esquecidos os perfumados melões do verão, e nós usamos pão dormido para fazer rabanadas nas quais passamos geléia de ameixas que preparei no último verão com as delicadas *coscia di monaca,* coxas de freira, variedade que cresce ao longo dos fundos da casa. Os ovos ainda me surpreendem. São tão *amarelos.* O frescor sem dúvida faz uma tremenda diferença, de modo que um prato de ovos mexidos com uma boa colherada de requeijão cremoso passa a ser uma rara especialidade.

Eu não previa o quanto ia ficar empolgada com a culinária no inverno. Toda a lista de compras é modificada pela estação fria. No inverno aqui, não há nada de aspargos do Peru, nem uvas do Chile. O que está à venda é, basicamente, o que dá aqui, embora os citros venham do sul e da Sicília. Uma pilha de minúsculas clementinas, coloridas como enfeites, brilha numa tigela azul no peitoril da janela. Ed chupa duas ou três de cada vez, jogando as cascas na lareira, onde ficam negras e murcham, deixando escapar o cheiro penetrante do seu óleo que queima. Como os dias são curtos, os jantares à noite são demorados e de longa preparação.

*

ANTIPASTI

Bruschette *de inverno*

Crostini, os *antipasti* que aparecem em todos os cardápios da Toscana, e *bruschette* são pedaços de pão sobre os quais se aplicam ou se espalham diversas coberturas. Os *crostini* são fatias redondas de pão, daquelas bisnagas vendidas no *forno*. Um prato típico com *crostini* inclui algumas opções; entre elas, *crostini di fegatini,* patê de fígado de galinha, é a mais popular. Costumo servir *crostini* com pasta de alho e um camarão grelhado em cada um. *Bruschette* são feitas com pão de forma comum, fatiado, molhado rapidamente no azeite de oliva, grelhado ou assado na brasa, no qual depois se esfrega um dente de alho. No verão, com tomates picados e manjericão, ele aparece muitas vezes como primeiro prato ou lanche. Já as robustas *bruschette* de inverno são divertidas de preparar na lareira. Quando amigos aparecem de surpresa, nós abrimos um forte *vino nobile.*

*

Bruschette *com* pecorino *e nozes*

Prepare *bruschette* como descrito acima. Para cada *bruschetta*, derreta lentamente uma fatia de *pecorino* (ou *fontina*) numa frigideira sobre carvões quentes ou no fogão. Quando ligeiramente derretido, salpique nozes picadas sobre o queijo. Com uma espátula, passe o queijo para o pão tostado.

*

Bruschette *com* pecorino *e* prosciutto

Prepare *bruschette*. Numa frigideira de ferro sobre as brasas ou numa frigideira antiaderente no fogão, derreta levemente o *pecorino*, cubra com o *prosciutto* e então com mais uma fatia de *pecorino*. Vire para que os dois lados derretam e encrespem nas pontas. Passe para o pão.

*

Bruschette *com verduras*

Pique *cavolo nero*, repolho preto (ou acelga). Tempere e refogue em azeite de oliva com dois dentes de alho amassados. Espalhe uma ou duas colheres de sopa em cada bruschetta.

*

Bruschette con pesto di rucola

Esta variação do *pesto* normal também é boa com massas. Dá prazer cultivar a rúcula. Ela brota rapidamente, e as folhas novas e picantes são as melhores. Quando as folhas crescem, o sabor geralmente amarga.

Prepare *bruschette*, desta vez cortando o pão em pedaços pequenos. Num pilão ou num processador de alimentos, triture um molho de rúcula, sal e pimenta, dois dentes de alho e ¼ de xícara de pinhões. Misture bem e então vá incorporando lentamente azeite de oliva em quantidade suficiente para fazer uma pasta grossa. Acrescente ½ xícara de parmesão ralado. Passe no pão tostado. Rendimento: uma xícara e meia.

*

Bruschette *com berinjela grelhada*

Eu muitas vezes queimei berinjela na grelha (na hora em que está no ponto, fica preta), por isso agora asso a berinjela inteira no forno por cerca de vinte minutos para então fatiá-la e, pelo sabor, apenas dou o toque final na grelha.

Asse uma berinjela em papel alumínio em forno moderado até que esteja quase cozida. Corte-a em fatias e salgue. Deixe descansar em toalhas de papel por alguns minutos. Pincele cada fatia levemente com azeite de oliva, salpique pimenta e grelhe.

Pique ½ xícara de salsa fresca, misturada com um pouco de tomilho e manjerona frescos. Volte a pincelar cada fatia de berinjela com o azeite se lhe parecerem secas. Ponha uma fatia num pedaço de *bruschetta* pronta, salpique com a mistura de ervas aromáticas e um pouco de *pecorino* ou parmesão ralado. Aqueça rapidamente na grelha para derreter o queijo ligeiramente.

**

PRIMI PIATTI

Lasanha de cogumelos silvestres

A lasanha seca em caixas me dá arrepios: aquelas pontas onduladas como pneus de trator, a massa grudenta. Fiquei olhando uma profissional de verdade com sua massa numa loja do lugar. A dela é fina e flexível como um lençol. No verão, essa receita funciona bem com legumes no lugar dos cogumelos: abobrinha em fatias, tomates, cebolas e berinjelas, com tempero de ervas frescas. As duas receitas podem ser usadas como recheio para *crespelle* longas e enroladas, também.

Corte pedaços de massa que formem seis camadas num tabuleiro grande. (Algumas das camadas do meio podem ser em mais de um pedaço.) Prepare um molho branco: derreta quatro colheres de sopa de manteiga. Acrescente quatro colheres de sopa de farinha de trigo, misturando bem, e cozinhe um pouco mas não doure. Depois de três ou quatro minutos, tire do fogo e misture duas xícaras de leite de uma vez só, com um batedor. Volte ao fogo, mexa e deixe ferver em fogo brando até o molho engrossar. Moa três dentes de alho e os acrescente ao molho com uma colher de sopa de tomilho picado, sal e pimenta. Rale uma xícara e meia de parmesão. Numa panela grande, aqueça duas colheres de sopa de azeite de oliva ou manteiga e refogue três xícaras de cogumelos frescos picados – de preferência *porcini* ou *portobello*. Se não dispuser de cogumelos silvestres, use uma combinação de *champignons* pequenos e *porcini* secos que foram reidratados por 30 minutos em caldo de carne, água, vinho ou conhaque.

Montagem: Cozinhe uma tira de massa até que esteja al dente, retire-a da água fervente, deixando-a escorrer rapidamente sobre uma toalha de pano aberta sobre a bancada. Coloque a tira de massa quase seca no tabuleiro levemente untado e cubra com uma camada de molho bechamel, uma camada de cogumelos refogados e um pouco do queijo ralado. Continue cozinhando a próxima tira de massa enquanto arruma cada camada. Acrescente uma colherada ou duas da água de cozimento da massa ao molho se tiver usado molho demais nas primeiras camadas. As cozinheiras toscanas costumam usar parte da água de cozimento da massa nos seus molhos. Termine o prato com farinha de rosca amanteigada e mais parmesão. Asse, descoberto, a 175º por 30 minutos. Rendimento: 8 pessoas.

*

Ribollita

Uma sopa espessa, revigorante, com feijão branco, o pão imprescindível e legumes. Como indica a tradução "refervida", essa é uma sopa feita facilmente com o uso de sobras, provavelmente de um grande almoço de domingo. A receita clássica manda que nacos de pão sejam acrescentados à panela no final. Os toscanos derramam azeite em cada prato na mesa. A sopa, com uma salada, é uma refeição completa, a menos que você tenha estado arando a terra. Praticamente qualquer legume pode ser usado. Se eu digo "zuppa" a Maria Rita, ela empilha tudo de que vou precisar, além de punhados de salsa fresca, manjericão e alho. Aceito seu conselho de incluir a casca que sobra do parmesão. Uma vez cozida, a casca macia é o deleite do cozinheiro.

Prepare meio quilo de feijão branco, lavando-o bem. Cubra com água numa caçarola e deixe abrir fervura. Tire-o do fogo e deixe descansar na água umas duas horas. Acrescente mais água para cobrir, junte temperos e ferva até quase estar no ponto. É preciso vigiar a panela porque esse feijão costuma ficar mole logo depois de cozido. Limpe e corte em cubos médios duas cebolas, seis cenouras, quatro hastes de aipo, um maço de repolho crespo ou de acelga, quatro ou cinco dentes de alho e cinco tomates grandes (ou uma caixa de tomates picados, no inverno). Pique muito bem um maço de salsa. Refogue as cebolas e as cenouras em azeite de oliva. Depois de alguns minutos, acrescente o aipo e então a acelga e o alho, acrescentando mais azeite se necessário. Cozinhe por 10 minutos e acrescente os tomates, um pedaço de casca de parmesão e o feijão. Junte caldo (de legumes, de galinha ou de carne) até cobrir. Leve ao fogo até abrir fervura e depois cozinhe por uma hora em fogo brando, para os sabores se misturarem. Acrescente os cubos de pão. Deixe descansar diversas horas. Acrescente a salsa, aqueça novamente e sirva com parmesão ralado por cima e azeite de oliva à disposição dos comensais. Sobras de massa, vagem, ervilha, *pancetta* e batatas podem ser incorporadas à panela no dia seguinte. Rendimento mínimo: quinze porções, dependendo da quantidade de caldo usada.

*

Pici *com molho rápido de tomates com creme*

Molhos substanciais de lebre e javali aderem extraordinariamente bem aos fios longos e grossos dessa massa típica do lugar, que é quase da grossura de um lápis. Eu uso esse molho com *fusilli* e *pappardelle* ou qualquer outra massa larga. É um dos nossos preferidos.

Derreta quatro ou cinco fatias de *pancetta*, escorra em toalhas de papel, esmigalhe e reserve. Pique duas cebolas médias e dois ou três dentes de alho e refogue em azeite de oliva por cinco minutos. Pique um pimentão vermelho grande e quatro ou cinco tomates e acrescente ao alho e cebola. Tempere e cozinhe por mais cinco minutos. Tempere com tomilho, orégano e manjericão picados. Adicione ½ xícara de creme de leite light e 3/4 de xícara de purê de tomates. Acrescente ao molho mais ou menos uma colherada da água do cozimento da massa. No último minuto, misture a *pancetta* ao molho para que ela se mantenha crocante. Cozinhe e escorra massa suficiente para quatro pessoas. Misture a massa com metade do molho. Sirva o restante do molho por cima da massa. Parmesão à vontade de cada um! Rendimento: 4 pessoas.

**

SECONDI

Codorna, assada lentamente no vapor com zimbros e pancetta

Meu pai era caçador, e nossa cozinheira, Willie Bell, costumava ficar perdida numa nuvem de penugens enquanto depenava uma pilha de codornas. As cabecinhas flácidas caíam todas na mesma direção. Eu me recusava a comê-las, mesmo depois que ela as abafava com creme e pimenta na enorme frigideira de tampa na churrasqueira ao ar livre. Com mais serenidade, eu me deparei com elas sob um novo disfarce. O vinagre balsâmico deveria ser de Módena. Os que têm no rótulo *Aceto Balsamico Tradizionale di Modena* e têm a marca API MO são autênticos, envelhecidos pelo menos doze anos. Alguns dos balsâmicos antigos são tão finos que chegam a ser bebericados como licores. Acho que Willie Bell aprovaria essas codornas.

Passe na farinha e doure rapidamente 12 codornas (duas por pessoa) em azeite de oliva quente. Disponha as codornas numa caçarola pesada com uma tampa de boa vedação e derrame ¼ de xícara de vinagre balsâmico. Cubra as codornas com tiras de *pancetta* e duas chalotas bem picadas. Distribua por cima galhinhos de tomilho, grãos esmagados de pimenta e zimbros. Deixe assar abafado em forno brando (135°) durante três horas. Vire as codornas depois de uma hora e meia. Umedeça com um pouco de vinho tinto ou com mais vinagre balsâmico se parecerem secas. São ótimas servidas com polenta. Rendimento: 6 pessoas.

*

Frango assado recheado com polenta

Na Geórgia, quando eu era criança, o peru de Natal sempre era recheado com uma farofa de fubá. Esta adaptação da receita da minha mãe usa ingredientes italianos.

Deixe de molho duas xícaras de fubá em duas xícaras de água fria por 10 minutos e então misture as duas xícaras de água fervente numa panela larga. Deixe abrir fervura, abaixe o fogo e cozinhe por 10 minutos, mexendo o tempo todo. Acrescente uma xícara de manteiga, incorporando-a bem. Retire do fogo e junte dois ovos, batendo a mistura. Acrescente duas xícaras de croûtons frescos, duas cebolas picadas, três hastes de aipo picadas e tempere generosamente com sal, pimenta, sálvia, tomilho e manjerona. Recheie dois frangos (ou um peru) sem apertar, amarre as coxas e espalhe raminhos de tomilho por cima da ave. Leve a assar em suportes untados num tabuleiro grande. Vinte e cinco minutos para cada meio quilo a 175º é uma estimativa aproximada para a ave perfeitamente assada, mas comece a testar antes. Sobras de recheio podem ser assadas separadamente numa assadeira. Rendimento: 8 porções.

*

Faraone *(galinhas-d'angola) com funcho*

Delicadas e saborosas, as galinhas-d'angola sempre podem ser encontradas no açougue. Para o Natal, assamos duas e as arrumamos numa grande travessa cercadas por lingüiças grelhadas e uma guirlanda de ervas. Com os ossos preparamos um saboroso caldo para sopa no dia seguinte. Batatas assadas no forno com alecrim e alho são um acompanhamento natural.

Receio que as *faraone* precisem primeiro ser abordadas com pinças para remover peninhas novas que tenham restado. Lave e seque bem as duas aves. A preparação mais simples é a melhor: o sabor da ave é realçado. Espalhe galhinhos de alecrim numa assadeira untada e coloque as aves por cima. Esfregue-as com uma mistura de alecrim picado, manjericão e tomilho e lardeie com tiras de *pancetta*. Remova as partes duras externas de dois bulbos de funcho. Corte o funcho em fatias de 1cm aproximadamente, regue com azeite de oliva e espalhe as fatias em torno das aves, acompanhadas de duas ou três cebolas cortadas em quatro. Asse a 175º por 20 minutos cada meio quilo. Essas aves são mais magras do que os frangos. Cuidado para não assar demais. Para um molho saboroso, acrescente molho branco e castanhas torradas aos sucos da assadeira. Rendimento: 4 porções.

*

Coelho com tomates e vinagre balsâmico

Coniglio, coelho, é um elemento básico da dieta toscana. Na feira de sábado, uma camponesa geralmente tem três ou quatro coelhinhos fofinhos que espiam os fregueses de dentro de uma velha bolsa de viagem da Alitalia. Na vitrine do açougue, eles são mais distantes, limpos e esguios, de um rosa forte, às vezes com um pouquinho de pêlo deixado no rabo para provar que não se trata de um gato. Por menos apetitosa que essa nota possa ser, o coelho, cozido num espesso molho de tomates com ervas, é delicioso. Basta chamá-lo de *coniglio* em consideração às crianças.

Compre o coelho em pedaços. Passe-os na farinha e doure ligeiramente em azeite de oliva. Arrume numa assadeira e cubra com o seguinte molho de tomate com balsâmico. Refogue uma cebola grande picada e três ou quatro dentes de alho amassados até que estejam transparentes. Pique quatro ou cinco tomates e os acrescente à frigideira. Tempere com ½ colher de chá de cúrcuma, alecrim, sal, pimenta e sementes de funcho torradas. Misture à panela quatro colheres de sopa de vinagre balsâmico e deixe cozinhar até que o molho esteja espesso e reduzido. Asse o coelho, descoberto, por cerca de 40 minutos num forno a 175º. Decorrida metade do tempo, banhe com duas a três colheres de sopa a mais de vinagre balsâmico. Rendimento: 4 porções.

*

Polenta com lingüiça e fontina

No inverno, a loja de massas frescas do lugar vende polenta com nozes picadas, um acompanhamento simples mas interessante para assados ou frango. A polenta com lingüiça, acompanhada de uma boa salada, é uma refeição substancial por si mesma.

Prepare a polenta clássica. Derrame metade da polenta numa assadeira untada. Fatie bem fino ou rale 1 ½ xícara de *fontina* e espalhe por cima da camada de polenta. Tempere com sal e pimenta. Derrame o restante da polenta. Fatie por cima seis lingüiças calabresas refogadas e regue com o suco da frigideira. Asse por 15 minutos a 150º. Rendimento: 6 porções.

*

Lombinho de porco caramelado com mel e funcho

A carne mais macia e mais magra do porco é o lombinho. Um lombinho dá para duas pessoas famintas, e o funcho combina bem com o porco. O funcho cresce como mato em todo o nosso terreno. Quer sua popularidade tenha derivado primeiro dos seus poderes afrodisíacos, quer dos seus usos curativos para problemas oculares, eu não sei. Gosto da sua folhagem finíssima e das suas associações míticas. Dizem que Prometeu trouxe o primeiro fogo aos humanos dentro de uma haste grossa e oca de funcho.

Pincele dois lombinhos levemente com mel. Num pilão ou processador de alimentos, esmague uma colher de sopa de sementes de funcho. Acrescente o funcho a uma colher de sopa de alecrim picado bem fino, sal, pimenta e dois dentes amassados de alho. Espalhe essa mistura sobre a carne de porco. Ponha numa assadeira rasa, untada. Asse no forno a 250º até que a carne esteja ligeiramente rosada no centro, cerca de 30 minutos. Enquanto isso, corte dois bulbos de funcho em fatias de 1cm aproximadamente. Descarte o lado duro, da raiz. Cozinhe no vapor durante 10 minutos, até que esteja cozido, mas não mole. Bata até virar um purê liso, acrescentando então ¼ de xícara de vinho branco, ½ xícara de parmesão ralado e ½ xícara de requeijão cremoso (ou creme azedo). Ponha os lombinhos numa assadeira untada e derrame por cima o molho. Cubra com farinha de rosca amanteigada. Asse a 175º por cerca de 10 minutos. Guarneça os lombinhos com folhas de funcho, se houver, ou com varinhas de alecrim fresco. Rendimento: 4 porções.

**

CONTORNI

Castanhas em vinho tinto

Muito embora eu esteja morando perto de um bosque de castanheiros, as castanhas ainda me parecem um luxo. Assamos algumas todas as noites para consumi-las com um copo de *amaro, grappa* ou um último café. Um simples corte pequeno ou em cruz na casca antes de colocá-las na panela, e elas abrem com facilidade enquanto ainda estão quentes. Muitos livros de culinária aconselham a assar as castanhas durante até uma hora! Na lareira, elas ficam prontas rapidamente – em quinze minutos no máximo, dependendo da temperatura em que estiverem as brasas. Sacuda a panela com freqüência e retire as castanhas do fogo ao primeiro sinal de que estejam queimando. As castanhas combinam bem com todas as carnes saborosas de inverno, especialmente com as galinhas-d'angola.

Asse e descasque de 30 a 40 castanhas. Cozinhe em fogo brando as castanhas em vinho tinto suficiente para cobri-las, por uma meia hora, tempo suficiente para que os dois sabores se mesclem. Descarte a maior parte do vinho. Rendimento: 6 pessoas.

*

Flan de alho

Excelente com qualquer assado.

Separe os dentes de uma grande cabeça de alho. Sem descascá-los, ponha os dentes em água fervente por cinco minutos. Esfrie e esprema os dentes de dentro das cascas. Amasse e esmague os dentes com um garfo e misture bem a duas xícaras de creme de leite. Leve o creme e o alho a uma fervura lenta numa panela. Acrescente um pouco de noz-moscada ralada, sal e pimenta. Retire do fogo e acrescente quatro gemas de ovo, batendo bem. Derrame em forminhas individuais bem untadas ou numa assadeira rasa. Asse em banho-maria a 175º por 20 minutos ou até que estejam firmes. Deixe esfriar por uns dez minutos antes de desenformar.

*

Cardos

Do comprimento de um braço, espinhosos e de um verde claro, os cardos dão trabalho, mas valem a pena. Esse legume era novo para mim. Aprendi a arrancar a parte externa dura e fiapenta das hastes – hastes parecidas com as do aipo – e a pôr os pedaços de cardo rapidamente dentro de água com suco de limão porque, se não se proceder dessa forma, eles escurecem logo. De início, eu os cozinhava no vapor, mas eles pareciam nunca ficar prontos. Descobri que o melhor é fervê-los até o ponto em que cedam ao garfo. Têm um sabor e uma textura semelhante aos corações de alcachofra – o que não surpreende, já que são da mesma família.

Depois de limpar um grande molho de cardos e de banhá-los em água acidulada, corte em pedaços de cinco centímetros e ferva até quase ficar no ponto. Escorra e disponha numa assadeira bem untada com manteiga. Tempere com sal e pimenta antes de cobrir ligeiramente com um molho branco, pedacinhos de manteiga e um punhado de parmesão. Asse a 175º por 20 minutos.

*

Salada quente de cogumelos porcini *ou* portobello *com pimentões vermelhos e amarelos assados*

Sirva esta colorida salada mista como primeiro prato ou prato principal.

Grelhe dois cogumelos grandes ou refogue-os de cabeça para baixo em azeite de oliva (isso impede que eles percam seu sumo). Fatie e regue levemente com *vinaigrette*. Grelhe dois pimentões, um vermelho e um amarelo, deixando-os esfriar num saco plástico. Depois puxe com facilidade a casca torrada. Fatie e regue com *vinaigrette*. Separe uma cebola roxa em rodelas. Toste ¼ de xícara de pinhões. Misture verduras – *radicchio*, rúcula e outras alfaces de texturas e cores variadas – com *vinaigrette* e disponha sobre cada prato. Arrume os pimentões quentes, as rodelas de cebola e as fatias de cogumelo por cima das verduras, cobrindo tudo com os pinhões. Rendimento: 6 porções.

**

DOLCI

Peras de inverno em vino nobile

Peras embebidas em algum líquido são bonitas de servir. Seu sabor parece ser realçado quando são servidas com um pouco de gorgonzola, torradas e nozes assadas com manteiga e sal.

Descasque seis peras firmes e as coloque em pé numa caçarola. Deixe os cabinhos, se elas ainda estiverem com eles. Esprema suco de limão por cima de cada uma. Molhe-as com uma xícara de vinho tinto e salpique ¼ de xícara de açúcar por cima. Acrescente ao vinho ¼ de xícara de passas sultanas, uma fava de baunilha e alguns cravos. Tampe e leve ao fogo brando por 20 minutos (ou mais, dependendo do tamanho e do estágio de maturação das peras). Não deixe que amoleçam. Na metade do tempo, vire-as de lado e banhe diversas vezes com a calda de vinho. Transfira para os pratos de servir, ponha as sultanas e um pouco do vinho por cima de cada pêra e enfeite com tirinhas finas de casca de limão.

*

Pudim rústico de pão e maçã

Surpreende-me que as maçãs nodosas que eu encontro na feira de sábado tenham um sabor acentuado. Mesmo nossas macieiras há tanto tempo abandonadas produzem com garra seus frutos raquíticos. Pequenas demais para serem fatiadas, elas pelo menos fazem uma respeitável manteiga de maçãs. Para essa sobremesa robusta, corte as maçãs em fatias grossas.

Descasque, tire o centro e corte quatro ou cinco maçãs de assar em fatias grandes. Esprema suco de limão sobre elas e depois pulverize com noz-moscada. Toste uma xícara de amêndoas fatiadas. Remova toda a casca de um pão dormido (pão fresco seria macio demais para esta receita). Corte o pão em fatias e disponha algumas delas no fundo de uma assadeira retangular (de 22cm por 30cm, mais ou menos) untada com manteiga. Numa frigideira, derreta seis colheres de sopa de manteiga e seis colheres de sopa de açúcar. Acrescente ¾ de xícara das amêndoas tostadas, duas colheres de sopa de suco de limão e ¼ de xícara de sidra ou água. Misture os pedaços de maçã a essa frigideira. Arrume camadas da mistura de maçãs e do pão na assadeira, terminando com uma camada de pão. Bata bem seis colheres de sopa de manteiga amolecida e quatro colheres de sopa de açúcar. Sempre batendo, acrescente quatro ovos, 1 ¼ de xícara de leite e ¾ de xícara de creme *light*. Derrame de forma homogênea sobre o pão. Salpique com um pouco de açúcar, noz-moscada e o que restou das amêndoas tostadas. Asse em 175° por uma hora. Deixe descansar por uns 15 ou 20 minutos. Sirva com requeijão cremoso adoçado ou creme *chantilly*. Rendimento: 8 porções.

*

Sorbet *de tangerina*

Se eu tivesse crescido aqui, tenho certeza de que a fragrância dos cítricos estaria associada de modo indelével ao Natal. As decorações de Natal em Assis são grandes ramos de limões em todas as lojas. Em contraste com as pedras claras, os frutos brilham como enfeites, e o perfume dos limões está impregnado no ar gelado. Do lado de fora dos mercadinhos em toda a Cortona, cestas de clementinas alegram as ruas. Os bares estão fazendo o mais opulento dos sucos, o da laranja sangüínea. O primeiro sabor, forte como o de *grapefruit,* passa rapidamente para uma intensa doçura que permanece. Este *sorbet,* que se revela uma pausa fantástica num jantar de inverno, pode ser feito com outros sucos. Bom também como uma sobremesa leve, ele é delicioso servido com finos biscoitinhos de chocolate.

Prepare uma calda de açúcar com uma xícara de água e uma xícara de açúcar, deixando que abra fervura e continue fervendo em fogo baixo por uns cinco minutos. Incorpore à calda 1 ¼ de xícara de suco de tangerina fresco, uma xícara de água, uma colher de sopa de suco de limão, além da casca ralada das tangerinas usadas. Resfrie totalmente na geladeira – até que esteja bem frio. Processe numa sorveteira de acordo com as instruções do fabricante. Rendimento: 6 porções.

*

Bolo de limão

Importação particular nossa, este bolo do sul dos Estados Unidos é uma receita que já fiz centenas de vezes. Fatias finas parecem combinar bem aqui com cerejas e morangos de verão ou com peras de inverno. Ou simplesmente com um pequeno copo de um dos muitos vinhos de sobremesa italianos, como por exemplo o "B" de Banfi.

Bata em creme uma xícara de manteiga sem sal e duas xícaras de açúcar. Acrescente, sempre batendo, três ovos, um de cada vez. A mistura deve ficar leve. Em separado, misture três xícaras de farinha de trigo, uma colher de chá de fermento em pó, ¼ de colher de chá de sal, e incorpore à massa da manteiga alternadamente com uma xícara de leitelho. (Na Itália, uso uma xícara de creme de leite, já que não existe leitelho à venda.) Comece e termine com a farinha misturada. Acrescente três colheres de sopa de suco de limão e a casca ralada de um limão. Asse numa forma de canudo, não-aderente, a 150º por 50 minutos. Use um palito para ver se está pronto. O bolo pode ser coberto com ¼ de xícara de manteiga amolecida, batida com 1 ½ xícara de açúcar de confeiteiro e três colheres de sopa de suco de limão. Decore com pequenas espirais de casca de limão.

CAMINHO DE ROSAS

NAS DEZ HORAS QUE PASSO SENTADA ereta no meu assento de corredor, indo para Paris, leio com intensa concentração uma história da poesia experimental francesa, a revista de bordo, até mesmo o cartão de instruções para emergências. Foram tantas as crises no trabalho antes de eu deixar San Francisco no final de maio que senti vontade de ser carregada para o avião de maca, embrulhada em lençóis, colocada no corredor dianteiro do avião com cortinas à minha volta, com a comissária de bordo dando uma olhadinha de vez em quando com uma xícara de leite morno – ou um martíni de gim, cor de safira. Viajei uma semana antes de Ed terminar as aulas, fugi, na realidade, no dia seguinte à formatura, no primeiro avião que aquecia os motores na pista.

Depois de uma breve espera no Charles de Gaulle, peguei um vôo da Alitalia. O piloto não perdeu tempo em ganhar altura. Um piloto italiano será sempre um piloto italiano, creio eu. De repente, percebi um aumento da energia e me perguntei se ele estaria tentando ultrapassar alguém. Logo ele resolveu descer, direto, para o aeroporto de Pisa. Ninguém demonstrou alarme; e, por isso, procurei controlar a respiração e segurar o avião no ar pelos descansos de braço.

Vou passar a noite. Se o avião estivesse atrasado, a perspectiva de fazer uma baldeação de trens em Florença à noite me pareceu extenuante. Registro-me num hotel e descubro que estou pronta para caminhar. É a hora da *passegiata*. Multidões que se comunicam, fazem visitas, passeiam, fazem pequenas compras. A torre ainda está inclinada, os turistas ainda tiram fotos de si mesmos inclinados para um lado ou para o outro diante dela. As casas em tons ocre e pastel ainda formam uma curva ao longo do rio como se fossem uma aquarela de si mesmas. A padaria com seus aromas está apinhada de mulheres com sacolas de compras. Magnífico chegar sozinha a um país estrangeiro e sentir o impacto da diferença. Aqui estão eles, o tempo todo, ocupados em viver. Não falam como eu, nem se parecem comigo. O ritmo do seu dia é totalmente diferente. Eu sou decididamente estrangeira. Janto num restaurante ao ar livre numa *piazza.* Ravióli, frango assado, vagem, salada, meia jarra de um tinto da região. E então meu enlevo diminui, e um cansaço absoluto e delicioso toma conta de mim. Depois de um banho de banheira com toda a espuma do hotel, durmo dez horas seguidas.

O primeiro trem da manhã me transporta por campos de papoulas vermelhas em flor, olivais e, a esta altura, as conhecidas aldeias de pedra. Montes de feno, freiras de branco andando, quatro, lado a lado, roupas de cama sacudidas pela janela, rebanhos de carneiros, espirradeiras, Itália! Fico olhando pela janela a viagem inteira. Quando nos aproximamos de Florença, me preocupo em não bater com meu novo computador portátil em alguma coisa enquanto estiver lidando com minha bolsa de viagem. A maioria das minhas roupas de verão está na casa; por isso, posso viajar com pouca bagagem. Mesmo assim, estou me sentindo como uma besta de carga com minha bolsa, o computador e a bagagem de mão todos pendurados em mim. Mas é bom chegar à estação de Florença, que sempre me traz a nítida lembrança da minha primeira viagem até a Itália, há quase vinte e cinco anos, o som exótico e esfumaçado do alto-falante anunciando a chegada de Roma no *binario undici* e a partida para Milão no *binario uno,* os cheiros de óleo dos trens e todo mundo indo para algum lugar.

Felizmente, o trem está quase vazio, e eu arrumo minha bagagem com facilidade. A meio caminho de casa (*casa,* eu disse a mim mesma), um carrinho passa com sanduíches e bebidas. O trem não pára em Camúcia; eu salto em Terontola e chamo um táxi.

Quinze minutos mais tarde, chega um táxi. Assim que entro, um segundo táxi pára ao lado e o motorista começa a gritar e a gesticular. Eu imaginava que o táxi no qual embarquei fosse o que eu havia chamado; mas não, ele só passou ali por acaso. E não quer desistir da corrida. Eu lhe digo que havia chamado um táxi, mas ele começa a dar partida. O outro motorista bate com violência na porta, gritando mais alto, ele estava almoçando, veio aqui especialmente para a *americana,* ele também tem de ganhar o pão de cada dia. A saliva se acumula nos cantos da sua boca, e eu receio que ele comece a espumar de raiva.

– Pare, por favor. Eu deveria ir com ele. Mil desculpas!

O homem solta um grunhido, pisa no freio e joga minha bolsa lá fora. Eu embarco no outro táxi. Os dois se enfrentam, falando ao mesmo tempo, com punhos e maxilares trêmulos; de repente, eles se entendem e começam a apertar as mãos, sorridentes. O motorista abandonado dá a volta até onde eu estou, sorri e me deseja uma boa viagem.

Quando chego, minha irmã, meu sobrinho e amigos deles já estão na casa há umas duas semanas. Minha irmã fez com que plantassem gerânios brancos e cor de coral em todos os vasos. O cheiro verde de grama recém-cortada me diz que Beppe deve ter cortado o gramado hoje de manhã. Apesar da poda radical que fiz em dezembro, as rosas que plantamos no verão passado já estão da minha altura. Estão profusamente floridas – abricó, branca, amarela, cor-de-rosa. Centenas de borboletas adejam em meio à alfazema. A casa tem vasos com lírios amarelos, margaridas e flores do campo. Está limpa e cheia de vida. Minha irmã tem até um vaso de manjericão crescendo junto à porta da cozinha.

Estão todos numa viagem de um dia a Florença na hora em que chego; por isso, tenho a tarde para tirar o saco de roupas de debaixo da cama e arejar minhas roupas de verão. Como já estão instaladas aqui mais cinco pessoas, vou dormir no meu escritório por alguns dias. Arrumo a cama estreita com lençóis amarelos, ponho o computador na escrivaninha de travertino, abro as janelas e estou em casa.

Mais tarde, descubro minhas botas e caminho pelos terraços. Beppe e Francesco andaram roçando. Mais uma vez, perdi a batalha das flores do campo. Na sua ânsia de limpeza, eles não pararam diante de nada, nem mesmo as rosas silvestres (que eu conheço como Cherokee). Papoulas, cravos silvestres, uma flor branca felpuda e a quantidade de ervas daninhas de flores amarelas sobrevivem apenas ao longo da beira dos terraços. As oliveiras são a grande novidade. Em março, eles plantaram trinta nas lacunas nos terraços, elevando nosso número para cento e cinqüenta árvores. E já estão florindo. Nós encomendamos este ano árvores maiores do que as dez que Ed plantou no ano passado. Com o ritmo de crescimento das oliveiras, nós queremos ainda estar vivos para juntar um pouco de azeite. Beppe e Francesco estaquearam cada árvore nova e enfiaram uma almofada de ervas daninhas entre a estaca e o tronco para evitar lesões. Ed sabia que deveria cavar um grande buraco para cada árvore, mas não sabia que a cova deveria ser enorme e funda. Beppe explicou que as novas árvores precisam de um bom *polmone,* pulmão. Em volta de cada uma, eles cavaram até uma circunferência de 1,20m. Também plantaram mais duas cerejeiras, para acompanhar as que Ed plantou na última primavera.

Durante uma semana, cozinhamos, fizemos viagens apressadas a Arezzo e Perúgia, caminhamos, compramos cachecóis e lençóis na feira de Camúcia e atualizamos nossas notícias da família. Ed chega a tempo do jantar de despedida no qual são servidos generosos copos de alguns Brunellos que meu sobrinho comprou em Montalcino. Depois eles fazem as malas, malas e mais malas (tanta coisa a comprar por aqui) e vão embora.

Eles tiveram um maio quente; agora começa a chover. As roseiras exuberantes se inclinam e balançam ao vento. Saímos correndo com pás para estaqueá-las e ficamos encharcados. Ed cava enquanto eu corto as flores mortas, podo alguns dos galhos mais finos e aplico adubo, embora tenha medo de que promova ainda mais as plantas no estilo João e o Pé de feijão. Corto uma braçada das brancas que florescem em buquês já prontos. Dentro de casa, passamos roupa, rearrumamos o que foi mudado de lugar quando muitas pessoas acomodaram a casa a seu gosto. Tudo se encaixa rapidamente nos seus lugares. Parece que foi há séculos que cheguei aqui em junho e encontrei escadas, trabalhadores, canos, fios, entulho e poeira por toda parte. Agora simplesmente chegamos e começamos nossa vida.

Uma panela de minestrone para as noites de chuva. Uma caminhada pela estrada romana até a cidade para comprar queijo, rúcula, café. As cerejas de Maria Rita estão melhores do que nunca. Comemos um quilo a cada vinte e quatro horas. Toda a remoção de tocos e pedras assim como a limpeza compensaram. Roçar o terreno agora é mais fácil. Não são tantas as pedras que voam quando a roçadeira vai abrindo caminho no meio das ervas daninhas. Quantas pedras nós recolhemos?

Quantidade suficiente para construir uma casa? Vaga-lumes tremeluzindo nos terraços à noite, cucos (não parece que eles dizem *ruco* em vez de cuco?) nas alvoradas de um azul delicado. Uma ave tímida que canta "*sweet, sweet*". Poupas todas elegantes com sua plumagem exótica, sem mais nada a fazer a não ser ciscar a terra. Longos dias com o canto dos pássaros em vez do ruído do telefone.

Plantamos mais rosas. Nesta região da Toscana, suas flores são espetaculares. Quase todos os jardins têm rosas em extrema abundância. Selecionamos uma Paul Neyron, com pétalas franzidas de um rosa forte, como um tutu, e um espantoso perfume citrino de rosas. Eu preciso ter duas das cor-de-rosa do tamanho de bolas de tênis chamadas Donna Marella Agnelli. Seu perfume me traz de volta a lembrança do abraço apertado de Delia, uma das amigas da minha avó, que usava chapéus enormes e era uma cleptomaníaca que ninguém jamais denunciou porque isso mataria seu marido de vergonha. Quando ele percebia algum objeto novo na casa, ia até a loja de onde calculava que o objeto era e dizia: "Minha esposa se esqueceu totalmente de pagar por isto aqui. Simplesmente saiu com ele na mão e só foi se lembrar ontem à noite. Quanto eu lhe devo?" Talvez seu empoado perfume de rosas fosse roubado.

– Não plante nenhuma roseira da variedade Peace – recomendou-me uma amiga, grande conhecedora de rosas. – Elas são tão banais. – Mas elas não são apenas deslumbrantes; suas cores de creme da cor de baunilha, de pêssego e de um rosado forte repetem as cores da casa. O lugar delas é neste jardim. Planto diversas. As rosas de um laranja dourado do ano passado estão abrindo com um bom tamanho, suas cores ousadas contribuindo para sua bela vulgaridade. Agora temos uma fileira de roseiras ao longo do caminho que chega à casa, com alfazema plantada entre as roseiras. Estou começando a acreditar em aromaterapia. Quando vou andando para a casa através de ondas de perfume, é impossível não inspirar fundo e sentir uma infusão de felicidade.

Na escada que leva ao terraço da frente, a velha pérgula de ferro continua na parte alta e na baixa, com jasmim plantado há dois anos que se está enroscando nela e descendo pela grade lateral da escada. Agora resolvemos fazer mais uma longa fileira de rosas do outro lado do caminho e uma pérgula na outra ponta. Isso restaura a impressão da pérgula original de rosas que existia quando vimos a casa pela primeira vez, mas agora queremos a sensação de amplidão do caminho largo em vez de reconstruir a pérgula contínua. As duas variedades de rosas que escolhemos – uma de um rosa leitoso, uma parecendo veludo vermelho – são a Queen Elizabeth e a Abe Lincoln (pronunciado Ê-bei Lin-có-nei no horto). É bom pensar nessas duas forças, uma ao lado da outra. Minhas rosas preferidas começam com uma cor e abrem com outra. *Gioia,* alegria, é perolada quando botão e amarelo-palha quando totalmente aberta, com algumas pétalas com veios e extremidades cor-de-rosa. Plantamos mais das rosas de um tom de abricó, uma outra que é amarela como sinal de trânsito, uma Pompidou e uma que homenageia o Papa João XXIII. São tantas as pessoas importantes simplesmente florindo no nosso jardim. Não resisto a uma cor de lilás enfumaçado, de ar decadente, cujo lugar parece ser a mão de alguém dentro de um caixão.

Visitamos um *fabbro,* serralheiro, logo do outro lado do rio em Camúcia. Seus dois filhos se aproximam quando estamos conversando com o pai, sua oportunidade de ver de perto estrangeiros esquisitos. Um menino, dos seus doze anos, tem olhos verdes de uma frieza assustadora. Ele é esguio e bronzeado. Não consigo deixar de encará-lo de volta. Tudo de que precisa é uma pele de cabra e uma flauta tosca. O *fabbro* também tem olhos verdes, mas de uma cor mais sóbria. A esta altura, já visitei as oficinas de cinco ou seis *fabbri.* A atividade deve atrair homens de emoções fortes. Essa oficina é aberta de um lado de modo que não tem a aparência fuliginosa da maioria delas. Ele nos mostra suas tampas de poço, suas grades para tampas de inspeção, itens práticos. Penso no *fabbro* pensativo, que foi o primeiro que conhecemos, agora morto de câncer no estômago, aquele que perambulava num mundo só seu na oficina enegrecida, passando o dedo pelo castiçal tortuoso e pelos arcaicos mastros com cabeças de animais. Nosso portão ainda abre inclinado. Ele morreu antes de consertá-lo, e nós nos acostumamos à sua ferrugem e suas curvas. O *fabbro* de olhos verdes nos mostra seu jardim e sua bela casa. Talvez seu filho fauno siga sua profissão.

Algumas coisas são fáceis. Vamos apenas cavar buracos, fixar os postes de ferro e então encher os buracos com cimento. Escolhemos uma rosa trepadeira cor-de-rosa ("Qual é o nome?" "Não tem nome, *signora.* É só uma rosa. *Bella, non?")* para os dois lados.

Já tive alguns jardins, mas nunca plantei rosas. Quando era criança, meu pai fez um jardim em volta do cotonifício que administrava para meu avô. Com uma obstinação que só me deixa pasma, ele plantou mil roseiras, todas da mesma variedade. *L'étoile de Holland,* uma rosa vital de um vermelho sangue, é a flor do meu pai. Para dizer o mínimo, ele era um homem difícil; e para complicar as coisas, morreu aos quarenta e sete anos de idade. Até ele morrer, nossa casa sempre esteve cheia com suas rosas, grandes vasos, jarros de cristal, jarrinhas solitárias de prata em todas as superfícies possíveis. Elas nunca murchavam porque ele mandava alguém cortar uma braçada nova todos os dias durante a floração. Consigo vê-lo ao meio-dia, entrando pela porta dos fundos, no seu terno de linho bege, de algum modo não amarfanhado pelo calor. Como um bebê no colo, ele traz um cone de jornal envolvendo uma grande quantidade de botões vermelhíssimos.

– Quer dar uma olhada nisso? – Ele as entrega a Willie Bell, que já está à sua espera com tesouras e vasos. Ele gira o chapéu-panamá na ponta do dedo. – Então me diga, quem precisa ir para o paraíso?

Nos meus jardins, plantei ervas aromáticas, papoulas da Islândia, brincos-de-princesa, amores-perfeitos, cravinas. Agora estou apaixonada por rosas. Já temos grama suficiente para eu poder andar lá fora descalça no orvalho todas as manhãs e cortar uma rosa e um pouco de alfazema para minha mesa de trabalho. A lembrança se interrompe e volta: na fábrica, meu pai tinha sempre uma única rosa na mesa de trabalho. Percebo que só coloquei uma vermelha. Quando bate o sol da manhã, a dupla fragrância fica mais forte.

*

Agora que tanto trabalho está terminado, sentimos o gosto do futuro. Chegará um tempo em que só faremos a jardinagem, a manutenção (é surpreendente que algumas das janelas já precisem ser retocadas por dentro), algum refinamento. Temos uma lista de projetos agradáveis como, por exemplo, caminhos de pedra, um afresco na parede da cozinha, excursões à região de Marche à caça de antigüidades, um forno de pão ao ar livre. E uma lista de projetos menos gloriosos: descobrir como funciona o sistema séptico, que exala um apavorante odor de nabo quando muita gente está usando a casa; limpar e rejuntar as paredes de pedra da adega; reconstruir partes dos muros de pedra que ruíram em alguns terraços; trocar os azulejos do banheiro de borboletas. Todas essas tarefas teriam parecido importantes no passado, e agora só parecem ser itens numa lista. Mesmo assim, estão chegando os dias em que trabalharemos com um professor de italiano, levaremos o livro de flores do campo em longos passeios, viajaremos até o Vêneto, a Sardenha e a Apúlia, até mesmo tomaremos uma embarcação saindo de Brindisi ou Veneza para a Grécia. Embarcar de Veneza, onde se sente o primeiro toque do Oriente!

Essa hora, porém, ainda não chegou. Avulta o último grande projeto.

Sempre pietra (sempre pedra)

Primo Bianchi sobe com dificuldade a entrada de automóveis no seu Ape carregado de sacos de cimento. Ele salta para orientar um grande caminhão branco cheio de areia, vigas de aço e tijolos que vem subindo de ré pela entrada estreita, arranhando o espelho nos pinheiros e arrancando um galho do abeto com um som rachado. Primo era nossa escolha para a reforma três anos atrás, mas não podia trabalhar em decorrência de uma cirurgia no estômago. Ele tem a mesma aparência – de alguém que fugiu da oficina de Papai Noel. Nós examinamos o projeto. A parede de um metro de espessura da sala de estar será aberta para fazer a comunicação com a cozinha da *contadina,* que receberá um novo piso, novo emboço e nova fiação. Ele faz que sim.

– *Cinque giorni, signori* – cinco dias. Esse aposento grosseiro, que até agora não foi tocado, serve como depósito para a mobília de jardim durante o inverno e é o último baluarte dos escorpiões. Em respeito às normas referentes a terremotos, a abertura terá apenas 1,50m de largura, não tão larga quanto queríamos. Mas haverá portas que se abrirão para o jardim, e os dois aposentos, afinal, serão ligados.

Contamos a Primo a história de que os homens de Benito saíram correndo da casa quando abriram a parede entre a cozinha nova e a sala de jantar. Fico tranqüilizada quando ele ri. Será que vão começar amanhã?

– Não, amanhã é terça-feira, um dia não muito bom para começar uma obra. O trabalho iniciado numa terça nunca termina, uma velha superstição, não que eu acredite nela, mas meus homens acreditam. – Nós concordamos. Decididamente queremos que o projeto termine.

Na terça-feira fatídica, tiramos toda a mobília e os livros da sala de estar, removemos tudo das paredes e da lareira. Marcamos o centro da parede e tentamos visualizar a sala ampliada. É a imaginação que nos sustenta ao longo do estresse desses projetos. Logo estaremos felizes! As salas darão a impressão de que sempre foram uma só! Teremos cadeiras de jardim naquela ponta do terraço da frente e poderemos ouvir Brahms ou Bird saindo pela porta da cozinha da *contadina*. Em breve, ela não será mais chamada assim; passará a ser a sala de estar.

Intercapedine é uma palavra que eu sei só em italiano. Meu dicionário dá a tradução de "lacuna, cavidade". É uma palavra importante no jargão da restauração de casas de pedra com umidade. A *intercapedine* é uma parede de tijolos construída até parte da altura de uma parede úmida. Uma distância de *due dita,* dois dedos, é deixada entre as duas paredes para que a umidade seja contida pela barreira de tijolos. A cozinha da *contadina* tem uma parede dessas bem na extremidade da casa. Ela parece mais funda do que o normal. Impacientes, Ed e eu resolvemos demolir uma parte dela, para ver se seria possível afastar a *intercapedine* um pouco mais para perto da parede de pedra, ampliando assim o pequeno aposento. À medida que os tijolos vão caindo, ficamos espantados de descobrir que não *existe* nenhuma parede no final da casa no térreo. Ela foi construída diretamente encostada na pedra sólida da encosta. Por trás da *intercapedine,* encontramos Monte Sant'Egidio! Rocha imensa, escarpada!

– Bem, agora nós sabemos por que esse cômodo tinha um problema de umidade. – Ed está arrancando raízes de figueira e de sumagre. Ao longo da borda do piso, ele descobre os restos cobertos de entulho de um canal para umidade que deve ter funcionado no passado.

– Uma bela adega – é tudo o que consigo dizer. Sem saber o que mais fazer, tiramos algumas fotos. Essa descoberta decididamente não está em harmonia com o sonho transcendental de uma centena de anjos.

Chega a auspiciosa quarta-feira, e com ela, às sete e meia, Primo Bianchi com dois *muratori,* pedreiros, e um ajudante para carregar pedras. Eles chegam sem trazer qualquer tipo de máquina. Cada um carrega um balde com ferramentas. Descarregam paus para andaimes, cavaletes, chamados *capretti,* cabritos, e apoios para teto de metal em forma de T, chamados *cristi* (por causa da cruz na qual Jesus foi crucificado). Quando vêem a parede de pedra natural que nós descobrimos, eles param, com as mãos nos quadris, e emitem um "*Madonna mia*" coletivo. Não conseguem acreditar que tenhamos derrubado a parede, especialmente que eu estivesse envolvida no processo. Começam a trabalhar imediatamente – primeiro, cobrindo o chão com um plástico protetor reforçado – na abertura da parede entre esse aposento e a sala de estar. Em seguida, removem uma fileira de pedras ao longo do que será a parte superior da porta. Ouvimos o familiar retinido da talhadeira na pedra, a música de construção mais antiga que existe. Logo, a viga entra no lugar. Eles enchem o vazio com cimento e tijolos para fixá-la. Enquanto o cimento não secar, não há mais nada a fazer na porta; por isso, eles começam a arrancar o feio piso de ladrilhos com uns pés-de-cabra compridos.

Eles conversam e riem tão rápido quanto trabalham. Como Primo é um pouco surdo, todos aprenderam a falar quase gritando. Mesmo quando ele não está por perto, os outros continuam. São perfeitamente organizados, limpando tudo à medida que avançam. Desta vez, nada de telefone soterrado. Franco, que tem os olhos negros, reluzentes, quase como os de um bicho, é o mais forte. Embora seja esguio, ele tem aquela força vigorosa que parece vir mais da vontade do que dos músculos. Fico observando enquanto ele ergue uma pedra quadrada que servia de primeiro degrau para a escada dos fundos. Quando revelo assombro, ele se exibe um pouco e a levanta até o ombro. Mesmo Emilio, cuja função é carregar pedras, parece de fato gostar do que está fazendo. Parece estar sempre se divertindo. Por mais quente que esteja, ele usa um boné de lã tão puxado para baixo que o cabelo forma um babado espetado em toda a volta. Parece ter uns sessenta e cinco anos, um pouco velho para um *manovale,* trabalhador braçal. Eu me pergunto se ele era *muratore* antes de perder dois dedos. Quando acabam de arrancar o ladrilho horrível e uma camada de concreto, encontram um piso de pedra por baixo. Então, Franco retira algumas dessas pedras e descobre uma segunda camada de piso de pedra.

– *Pietra, sempre pietra* – diz ele.

É verdade. Ruas, muralhas de cidades, muros de terraços, casas de pedra. Vamos plantar uma roseira e já batemos em quatro ou cinco pedras, das grandes. Todos os sarcófagos etruscos, com imagens da morte esculpidas no alto em poses realistas, cheias de vida, devem ter derivado da transferência mais natural através de morte que eles poderiam imaginar. Depois de vidas inteiras lidando com a pedra, por que não, na morte, transformar-se em pedra?

No dia seguinte, eles abrem o mesmo tipo de buraco ao longo da parte superior da porta no lado da sala de estar. Chamam-nos para olhar. Primo bate na extremidade de uma viga mestra com sua talhadeira.

– *È completamente marcia, questa trava.* – Ele bate na parte exposta da viga. – *Dura, qua.* – Ela está totalmente apodrecida dentro da parede, embora a parte exposta esteja em perfeito estado. – *Pericoloso!* – A pesada viga poderia ter quebrado, fazendo desmoronar parte do piso acima dela. Eles apóiam a viga com um *cristo* enquanto Primo tira as medidas e sai para comprar uma viga nova de castanheiro. Ao meio-dia, a viga metálica naquele lado já está instalada. Eles não param para descanso, saem para almoçar por apenas uma hora e voltam a trabalhar até as cinco.

No terceiro dia, o volume de trabalho já realizado é espantoso. Nesta manhã, a viga antiga sai do lugar com a facilidade com que se arranca um dente mole. Com tábuas compridas sustentadas por *cristi* dos dois lados da viga, eles firmam o teto de tijolos, arrancam pedras, movem um pouco a viga e a fazem descer ao chão. A nova se encaixa no lugar facilmente. Que simplicidade fabulosa na construção. Enfiam cunhas de pedra em volta dela, cobrem com cimento, depois enchem com mais cimento o pequeno espaço entre a viga e o teto. Enquanto isso, dois homens cavam o chão e removem entulho. Ed, que está trabalhando no quintal bem ao lado da porta, ouve "*Dio maiale!*", estranha imprecação que significa Deus-porco. Ele dá uma olhada pela porta e vê, abaixo da pedra enorme que Emilio está mantendo em pé com sua cavadeira, uma terceira camada de pedra. As duas primeiras camadas eram de pedras grandes, lisas, difíceis de serem carregadas dali. Já esta camada é grosseira: rochas do tamanho de malas, algumas pontudas e fundas no chão. Da cozinha, ouço gemidos alarmantes quando eles conseguem virá-las e fazer com que rolem para cima de uma prancha para poder jogá-las pela porta. Receio que logo descubram água. Emilio leva no carrinho as pedras menores e a terra para a entrada de automóveis, onde uma montanha de entulho está se acumulando. Vamos ficar com as gigantescas. Uma tem marcas alongadas, como hieróglifos. Etruscos? Examino o alfabeto num livro mas não consigo relacionar esses sinais a nada. Talvez sejam um diagrama de plantio de algum lavrador ou rabiscos pré-históricos. Ed lava a pedra com a mangueira, e nós a olhamos de lado. A gravação faz então perfeito sentido. O IHS cristão encimado por uma cruz, com outra cruz tosca ao lado. Uma lápide? Um altar primitivo? A pedra tem a parte superior plana, e eu peço que eles a arrastem para um lado. Podemos usá-la como uma pequena mesa ao ar livre. Emilio não demonstra nenhum interesse. "*Vecchio*", velho, diz ele. Mesmo assim, insiste que sempre haverá utilidade para esse tipo de pedra. Eles cavam a tarde inteira. Eu ouço seus resmungos "*Etruschi, Etruschi",* etruscos, etruscos. Debaixo da terceira camada, chegam à pedra da montanha. A esta altura, já abriram uma garrafa de vinho e tomam goles de vez em quando.

– *Come Sisyphus* – como Sísifo, tento brincar.

– *Esattamente* – responde Emilio. Na terceira camada, descobriram vigas de pedra e *una soglia,* uma soleira em *pietra serena,* a célebre pedra de construção desta região. Evidentemente, as pedras de uma casa anterior foram usadas na construção desta casa. Essas, eles enfileiram junto à parede, com exclamações de admiração pela beleza da pedra.

*

Lá fora, num dos terraços, temos uma pilha de *cotto* para o piso, que sobrou quando o novo banheiro foi construído e o pátio do andar de cima teve o piso refeito. Esperamos recuperar uma quantidade suficiente deles para usar na nova sala. Ed e eu apanhamos os bons, soltamos a argamassa, lavamos todos num carrinho de mão e os esfregamos com escovas de aço. Temos cento e oitenta deles, alguns muito esburacados mas que podem ser usados em parte. Os homens ainda estão carregando pedras. O nível do piso está agora sessenta centímetros mais baixo. O caminhão branco sobe mais uma vez de ré pela entrada de automóveis para entregar telhas compridas e planas com cerca de 25cm por 60cm, com canais de ar por dentro. Tijolos comuns são dispostos em dez fileiras no chão escavado e nivelado, agora praticamente só um leito de rocha firme, com um pouco da pedra da montanha conhecida por aqui como *piscia,* urina, por seu característico desenho de água escorrida nas fissuras. Os tijolos formam canais de drenagem. Longas telhas são cimentadas sobre eles. O pessoal mistura o cimento como se fosse massa para macarrão. Jogam a areia no chão formando um monte, fazem um buraco no centro e começam a acrescentar cimento e água, batendo com uma pá. Em cima das telhas, eles espalham *membrane,* um material semelhante ao papel alcatroado, e uma tela de reforço feita de arame grosso de ferro. Por cima disso, uma camada de cimento. Um dia de trabalho, diria eu.

Somos poupados dos guinchos de uma betoneira. Rimos quando nos lembramos da betoneira de Alfiero no verão da grande muralha. Um dia, ele pôs a betoneira em funcionamento, trabalhou um pouco e depois saiu para outro serviço. Quando voltou, nós o vimos dando socos na betoneira. Ele se havia esquecido do cimento, que à tarde já estava endurecido. Nós agora rimos das outras fraquezas dos trabalhadores que andaram por aqui. Estes aqui são príncipes.

Rachaduras no reboco, como as da minha sala de jantar em San Francisco depois do terremoto, surgiram no segundo e no terceiro andar acima do local onde a porta está sendo aberta. Alguns pedaços maiores caíram. Seria possível que a casa inteira simplesmente desmoronasse? De dia, fico empolgada com o projeto. Todas as noites, tenho os sonhos de ansiedade mais antigos: preciso fazer uma prova, não estou com meu caderno de exames, não sei qual é a matéria. Perdi o trem num país estrangeiro e já anoiteceu. Ed sonha que um ônibus cheio de estudantes vem até a casa com trabalhos para ele avaliar até amanhã. De manhã, ligeiramente acordada às seis, deixo a torrada queimar duas vezes.

A parede está quase aberta. Já inseriram uma terceira viga de aço por cima da abertura, fizeram a coluna de apoio de tijolos de um dos lados e trabalharam na nova parede de tijolos de espessura dupla que irá nos separar da montanha. Primo examina os tijolos que limpamos. Quando ergue um deles, um escorpião grande sai correndo, e ele o esmaga com o martelo, rindo quando eu me encolho.

Mais tarde, enquanto leio no meu escritório, vejo um escorpião minúsculo que vai escalando a parede amarela. Geralmente, eu os apanho num copo e os conduzo ao lado de fora. Este aqui eu simplesmente deixo continuar escalando a parede. Daqui, as pancadas dos três pedreiros nas pedras adquirem um ritmo estranho, quase oriental. Está quente, tão quente que sinto vontade de correr do sol, como se corre de uma tempestade. Estou lendo a respeito de Mussolini. Ele recolheu alianças de casamento das mulheres italianas para financiar sua guerra na Etiópia, só que nunca as fundiu. Anos mais tarde, quando foi apanhado na tentativa de fuga, ainda tinha um saco de alianças de ouro. Numa foto, ele está com os olhos esbugalhados, o crânio deformado e careca, o queixo rígido. Parece enlouquecido, ou lembra Gasparzinho, o fantasma. O barulhinho dos pedreiros parece um gamelão. Na última foto, Mussolini está pendurado de cabeça para baixo.

A legenda diz que uma mulher lhe deu um chute no rosto. Estou sonolenta e imagino os homens numa dança indonésia com *Il Duce* lá embaixo.

*

As montanhas de pedra de cada lado da porta começam a desanimar. Precisamos dar um primeiro passo para removê-las dali. Stanislao, nosso trabalhador polonês, chega ao amanhecer. Às seis, o filho de Francesco Falco, Giorgio, chega com seu novo arado, pronto para trabalhar nos terraços das oliveiras, e logo atrás vem Francesco a pé. Como de costume, ele traz sua ferramenta de corte, uma combinação de facão e foice, enfiada nas costas das calças. Ele se prepara para ajudar Giorgio, tirando pedras do caminho do trator, afastando ramos da frente e limpando o terreno. Mas nosso garfo está errado.

– Olhem só! – Ele segura o garfo no alto, com as pontas para cima, e a ferramenta rapidamente vira ao contrário, com as pontas para baixo. Francesco bate com o martelo até soltar o metal do cabo, vira o cabo e volta a montar o garfo. Então, ele nos exibe o garfo, que dessa vez não vira. Nós usamos esse garfo centenas de vezes sem perceber o problema; mas é claro que ele está certo.

– Os velhos italianos sabem tudo – diz Stanislao.

Um carrinho de mão após o outro, transportamos pedras para uma pilha afastada, num dos terraços de oliveiras. Eu apanho só as pequenas e médias; Ed e Stanislao lutam com as gigantes. Vídeo de aeróbica de baixo impacto, morra de inveja. Beber oito copos d'água por dia? Sem nenhum problema. Estou ressecada. Nos Estados Unidos, no meu *collant* cor de vinho, eu levanto pesos e repito, e um e dois, e continuo a levantar... mas aqui não é malhação, é trabalho. Dobrar-se e esticar-se: fácil quando se está limpando uma encosta de morro. Seja como for, estou exausta com esse trabalho braçal e também estou adorando. Depois de três horas, já transferimos cerca de um quarto das pedras. *Madonna serpente!* Não tente calcular quantas horas a mais nos aguardam. E todas as pedras realmente enormes estão na outra pilha. Suor e sujeira escorrem pelos meus braços. Os homens estão sem camisa, cheirando mal. Meu cabelo molhado de suor está grudado com poeira. A perna de Ed está sangrando. Ouço Francesco no terraço acima de nós, conversando com as oliveiras. O trator de Giorgio anda numa inclinação espantosa num dos terraços estreitos, mas Giorgio é muito experiente para vir rolando morro abaixo. Penso no longo banho relaxante que vou tomar. Stanislao começa a assobiar "Misty". Uma pedra que não conseguem mover tem a forma parecida com a da cabeça enorme de um cavalo romano. Pego o cinzel e começo a trabalhar nos olhos e na crina. O sol atravessa o vale a passos largos. Primo ainda não nos viu envolvidos em trabalho braçal. Ele fala com os seus homens aos gritos sobre isso. Já trabalhou em muitas reformas. Diz ele que o *padrone* estrangeiro só fica parado olhando. Ele faz a pose, com as mãos nos quadris, um ar de superioridade na boca. Quanto ao fato de uma mulher trabalhar dessa forma, ele joga as mãos para os céus. Mais no final da tarde, ouço Stanislao praguejar, "*Madonna sassi*", Madona-pedras, mas ele logo volta a assobiar sua música preferida, "Tudo é cor-de-rosa e branco como a flor da macieira quando se está apaixonado..." Os homens descem, e bebemos uma cerveja na mureta. Olhem só o que fizemos. É uma alegria enorme!

*

O caminhão branco voltou, para entregar areia de emboço (emboço, estamos chegando ao fim da obra) e levar daqui uma montanha de entulho. Os três ajudantes conversam gritando sobre as partidas de futebol da Copa do Mundo que está sendo realizada nos Estados Unidos, sobre ravióli com manteiga e sálvia, sobre quanto tempo leva para ir de automóvel até Arezzo. Trinta minutos. Você está maluco? Vinte.

Claudio, o eletricista, chega para refazer o trajeto do trançado de fios suspensos que de algum modo fornece eletricidade para esse lado da casa. Ele trouxe o filho, Roberto, de quatorze anos, que tem fantásticas sobrancelhas contínuas e olhos amendoados bizantinos que acompanham as pessoas. Ele se interessa por línguas, explica o pai, mas, como precisa ter um ofício prático, o pai está tentando treiná-lo neste verão. O garoto fica encostado, indolente, na parede, pronto para entregar ferramentas ao pai. Quando o pai vai à *pickup* apanhar mais material, ele agarra o jornal em inglês que protege o piso da tinta e o examina.

É preciso cortar as paredes para passar a fiação antes de rebocá-las. O bombeiro precisa mudar de lugar o radiador que havíamos instalado quando fizemos o aquecimento central. Mudei de idéia a respeito da sua localização. É tanta atividade! Se eles não tivessem passado dias cavando aquelas camadas de piso de pedra, a parte essencial do trabalho já estaria terminada. Os poloneses, que estavam na Itália trabalhando nas plantações de fumo, agora voltaram para casa. Só ficou Stanislao. Quem vai tirar do lugar aquelas pedras enormes? Antes de ir embora, os pedreiros nos mostram uma elipse de capim e gravetos perfeitamente tecida que encontraram dentro da parede, um *nido di topo,* tão mais bonito em italiano do que ninho de rato.

Eles estão atirando a base para o reboco, jogando-a literalmente para que grude na parede, e depois alisam tirando o excesso. Primo trouxe do seu estoque *cotto* velho para o piso. Entre o que ele trouxe e o nosso, devemos ter o suficiente. Como o piso é a última etapa, sem dúvida estamos chegando ao final da obra. Já estou pronta para aproveitar a parte boa: é difícil pensar em mobília quando a sala dá a impressão de um espaço cinzento de cela solitária. Finalmente, temos o privilégio de ouvir o primeiro barulho de máquina do projeto. O filho do eletricista, com alguma hesitação, ataca a parede com uma furadeira, rasgando canais para a nova fiação. O próprio eletricista foi embora, depois de levar um choque ao tocar um dos fios desencapados. Essa *tem de ser* a fiação em piores condições que ele já encontrou.

O bombeiro que instalou a nova banheira e o aquecimento central nos manda dois dos seus ajudantes para transferir de lugar os canos de radiador que eles desligaram na semana passada. Eles, também, são extremamente jovens. Lembro-me de que os alunos que não pretendem uma carreira acadêmica por aqui param de estudar aos quinze anos. Os dois são gorduchos, calados e seu sorriso vai de uma orelha à outra. Espero que saibam o que estão fazendo. Todos falam ao mesmo tempo, a maioria aos gritos.

Talvez agora tudo se resolva. Ao final de cada dia, Ed e eu arrastamos cadeiras do pátio lá para dentro e nos sentamos na nova sala, procurando imaginar que logo poderemos nos instalar ali com café, talvez num sofá de dois lugares de linho azul, com um espelho antigo pendurado na parede acima dele, música tocando, a examinar nosso projeto seguinte...

*

Como a base para o reboco precisa secar, Emilio está trabalhando sozinho, arrancando o reboco velho do poço da escada dos fundos e transportando cargas até a montanha de entulho em meio a nuvens de poeira.

O eletricista só pode terminar depois que o reboco estiver pronto. Dá para perceber a vantagem da invenção dos lambris. Rebocar é muito trabalhoso. Mesmo assim, é interessante ver o processo, que praticamente não mudou desde que os egípcios cobriram as paredes das suas tumbas. Os garotos do bombeiro não cortaram o encanamento de água no lugar certo, e nós precisamos chamá-los de volta. Como fuga, seguimos até Passignano para comer uma *pizza* de berinjela junto ao lago. A estimativa de cinco dias! Anseio por alguns dias de *dolce far niente*, porque dentro de sete semanas preciso voltar. Ouvi a primeira cigarra, o lamento agudo que nos avisa que o alto verão chegou.

– Parece um pato drogado com anfetamina – diz Ed.

Sábado, e um dia escaldante. Stanislao traz Zeno, que chegou recentemente da Polônia. Eles tiram as camisas direto. Estão acostumados ao calor. Os dois estão assentando tubulações para metano durante a semana. Em menos de três horas, já transportaram daqui uma tonelada de pedra. Nós separamos as planas para fazer caminhos e para grandes quadrados de pedra em volta de cada uma das quatro portas da frente da casa destinados a evitar rastros sujos dentro de casa. Eles se põem a trabalhar depois do almoço, cavando, fazendo uma base de areia, lascando e ajustando as pedras, preenchendo as fendas com terra. Arrancam facilmente os minúsculos semicírculos que fizemos o ano passado com pedras que encontramos no terreno. As pedras do piso de onde escolhem são do tamanho de travesseiros.

Estou tirando ervas daninhas quando roço o braço numa moita de urtigas. São plantas ferozes. Elas "picam" imediatamente, com as folhas peludas soltando um ácido irritante ao primeiro contato. É estranho que as bem pequenas sejam boas para fazer risoto. Entro correndo em casa e esfrego os braços com um desinfetante para a pele, mas meus braços parecem fervilhar, como se minhocas elétricas estivessem rastejando neles. Depois do almoço, resolvo tomar um banho, pôr meu vestido de linho cor-de-rosa e me sentar no pátio até as lojas abrirem. Chega de trabalho. Encontro uma brisa por ali e desperdiço uma tarde de modo agradável, folheando um livro de culinária e olhando um lagarto, que parece estar observando um desfile de formigas. É uma criaturinha magnífica, cintilante em verde e preto, com patas ágeis e complicadas, uma garganta pulsante e uma cabeça curiosa que se move bruscamente. Adoraria que ele rastejasse no meu livro para eu poder vê-lo melhor, mas qualquer movimento meu faz com que fuja aflito. No entanto, não pára de voltar para examinar as formigas. Não sei o que as formigas estão olhando.

Na cidade, compro um vestido branco de algodão, calças e camisa de linho azul-marinho, algum creme caríssimo para o corpo, esmalte de unhas cor-de-rosa, uma garrafa de um vinho excelente. Quando volto, Ed está tomando um banho de chuveiro dentro de casa. Os poloneses suspenderam a mangueira num galho de árvore e abriram o bico pulverizador. Vejo-os de relance despindo-se para tirar a sujeira do corpo antes de mudar de roupa. Os quatro portais agora estão protegidos por entradas de pedras bem encaixadas.

*

Franco dá início à camada lisa e final do reboco. O dono da empresa que cuida da parte hidráulica, Santi Cannoni, chega de *shorts* azuis, para inspecionar o trabalho feito pelos rapazes. Nós o conhecemos desde que sua empresa instalou nosso aquecimento central, mas antes totalmente vestido. Hoje ele dá a impressão de ter se esquecido das calças. Suas pernas branquelas e sem pêlos, tão distantes da camisa passada, do rosto bronzeado e distinto e dos cabelos grisalhos bem penteados não param de atrair meu olhar. O fato de ele estar usando meias pretas de seda e mocassins contribui para essa obscena aparência de nudez. Desde que os garotos mudaram o radiador de lugar, o da sala ao lado começou a vazar.

Francesco e Beppe estacionam no Ape com suas roçadeiras, prontos para o massacre de ervas daninhas e roseiras silvestres. Beppe fala com clareza, e nós o compreendemos melhor, principalmente porque Francesco continua a se recusar a usar a dentadura. Como adora conversar, fica furioso quando Beppe age como seu intérprete. Naturalmente, quando percebe que não estamos entendendo o que Francesco diz, Beppe explica. Francesco então começa a chamar Beppe de maestro, professor, com grande sarcasmo. Os dois discutem para decidir se as lâminas de Ed precisam ser amoladas ou só viradas do outro lado. Discutem se as estacas nas pedras das parreiras deveriam ser de ferro ou de madeira. Pelas costas de Beppe, Francesco abana a cabeça para nós, com os olhos voltados para os céus: dá para se acreditar nesse paspalho? Pelas costas de Francesco, Beppe faz a mesma expressão.

Chega uma carga de areia para o piso, mas Primo diz que seus tijolos antigos não são do mesmo tamanho dos nossos e que ele precisa encontrar mais cinqüenta antes de começar a assentar o piso.

Piano, piano, o lema das reformas, devagar, devagar.

Mais reboco. A mistura parece um *gelato* cinza. Franco diz que tem uma casinha velha e é só isso o que ele quer. Nessas casas grandes, sempre alguma coisa dá errado. Ele agora está consertando as paredes dos andares superiores que racharam quando foram retiradas as pedras da sala de estar; e eu lhe peço que quebre o reboco e veja o que segura no lugar as portas que Benito reabriu. Ele encontra as longas pedras originais. Nenhum sinal das vigas de aço que deveriam ter sido instaladas. Franco diz que não nos preocupemos; a pedra é tão boa quanto o aço numa porta de tamanho normal.

As paredes parecem secas aos meus olhos, mas não aos deles. Mais um dia de folga. Estamos loucos para entrar na sala, escovar as paredes, tingir as vigas, lixar e pintar o teto de tijolos. Estamos prontos, mais do que prontos, para ocupar a sala. Quatro poltronas foram para o estofador com metros de tecido axadrezado em branco e azul que minha irmã mandou para duas; e um algodão listrado de amarelo e azul que encontrei em Anghiari para as outras. Já encomendamos o sofá de dois lugares e mais duas poltronas. O aparelho de CD está numa pilha de caixas e livros; as cadeiras e a estante enfiadas em outros quartos. Será que isso não vai terminar nunca?

Durante o Renascimento, havia o costume de abrir a obra de Virgílio aleatoriamente e pôr um dedo num verso que preveria o futuro ou daria a resposta a uma pergunta candente. No sul dos Estados Unidos, costumávamos fazer isso com a Bíblia. As pessoas sempre tiveram formas de tentar se agarrar a alguma revelação. A aruspicação dos etruscos, interpretação de presságios a partir dos fígados de animais sacrificados, não é mais estranha do que o fato de os gregos encontrarem significado nos padrões de vôo das aves e nos excrementos de animais. Abro Virgílio e finco meu dedo em "Os anos tudo levam, até mesmo as faculdades mentais". Nada animador.

*

A Toscana é uma terra seca no verão, mas neste ano está verdejante. Do pátio, os terraços parecem descer ondulantes morro abaixo. Não adianta fazer nada hoje. Sob o sol causticante, leio a respeito dos santos, com admiração especial por Giuliana Falconieri, que ao morrer pediu que pusessem a hóstia em seu peito. A hóstia se dissolveu penetrando no seu coração e desapareceu. Um faisão está ciscando no meu canteiro de alfaces. Continuo a ler sobre Columba, que só comia hóstias e depois as vomitava numa cesta que guardava embaixo da cama. Fico encantada com Veronica, que mastigou cinco caroços de laranja em homenagem às cinco chagas de Cristo. Ed traz aqui para cima sanduíches enormes e chá gelado com um pouco de suco de pêssego. Cada vez fico mais fascinada com os santos, com sua política de negação. Talvez seja uma punição pela voluptuosidade da vida italiana. Existe sempre um mistério numa súbita atração por um tema. Por que de repente a pessoa traz para casa quatro livros pesadíssimos sobre furacões, ou todas as óperas de Mozart? Mais tarde, às vezes muito mais tarde, revela-se o motivo para essa busca. O que será que virei a perceber a partir dessas mulheres esquisitas?

Primo chega com mais tijolos e Fabio começa a limpá-los. Está trabalhando apesar da dor de dente e nos mostra o estrago na área inferior esquerda da sua boca. Mordo o lábio para não parecer espantada. Vão lhe arrancar quatro na semana que vem, todos de uma vez só.

As ferramentas de Primo para fazer um piso consistem em um pouco de barbante e um nível comprido. Sua técnica é rápida e segura. Ele sabe instintivamente onde bater, o que se encaixa onde. Depois que todas as pedras foram levadas para fora, os pisos das duas salas estão quase na mesma altura. Primo faz uma ligeira subida, praticamente imperceptível, no portal. Os dois começam a calcar e a nivelar. Fabio corta os tijolos com uma máquina estridente que solta uma nuvem de poeira vermelha. Seus braços ficam da cor de tijolo até os cotovelos. Assentar tijolos parece interessante. Logo o piso está pronto, combinando com o desenho de L entrelaçado da sala adjacente.

Chegam convidados, apesar das pilhas cobertas de plástico com abajures, cestas, livros nos corredores, com a mobília da sala de estar espalhada por toda a casa. Simone, colega de trabalho de Ed, está festejando seu doutorado com uma viagem à Grécia; e Barbara, uma ex-aluna que está encerrando uma passagem de dois anos pela Polônia com o Peace Corps, está a caminho da África. Suponho que a Itália tenha sempre sido uma encruzilhada. Peregrinos a caminho da Terra Santa contornavam o lago Trasimeno na Idade Média. Peregrinos mais recentes, de todas as naturezas, atravessam a Itália. Nossa casa é um bom lugar para descansar por alguns dias. Madeline, uma amiga italiana, e o marido, John, de San Francisco, vêm almoçar.

Corremos de um lado para o outro divididos entre os convidados e decisões que precisam ser tomadas. A obra termina hoje! O almoço oportuno é uma dupla comemoração. Encomendamos *crespelle* do Vittorio, que faz massas frescas na cidade. Suas *crêpes* são etéreas. Embora sejamos apenas seis, pedimos uma dúzia de cada das de *tartufo* (trufas), de *pesto* e a nossa preferida, a de *piselli e prosciutto* (ervilha e presunto defumado). Antes, *caprese* (salada de tomates, mozarela e manjericão, regada com azeite) e uma travessa com azeitonas, queijos, pães e fatias de vários salames da região. Conseguimos fazer a salada com a rúcula da nossa horta. O vinho que compramos em Trerose, um *chardonnay* chamado Salterio, talvez seja o melhor vinho branco que provei na Itália. Muitos *chardonnays*, especialmente os da Califórnia, têm muito sabor de carvalho ou são melosos demais para meu gosto. Esse tem um sabor forte, com um toque de pêssego e apenas uma leve sugestão de carvalho.

A mesa comprida à sombra das árvores está arrumada com uma toalha de linho quadriculado de amarelo e uma cesta de giesta da cor do sol. Oferecemos vinho aos trabalhadores mas não, eles estão sob a pressão das horas finais. Passaram cimento no piso para preencher as fendas estreitas entre os tijolos. Para limpar, ensopam o chão, jogam serragem por cima e varrem. Constroem duas colunas encostadas na parede externa da casa para a pia de pedra que descobrimos na terra. Ela passou esses dois anos na velha cozinha. Primo chama Ed para ajudar a tirar do lugar a pedra monstruosa. Dois homens conseguem fazer com que ela "ande" apoiada numa das quinas, atravessando o terraço da frente e subindo os três degraus até a área sombreada onde estamos almoçando. Nosso convidado, John, põe-se de pé para ajudar. Cinco homens erguem a pedra.

– *Novanta chili, forse cento* – diz Primo. A pia pesa quase cem quilos. Depois, eles guardam seus *cristi,* suas ferramentas e pronto – a sala está terminada. Primo fica para fazer alguns consertos. Pega um balde de cimento e cobre pequenas fendas na parede de pedra. Sobe então para fixar alguns ladrilhos soltos.

Será que tudo não acaba se reduzindo a uma imagem poética, uma imagem que resume toda uma experiência num único traço?

Não só esse projeto mas toda a reforma básica, que se estendeu por três anos, estão terminando hoje. Estamos recebendo amigos no caramanchão de sombra manchada de sol, exatamente como eu imaginava. Entro na cozinha e começo a arrumar uma seleção de queijos da região sobre folhas de parreira. Estou alvoroçada e empolgada no meu vestido de linho branco com manguinhas salientes como pequenas asas. Acima de mim, Primo está raspando o chão. Olho para cima. Ele arrancou dois ladrilhos, e agora há um buraco no teto. No momento exato em que volto a olhar para a travessa de queijos, Primo derruba o balde sem querer, e o cimento cai direto na minha cabeça! Meu cabelo, meu vestido, o queijo, meus braços, o chão! Olho para cima e vejo seu rosto assustado espiando cá para baixo como um querubim num afresco.

Não me escapa o aspecto humorístico da situação. Ando até a mesa, com o cimento escorrendo. Depois das bocas abertas e dos ares de espanto, todos riem. Primo sai da casa correndo, batendo com a base da mão na testa.

Os convidados fazem a limpeza enquanto eu tomo um banho de chuveiro. Quando desço, eles estão todos sentados com Primo ao longo da mureta ensolarada. Ed pergunta pela cirurgia de Fabio. Ele só vai perder dois dias de trabalho e, dentro de um mês, estará com dentes novos. Agora Primo está disposto a fazer um brinde conosco. Os convidados estão fazendo um brinde a um dia divertido e ao final do projeto. Ed e eu, tendo ficado literalmente encharcados na reforma, erguemos também nossos copos. Primo simplesmente se diverte. Envereda pela história dos seus próprios dentes e nos mostra grandes vazios na sua boca. Cinco anos atrás, ele teve uma dor de dente tão forte (segura a cabeça e se inclina para a frente, gemendo) que ele mesmo arrancou o próprio dente com o alicate.

– *Via, via* – grita ele, fingindo tirar o dente do maxilar. *Via* de algum modo parece mais forte do que "fora".

*

Não quero que vá embora. Sempre foi tão simpático e é um *muratore* tão cuidadoso. A obra está impecável, além do preço milagrosamente razoável. É, eu realmente quero que ele se vá! Esse projeto estava calculado para demorar cinco dias de trabalho. Hoje estamos no vigésimo primeiro. Claro que não havia como prever três camadas de piso de pedra e uma viga estragada. No verão que vem, estará de volta: vai trocar os azulejos do banheiro das borboletas e rejuntar as pedras da adega. Ele suspende o carrinho de mão para fazê-lo entrar no Ape. Esses são pequenos serviços, *cinque giorni, signori*, cinco dias...

Relíquias do verão

As pias em todas as igrejas estão secas. Passo meus dedos pelas conchas de mármore empoeirado: nem uma gota para minha testa ardente. O calor de julho na Toscana invade o corpo, mas não as igrejas de pedra que mantêm a umidade do inverno, liberando um certo frescor cinzento lentamente ao longo do verão inteiro. Tenho a sensação, ao entrar em uma e depois em outra, de que penetro num silêncio palpável. Parece descer sobre nossas vozes uma tampa ou uma grande mão úmida. Na enorme igreja de San Biago abaixo de Montepulciano, capta-se uma quietude etérea quando se entra. Bem abaixo da cúpula, pode-se ficar parado num ponto e falar ou bater palmas, e lá no alto, na abóbada interna da cúpula, um eco espectral devolve o som rapidamente. A qualidade do som não é semelhante à de um "alô" do outro lado de um lago, mas um retorno nítido e repetido. A voz neutralizada, como que de um outro mundo. É difícil não imaginar que um anjo zombeteiro esteja pairando entre os afrescos, embora seja mais provável que um pombo esteja pousado ali.

Desde que venho passando o verão em Cortona, o maior choque e a maior alegria é ver como me sinto à vontade. Não apenas à vontade, mas *restituída* àquela primeira percepção primordial do nosso chão. Sinto-me bem porque caminhonetes empoeiradas estacionam nos cruzamentos para vender melancias. A mesma pancadinha para verificar se está madura. O garoto que segura uma balança enferrujada com discos de tamanhos diferentes como contrapeso. O músculo do seu braço salta como o de Popeye, e a brisa me traz uma lufada do seu cheiro de capim seco, cebolas e terra. Nos grandes temporais, o relâmpago enfia no chão uma estaca em ziguezague e o granizo ricocheteia no quintal, trazendo de volta o cheiro de ozônio dos meus dias na Geórgia, quando eu recolhia uma tigela de pedras do tamanho de bolas de pingue-pongue para guardar no *freezer*.

Domingo é dia de cemitério aqui; e, embora nossas covas de cidade pequena do sul dos Estados Unidos sejam austeras em comparação com essa exuberância de flores em praticamente cada túmulo, nós também fazíamos peregrinações dominicais a Evergreen com gladíolos ou zínias. Eu me sentava no banco traseiro, equilibrando entre os joelhos o vaso fresco de um azul-cobalto enquanto minha mãe se queixava de que Hazel nunca se dava ao trabalho de apanhar uma flor que fosse, e era sua própria mãe que jazia ali, não apenas uma sogra. Reunidas em torno de Anselmo Arnaldo, 1904-1982, talvez essas famílias estejam dizendo, como dizia a minha, "Graças a Deus, o velho safado está dormindo aí, em vez de continuar a nos deixar loucos".

Noites sufocantes, o ar chega próximo da temperatura do corpo, e constelações móveis de vaga-lumes competem com as estrelas. Noites de mosquitos, tentando agarrar o ar, o inseto preso no meu cabelo. Longos dias em que consigo sentir o gosto do sol. Ando por esta casa estrangeira que adquiri, como se meus verdadeiros antepassados tivessem deixado suas presenças nestes aposentos. Como se este fosse o lugar que sempre tivesse sido meu lar.

Morar novamente junto a uma cidade pequena sem dúvida faz parte dessa sensação. E morar novamente junto à natureza. (Um aluno meu de Los Angeles veio nos visitar. Quando o levei numa caminhada até a extremidade da propriedade para o grande panorama do lago, das florestas de castanheiros, dos Apeninos, dos olivais e dos vales, ele não estava preparado. Ficou parado, em silêncio, a primeira vez em que eu soube que isso lhe era possível, e finalmente disse "É, hum, tipo natureza".) Correto, natureza. Nuvens vêm chegando em bando de lá do lago, e os trovões estouram ao longo da minha coluna, com um estrondo semelhante ao das ondas ao longe no mar. Escrevo no meu caderno: "A máquina de lavar louça foi atingida. Ouvimos o chiado. Mas não é boa a tempestade gigantesca? A onda de terror que sentiam junto às fogueiras nas cavernas? O trovão me sacode como se eu fosse um gatinho que a gata pegou pelo pescoço. O impacto me leva de volta aos Estados Unidos, relâmpagos de calor. Estou deitada no chão a seis mil quilômetros daqui, deixando a chuva me ensopar.

A chuva açoita as parreiras. A natureza: o que está maduro? Será que a água vai carregar a entrada de automóveis? Quando cavar para colher batatas? Quanta água cabe no poço de irrigação? Reconecta-se a vida remota. Saio para apanhar lenha; um escorpião preto foge correndo pela minha mão e de repente me lembro das tarântulas peludas no chuveiro em Lakemont, o grito histérico quando minha mãe descalça pisou numa e sentiu que ela estourava e se esmagava mole como uma banana entre os dedos dos seus pés."

Será que é a conseqüência de excesso de dias livres? Sonho que minha mãe enxágua meu cabelo emaranhado com uma bacia de água de chuva.

Uma época adorável, dias exagerados, levantar-me ao amanhecer porque, quando o sol do alto verão ultrapassa os cumes do outro lado do vale, os primeiros raios me iluminam o rosto como devem iluminar alguma rocha em Stonehenge no solstício. Estar plenamente acordada quando o céu fica de um coral riscado de rosa forte, echarpes de névoa flutuam pelo vale e os canários silvestres cantam. Na Geórgia, meu pai e eu costumávamos nos levantar para caminhar pela praia ao nascer do sol. Em casa, em San Francisco, o que me acorda é o despertador às sete, a buzina do transporte solidário chamando a criança do andar de baixo ou o caminhão da reciclagem com sua cascata de estilhaços de vidro. Adoro a cidade, mas nunca me senti realmente à vontade nela.

Fui atraída pela superfície da Itália, por suas cidades empoleiradas, sua comida, seu idioma, sua arte. Também fui atraída pela sua noção de vida vivida, de coexistência dos tempos que de algum modo lhe confere uma aura de atemporalidade – com meu café, faço um brinde todas as manhãs à muralha etrusca acima da nossa casa por todos os importantes aspectos abstratos que se expressam em tudo, desde a agressividade na *autostrada* até o passeio vespertino pela *piazza*. Compartilho sua vida por alguns curtos meses por ano porque minha curiosidade pela multiplicidade cultural do país é inesgotável. No entanto, a ligação umbilical que é totalmente inesperada e que escapa à lógica me chega através da igreja.

Para surpresa minha, comprei uma Virgem Maria de cerâmica com uma pequena taça para uso doméstico de água benta. Como metodista renegada e mais tarde episcopaliana renegada, suponho que minha água benta seja uma impostura. No entanto, eu a tirei da fonte que descobri perto da casa, a nascente artesiana onde a água cristalina brota num declive de pedra branca. Para mim, isso parece água benta. Deve ter sido a fonte original da casa. Ou é mais velha do que a casa – medieval, romana, etrusca. Embora esteja em progresso algum reajuste interno, não imagino que vá me tornar católica, ou mesmo que venha a ter fé. Sou essencialmente pagã, de nascença. O populismo sulista foi misturado ao meu sangue desde cedo. A idéia de um papa detentor da última palavra me dá alergia. "Idólatra" era como nosso pastor chamava os adoradores de Maria e dos santos. "Papa-hóstia", diziam meus colegas de turma para provocar Andy Evans, o único católico na escola. No tempo da faculdade, por um curto período, fui atraída pelo fascínio da missa, especialmente pela missa dos pescadores às três da manhã na catedral de St. Louis em Nova Orleans. Perdi interesse na história toda quando uma boa amiga minha, católica de Nova Orleans, me disse perfeitamente séria que o pecado mortal começava se o beijo durasse mais de dez segundos. Um beijo de língua com dez segundos, tudo bem; mas um beijo casto de vinte segundos já lhe causaria problemas. Embora eu ainda goste de rituais, mesmo os desprovidos de significado, o que me seduz aqui me parece mais radical.

Agora adoro a rápida missa nas minúsculas igrejas da parte alta de Cortona, onde os mesmos sons vêm fornecendo um ponto de tranqüilidade aos moradores há quase oitocentos anos. Quando um dia um *labrador* negro entrou perambulando na igreja, o padre interrompeu sua sagrada concentração para gritar: "Pelo amor de Deus, alguém quer tirar esse cachorro daqui?" Se entrar por acaso num dia de semana pela manhã, me sento ali sozinha, apreciando o barroco rural. Fico pensando: *Cá estou eu*. Adoro as procissões com relíquias pelas ruas, com padres usando mantos dourados passando em meio a nuvens de incenso, o caminho preparado por crianças de branco que cobrem as ruas com pétalas de giesta, de rosas e margaridas. No calor do meio-dia, quase tenho alucinações. O que é mesmo que está na caixa dourada exibida no alto com flâmulas? Uma lasca do berço? Não importa que tenhamos imaginado que Jesus nasceu numa humilde manjedoura; esta é uma lasca do verdadeiro berço. Ou será que estou confusa? É uma lasca da verdadeira cruz. Está passeando pelas ruas, sendo exposta ao ar apenas um dia por ano. E de repente fico querendo saber o que significava aquele hino, *talhado para mim*, que se erguia anos atrás, na vertical, a partir da igreja de tábuas brancas na Geórgia.

*

No meu sul dos Estados Unidos, havia cartazes nas árvores que diziam "Arrependei-vos". Na metade da altura de um pinheiro esguio, muito acima do cocho de lata que aparava a resina, estava pendurado um aviso, "Jesus está chegando". Aqui, quando ligo o rádio no carro, uma voz tranqüilizadora implora a Maria que interceda por nós no purgatório. Numa cidadezinha próxima, uma igreja tem como relíquia um frasco do Santo Leite. Como meu aluno diria, é, hum, tipo Maria.

No terraço ao meio-dia, estou bronzeando as pernas enquanto leio a respeito dos primeiros mártires e de santos medievais. Atrai-me a história do mártir São Lourenço, que foi posto a queimar por sua fé inconveniente e ardeu até supostamente ter dito "Podem me virar. Já estou no ponto desse lado", tornando-se assim o santo preferido dos mestres-cucas. As jovens mártires virgens foram todas violentadas, apunhaladas, torturadas ou trancafiadas por sua devoção a Cristo. Às vezes, a mão de Deus se estendia até a terra e levava uma embora, como Úrsula, que não queria se casar com o bárbaro Conan. Com suas dez mil virgens (todas evitando os homens?) carregadas em barcos, ela foi milagrosamente erguida por Deus para atravessar céus hostis e ser então depositada em Roma, onde todas se banharam em água perfumada com tília e formaram uma ordem religiosa. Espantosa, essa predominância do milagre. Na Idade Média, algumas das mulheres veneradas descobriram que o prepúcio de Jesus se materializava em suas bocas. Não sei se existe uma relíquia dessa parte. (Teria a aparência de um elástico mastigado? De uma bolinha de chiclete ressecado?) O prepúcio me faz parar por mais de dez minutos, e eu fico olhando para as abelhas em enxame nas tílias, tentando imaginar esse acontecimento, e não apenas uma vez. O momento do reconhecimento, o que ela disse, qual foi a reação – especulações de deixar qualquer um perplexo. De algum modo, nos Estados Unidos, eu nunca tinha ouvido falar desses santos mais pervertidos, embora uma vez me houvessem mandado uma caixa de livros novos, cada um sobre a vida de um santo. Quando liguei para a livraria, fui informada de que meu benfeitor desejava permanecer anônimo. Agora, continuo a ler e descubro que alguns tinham "anorexia sagrada" e sobreviviam apenas com a hóstia. Se os ossos de um santo eram desenterrados, um perfume de flores enchia a cidade. Depois que São Francisco pregou para as aves, elas saíram voando numa formação em cruz e então se separaram indo nas quatro direções. Os santos se dispunham a comer o pus e os piolhos dos pobres para demonstrar sua humildade; por sua vez, os fiéis gostavam de beber a água do banho de um santo. Se, após a morte, fosse retirado do corpo o coração de um santo, talvez se encontrasse dentro dele uma imagem da Sagrada Família esculpida num rubi. *Ah*, percebo, *era nisso que eles colocavam seu assombro. Isso eu compreendo.*

Compreendo, porque essa loucura e esse espanto remetem com tanta naturalidade ao sul dos Estados Unidos, região ansiosa por milagres. É quase como se fossem, de certo modo, recordações: as vértebras da Virgem, a unha do pé de São Marcos. Minha preferida, o alento de São José pai adotivo de Cristo. Imagino um vidro verde opaco, com a tampa esmerilhada, a rápida exalação quando ele é aberto. Nos Estados Unidos, quando era pequena, nossa costureira mantinha seu pote de cálculos biliares no peitoril da janela logo acima da sua Singer. Enquanto marcava minha bainha, com a boca cheia de alfinetes, ela costumava dizer: "Meu Deus, não quero passar por nada parecido outra vez. Agora, dê meia-volta. Esses troços não dissolvem nem em gasolina." Seu talismã contra a doença. Símbolos e augúrios.

Santa Dorotéia encarcerada durante dois anos em sua cela, encostada num fosso de muros altos na catedral úmida. Comunhão através de uma grade e uma dieta de pão e mingau. Eu detestava ir à casa de Miss Tibby, que tratava dos calos nos dedinhos dos pés da minha mãe, retirando espirais amarelas de pele com um descascador de legumes, para depois esfregar seus pés com uma loção cremosa que tinha um cheiro de óleo de câmbio e Ovomaltine. A lâmpada descoberta iluminava não só o pé da minha mãe numa almofada, mas também um caixão no qual Miss Tibby dormia à noite, para que o futuro não lhe reservasse surpresas.

No segundo grau, meus amigos e eu estacionávamos a um quarteirão de distância e, escondidos, espiávamos pelas janelas das seitas carismáticas, fiéis que falavam em línguas desconhecidas, às vezes berrando com uma assustadora expressão de êxtase no rosto e caindo ao chão em espasmos e contorções. Éramos irreverentes, sufocando nosso riso diante das posturas retorcidas e do fervor decididamente sexual. Mais tarde, sentados no carro, com Jeff fumando, nós os víamos sair em fila da igreja de pintura descascada, parecendo tão normais quanto qualquer outra pessoa. Em Nápoles, o frasco do sangue congelado de San Gennaro torna-se líquido uma vez por ano. Existe também um crucifixo no qual costumava crescer um longo fio de cabelo de Jesus que precisava ser cortado uma vez por ano. Esse aí parece ter uma sintonia especial com a sensibilidade sulista.

Nos Estados Unidos, creio que não haja nenhum lugar sancionado para onde se possa canalizar esse tipo de esquisitice obsessiva. Por isso, ela simplesmente se manifesta com violência quando se torna necessário. Recentemente, quando atravessava o sul de automóvel, parei perto de Metter, na Geórgia, para comer um sanduíche de pernil. Depois da carne de porco salgada e do chá gelado, perguntei onde ficava o banheiro ao proprietário. Barrigudo, suando por todos os poros, ele apenas fez um gesto de cabeça indicando os fundos. Sem absolutamente nenhum sinal de que, quando abrisse a porta de tela, eu iria encontrar duas avestruzes na muda. Como elas foram parar naquela cidadezinha remota do sul da Geórgia e que necessidade iconográfica levou a família a olhar para aquelas criaturas empoeiradas e a abrigá-las são uma questão filosófica que recebi de presente para refletir em noites de insônia.

Crescer no sul dos Estados Unidos, região temente a Deus, de curandeirismo e certa de que o fim do mundo está chegando, me deu muitas oportunidades de visitar criatórios de cobras ao lado de postos de gasolina nos quais meus pais paravam para abastecer; de passar por cerimônias religiosas à beira da estrada nas quais cobras eram "manejadas" em êxtase; de ver exposições andrajosas de maravilhas-do-mundo, como que relicários, nas cidades nos limites dos pântanos. Eu sei que uma caixa de ossos de gato preto representa um feitiço poderoso. E que uma pulseira de moedas de dez centavos pode se contrapor a ele. Eu estava acostumada a jaulas com filhotes de crocodilo rastejando nas costas da mãe de todos eles, uma lindeza de mais de quatro metros que abria a boca tanto que daria para eu ficar ali em pé. As cercas bambas de tela de galinheiro não poderiam salvá-lo se aqueles troncos adormecidos se levantassem e resolvessem vir atrás de você – os crocodilos conseguem correr a mais de cem quilômetros por hora. Cervos albinos cobertos de carrapatos que saltavam para minha mão quando eu afagava seus focinhos musguentos, uma pantera empalhada com bolas de gude verdes no lugar dos olhos, uma solitária de mais de nove metros num pote de vidro. O proprietário explica que ela foi tirada da garganta da sua sobrinha de dezessete anos quando o médico a atraiu a sair do estômago com um dente de alho fincado num palito. Eles esperaram até que ela mostrasse a cabeça, fizeram com que saísse mais um pouco e então a agarraram, cortaram fora a cabeça com uma navalha enquanto puxavam a coisa de dentro do estômago de Darleen, como uma corda que se puxa para fora do rio.

Maravilhas. Milagres. Nas cidades, somos cada vez menos capazes da imaginação pelo super-real, de tão assoberbados que somos pela realidade. Nas áreas rurais, próximos às estrelas e aos bosques, ainda nos dispomos a lhe dar uma chance. Por isso, resgato também a naja, muito mais impressionante com sua cabeça achatada do que as cascavéis, cujas peles cobrem as paredes do escritório do proprietário da Oitava Maravilha do Mundo, onde paramos para abastecer na fronteira da Geórgia. Estamos perto de Jasper, na Flórida, onde minha mãe e meu pai se casaram no meio da noite. Fico perplexa, apesar da advertência da minha mãe de que os donos do posto são chegados a aberrações, não vale a pena ver e eu tenho exatamente dez minutos, ou eles vão direto para White Springs sem mim. A leve emoção da possibilidade de ser deixada nesta curva de estrada margeada de carvalhos envoltos em musgo, o *trailer* no estilo bala de prata instalado em blocos de concreto, uma mulher vista de relance lá dentro, lavando a cabeça numa bacia de lata, e o rádio aos berros "I'm So Lonesome I Could Cry". Naquela época eu soube e ainda sei que o homem com a tocha fosforescente que brilhava no escuro tatuada nas costas e as rosas abertas tatuadas no bíceps acreditava que suas maravilhas eram realmente maravilhas. Eu o acompanho até a cabana de bambu onde a naja da sinistra Calcutá se ergue ao som da música resultante de se soprar num pente coberto com celofane. A naja hipnotiza o cachorro sarnento que bate com o rabo no portal. O pavão dá um grito estridente, se sacode para mostrar sua beleza total, com o azul do seu leque de penas mais forte do que os meus próprios olhos ou do que os da minha mãe; e, como todo mundo sabe, nós duas temos os olhos do mais puro azul do céu. Os olhos do pavão são iguaizinhos aos da cobra. A mulher do proprietário sai do *trailer* com uma jibóia jogada de qualquer jeito em volta do pescoço. Ela verifica onde está uma outra cobra, a quem deu uma ratazana sem sequer cortá-la em pedaços. A ratazana está simplesmente desaparecendo, como um punho numa manga de suéter. Compro um Nehi e um sanduíche de pão de aveia e vou correndo para o Oldsmobile, que vibra no calor. Meu pai arranca a marcha. O cascalho se levanta atrás de nós.

– O que você comprou? – minha mãe pergunta olhando para trás.

– Um refrigerante e isso aqui – eu lhe mostro o pão gigante.

– Esses pães têm gordura no meio. Não é glacê. É banha pura com uma quantidade suficiente de açúcar de confeiteiro para rachar seus dentes.

Não acredito nela, mas, quando quebro o pãozinho, vejo que está cheio de larvas e o jogo pela janela.

– O que você viu naquela espelunca de ciganos?

– Nada – respondo.

Enquanto eu crescia, absorvi a obsessão que o sulista tem pelo lugar; e para mim o lugar pode de alguma forma parecer uma extensão do eu. Se eu sou feita de barro vermelho, da água negra do rio, da areia branca e do musgo, isso me parece natural.

No entanto, ao viver como adulta em San Francisco, nunca tive essa sensação de estar no meu chão. A cidade branca com sua luz limpa sobre a água, o litoral puro, emocionante, e as colinas de Marin, com os contornos suaves de gigantes adormecidos debaixo de cobertores de vegetação – ali sou o turista maravilhado, feliz de ter feito essa breve escapada, que é minha vida adulta. Minha casa é só uma entre milhares; minha vida poderia ser apenas mais uma história na cidade nua. Meu olho contempla com despreocupação a ponta de tesoura da pirâmide da Transamerica e o horizonte recortado que vejo da janela da minha sala de jantar. Todo mundo parece ter aberto a porta cinco centímetros para ver quem está ali. Eu vejo você através dos meus cinco centímetros. Você me vê através dos seus. Somos de uma autoconfiança monumental.

*

Nunca me canso de entrar em igrejas italianas. Por causa dos arcos abobadados e dos trípticos, naturalmente. Mas cada uma tem também seu característico cheiro azul de poeira, o cheiro do tempo. As Anunciações, as Natividades e as Crucificações codificadas dominam todas as igrejas. No fundo, todas essas cenas lutam com o mistério dos dois princípios básicos: o do nascimento e o da morte. Nós somos destrutíveis. Nos altares laterais, nos arcos altos, nas vitrines de vidro com manuscritos nas criptas, nas curvas sombreadas do nicho lateral, essas preocupações arquetípicas e o delírio do fervor religioso enfrentam o tema a ser pintado de forma individualizada. Sou atraída por uma pintura estranha que praticamente salta da parede. Num painel alto e escuro perto do teto em San Gimignano, Eva sai ousada do lado aberto de Adão, que está deitado. Não aquele sopro de criação instantânea que eu imaginei a partir da leitura do Gênesis, quando ela apareceu com a mesma facilidade do “Faça-se a Luz”. Isto aqui é visual; é a paixão que alguém teve ao *presenciar* o milagre. Tão explícito quanto a fantástica naja de Calcutá erguendo-se em espirais no ar úmido do sul da Geórgia diante dos meus próprios olhos. Adão é carne. A visão prende a atenção do observador como a tocha fosforescente. Agora, ouçam só o que vou dizer em alto e bom som. No Duomo de Orvieto, os seres humanos de Signorelli, que acabam de ter restaurada a própria carne no dia do Juízo Final, estão parados majestosos e sensuais ao lado dos esqueletos sorridentes que eram há apenas alguns instantes. Partes do corpo ainda reluzem com a aura dos ossos desnudos, uma luz branca e translúcida que emana da carne, nova e firme em sua glória. Uma estranha reviravolta. Estamos acostumados a pensar na decomposição da carne. E aqui está o sonho do rejuvenescimento. Salpicadas no mesmo espaço dessa catedral estão descrições do inferno, demônios de cabeça verde com órgãos genitais semelhantes a serpentes. Os condenados são entortados, perfurados, espetados enquanto uma loura voluptuosa (não há nenhuma dúvida quanto a quais devam ter sido os pecados *dela*) vai embora voando montada num demônio com asas nanicas, pouco aerodinâmicas. Está óbvio que estamos dentro da cabeça de alguém, elucubrações noturnas da degradação, da queda, da volta por cima. As pinturas podem ser sublimes, mas há um certo aspecto de história em quadrinhos em grande parte da pintura religiosa, uma sucessão muda de narrativas toscas muito semelhantes às dos fundamentalistas, com suas ameaças do fogo dos infernos, pregando no sul dos Estados Unidos. Se houvesse mais do que uma palavra, "Arrependei-vos", pendurada naqueles pinheiros do sul, era provável que ela fosse "Juízo Final".

Perambulando pelas igrejas, não paro de ver São Sebastião perfurado pelas flechas; a mártir Ágata, exibindo os seios numa travessa como dois ovos malpassados; Sant'Agnes, ajoelhada contrita enquanto um lindo rapaz a esfaqueia no pescoço. Quase todas as igrejas têm sua caixa de relíquias trancada como um mausoléu em miniatura, e o que isso significa? Espinho da coroa. Dedos das mãos de São Lourenço. Os talismãs que dizem aos observadores "Não desistam; como esses, tenham fé". Parada na penumbra da cripta de uma igreja do campo, onde um punhado de poeira vem sendo venerado há centenas de anos, vejo que mesmo hoje em dia, perto do final do século, o estojo é louvado com cravos frescos. Revela-se minha segunda percepção: *É nisso que eles põem suas lembranças e seus desejos*. Além de funcionar como amplos repositórios culturais, essas igrejas mapeiam necessidades humanas íntimas. Como soam familiares (e como se mostram distantes da Igreja histórica, da sangrenta história do papado): a tosca túnica de São Francisco, mais um frasco de Maria, esse cheio de lágrimas. Eu os encaro como o medalhão que eu tinha, com um cachinho de cabelo castanho-claro (de quem, ninguém se lembrava), a caixa de pétalas de rosa na prateleira do *closet* atrás do vidro azul de Leite de Magnésia e as cartas amarradas com fitas puídas, a pedra branca e translúcida de Half Moon Bay. *Nunca se esqueça*. Enquanto encero o piso e torço o esfregão, penso em Santa Zita de Lucca, padroeira das tarefas domésticas, como era Willie Bell Smith na casa de minha mãe. Cesteiro, mendigo, agente funerário, vítima de disenteria, tabelião, espeleólogo – todo mundo tem um paradigma. *Eu um dia me perdi mas agora me encontrei*. A noção medieval de que o mundo reflete a mente de Deus sofreu um abalo na minha cabeça. Em vez, a igreja que percebo é um mapa em relevo da mente *humana*. Uma interpretação radicalmente secular: a de que *nós* criamos a igreja a partir do nosso anseio, das nossas lembranças, do nosso desejo ardente e dos segredos dos nossos assombros pessoais.

Se eu estiver com dor de garganta por tomar suco de laranja quando sei que sou alérgica, lá está o santo na sua igreja monumental em Montepulciano, essa cidade cujas sílabas parecem cordas tocadas no violoncelo. San Biago é uma metáfora transubstanciada e um punhado de pó numa caixa trabalhada. Sua pequena fechadura nos lembra aquilo de que mais desejamos ser lembrados, *você não está sozinho*. San Biago concentra meu pensamento e me força a superar a aspereza irritante da minha garganta. *Ore por mim, Biago, você está me levando mais adiante do que eu vou*. Quando a televisão não funciona e a imagem não melhora nem através dos botões nem com um bom tapa na lateral, Santa Clara está ali, em algum lugar da terra dos santos. *Chiara*, clara. Ela era vidente, e a partir daí é só um pequeno salto para *receptora*, santa padroeira das telecomunicações. Prático para uma moça tão transcendental. Uma imagem dela em cima da televisão não faria mal nenhum. No ano que vem, no dia 31 de julho, a aliança de casamento de Maria será exposta no Duomo em Perúgia. Diz a história que ela foi "roubada com devoção" – e isso não é um oximoro? – de uma igreja em Chiusi. Sem um mínimo fiapo de fé literal eu, por mim, estarei lá.

*

No alto da escada, toco a água da nascente na minha Maria de cerâmica com a ponta dos dedos e faço um círculo na minha testa. Quando fui batizada, o pastor metodista mergulhou uma rosa numa bacia de prata cheia d'água e aspergiu meu cabelo com ela. Sempre quis ter sido batizada parada com as águas enlameadas do Alapaha na altura dos joelhos, mantida com a cabeça dentro d'água até o último instante e depois levantada diante da congregação a entoar hinos. Minha água de nascente na taça de Maria não foi transformada de modo a limpar meus pecados ou os pecados do mundo. Ela sempre me parece *Mary*, o nome da minha tia preferida, em vez de Santa Maria.

Maria passou simplesmente a ser uma amiga, amiga das mães que sofriam com a dor dos filhos; amiga dos filhos que presenciavam o sofrimento das mães. Ela paira acima de quase todas as caixas registradoras, caixas de bancos, aplicadores de injeções e padeiros desta cidade, e já me acostumei à sua presença. O escritor inglês Tim Parks diz que, sem sua imagem onipresente a relembrar as pessoas de que tudo continuará como antes, "seria possível imaginar que o que está acontecendo com cada um aqui e agora é exclusivo e desesperadamente importante... Eu me descubro perguntando se a Virgem Maria não tem essa qualidade em comum com a lua." É. Minha água não-benta tranqüiliza. Paro no alto da escada e repito a palavra adorável *acqua*. Anos atrás, a menininha ainda bebê aprendeu a dizer *acqua* à beira do lago em Princeton, à sombra de árvores com uma exuberante floração de pompons cor-de-rosa. *Acqua, acqua*, gritava ela, levantando a água na concha da mão e deixando que ela escorresse na sua cabeça. *Acqua* é mais parecido com as cintilações e a queda, com a umidade e a descoberta. Sua voz ainda reverbera, mas agora toco meu dedo mínimo quando me lembro. O anel de ouro com sinete, um tesouro de família, escorregou da mão para a grama naquele dia, e não se conseguiu encontrá-lo. *Água da vida. Intimidade da lembrança.*

Intimidade. A sensação de tocar a terra como Eva tocou, quando nada a separava dela.

Nas pinturas, a cidadezinha no alto do morro está pousada na palma da mão de Maria, ou sob o abrigo do seu manto azul. Em imaginação, posso andar por todas as ruas da minha cidadezinha na Geórgia. Conheço as forquilhas nas nogueiras-pecãs, o ruído da água nos bueiros, o cajá-manga no beco. Muitas vezes, os povoados empoleirados nos morros da Toscana parecem grandes castelos: residências ampliadas com ruas estreitas como corredores; e as *piazze* como salões públicos de recepção, apinhados de visitas. As igrejas de aldeia têm uma postura de privacidade; as toalhas de altar engomadas de linho e renda e as dálias escarlate num jarro poderiam estar em capelas de família; as casas individuais, apenas suítes da casa grande. Eu amplio meu espaço, como quando a casa dos meus avós, da minha tia, das minhas amigas, as paredes da minha casa me eram tão familiares quanto as linhas na palma da minha mão. Gosto das ruas tortuosas que sobem até o convento onde posso deixar um pouco de renda para conserto numa roda, girá-la para a monja invisível, cujas irmãs fazem esse serviço nesta grande ala do castelo há uns quatrocentos anos. Não chego a vislumbrar nem as meias-luas das suas unhas, nem a sombra do seu hábito. Do lado de fora, duas mulheres que devem se conhecer a vida inteira estão sentadas em velhas cadeiras de madeira entre os portais de suas casas, a tricotar. A rua de pedra desce abruptamente na direção dos muros da cidade. Para além deles, estende-se o vale alargado. Lá vem um Fiat miniatura subindo essa ladeira absurdamente íngreme pela qual nenhum carro deveria passar. Loucura. Meu pai atravessava correntezas que inundavam depressões repentinas nas estradas de chão. Eu adorava. Enquanto ele ria e buzinava, a água subia em torno das janelas do carro. Ou será que não chegava tão alto?

Nós podemos voltar a morar nessas casas enormes, destrancar os portões, simplesmente virar uma imensa chave de ferro na fechadura e abrir a porta com um empurrão.

Solleone

Solleone. Como é útil o sufixo -one em italiano. Com ele, o substantivo cresce. *Porta* passa a ser *portone*, e não há a menor dúvida quanto a qual dos dois é a porta principal. *Torre* passa a ser *torreone,* o nome da nossa área de Cortona, onde no passado deve ter havido uma grande torre. *Minestrone*, então, é sempre uma grande sopa. Dias de alto verão: *Solleone,* solão. Dias de canícula, como dizíamos no sul dos Estados Unidos. Nossa cozinheira me disse que esse nome vinha do fato de fazer tanto calor que os cachorros ficavam loucos e mordiam as pessoas, e eu seria mordida se não lhe desse ouvidos. Com o tempo, tive a decepção de descobrir que o nome só queria dizer que Sírio, a estrela do cão, estava nascendo e morrendo com o sol. O professor de ciências disse que Sírio era duas vezes maior do que o sol, e eu pensei, em segredo, que de algum modo o calor era aumentado por esse fato. Aqui, o sol ampliado enche o céu, como no desenho arquetípico que a criança faz da casa, da árvore e do sol. As cigarras estão por dentro. Elas proporcionam o acompanhamento perfeito para esse aquecimento excessivo. Ao amanhecer, já estão atingindo sua nota máxima de estridência. Como é possível que um inseto do tamanho de um dedo consiga fazer tamanho alarido só com a vibração do seu tórax, não sei. À medida que elas vão subindo a escala para dar seu maior agudo, a impressão que se tem é que alguém está agitando tamborins feitos com os ossinhos do ouvido. Ao meio-dia, passaram para cítaras, o mais irritante dos instrumentos. Só o vento faz com que se calem. Talvez precisem se agarrar a algum ramo e não possam segurar com força e vibrar ao mesmo tempo. No entanto, é raro que o vento sopre, a não ser pela eventual aparição nefasta do *scirocco*, que vem em rajadas mas não refresca, enquanto o sol torra. Se eu fosse gato, arquearia minhas costas. Esse vento quente traz partículas de poeira dos desertos africanos e as deposita na garganta da gente. Penduro as roupas no varal, e elas estão secas em minutos. Os papéis no meu escritório voam de um lado para o outro como pombas recém-soltas e depois se acomodam nos quatro cantos do aposento. As tílias estão deixando cair algumas folhas secas, e as flores de repente parecem descoradas, embora tenhamos tido chuva suficiente neste verão para poder regá-las religiosamente todos os dias. A mangueira puxa a água direto do poço antigo, e elas devem sentir um choque no final de um dia quente com o banho de água gelada. Talvez seja isso que as tenha deixado exaustas. A pereira no terraço da frente está com a aparência de uma mulher cujo parto deveria ter sido há duas semanas. Deveríamos ter raleado os frutos. Alguns galhos estão quebrando com o peso de peras douradas mal começando a enrubescer. Não consigo resolver se leio metafísica ou se cozinho. A natureza definitiva do ser ou sopa fria de alho. Afinal de contas, os dois não estão assim tão distantes. Ou se estiverem, não importa. Está quente demais para pensar no assunto.

Quanto mais quente o dia, mais cedo eu caminho. Oito, sete, seis horas da manhã, e mesmo nessa hora passo no rosto protetor solar fator trinta. Os passeios mais frescos começam em Torreone. Uma estrada morro abaixo leva até Le Celle, um mosteiro do século XII, onde a minúscula cela de São Francisco ainda dá para um córrego torrencial de acordo com a estação. Muitos dos primeiros monges franciscanos que viviam como eremitas no Monte Sant'Egidio começaram Le Celle em 1211. A arquitetura, uma colmeia de pedras empilhadas na encosta do morro, lembra suas cavernas. Quando ando por ali, a paz e a solidão são palpáveis. No início do verão, a corrente de água que desce pelo desfiladeiro íngreme gera sua própria música e às vezes, mais alto do que ela, ouço o canto. A esta altura do ano, o córrego está quase seco. A horta deles parece um modelo. Um dos monges capuchinhos que mora ali vem agora subindo o morro descalço na direção da cidade. Está usando o áspero hábito marrom e o estranho capuz pontudo (daí *cappuccino),* e recorre a dois cajados para ajudar na subida. Com a barba branca e ferozes olhos castanhos, ele dá a impressão de ser uma aparição da Idade Média. Quando passo, ele sorri e diz, "*Buon giorno, signora. Bene qua*", bonito aqui, indicando a paisagem com um movimento da barba. Ele passa deslizando, o Velho Cronos com esquis de *cross-country.*

Hoje, porém, pego a estrada que sobe suave, passando por algumas casas novas, depois por um canil, onde os cães fazem um enorme escândalo até que eu tenha me afastado um metro e meio do seu território. A estrada passa então a ser uma trilha branca que corta bosques de pinheiros e de castanheiros, sem automóveis, sem ninguém. O acostamento dá a impressão de que alguém espalhou uma daquelas latas de sementes de flores do campo nativas e que todas elas vingaram e depois floriram. Subo um morro para olhar uma casa abandonada tão velha que ainda tem um telhado de ardósia grossa. Amoreiras-silvestres cercam as portas e janelas. Vislumbro cômodos escuros com paredes de pedra. À frente, tenho uma vista de 180º de Cortona de perfil bem como de toda a extensão do Val di Chiana, uma colcha de retalhos de campos de girassol e de legumes. O andar superior deve ter um pé-direito baixo, perfeito para uma cama tosca feita de galhos de castanheiro, um acolchoado branco de plumas de ganso. O terraço deveria ser ali, diante dos lilases. Uma rosa cor-de-rosa ainda floresce a mais não poder, despreocupada. A quem pertencia? À mulher de um lenhador calado que fumava seu cachimbo e bebia *grappa* nas noites de inverno quando a *tramontagna* sacudia as janelas dos fundos da casa? Talvez ela fosse ranzinza com ele por enfurná-la num lugar tão distante. Não, vivia satisfeita com seu trabalho de bordar as roupas de cama e mesa para a *contessa*.

A casa é pequena, mas quem ia querer ficar dentro quando se tem um amplo terraço com vista para o mundo? A casa à espera: só potencial. Ver uma e começar a sonhar é imaginar existir em outra versão. Alguém acabará por comprá-la e talvez saia por toda a Toscana em busca de ardósia antiga para uma restauração fiel do telhado. Ou o novo proprietário pode querer arrancar o telhado e instalar ardósia nova e plana. Quaisquer que sejam suas predileções, o proprietário interagirá com o isolamento desse ninho de águia; isso e a atração magnética da paisagem, um lugar para se ficar e acalmar a fera inquieta interior todos os dias.

No final da estrada, um caminho que atravessa os bosques leva à nossa estrada romana preferida. Imagino que tenha sido construída por escravos. Quando eu soube da estrada romana perto da nossa casa, supus que fosse única e exclusiva.

Não muito tempo depois, vi um livro volumoso a respeito das numerosas estradas romanas desta região. Caminhando sozinha, procuro pensar em bigas descendo o morro a toda, embora o único ser que eu tenha probabilidade de encontrar seja um *cinghiale*, um javali, passeando. Um córrego ainda tem um fio d'água. Talvez um mensageiro romano a um passo de uma insolação tenha parado aqui para refrescar os pés, como eu faço, quando levava ao sul notícias de como estava se saindo a muralha de Adriano. Houve visitantes mais recentes: no capim das margens vejo um preservativo e um bolo de lenços de papel.

Quando entro na cidade, vejo um homem murcho, lívido, que obviamente está morrendo. Foi colocado encostado num portal, com o sol batendo direto nele, sua última chance de sobrevivência. Ele abre os dedos sobre o peito, aquecendo tudo que consegue. Suas mãos são enormes. Ontem, levei um choque tão forte que meu polegar ficou dormente uma meia hora. O fio que acende a luz do teto no meu escritório de algum modo foi parar dentro do radiador, de onde eu estava tentando puxá-lo. A pêra que eu estava segurando se partiu e me deixou com o polegar nos fios ligados, enquanto minha outra mão estava no radiador de metal. Dei um berro e saltei para trás. Aquela sensação irracional, animal, de choque. Eu me pergunto se o homem no portal tem a mesma sensação aqui ao sol. Sua força vital se esvaziando; a enorme energia solar chegando até ele, a enchê-lo. A mulher está sentada ao seu lado com a aparência de estar esperando. Não está fazendo consertos em roupas ou raleando as flores. Ela monta guarda para a viagem dele para o outro mundo. Talvez ela seque seu corpo morto e depois unte seus ossos com azeite de oliva e vinho. Ou talvez o calor esteja me afetando, também, e o homem só esteja se recuperando de uma cirurgia de apêndice.

*

Precisamos ir a Arezzo, a cerca de meia hora de distância, para pagar nosso seguro para o ano que vem. Parece que esperam que o façamos pessoalmente em vez de mandar um cheque. Deixamos o carro no estacionamento escaldante da estação ferroviária. O relógio-termômetro digital da estação em pleno sol indica 36º. Depois da nossa simpática reunião com o

Signor Donati, de um sorvete, uma parada para Ed comprar uma camisa na sua loja preferida, Sugar, e outra para eu comprar toalhas de mão na minha preferida, Busatti, voltamos ao estacionamento e encontramos o grande 40º, piscando acima do nosso carro. As maçanetas parecem estar pegando fogo. O calor ali dentro nos agride. Arejamos o carro e afinal entramos nele. Minhas pálpebras e meus brincos estão quentes. Ed toca o volante com os polegares e os indicadores. Meu cabelo parece estar fervendo. As lojas estão fechando. É a hora mais quente do dia mais quente do ano. Em casa, mergulho num banho fresco, com uma toalha molhada por cima do rosto, e fico só ali deitada até meu corpo absorver a temperatura da água.

A sesta passa a ser um ritual. Fechamos as venezianas, deixando as janelas abertas. Por toda a casa, escadas de luz cobrem o chão. Se eu for louca o suficiente para dar um passeio depois de uma e meia, ninguém está fora de casa, nem mesmo um cachorro. A palavra *torpor* me ocorre. Todas as lojas fecham durante as três horas sagradas. Se alguém precisar de algum medicamento para alergia ou para picada de abelhas, pobre coitado! A hora da sesta é o horário nobre da televisão na Itália. É também o horário nobre para o sexo. Talvez isso explique as diferenças entre o temperamento mediterrâneo e o dos povos mais ao norte: crianças concebidas à luz do dia e crianças concebidas na escuridão. Ovídio tem um poema sobre a sesta, escrito antes da virada do primeiro milênio. Ele está deitado, descontraído, num dia abafado de verão, uma veneziana fechada, a outra entreaberta, "a penumbra de que as meninas tímidas precisam", escreveu ele "para esconder sua hesitação". Ele prossegue agarrando o vestido, que não escondia muito. Bem, tudo é sempre novo sob o sol. Naquela época, como agora, uma lavada rápida no bidê, e de volta ao trabalho.

Que idéia maravilhosa! Durante três horas no meio do dia, você é convidado a dar atenção aos seus próprios interesses e desejos. E ainda por cima na boa parte do dia, não só à noite depois de mourejar oito ou nove horas.

Dentro da casa de venezianas fechadas, de aposentos com pés-direitos altos, o silêncio é total. Até mesmo as cigarras desistiram. Uma tarde cheia de paz, onírica. Em parte pelo prazer de sentir meus pés deslizando em tranqüilizadores pisos de *cotto*, ando de um cômodo para outro. O estilo clássico – já o vi onze vezes antes e agora eu o vejo novamente na nova sala de estar: vigas escuras, teto branco de tijolos, paredes brancas, pisos de tijolos encerados. Aos meus olhos, as texturas vigorosas e os fortes contrastes de cor da casa toscana típica criam os aposentos mais acolhedores de qualquer estilo arquitetônico que conheço. Frescos e serenos no verão, eles parecem seguros e aconchegantes no inverno. Casas tropicais com tetos de bambu e paredes providas de venezianas que abrem para captar a menor brisa, e as casas de adobe do sudoeste dos Estados Unidos, com suas almofadas sobre os sofás de alvenaria e suas lareiras arredondadas como as curvas do corpo humano, transmitem a mesma sensação: *eu poderia morar aqui*. A arquitetura parece natural, como se essas casas brotassem da terra e fossem facilmente moldadas pela mão humana. Em italiano, uma camada de tinta ou de cera é uma *mano*, uma mão daquela substância. Antes de começarem a rebocar as paredes, percebi as iniciais de Fabio garatujadas num trecho de cimento fresco. Lembrei-me de que os poloneses escreveram POLÔNIA na base do muro de pedra. Eu me pergunto se os arqueólogos encontram muitos lembretes das mãos anônimas que estão por trás de obras duradouras. Na parede da caverna pré-histórica de Pech Merle na França, fiquei perplexa ao ver marcas de mão, como as que as crianças fazem no jardim de infância, acima dos cavalos malhados. A verdadeira "assinatura" do artista anterior à escrita, delineada em sangue, fuligem, cinzas! Quando foram abertos os grandes túmulos do Egito, as pegadas da última pessoa a sair antes que as entradas fossem lacradas permaneceram na areia: terminado o último trabalho, encerrado o expediente do dia.

Uma borboleta, presa aqui dentro, não pára de se bater na veneziana mas não encontra um jeito de sair. Quando adormeço, o ventilador zumbe, uma cabeça tremeluzente a olhar para a esquerda e para a direita.

*

Adoro o calor. Adoro a excessiva insistência. Algo em mim diz que sim. Talvez seja só o fato de eu ter crescido no sul dos Estados Unidos, mas a sensação que eu tenho é a de que é um "sim" essencial, que remonta àquelas antigas cabeças fósseis das primeiras pessoas que vieram a existir à luz de um grande sol.

A paisagem parece fresca embora esteja escaldante. Neste ano, os terraços não estão descorados, como às vezes ficam. Nossa vista dos Apeninos está verde e arborizada. Na piscina de alguém no fundo do vale, vejo uma pequena figura de palito mergulhar.

Como estamos a uma boa altitude, as noites refrescam com uma suavidade deliciosa. No final da tarde, montes e pilhas de nuvens atravessam os céus, com suas sombras perambulando pelo verde dos montes. Hoje à noite, teremos chuveiros de meteoros de Perseu. É a noite de San Lorenzo, das estrelas cadentes, motivo para um jantar festivo. Já os vimos antes e sabemos dos gritos sufocados, do gesto rápido de apontar sempre com um segundo de atraso, a brilhante cascata de um meteoro, tão momentâneo, expirado há tanto tempo. A sopa de alho, que suplantou Boécio, está resfriando na geladeira. Frango com limão e manjericão, uma descoberta acidental, e um prato de terracota com Gratin Dauphinois, um antigo prato favorito de batatas de Julia Child, que faço há anos, estão prontos para assar. Tenho uma quantidade suficiente de peras maduras para descascar, fatiar e assar dentro de um creme de requeijão cremoso improvisado. Raspo a sujeira de passarinho de cima da mesa amarela, abro a toalha que fiz durante o inverno com tecido que sobrou da mobília de vime do meu pátio em Palo Alto há quinze anos. Passei dias no debrum duplo em volta das almofadas para a *chaise-longue*. Eu poderia estar saindo daquela sala de jantar neste instante, arejar aquelas almofadas, mandar o cachorro sentar, sair para o quintal cheio de ameixas-amarelas e laranja *kumquat*, silindras e oliveiras. Será que poderia? Tudo permanece. Quais eram as chances de eu pensar, quando comprei aquele tecido estampado de amarelo na Calico Corners, que ele acabaria numa mesa na Itália, comigo numa nova vida?

Como se estivesse arejando um baralho, minha cabeça percebe de relance os milhares de chances, desde as triviais às profundas, que convergiram para recriar este lugar. Qualquer desvio arbitrário ao longo do caminho, e eu estaria em outra parte; seria uma pessoa diferente. De onde é que veio a expressão "um lugar ao sol"? Meus processos de pensamento racional sempre se apegam à idéia do livre-arbítrio, do acontecimento aleatório. Meu sangue, porém, acompanha facilmente a corrente do destino. Eu só estou aqui porque subi na janela e saí no meio da noite quando estava com quatro anos de idade.

*

Todos os frutos de verão do grande sol do Mediterrâneo amadureceram. Começando com as cerejas quando chego, o verão avança para os pêssegos amarelos. Ao longo da estrada romana que sobe por Sant'Egidio, colhemos punhados do fruto mais divino de todos, os minúsculos morangos silvestres, pendentes como pedras preciosas debaixo das folhas recortadas. Depois vêm os pêssegos brancos com sua polpa alva e perfumada. O *gelato* feito com eles dá na gente vontade de sair dançando. Então vêm as ameixas, todas as variedades: as douradas redondinhas, as escuras de um azul-arroxeado e as de um verde-claro, maiores do que bolas de golfe. As uvas começam a chegar da região mais ao sul. Algumas maçãs rosadas, e as primeiras peras amadurecem. As verdes pequenas não poderiam estar maduras, mas estão. Depois, as amarelas salpicadas, gordas. Em agosto, os figos mal começam a inchar, só atingindo seu apogeu em setembro. Mas, finalmente, estão maduras as amoras, essas frutas do alto verão.

Dias antes de voltar para os Estados Unidos, no final de agosto, posso sair um pouco com meu escorredor de macarrão para colher quantidade suficiente para o café-da-manhã. Todos os dias pela manhã, os pássaros ficam enlouquecidos pelas amoras, mas não conseguem devorar todas. Colher amoras, o retorno a um dos prazeres básicos, deixando passar as que ainda têm uma sombra de vermelho e as que estão moles, tirando apenas as que estejam perfeitamente maduras até meus dedos ficarem avermelhados. O sabor de amoras aquecidas pelo sol me traz a lembrança de quando enchi meu pote com elas num cemitério abandonado. Quando criança, me sentei num amontoado de terra, comendo inconsciente amoras deliciosas de uma árvore cujas raízes se entrelaçavam com velhos ossos.

As abelhas se enfurnam nas peras. Onde elas caírem, os tordos se banqueteiam. Quem sabe dizer como os desejos de nossos antepassados se expressam em nós? Os perfumes suaves de algum modo fazem com que eu me lembre da mesquinhez da minha avó Davis. Meu pai em segredo a chamava de A Cobra. Ela era cega, com olhos de estátua grega, mas eu sempre acreditei que enxergasse. Seu marido encantador havia perdido toda a terra que ela havia herdado dos pais, que possuíam um bom pedaço do sul da Geórgia. Nos passeios de domingo, ela sempre queria que minha mãe passasse pela propriedade perdida. Quando chegávamos lá, ela não enxergava nada, mas sentia o cheiro da colheita de algodão e de amendoim no ar úmido. "Tudo isso", costumava ela resmungar, "tudo *isso*." Eu levantava os olhos do livro que estava lendo. A terra marrom dos dois lados do automóvel se estendia até o horizonte. Dali, quem poderia acreditar que a terra é redonda? A primeira vez que pensei nela foi quando mandamos arar os terraços e o solo revirado estava pronto para o plantio. Terra fértil, fofa como bolo de chocolate. Vovozona, pensei, cara de bolacha, cobra velha, olhe só para esta terra, tudo *isso*.

O calor é interrompido por uma chuva rápida, uma chuva determinada e agressiva que encharca o solo e depois vai embora – pronto, acabou. A paisagem verde, um borrão na janela. O sol volta a brilhar, mas agora desprovido do seu terror. Aqui, o limiar do outono. E o que é isso? O cheiro de folhas secando. Uma súbita mudança no ar, uma levíssima coloração de âmbar na luz, e então uma névoa azul pairando sobre o vale ao anoitecer. Eu adoraria ver as folhas se avermelharem, colher avelãs e amêndoas, sentir a primeira geada e fazer uma pequena fogueira com lenha de oliveira para espantar o frio da manhã. Minhas roupas de verão vão para o saco de roupas que enfio debaixo da cama. Preparo algumas coroas de parreira, nas quais entrelaço sálvia, tomilho e orégano, ervas que posso usar em dezembro. As flores de funcho que venho secando numa tela vão ficar numa lata pintada que encontrei na casa. Talvez a *nonna* com quem venho simpatizando mais e mais guardasse as dela assim também.

O homem com o casaco sobre os ombros pára diante do nicho com um punhado de milefólio seco. Ele tira o pó do nicho com o lado da mão. Durante o outono inteiro, enquanto eu estiver ocupada com os alunos, ele caminhará pela estrada branca, talvez usando um velho suéter de tricô, mais tarde uma echarpe no pescoço. O homem está se afastando. Eu o vejo parar na estrada e olhar de volta para a casa. Pela milésima vez, me pergunto no que estará pensando. Ele me vê à janela, ajeita o casaco nos ombros e se vira para voltar para casa.

Livros espalhados voltam para o lugar certo nas estantes: minha casa arrumada. Uma última torta camponesa de amoras, e eu me vou. Um lagarto corre para dentro de casa, entra em pânico e foge pela porta afora. A idéia do futuro circula dentro de mim. Que magneto lá fora estará exercendo agora sua atração? Empilho lençóis passados nas prateleiras do *armadio*. Ao limpar minha escrivaninha, encontro uma lista: polidor de metais, barbante, ligar para Donatella, plantar girassóis, desdobrar as malvas-rosa. O sol bate na muralha etrusca, transformando em renda as acácias. Duas borboletas brancas estão copulando em pleno vôo. Eu ando de uma janela para outra, absorvendo a paisagem.

Rocco **L&PM** POCKET

Akropolis – Valerio Massimo Manfredi
O álibi – Sandra Brown
Assédio sexual – Michael Crichton
Como um romance – Daniel Pennac
Devoradores de mortos – Michael Crichton
Emboscada no Forte Bragg – Tom Wolfe
A identidade Bourne – Robert Ludlum
O parque dos dinossauros – Michael Crichton
Sob o sol da Toscana – Frances Mayes
Sol nascente – Michael Crichton
Trilogia da paixão – J. W. von Goethe
A última legião – Valerio Massimo Manfredi
As virgens suicidas – Jeffrey Eugenides

IMPRESSÃO:

GRÁFICA EDITORA
Pallotti
IMAGEM DE QUALIDADE

Santa Maria - RS - Fone/Fax: (55) 3220.4500
www.pallotti.com.br